L'ÉDUCATION DES PAPILLONS

Du même auteur

Chez le même éditeur

Le Chuchoteur, 2010
Le Tribunal des âmes, 2012
L'Écorchée, 2013
La Femme aux fleurs de papier, 2014
Malefico, 2015
La Fille dans le brouillard, 2016
Tenebra Roma, 2017
L'Egarée, 2018
Le Jeu du chuchoteur, 2019
La Maison des voix, 2020
Je suis l'abysse, 2021
La Maison sans souvenirs, 2022
La Maison aux Lumières, 2023

DONATO
CARRISI

L'ÉDUCATION DES PAPILLONS

Traduit de l'italien
par Anaïs Bouteille-Bokobza

CALMANN LÉVY NOIR

ÉDITEUR DEPUIS 1836

Titre original :
L'EDUCAZIONE DELLE FARFALLE

Première publication : Longanesi & C. Milano

COUVERTURE
Maquette : Alistair Marca
Photographie : © David Lichtneker/Arcangel Images

ISBN : 978-2-7021-9140-8

À Sara,
qui remplit les espaces blancs entre les mots.

Le chalet brûle dans la nuit, tel un volcan étincelant au centre de la vallée.

Des langues de lumière se dressent dans le ciel noir, encerclant les montagnes enneigées. Les flammes, teintant de rouge la neige blanche, exhibent leur beauté féroce et privent à jamais le paysage de sa candide innocence. Quelqu'un les a libérées de leur prison secrète et à présent, elles reprennent la place qui leur revient de droit.

Lorsque les cloches de la petite ville alpine sonnent pour appeler les secours, la maison en bois est déjà totalement enveloppée par l'étreinte ardente.

Des voix s'élèvent. Les flammes rugissent de colère, défiant ceux qui osent avancer pour les arrêter. Ces hommes n'auront d'autre choix que de se laisser effrayer et fasciner par ce spectacle de destruction. Si ce n'était pas terrible, ce serait magnifique.

À quelques pas de cet enfer, une rangée de minuscules pieds nus s'imprime dans la neige fraîche.

Des fillettes gelées, en chemise de nuit. Elles ont six ans. Sur leurs visages, la suie crée un masque strié par les larmes, dans leurs cheveux d'étranges fils d'argent, vestiges de leur déguisement de la veille. Des petites fées autour d'un grand bûcher, pour un rituel magique. Le souffle qui se condense dans le froid glacial de la nuit. Leurs yeux écarquillés. Elles se serrent les unes contre les autres, terrifiées mais sauves.

Elles ne sont pas seules. Il y a aussi les trois monitrices responsables de leur bien-être et de leur sécurité.

Cela aurait dû être leur dernier jour de vacances dans ce lieu enchanteur, entre cours de ski, patinage, descentes en luge, sessions Monopoly, Pictionary ou Dr Maboul, chocolat chaud et histoires du soir devant la grande cheminée. Dans quelques heures, les pensionnaires allaient retrouver leurs familles, bronzées, avec de fantastiques expériences à raconter.

Mais après cette nuit, elles ne seront plus jamais les mêmes. Tous les souvenirs de cette semaine sentiront la fumée et l'urine chaude qui coule entre les jambes. Ils auront le bruit du feu qui ricane dans leur dos en les poursuivant. Et le goût amer de la peur. Cette saveur se cachera au plus profond de la mémoire de ces fillettes et leur reviendra en bouche, même quand elles seront adultes, chaque fois que leur instinct pressentira le danger.

Les trois monitrices auront elles aussi du mal à ne pas être hantées par la lumière aveuglante de la scène. Sur le moment, deux d'entre elles n'arrivent même pas à cligner des yeux. La troisième, elle, continue de faire la navette entre les enfants. Elle les compte à voix basse. Puis elle les recompte, par sécurité. Avec les prénoms, il est plus facile de se tromper. Elle les passe en revue en leur posant une main sur la tête, comme si elle les baptisait à nouveau.

Au fond de son cœur, la femme espère que le nombre final change. Mais il reste toujours le même. Alors, imperturbable, elle recommence.

Elles ne sont pas seulement onze, elles ne sont pas seulement onze – se répète-t-elle en boucle.

Elle ne regarde personne dans les yeux, pour ne pas être obligée de les reconnaître.

Si elle le faisait, il lui faudrait aussi penser au prénom de celle qui manque. La douzième.

La monitrice qui compte tourne le dos au chalet qui, entre-temps, a disparu dans les flammes. Elle ne peut pas le savoir, mais on ne voit même plus la flèche du toit. La femme est la seule, parmi les curieux et les secours, à ne pas être hypnotisée par la scène.

Elle n'a pas le courage de regarder.

Soudain, un bruit sinistre l'arrête dans sa tâche. Un sifflement effrayant, inattendu, douloureux. Pareil au dernier gémissement d'un géant qui s'écroule.

En un instant, la maison au milieu des montagnes disparaît, comme engloutie par les entrailles brûlantes de la terre. Avant de prendre congé de son public, le feu dévastateur lui offre une dernière merveille, cruelle. Dans le ciel étoilé s'élève une myriade d'étincelles dorées.

La vie d'avant

1

La cité de verre était une sorte de mirage au centre de la vaste plaine. C'était ainsi qu'elle l'avait vue apparaître, par le hublot d'un avion, la première fois qu'elle y était venue. Les tours de cristal qui tremblaient dans l'air raréfié. L'éclat du soleil sur l'acier. Le ciel se reflétant sur les immeubles.

Depuis ce moment, Serena avait gardé cette représentation de l'endroit où elle avait choisi de vivre. Milan était une grande cathédrale de miroirs.

Elle s'y était installée juste après son master en Corporate Finance à la Hult International Business School. Londres n'avait jamais été à la bonne taille pour elle, et s'était révélée trop prévisible pour une courtière. Milan, en revanche, correspondait à son état d'esprit.

Sa place était en hauteur. Elle ne redescendrait plus jamais sur terre. La ville dans les nuages était l'allégorie parfaite pour ses ambitions.

Son bureau se trouvait au vingt-troisième étage d'un gratte-ciel, son appartement au dix-neuvième d'un autre. Et même si la vue d'en haut appelait à la contemplation, Milan était une ville à toute allure. Il fallait toujours être au courant de ce qu'il s'y passait, et pas uniquement dans le monde des affaires. Au risque de rester à la traîne et de perdre sa place irrémédiablement.

On ne descendait de sa tour de béton que pour être vu, faire du shopping dans les boutiques du Quadrilatère, goûter la cuisine expérimentale d'un nouveau restaurant, boire un verre dans un bar branché ou assister à un spectacle à la Scala. Les habitants de la ville dans les nuages étaient frivoles et conscients de leur propre légèreté. Car sans légèreté, on ne peut pas voler.

Bien que vivant comme des divinités païennes, ils n'avaient aucun rapport avec la spiritualité. Les chefs et les barmen étaient leurs gourous, leurs coachs personnels leurs uniques conseillers. Ils s'étaient débarrassés de l'idée de vie éternelle et avaient obtenu en échange la promesse d'un plaisir immédiat et garanti. Un bonheur éphémère dont ils ne se sentaient ni redevables, ni coupables.

Serena avait épousé cette façon parfaite d'exister jusqu'à cet après-midi de juin. Depuis, tout menaçait de s'écrouler. Tout lui semblait imparfait, ou du moins inadapté à elle.

À commencer par ce dispensaire médical aseptisé.

Les murs peints dans un bleu pastel improbable. Les affiches grossières de paysages, disposées dans la pièce sans aucun sens esthétique. La lampe à néons au-dessus de sa tête, allumée en plein jour. Le lit sur lequel elle était assise, les jambes pendantes. Le papier rugueux sous ses fesses. Ses pieds maigres glissés dans d'horribles mules en plastique rose beaucoup trop grandes. La chemise à fleurs ridicule qu'on lui avait remise en échange de ses vêtements de marque.

De toute évidence, rien n'allait. Serena n'était pas à sa place. D'ailleurs, elle n'aurait pas dû se trouver là. Elle n'avait rien à faire dans cet endroit.

Le comble du grotesque était que la seule fenêtre donnait sur la cour intérieure du bâtiment. Les poubelles de l'immeuble jouxtaient les moteurs des climatiseurs, reliés à un conduit métallique qui grimpait jusqu'au toit et produisait un bourdonnement constant et insupportable. Par-dessus le mur d'enceinte, on apercevait le va-et-vient des voitures et des passants. Eux aussi semblaient appartenir à un autre temps, à une autre planète.

Quand elle lorgnait vers les fenêtres des appartements voisins, tout paraissait également étrange. Dans les habitations vides, qui attendaient le retour de leurs occupants, il y avait des objets qu'elle n'aurait jamais achetés. Une lampe aux traits de Marilyn Monroe, de style *shabby chic*. Des petits animaux en faux cristal. Ces objets n'étaient pas seulement kitsch. Ils étaient objectivement laids. Et ils n'étaient le fruit ni d'une erreur de jugement, ni du mauvais goût.

Derrière chacun d'entre eux se cachait une série de choix de vie erronés.

Dans une cuisine elle aperçut une jeune femme, probablement de son âge. Cela lui suffit pour s'y identifier. Constatant que la femme s'adonnait à des activités domestiques, elle fut horrifiée. Ou alors c'était son travail ? Mais cette idée lui semblait tout aussi désagréable.

Qu'est-ce que je fais ici ? se répéta Serena.

Elle n'avait jamais pris le temps d'observer la ville du bas. Elle ne l'aimait pas, elle voulait retourner au plus vite au niveau qui lui correspondait. Celui où, quand elle regardait par la fenêtre, les autres étaient si petits qu'ils paraissaient insignifiants.

À la place, elle était coincée dans ce dispensaire depuis des heures, à moitié nue, à la merci de médecins qu'elle ne connaissait pas et qui l'avaient soumise à une série d'examens plus ou moins intrusifs, en plus de lui poser des questions de plus en plus gênantes. Et maintenant que la torture et les interrogatoires semblaient enfin terminés, une docteure l'avait abandonnée dans cette petite pièce en lui promettant de revenir bientôt avec des réponses.

Entre-temps, le « bientôt » s'était transformé en quarante-cinq longues minutes.

Serena avait envie d'uriner et, pire, elle n'avait pas son smartphone avec elle. Il aurait constitué une échappatoire bien utile, mais il se trouvait dans son sac, resté au vestiaire avec ses vêtements. Elle n'avait pas demandé à le récupérer après le check-up, parce qu'elle n'imaginait pas que l'attente de la réponse dépasserait la limite du supportable. Alors, pour éviter de réfléchir, elle s'était efforcée de regarder par cette maudite fenêtre, explorant ainsi un monde auquel elle n'appartenait pas.

La cause de son mal-être était cette maudite indigestion.

Cela avait commencé deux semaines plus tôt. Alors qu'elle dînait dans un restaurant ethnique étoilé, elle avait dû courir aux toilettes pour vomir une assiette de *curanto* chilien, en se jurant de ne plus mélanger la viande et les crustacés. Depuis ce moment, la nausée ne l'avait plus quittée, accompagnée de crampes à l'estomac et de vertiges. Elle s'était nourrie de compléments alimentaires, crackers et biscuits secs. Parfois, elle ne pouvait rien avaler.

Depuis qu'elle dirigeait un département stratégique pour les investissements à haut risque et rendement élevé dans une banque d'affaires, elle était aussi riche que ses clients. Dans le milieu, on l'appelait « le requin blond ». Elle était respectée et crainte. Toutefois, les requins blonds ne peuvent pas se permettre la moindre défaillance. La fin du premier semestre approchant, Serena devait mettre en place le nouveau portefeuille de titres et relancer le budget. En bref, c'était la période la plus chargée de l'année et elle ne pouvait pas se permettre de déraper.

Redoutant qu'un épisode de nausée se reproduise, elle avait organisé son emploi du temps de façon que les réunions avec ses clients ou son équipe ne durent pas plus d'une demi-heure. Mais cela n'avait pas suffi. Elle avait déjà reporté un déplacement à Francfort et un week-end à Formentera, annulé ses cours de Pilates et raté ses deux heures quotidiennes de salle de sport. Le régime forcé, dont elle n'avait absolument pas besoin, avait des répercussions négatives sur sa musculature, surtout sur son ventre plat. Mais quand elle avait essayé d'ingurgiter des protéines, son organisme les avait rejetées comme du poison.

Comme si cela ne suffisait pas, soit elle ne dormait pas, soit elle avait du mal à se lever le matin. Elle avait l'air de plus en plus émaciée et, pour le cacher, elle avait recours à des quantités inimaginables de maquillage, elle qui se vantait d'avoir une peau naturellement lumineuse. Sans parler de sa mauvaise haleine et de ses ongles cassants. Même ses cheveux blonds avaient moins de volume, et elle en perdait plus que d'habitude.

Subodorant une maladie incurable, elle avait enfin décidé de s'adresser à quelqu'un qui pourrait lui révéler l'origine de ses maux. Si le diagnostic se révélait funeste, elle n'avait pas de plan d'action. C'était étrange pour elle, si habituée à tout contrôler.

Elle n'avait pas de proches sur qui compter. Elle avait pris ses distances avec ses parents depuis longtemps. Elle était fille unique et ils étaient divorcés. Ils s'étaient tous les deux remariés et elle n'avait pas créé de relation avec ses demi-frères et sœurs.

Quant à ses amis, ils étaient peu nombreux et triés sur le volet. Ces relations avaient été cultivées dans le but de partager des expériences agréables, sans se sentir obligée d'en faire autant pour les événements malheureux. Elle ne les aurait donc pas blâmés de refuser de la soutenir dans sa maladie. À leur place, elle aussi se serait sentie exempte de toute obligation morale.

À ce stade, elle ne regrettait pas de n'avoir ni mari ni enfants. À trente ans cette idée était très loin d'elle, et il en serait sans doute de même à cinquante ans. Son existence était ambitionnée, voulue, résolument programmée. Même sa beauté hors du commun avait été éduquée pour ne pas être perçue par les autres comme un avantage injuste. La sobriété avait toujours été sa règle. Grâce à son intellect et à sa détermination, elle n'avait jamais eu besoin de raccourcis.

Mais maintenant, les cheveux relevés en queue-de-cheval soignée, les mains occupées à tripoter depuis presque une heure un mouchoir en papier désormais en lambeaux, Serena ressentait une immense peine pour elle-même. De la peine et du malaise. Sa vessie était pleine et, bien que les climatiseurs du dispensaire soient programmés sur 24°C, elle avait froid.

Elle se répéta qu'il s'agissait d'une intoxication alimentaire, de celles qui peuvent durer des semaines avant que l'organisme ne s'en défasse entièrement. Pourtant, dans une partie reculée de son cerveau, elle se demandait ce qui habitait réellement son corps à l'apparence parfaite. Qui était cet hôte indésirable au nom compliqué que seuls les médecins connaissent. Quand on l'entend prononcé pour la première fois, on comprend vite que ce mot va nous devenir familier. Comme une pièce rapportée de la famille, qui nous tape sur les nerfs mais qu'on est obligé de supporter, bien qu'on ne soit pas du même sang.

Serena essayait de chasser ces pensées noires. Pour cela, elle s'obstinait à regarder par la fenêtre. Elle aurait peut-être dû envier la femme qui s'affairait dans l'appartement de l'autre côté de la cour. Pourtant, elle ne parvenait pas à désirer être à sa place.

Au diable les femmes au foyer et les mères de famille ! Au diable les bonnes petites épouses ! Au diable celles qui se contentent d'un seul homme ! Au diable celles qui se donnent uniquement pour se sentir désirées ! Au diable celles qui se contentent !

Alors qu'elle protestait intérieurement, la porte de la petite pièce s'ouvrit. La docteure n'avait pas pris le soin de frapper.

Après avoir refermé elle se dirigea vers le lit, un dossier serré contre sa poitrine. Elle en sortit la première feuille et la lui tendit.

— Nous avons les résultats des examens.

Serena saisit le papier d'un geste autoritaire, mais sa main tremblait. Puis elle lut. Stupeur. Toutes les conjectures, toutes les prévisions étaient fausses.

— Vous êtes vraiment sûrs ? demanda-t-elle, terrorisée.

La docteure l'observa comme si elle venait de blasphémer dans une église.

— Oui.

Serena posa instinctivement les mains sur son ventre, sans avoir le courage de baisser les yeux vers ses abdominaux sculptés, cachés sous la chemise.

La docteure se sentit le devoir d'ajouter un détail :

— Parfois, il n'y a aucun signe évident avant le quatrième mois.

2

La ville basse défilait par la vitre du taxi qui la ramenait à son bureau dans les nuages. Serena repensait au dialogue surréaliste qu'elle avait eu avec la docteure après que celle-ci lui avait annoncé qu'elle était enceinte.

— Et donc que pouvons-nous faire ? avait-elle demandé, le pluriel indiquant qu'elle n'accepterait qu'une réponse lui proposant une solution.

Le ton de cette question contenait une menace voilée, comme si la docteure était pleinement impliquée dans ce qui lui arrivait, uniquement parce qu'elle l'en avait informée.

Voyant la panique dans le regard de Serena, l'autre avait esquissé un sourire indulgent :

— Selon la loi, à moins qu'il n'existe un danger concret pour la santé physique ou psychique de la mère, on ne peut pas pratiquer d'interruption volontaire de grossesse après quatre-vingt-dix jours de gestation, qui correspondent à douze semaines et six jours.

— Mais vous venez de dire que je ne suis pas encore au quatrième mois.

Le sourire de la docteure avait cédé la place à une expression désolée.

— Vous avez dépassé le délai légal depuis quinze jours…

Exactement la période de l'indigestion, calcula Serena en baissant un peu la vitre du taxi. Le petit être qui nageait à l'intérieur d'elle, qui devinait sa réaction en apprenant la nouvelle, était resté tapi en silence jusqu'à la fin du délai légal. Une fois en sécurité, il avait décidé de révéler sa présence de façon dévastatrice. *Il me connaît bien et a même quelques rudiments de droit*, songea-t-elle. Attribuer cette coïncidence au hasard était trop réducteur pour sa sagacité. D'ailleurs, après l'annonce, les nausées avaient cessé d'un coup.

Le fœtus n'avait plus besoin de se faire remarquer.

Elle eut un ricanement amusé, qu'elle réprima immédiatement. Elle n'avait aucune intention de se familiariser avec l'idée qu'elle hébergeait un être humain dans son ventre.

Étrangement, elle ne s'était pas encore demandé comment il s'y était retrouvé.

Avant tout : *quand* était-ce arrivé ? Serena aurait dû le demander à la docteure, mais elle avait trop hâte de retirer sa chemise et de quitter le dispensaire.

— Il faut que vous soyez suivie par une gynécologue, avait recommandé la médecin au moment où elle franchissait le seuil de la petite pièce nue, direction le vestiaire.

Sa gynécologue était la dernière personne à qui elle s'adresserait, étant donné que le stérilet qui aurait dû la protéger de ce genre d'ennuis n'avait pas fonctionné. Comme si cette blague ne suffisait pas, la progestérone du contraceptif avait tout de même fait disparaître ses règles, la privant d'une précieuse sonnette d'alarme.

D'après ses calculs, elle était tombée enceinte entre janvier et février lorsqu'elle séjournait au Bulgari Resort à Bali avec quatre amies. Elles y avaient passé une semaine à alterner plage, fêtes et fêtes sur la plage.

Les questions « Quand ? » et « Où ? » étant résolues, il restait le fameux « Qui ? » à élucider. Elle avait du mal à qualifier cet anonyme de « père », parce que cela impliquait de se qualifier elle-même de « mère ».

Le co-responsable pouvait être le surfeur de Pandawa Beach avec ses cheveux longs et ses yeux bleus, vêtu uniquement d'un paréo noué à la taille et d'un collier de corail. Épaules larges et tablettes de chocolat. Un dragon tatoué sur le mollet droit.

Elle l'avait remarqué près du grand feu, au coucher du soleil.

Lui aussi la regardait. Ils s'étaient dévorés des yeux un long moment puis, pendant qu'un petit orchestre gamelan faisait danser les gens au son d'une mélodie chargée de mysticisme, ils s'étaient éloignés du groupe, main dans la main sur le rivage, sans parler. Une fois suffisamment loin des tambours et du xylophone, il l'avait étendue sur le sable et, à l'abri des étoiles, il lui avait retiré sa robe blanche en lin avant de s'allonger sur elle. Serena se souvenait encore de la chaleur de son corps bronzé, du goût de sel de sa peau mélangé à une odeur de forêt. Elle lui avait autorisé à faire d'elle ce qu'il voulait. Quand elle s'était sentie rassasiée elle s'était levée et, sans un mot, elle était retournée seule à la fête.

Elle n'avait même pas eu besoin de savoir son prénom.

Il y avait aussi eu le Norvégien blond qui portait une chemise ridicule ornée de grandes orchidées dorées. Avec lui cela avait été différent, parce qu'ils avaient bavardé. Ils s'étaient rencontrés dans un bar à Benoa Bay. Elle se rappelait lui avoir donné une fausse identité, et lui aussi probablement, parce que le Kevin du début de la soirée s'était transformé en Karl à un moment. Il n'y avait aucune raison d'être sincères, puisqu'ils savaient qu'après ce soir-là ils ne se reverraient pas.

Cette rencontre sexuelle devait devenir un souvenir qui accompagnerait ses rêveries et la consolerait pendant les longues soirées d'hiver.

Ils avaient bu de l'arak mélangé à du jus de fruit. Il avait raconté quelque chose sur un travail d'informaticien et une start-up tout juste vendue pour quelques millions. Elle avait feint de s'intéresser puis, une fois désinhibée, elle lui avait pris la main et l'avait glissée entre ses jambes.

Une chambre d'un hôtel à proximité. La lumière et le bruit de la rue qui pénétrait par les volets en bambou. Au plafond, les pales d'un ventilateur tournaient lentement, mêlant à l'air chaud des odeurs d'épices, de nourriture et de pot d'échappement.

À l'aube, ils s'étaient quittés sans regrets.

Le troisième sur la liste balinaise était un quinquagénaire rencontré la veille de son départ. L'homme logeait seul dans le même resort qu'elle. Ni femme, ni fiancée, ni amis. Des manières élégantes, un air vaguement oriental, il avait dit s'appeler Neal – rien de plus. Il travaillait comme grossiste de pierres précieuses et était venu remettre un joyau particulier à un client important. Mais ensuite, Neal était resté pour s'accorder quelques jours de vacances. Il parlait un anglais impeccable, et aussi français. Impossible de déterminer d'où il venait. Leur rencontre s'était faite de jour, sur la plage, où ils occupaient des transats voisins. Elle ne se rappelait pas comment il avait engagé la conversation, mais ils avaient très vite remarqué une étrange coïncidence : les employés locaux du resort portaient toutes et tous les mêmes prénoms, qu'il s'agisse d'hommes ou de femmes. Neal lui avait expliqué qu'à Bali les enfants sont prénommés selon leur rang de naissance. Les aînés s'appellent Wayan, les cadets Made, les puînés Nyoman et les quatrièmes Ketut. Et si une famille a plus de quatre enfants, on recommence la série en ajoutant un deuxième prénom, Balik, signifiant « un autre ». Donc Wayan Balik était « un ou une autre Wayan ». De même qu'il y avait « un ou une autre Made », Nyoman Balik et Ketut Balik.

Serena s'était sentie comme toutes les touristes qui ignorent la quasi-totalité de la culture qui les accueille. Il l'avait mise à l'aise en changeant de sujet, pour parler lecture. Serena avait emporté sur la plage un roman de Martin Amis et un d'Oriana Fallaci. Comme toujours, elle passait de l'un à l'autre selon son humeur. Cette habitude avait amusé Neal. Ils avaient passé l'après-midi ensemble, évoquant leurs intérêts littéraires et leurs goûts musicaux. Pendant l'acte sexuel il s'était montré attentif et prévenant, qualités rares chez les hommes que Serena fréquentait habituellement. Il avait pris congé en vrai gentleman. Pour éviter les regards embarrassés, il ne s'était pas présenté au dîner ce soir-là. Toutefois, le jour de son départ, quelqu'un avait laissé pour elle à la réception un livre de Gillian Flynn.

Maintenant, coincée dans les embouteillages milanais, Serena se demandait si Neal était l'élu. Le fait que leur premier sujet de conversation ait été les prénoms d'enfants était-il un signe ?

Le plaisir des vacances, c'est de les oublier pour préparer les suivantes. Toutefois, Serena soupçonnait que, dorénavant, son concept de villégiature allait changer à jamais. Son prochain voyage serait conditionné par le souvenir de cette expérience.

Elle examina à nouveau les profils de ces trois inconnus. L'un d'entre eux ne saurait jamais qu'il était le père du passager clandestin de son utérus. Il continuerait de vivre sa vie sans aucun pressentiment ni préoccupation, béatement ignorant. Et un jour, il mourrait sans le moindre scrupule.

Si elle avait pu choisir auquel attribuer cet honneur, Serena aurait été tout aussi hésitante. Qu'il s'agisse du surfeur aux yeux bleus, du Norvégien blond ou de Neal le gentleman, cela ne changeait pas grand-chose pour elle. Le secret qu'elle cachait dans son ventre n'avait rien de désirable.

Peut-être que la réponse surviendrait en voyant le visage du nouveau-né. Mais Serena avait déjà décidé que cela n'arriverait pas.

La grossesse étant trop avancée pour envisager un avortement, elle se raccrochait à l'autre solution évoquée par la docteure.

« Une fois à terme, vous pourrez le confier à l'adoption. Vous ne serez pas la première, c'est bien plus fréquent que vous l'imaginez. Cela se passe dans l'anonymat le plus total. Le nouveau-né est pris en charge par les services sociaux dès la salle d'accouchement. Vous n'êtes même pas obligée de le voir. »

3

Habituée à planifier tous les aspects de sa vie, Serena décida d'appréhender la grossesse de la même façon. Une organisation rigide était le moyen le plus efficace d'éviter les imprévus, ou l'implication émotionnelle. Pour se détacher, elle devait considérer ce qui lui arrivait comme une mission à mener à terme.

Vingt-cinq semaines à tenir, puis tout rentrerait dans l'ordre.

Pour se réconforter, elle songeait à l'après. Une fois l'affaire expédiée, pour se récompenser elle s'enfuirait seule sur une île déserte pour se faire caresser par le soleil. Au retour, elle rénoverait entièrement son appartement, dépensant des sommes indécentes pour du mobilier design milanais.

Puis elle pensa au reste.

Elle choisit un gynécologue discret et compréhensif pour la suivre jusqu'à l'accouchement, prévu pour novembre. Elle adapterait son régime et ses habitudes selon les recommandations du médecin et se tiendrait scrupuleusement à toutes ses prescriptions. Elle se soumettrait aux visites nécessaires et effectuerait les examens de routine. En adoptant un comportement modèle, elle s'acquitterait de son devoir envers le bébé.

Ensuite, elle n'aurait plus aucune obligation envers lui ou elle.

Ne souhaitant faire part de sa situation à personne, amis ou collègues, elle prévit de modifier son look : elle porterait des robes larges pour cacher ses inévitables rondeurs. Et les derniers mois, quand tout expédient deviendrait inutile, elle s'éclipserait pour aller explorer les filiales étrangères de la banque d'affaires. Elle n'aurait pas à justifier son gros ventre auprès de ses collègues étrangers, qu'elle ne fréquenterait que brièvement, et elle rentrerait à Milan quinze jours avant l'accouchement.

Elle avait déjà réservé une chambre individuelle confortable dans une clinique privée.

Pour ne pas risquer de vivre le même genre d'« accident » à l'avenir, elle avait aussi booké une ligature des trompes. Cette décision ne fut pas douloureuse. Au contraire, ce qui lui arrivait renforçait sa conviction. Elle était consciente que de nombreuses femmes l'auraient jugée pour cela. Même si elle se moquait de l'avis des autres, elle décida tout de même que son choix resterait un secret.

Les semaines suivantes, pendant les échographies, elle n'observa jamais le fœtus à l'écran, préférant détourner le regard. Elle ne voulut pas écouter le battement de son cœur et ne demanda pas à connaître son sexe.

Le petit être grandit en elle sans qu'elle change d'idée.

Ne pouvant pas contrôler ses hormones, elle craignait que les sautes d'humeur ne la fassent vaciller. Elle n'avait eu qu'un seul moment de faiblesse, qui n'allait pas dans le sens de l'instinct maternel.

Cela s'était produit au début, à la salle de sport, une soirée comme tant d'autres.

Sur les conseils du médecin, elle avait drastiquement réduit son activité physique. Pour elle, c'était un renoncement : son organisme était drogué aux endorphines et à la sérotonine, libérées par un entraînement intense. Elle en avait besoin au niveau cérébral pour se sentir efficace au travail. Dans son milieu, l'usage des drogues, surtout la cocaïne, était monnaie courante. Elle obtenait le même effet par le dépassement de soi. Il n'était pas simple de se désintoxiquer de cette habitude, mais Serena y parvenait plutôt bien.

Hormis un jour fatidique.

Vers 23 heures, la salle de sport était déserte. Elle occupait un tapis roulant au bout de la rangée, devant une baie vitrée qui offrait une vue spectaculaire sur la ville. Le rythme de sa course était constant, sans trop forcer, comme on le lui avait préconisé. En fond, de la musique classique. Serena portait un short et un sweat-shirt noir. Elle avait attaché ses cheveux et posé une serviette blanche sur ses épaules, qu'elle utilisait pour éponger les gouttes sur son visage et sur son front.

L'écran indiquait qu'il restait deux minutes par rapport à la durée qu'elle s'était fixée pour la course, mais elle avait déjà parcouru huit kilomètres, ce qu'elle jugea suffisant. Elle tendit le bras pour arrêter le tapis roulant, mais appuya accidentellement sur le bouton qui accélérait l'allure. Elle eut alors une impulsion inattendue : au lieu de corriger son erreur, elle suivit l'appareil et courut plus vite, la main toujours sur l'écran.

Peu après, elle appuya à nouveau sur le bouton pour augmenter la vitesse. Une première fois, puis une deuxième et une troisième. Jusqu'à ce qu'elle sentît ses mollets la brûler comme autrefois, quand il était normal pour elle de pousser au-delà de sa limite. Ses muscles vibraient, la sueur dégoulinait sur son visage et dans son dos. Elle aurait voulu enlever son sweat-shirt. Elle serra les dents avec colère, lancée dans cette entreprise folle et solitaire pour défier ses propres limites. Elle ignorait pourquoi elle agissait ainsi. Ou alors, elle ne le savait que trop bien. Au fond de son cœur, elle désirait que cet enfant se lasse de vivre en elle, et la libère.

Finissons-en. Ici, maintenant.

La tentative absurde de le déloger fut interrompue par un élancement soudain dans le bas-ventre. Elle appuya brusquement sur le bouton d'arrêt d'urgence. Le tapis s'immobilisa sous ses pieds, la douleur lui coupa le souffle, ses genoux cédèrent. Elle s'agrippa à la rampe d'une main, posa l'autre sur son ventre. Le spasme durait, si violent que Serena crut mourir. Puis la sensation disparut aussitôt. Elle se sentit à nouveau bien, comme si rien ne s'était passé. Mais la menace avait été claire.

Tu ne te débarrasseras pas de moi si facilement. Si je meurs, tu meurs aussi.

Après cet épisode, elle ne fut plus jamais tentée de répéter l'expérience.

Elle avait lu quelque part qu'il arrive quelque chose de magique aux femmes enceintes entre la quatorzième et la vingtième semaine de grossesse, quand elles commencent à percevoir les mouvements du fœtus. Pour la même raison, Serena considéra que pour elle cela serait potentiellement le moment le plus difficile. Bien que convaincue de sa décision et certaine de ne posséder aucun instinct maternel, elle ne pouvait pas savoir comment elle réagirait face à une situation jamais expérimentée auparavant et qui bouleversait les autres futures mères.

Jusque-là, Serena n'avait pas entièrement conscience que, où qu'elle aille et quoi qu'elle fasse, il y avait toujours cette petite personne en elle.

La présence se manifesta un après-midi, en montant dans un avion en partance pour New York. Ce fut quasi imperceptible. Elle aurait pu le prendre pour un gargouillement d'estomac, mais la durée du phénomène la convainquit qu'il s'agissait d'autre chose. Une seconde de moins, elle aurait douté. Mais là, c'était sans équivoque.

Ce mouvement avait été provoqué par quelqu'un, *à l'intérieur d'elle.*

L'expérience se répéta de plus en plus souvent, sans produire le remue-ménage émotionnel qui aurait pu remettre son plan en question. Même quand arrivèrent de petits coups de pied dans ses organes internes, Serena demeura impassible. C'était une gêne supportable. Surtout la nuit, quand le séisme intérieur l'empêchait de dormir.

Mais cette fois encore, le problème fut réglé avec succès.

En poussant un caddie rempli de nourriture *healthy* dans les rayons d'un supermarché, elle s'arrêta soudain devant un pot de Nutella. À partir de ce moment, chaque soir, avant de se coucher, Serena avalait trois cuillerées de cette pâte marron. Un excellent moyen de calmer son hôte agité.

Pour le reste, tout se passait au mieux et les mois défilaient, la rapprochant de l'accouchement qui allait mettre un terme à ses soucis.

Elle était de plus en plus convaincue par l'idée de laisser quelqu'un d'autre élever le bébé : cela comportait de nombreux avantages. Par exemple, elle éviterait le chaos de l'adolescence ou la gestion d'un parcours scolaire. Elle n'aurait même pas à s'occuper de l'achat de la layette, du berceau et de la poussette, ou encore d'aménager la chambre. Pas de tétée ni de biberon en plein milieu de la nuit. Pas de pédiatre, de coliques du nourrisson, de premières dents. Pas de régurgitations ni de petits pots. Pas de couches.

La clinique fournissait la première grenouillère du nouveau-né. C'était inclus dans le service.

Elle évitait également de penser au choix du prénom. La famille d'adoption s'en chargerait, avec tout le reste.

Serena ignorerait à jamais l'identité des parents adoptifs. Elle ne les rencontrerait pas. Ou alors par hasard, un jour.

Cependant elle ne les reconnaîtrait pas. Pas plus que l'enfant, si elle le ou la croisait. Elle en était certaine.

Les liens du sang étaient une image pour les romantiques, sans aucun fondement dans la vie réelle. Elle avait entendu dire que plus de quarante pour cent des gens ignorent que leur père n'est pas leur père biologique. Étant donné qu'elle-même n'avait aucun attachement à sa famille, l'enfant qu'elle portait avait peut-être hérité de cette indifférence. Ce qui lui simplifiait grandement la tâche pour atteindre le but qu'elle s'était fixé.

Se séparer pour toujours de lui ou d'elle.

Cette idée aurait dû la blesser, d'une façon ou d'une autre. À douze ans, on lui avait offert un lapin angora. À l'époque, elle vivait avec sa mère et son beau-père. Au bout de trois jours, ils avaient dû se débarrasser de l'animal car le demi-frère de Serena y était allergique. À cette occasion la fillette avait ressenti une douleur inédite, à la limite du supportable. Elle en avait un souvenir très net et elle craignait de vivre la même chose après l'accouchement. Le parallèle était hasardeux, mais sa peur était plus que légitime. Toutefois, le moment fatidique approchant, son inquiétude se calmait, confortée par la certitude qu'elle n'avait pas grand-chose à offrir à ce petit être en termes d'instinct maternel ou même d'empathie.

Convaincue que sa décision était la meilleure pour le bébé, Serena rentra de son dernier déplacement professionnel à l'étranger deux semaines avant d'être admise à la clinique, comme prévu.

De retour de l'aéroport, tard le soir, elle se prépara une tisane et la but debout, dans l'obscurité de sa cuisine. Elle prit une douche. Depuis que son ventre était devenu encombrant, elle ne se regardait plus dans le miroir. Elle se contentait d'un bref coup d'œil d'ensemble, juste pour s'assurer qu'elle était présentable.

Mais la fin de cette période de négligence approchait. La promesse tacite était que, après, la Serena d'avant ferait son retour. Et avec elle les chaussures à talon, les robes de la bonne taille, l'alcool, les sushis, les huîtres et le jambon cru.

Cette nuit-là, le plan mené avec discipline et constance allait subir un brusque changement. Vers 3 heures du matin, Serena fut réveillée par un mal-être aussi soudain qu'inexplicable. Elle erra dans son appartement en se tenant aux murs pour ne pas perdre l'équilibre.

Malgré sa vue brouillée, elle comprit la gravité de la situation.

Elle saisit son téléphone pour appeler les secours, sans être certaine de réussir à parler. Avec le peu de lucidité qu'il lui restait, elle pensa aux cordons d'urgence présents dans toutes les salles de bains de l'appartement. Si elle en tirait un, elle déclencherait une sonnerie chez le gardien du luxueux gratte-ciel où elle vivait et quelqu'un viendrait l'aider. Du moins, c'était ce qu'assurait le dépliant fourni par la prestigieuse agence immobilière qui lui avait vendu l'appartement.

Le cordon le plus proche se trouvait dans une petite salle d'eau utilisée comme débarras par sa femme de ménage.

Serena y entra, alluma la lumière du miroir, puis repéra le cordon qui pendait à l'intérieur de la douche jamais utilisée. Elle se déplaça maladroitement dans l'espace exigu, se prit le pied dans le fil de l'aspirateur et fit tomber des bouteilles de détergent des étagères, qui se retrouvèrent par terre. Elle maudit Admeta, la domestique, mais ne renonça pas. Elle tendit le bras pour attraper la petite boule rouge à l'extrémité du cordon et eut la sensation de la toucher, mais elle n'en était pas certaine, parce que le monde sembla se renverser devant ses yeux. Elle défaillit et s'écroula sur le sol.

Ai-je tiré sur le cordon ? se demanda-t-elle, en proie à un doute épouvantable.

La joue écrasée contre la céramique froide, elle fixa le bidon bleu d'une lessive liquide qui, comme elle, était tombé par terre.

Sur l'étiquette, elle lut « PARFUM D'AURORE ».

Quelle odeur cela pouvait-il être ? Elle se demanda si le plus absurde était ce nom, attribué par un quelconque expert en marketing à une senteur chimique, ou bien le fait de se poser cette question à un pareil moment.

Puis ce fut comme si quelqu'un éteignait la lumière.

L'obscurité fut si nette que, quand elle rouvrit les yeux, elle eut l'impression qu'il ne s'était écoulé que quelques instants.

Elle sortit lentement de son brouillard. Elle s'attendait à se retrouver devant le bidon bleu de lessive au parfum d'Aurore, mais elle était allongée dans une salle de réanimation.

Sa première pensée fut que, en effet, elle avait réussi à tirer sur le cordon d'urgence. Sinon, sa présence dans ce lieu ne s'expliquait pas.

Peu après, elle reçut la visite d'une infirmière, puis d'un médecin. Ils la rassurèrent, elle avait eu beaucoup de chance, elle pourrait sortir bientôt et elle n'aurait aucune séquelle.

En les écoutant, elle comprit que trois semaines s'étaient écoulées.

Dans ce laps de temps, il s'était passé un certain nombre de choses. Les chirurgiens avaient contenu une hémorragie utérine, lui sauvant la vie. Elle n'était pas hospitalisée dans la clinique privée mais dans un grand hôpital où personne n'était au courant de son intention de confier à l'adoption son enfant.

On lui montra un petit gremlin, qu'on lui indiqua être une petite fille. On lui demanda comment elle comptait l'appeler. Serena n'eut pas la force d'expliquer quoi que ce soit. Elle dit la première chose qui lui passa par la tête.

« Parfum d'Aurore » était un nom un peu hasardeux.

— Aurora.

4

À cause de la venue au monde rocambolesque d'Aurora, les collègues et connaissances de Serena avaient appris à la fois qu'elle était en danger de mort et enceinte. Il n'allait pas être simple de leur expliquer pourquoi elle avait caché sa grossesse, et surtout son projet d'abandonner l'enfant. On allait la croire incapable de gérer ses impulsions, au point de tomber enceinte du premier inconnu à Bali.

D'ailleurs, Aurora ne ressemblait à aucun des trois prétendants au rôle de père. Elle n'avait ni les yeux bleus du surfeur, ni les couleurs nordiques de l'informaticien norvégien, ni les traits orientaux du gentleman.

Le meilleur moyen pour Serena d'éviter d'attirer l'attention était d'accepter sa condition de mère. L'existence d'Aurora relayait au second plan tous les potins, les spéculations et tous les jugements.

Quand elle la regarda pour la première fois, Serena se rendit compte que sa fille lui ressemblait comme deux gouttes d'eau. Comme si elle l'avait conçue seule.

Je suis un lombric, se dit-elle en pensant à la parthénogenèse qui caractérise la reproduction de certains vers.

La seule chose qui les différenciait était leurs cheveux. Si ceux de sa fille étaient blonds comme les siens, ils n'étaient pas ondulés mais bouclés. Une cascade de boucles dorées qui, quand elle grandirait, deviendrait la caractéristique la plus évidente d'Aurora, le signe particulier qui la distinguerait de millions d'autres petites filles.

Dans l'entourage de Serena, tout le monde se demandait quel genre de mère elle allait être. En réalité, elle aussi se posait la question. Les années suivantes, elle s'assura que sa fille recevait la meilleure éducation possible et que rien ne lui manquait. Nounous confirmées, écoles privées d'excellence, leçons d'escrime, d'équitation et de natation.

Serena tenait à ce qu'Aurora ait toujours une apparence soignée et un comportement irréprochable, qu'elle soit gentille avec tout le monde et que tout le monde soit gentil avec elle. Elle prenait son rôle de mère très au sérieux.

Toutefois, cette approche n'était pas complètement sincère.

Une erreur assez commune est de croire qu'en accouchant, une femme découvre immédiatement à quel point il est merveilleux d'être mère. En fait, il n'y a aucune révélation dans la maternité. Serena l'avait compris dès le début.

Pour cette raison, depuis la naissance d'Aurora, elle avait créé autour d'elle une sorte de filet de protection constitué de personnes chargées de subvenir à ses besoins, à qui elle pouvait déléguer la plupart des tâches. Mary la nounou. Admeta la femme de ménage. Porzia la cuisinière. Walter le chauffeur. Auxquels s'ajoutaient Armando le concierge et Fabrizio, l'assistant personnel de Serena.

Parce qu'elle était une mère performante. Malgré son absence totale d'élans d'affection.

Aurora ne s'en était jamais plainte. Elle avait appris très jeune à se passer de tendresse maternelle. Cela expliquait peut-être qu'elle ait demandé un chat pour un de ses anniversaires.

Ainsi, elles avaient choisi ensemble Gaspare, surnommé Gas, dans un refuge pour animaux abandonnés et, après une bonne toilette et tous les vaccins nécessaires, il était devenu le troisième membre de la famille et avait pris pleinement possession de l'appartement au dix-neuvième étage du gratte-ciel.

Gas avait compris très vite que s'il laissait Aurora lui faire des câlins, à des moments judicieusement choisis, elle le gâterait. De son côté, Serena avait développé une antipathie pour les animaux depuis sa mésaventure, enfant, avec son lapin angora. Par amour pour Aurora, Serena et Gas cachaient leur mépris réciproque et se contentaient de s'ignorer. Après quelques mois de cohabitation, Serena avait accepté que l'animal subvienne aux besoins affectifs de sa fille.

De toute façon, cela convenait à Aurora.

Elle était silencieuse et obéissante, mais rien ne lui échappait. Elle était en avance pour son âge. Une fillette très intelligente qui semblait avoir déjà compris ce que le monde, et surtout sa mère, attendaient d'elle.

— Tu as six ans, il faut que tu apprennes à skier, dit Serena un matin au petit-déjeuner.

Serena détestait la montagne et la neige, mais il n'y avait aucune raison pour que ce soit le cas d'Aurora.

De nombreux parents transmettent leurs inappétences, voire leurs phobies, à leurs enfants. Serena trouvait cela déplacé et injuste. Elle voulait offrir à Aurora toutes les opportunités, indépendamment de ses propres opinions.

— On emmène Gas? avait demandé la fillette, imaginant qu'elles partiraient ensemble en vacances.

— Gas restera ici avec moi, répondit Serena pour éviter tout malentendu. Je t'ai inscrite dans une colonie de vacances.

C'était une belle matinée de février, elles étaient assises à la table de la cuisine.

— Une colonie de vacances ? avait demandé Aurora sans se démonter, en mordant dans une biscotte.

— Douze petites filles très chanceuses, affirma sa mère en soulignant à quel point elle était privilégiée de faire partie de ce groupe. Vous aurez un chalet entier pour vous à Vion, en Suisse. C'est un endroit magnifique, tu verras ! Tu auras ta propre chambre et tous les jours vous prendrez des cours de ski et tu pourras aussi faire de la luge et du patin à glace. Pendant la semaine, il y aura une sortie en traîneau tiré par des chiens et vous prendrez le goûter dans la forêt. Tu auras même des temps spéciaux pour jouer et t'amuser avec tes camarades.

— J'en connais certaines ?

— Non, mais peu importe, dit-elle pour couper court à de potentielles réclamations. Je pense que les autres ne se connaissent pas non plus, vous aurez toute la semaine pour devenir amies.

Elles avaient le même âge qu'Aurora, tout allait être parfait.

La fillette ne protesta pas, ne répondit pas, comme si elle prenait le temps de bien réfléchir à la proposition de sa mère. Comme toujours, Serena ne comprenait pas si elle était contente ou déçue. Bien que la petite fût en mesure d'apprécier les avantages de leur existence aisée, elle exprimait rarement son enthousiasme, ou du moins, ne réagissait jamais comme Serena s'y attendait. À son âge, elle n'avait pas eu les mêmes chances. Elle ne voulait pas le lui reprocher, mais elle désirait au moins que son enfant éprouve de la reconnaissance envers le destin qui l'avait placée dans *cette* maison, avec *cette* mère.

Le détachement d'Aurora faisait partie de son caractère impassible, presque fataliste. Mais ce silence mettait Serena hors d'elle, car il lui donnait la sensation de ne pas être une mère adéquate. Elle ne pouvait s'empêcher de comparer ces moments-là à sa propre relation avec sa mère et leur dynamique passive-agressive. Pour cette raison, Serena se sentait comme après une dispute violente.

— Tu vas bien t'amuser, conclut-elle en buvant une gorgée de café, pour panser sa blessure secrète.

5

— *Maman* ? dit une voix stridente de petite fille, à l'autre bout du fil.

— *Hello. Who's speaking ?* demanda Serena en anglais, car de toute évidence ce n'était pas Aurora.

— *Aurélie. Mom, is that you ?*

Non, je ne suis pas ta maman, pensa Serena. La monitrice qui lui avait répondu s'était trompée à cause de l'assonance entre les deux prénoms : elle lui avait passé la mauvaise fillette.

— *Could you please tell Aurora to come to the phone ?*

— *Of course. Goodbye.*

En attendant, Serena se regarda dans le miroir de sa chambre à coucher et lissa de la main un pli sur sa robe noire Armani. Ce soir-là, elle devait prendre l'apéritif et dîner avec des amis, aussi elle ne voulait pas se mettre en retard.

Au moment de l'inscription à la colonie de vacances, il avait été précisé aux parents qu'ils pourraient communiquer chaque jour avec les petites pensionnaires après le dîner, qui avait lieu à 18 heures, en appelant un numéro fixe.

Serena comprenait la raison de ce choix, qui évitait les appels à n'importe quelle heure. Pourtant, à cause de cet horaire restrictif, elle avait dû attendre trente-cinq minutes que la ligne se libère. Cela sonnait occupé car, de toute évidence, les autres parents aussi essayaient de joindre le chalet de Vion.

Serena jugeait cet appel inutile, étant donné que les vacances s'achevaient le lendemain après-midi. Walter, le chauffeur, irait chercher Aurora pour la ramener à la maison. Si elle avait quelque chose à raconter depuis leur dernière conversation téléphonique, elle le ferait le lendemain soir. Serena avait déjà prévu de commander une pizza. Cela ferait plaisir à sa fille, car les menus du chef au chalet proposaient des plats un peu trop sophistiqués pour une enfant de six ans.

Elle passait cet appel pour calmer un léger sentiment de culpabilité. Pendant la semaine, elle avait parlé à sa fille deux autres fois. Et la seconde fois, la veille au soir, elle avait eu l'impression qu'Aurora voulait le lui faire payer. Comme toujours, cela se sentait au ton de sa voix. Serena s'était alors imaginé les autres fillettes appelées quotidiennement par leurs parents, et Aurora dans un coin, assistant à la procession de ses amies qui se passaient le combiné, attendant inutilement son tour. C'était une pensée stupide, elle le savait, et sans doute fausse, toutefois elle avait mauvaise conscience, alors elle avait décidé de l'appeler.

— Maman ? dit la voix étonnée d'Aurora à l'autre bout du fil.

— Salut !

— Il est arrivé quelque chose à Gas ?

— Il va très bien.

Pourquoi serait-il arrivé quoi que ce soit à ce maudit chat ? pensa Serena. Ne pouvait-elle pas simplement appeler parce qu'elle en avait envie ? Elle se sentit humiliée par la méfiance de sa fille, mais fit tout pour passer outre.

— Je parie que maintenant que la semaine touche à sa fin, tu adorerais rester quelques jours de plus !

— Demain, quand on partira, d'autres filles arriveront, objecta Aurora, qui craignait peut-être que sa mère ne l'ait appelée pour lui faire prolonger son séjour. Et puis, lundi j'ai école.

— Je disais ça comme ça. Bien sûr que tu dois rentrer à Milan. Et reprendre l'école lundi.

— Alors on se voit demain soir, affirma l'enfant, comme pour souligner que cet appel n'était pas nécessaire.

Serena fut piquée dans son orgueil. Elle était en retard pour rejoindre ses amis. Elle aurait pu en être à son deuxième verre de champagne, si elle n'avait pas pris le temps d'appeler cette petite ingrate.

— Demain soir, pizza ! annonça-t-elle pour récupérer un peu de considération.

— D'accord. Mais maintenant, je dois aller rejoindre les autres. On se prépare : ce soir c'est la fête des fées papillons.

Serena comprit qu'elle ne pouvait plus rien attendre d'elle. Au fil des ans, elle s'était habituée à ce genre de surprise. Que lui était-il passé par la tête ? Cet appel allait forcément être mal interprété.

— Ne t'en fais pas, va rejoindre tes amies. Je ferai une caresse à Gas de ta part.

Cette dernière phrase sonna également faux aux oreilles d'Aurora, car elle lui fit comprendre que ce n'était pas nécessaire.

— Essaie plutôt de penser à lui donner à manger, conclut la petite avant de raccrocher.

Serena passa quelques secondes immobile, le téléphone à la main.

Essaie plutôt de penser à lui donner à manger, se répéta-t-elle intérieurement, agacée.

Elle aurait pu se demander à quoi ressemblaient les conversations téléphoniques entre les autres fillettes et leurs mères. Elle n'était pas du genre à dire « ma chérie », « mon trésor » ou « je t'aime ». Si elle l'avait fait, elle était certaine qu'Aurora aurait été gênée. Mais ensuite, elle repensa à la voix enjouée de la petite Aurélie qui croyait répondre à sa mère.

« *Maman ?* »

Cet enthousiasme aurait dû rendre Serena jalouse, mais il renforça son idée que les mièvreries sont mauvaises pour le caractère.

Moi, je l'endurcis, songea-t-elle. *Quand Aurora sera grande, elle le comprendra et m'en remerciera.*

Même si elle aurait tant voulu savoir ce qu'était la « fête des fées papillons » évoquée par sa fille. Le nom était amusant.

À ce moment-là, le chat apparut à la porte de la chambre, la sortant de ses pensées et lui faisant pousser un cri d'épouvante. Saleté de bête ! Alors que Serena essayait de se calmer, Gas lui lança un regard furtif et poursuivit son chemin comme si de rien n'était.

Il ne s'attendait à aucune caresse, qu'il n'aurait de toute façon pas reçue.

6

Le portable de Serena la réveilla en sursaut à 3 heures du matin. Il lui fallut quelques secondes pour reprendre ses esprits. Elle avait envoyé valser les couvertures et elle était en nage, mais elle ne se souvenait pas de son rêve.

Encore étourdie, elle tendit un bras vers la table de nuit, prit l'appareil et vit que l'appel provenait d'un numéro inconnu. Elle se redressa, s'éclaircit la voix et répondit.

— Qui est à l'appareil?

— Je suis Berta, une des monitrices du chalet de Vion.

Serena perçut une fêlure dans sa voix.

— Que se passe-t-il? demanda-t-elle tandis que son cœur accélérait.

Maintenant, je dois aller rejoindre les autres. On se prépare : ce soir c'est la fête des fées papillons.

— Aurora va bien, la rassura Berta.

— Mais... ?

— ... Il y a eu un incendie au chalet cette nuit.

Un incendie, se répéta-t-elle, en essayant de comprendre la situation. La « fête des fées papillons » lui revenait à l'esprit.

— Nous avons pu faire sortir les filles mais elles sont terrorisées.

— Personne n'est blessé?

— Elles ont respiré un peu de fumée et certaines présentent des signes d'hypothermie ou de gelure, parce que cette nuit le thermomètre est descendu à –18°C. Mais les médecins les ont examinées et affirment qu'il n'y a pas lieu de s'inquiéter.

Encore cette petite fêlure dans sa voix… Cette fois, Serena la remarqua plus nettement. Quelque chose de vaguement douloureux, comme si un spectre triste jouait à se cacher entre les mots. En réalité, la monitrice n'avait pas répondu à sa question. Elle aurait dû lui dire que les filles allaient toutes bien, or elle ne lui avait fourni qu'un tableau général assez évasif.

Fête des fées papillons. Fête des fées papillons. Fête des fées papillons.

— Vous m'assurez donc que ma fille et ses camarades sont en parfaite santé ?

Le bref silence qui suivit lui glaça le sang.

— Oui, confirma-t-elle après un instant de trop.

Le cœur de Serena s'arrêta net.

Elle ment, pensa-t-elle.

— Comment s'appelle la victime ? demanda-t-elle, instinctivement.

— Je ne… balbutia la monitrice, prise au piège.

Mais Serena voulait savoir.

— Elle est morte, n'est-ce pas ?

— Elle a disparu.

Surprise !

Je le savais.

— Elle est française, ajouta Berta, précisant ainsi que Serena n'avait aucune raison de s'inquiéter.

Aurora était sauve, toutefois elle avait été témoin d'une tragédie du haut de ses six ans. Elle ne l'oublierait jamais, et porterait ce souvenir en elle pour le restant de ses jours.

— Elles étaient sous *votre* responsabilité, lança rageusement Serena. Comment est-ce possible ?

— Écoutez, vous ne pouvez pas… vous ne devez pas… balbutia l'autre.

La colère de Serena avait pris le dessus sur la peur et elle était prête à agresser la monitrice. Puis elle pensa à la fillette disparue et au coup de téléphone qu'une autre mère avait reçu cette nuit-là, ou s'apprêtait à recevoir. Bien sûr, ce ne serait pas Berta qui appellerait ce foyer en plein cœur de la nuit. C'était le rôle de la police. Il fallait espérer que la personne serait préparée à communiquer ce genre de nouvelle. Le ton serait totalement différent. Et aussi le sens des mots. Donc Serena devait s'estimer chanceuse.

— Je voudrais parler à ma fille, s'il vous plaît, indiqua-t-elle calmement.

— Les enfants sont avec un psychologue. On va bientôt s'occuper de les mettre en relation avec leurs familles.

— Ça va prendre combien de temps ?

— Je ne sais pas. Les autorités de Vion préconisent aux parents de ne pas se déplacer ici ce soir : il neige beaucoup et les routes ne sont pas praticables. Ils ne veulent pas que des accidents viennent s'ajouter à la tragédie.

Ils ne s'inquiètent pas pour nous, songea Serena. *Ils veulent juste éviter encore plus de malchance. L'incendie est déjà un coup dur pour l'image et la renommée de la petite localité alpine.*

— Les filles sont entre de bonnes mains, assura Berta.

Toutefois, à peine ces mots prononcés, elle parut les regretter, au vu de ce qui s'était passé.

— Vous pourrez bientôt leur parler et demain matin elles seront toutes raccompagnées chez elles.

La monitrice voulait lui faire comprendre que les autres parents s'étaient adaptés à la situation sans protester. Et qu'il était inutile de formuler des requêtes hors de propos.

Serena ne voulait contrecarrer les plans de personne. Elle souhaitait juste parler à Aurora, entendre de sa bouche que tout allait bien. Elle était prête à affronter ses larmes, son désespoir, et à l'entendre la supplier de la faire rentrer sans attendre. Elle envisageait même de lui demander pardon de l'avoir obligée à partir pour ce maudit séjour, même si bien sûr l'incendie n'était pas prévisible. Serena était même disposée à la serrer dans ses bras, comme jamais auparavant.

— D'accord, j'attends que vous me rappeliez avec ma fille.

Après avoir raccroché, elle resta assise sur son lit, incapable de bouger. Elle se sentait encore inquiète, mais elle ignorait pourquoi. Et puis, elle se demandait comment elle allait bien faire pour aider Aurora à surmonter ce traumatisme.

Pourtant, dans le même temps, une autre mère et un autre père affrontaient bien pire. Elle était angoissée pour eux, mais aussi soulagée de ne pas être à leur place.

La fête des fées papillons.

Son malaise persistait. Quand Gas apparut à nouveau à la porte de sa chambre, elle eut l'impression de revivre la scène de la veille au soir, à la fin de la conversation avec sa fille, quand il lui avait fait si peur.

Cette absurde sensation de déjà-vu la paralysa.

— Elle est française, avait révélé la monitrice, espérant calmer son inquiétude et mettre ainsi fin à l'interrogatoire.

— Aurélie, murmura Serena, repensant à la fillette qu'elle avait eue au téléphone par erreur, la veille.

Elle était malgré tout convaincue qu'Aurora était la disparue. Elle n'aurait pas su dire d'où lui venait cette certitude.

Ou peut-être que si. Mais s'il s'agissait vraiment d'Aurélie, alors il y avait une autre implication.

Hier soir les deux prénoms ont été confondus, pensa-t-elle.

Pour cette raison, Serena eut le besoin impérieux de se rendre à Vion.

7

Les essuie-glaces ne suffisaient pas à balayer la neige qui obstruait le pare-brise. La vallée de Vion n'était qu'à trois heures et demie de Milan, mais semblait appartenir à un autre monde. Les montagnes avaient remplacé le paysage de gratte-ciel et la nature avait pris le dessus sur le béton.

En conduisant sa voiture de location sur les routes sinueuses, Serena calcula que, à cause du mauvais temps et de la chaussée verglacée, elle n'arriverait pas avant 8 heures du matin.

Le thermomètre de la voiture indiquait −6°C, mais au téléphone la monitrice avait parlé de −18°C cette nuit-là. Serena avait apporté un sac de vêtements et un autre blouson pour Aurora, supposant que ses affaires avaient été détruites dans l'incendie. Elle avait essayé d'agir avec logique et lucidité, mais quelque chose la perturbait toujours.

Elle était troublée par l'équivoque entre les deux prénoms des fillettes qui avait eu lieu la veille.

Était-il possible qu'en une semaine cette idiote de monitrice n'ait pas appris correctement les prénoms des pensionnaires ? Durant la saison hivernale, les hôtes du chalet changeaient régulièrement, certes, mais le personnel devait être capable de les identifier toutes, afin de s'adapter à leurs besoins. Par exemple, certaines nécessitaient plus d'attention, quand elles quittaient leur foyer pour la première fois.

D'autres dormaient la lumière allumée ou avec un doudou. Sans parler des enfants souffrant d'allergies ou d'intolérances alimentaires…

C'est ma faute, songea Serena.

La veille, au téléphone, ils avaient confondu l'autre fillette avec Aurora parce qu'elle n'avait pas appelé tous les jours comme elle aurait dû. Ou comme l'avait sans doute fait la maman d'Aurélie.

À présent, elle était convaincue que c'était son enfant qui avait disparu dans l'incendie.

Après tout, qui pouvait lui assurer que cette nuit-là la monitrice n'avait pas à nouveau confondu les prénoms des deux fillettes ? La panique montait en elle. Sa crainte était infondée, pourtant elle n'arrivait pas à la calmer. Peut-être était-elle encore sous l'effet du rêve qui agitait son sommeil avant que la sonnerie de son portable ne la réveille en sursaut. C'était sans aucun doute un cauchemar, même si elle ne s'en souvenait pas. Et il était probablement encore à l'œuvre dans sa psyché, déjà éprouvée par la nouvelle de l'incendie, créant une sorte de séquelle émotionnelle.

Oui, la combinaison entre la phase onirique et la réalité avait généré l'obsession qui la tourmentait.

Elle approchait de sa destination. Bientôt, elle en aurait le cœur net. Et elle se sentirait stupide. Cette peur irrationnelle était son premier véritable tourment maternel. Seules les mères sont capables de voir du danger là où il n'y en a pas.

En attendant, l'appel d'Aurora qui lui avait été promis n'arrivait pas.

Son portable était sur le siège passager, en veille. Régulièrement, Serena activait l'écran pour vérifier qu'il y avait du réseau.

Pourquoi l'appel de ma fille n'arrive-t-il pas ?

Serena arriva dans la vallée au cœur des Alpes une demi-heure plus tôt que prévu. Elle aperçut au loin la petite ville perchée, bâtie autour d'une tour avec une horloge. Un serpent noir s'élevait dans la lumière de l'aube. Elle se laissa guider par le signal de fumée, comme s'il l'appelait.

Elle entra à Vion dans une atmosphère surréaliste.

L'animation dans les rues était habituelle pour la saison touristique. L'incendie n'avait pas arrêté l'armée de touristes qui logeaient dans les hôtels luxueux et qui, skis sur l'épaule, s'apprêtaient à rejoindre les remontées mécaniques de bon matin. De temps à autre, le bruit d'une sirène les enjoignait de s'écarter pour laisser passer un véhicule de secours.

Serena regardait les vacanciers, incrédule, en klaxonnant pour se frayer un passage. Et quand elle croisait leurs regards stupéfaits, ils se demandaient eux aussi ce qu'elle faisait là.

La route qui montait au chalet des enfants était barrée. Serena s'arrêta là où le lui indiqua un des agents qui surveillaient l'accès, puis elle baissa sa vitre pour lui parler.

— Je dois passer, déclara-t-elle alors qu'une odeur âcre, de plastique et de pneus plus que de bois brûlé, envahissait l'habitacle en même temps que le froid.

— Je suis désolé, c'est interdit, répondit l'homme avec un geste péremptoire du bras, en crachant de la buée.

— Je suis la mère d'une des filles du chalet.

Le policier la dévisagea. Son air abattu le convainquit qu'elle disait la vérité, ou alors simplement il eut de la peine pour elle.

— Ils les ont emmenées au centre d'accueil, à côté de l'hôpital.

Il lui indiqua la direction. Ce n'était pas loin

Serena y arriva en quelques minutes. Elle croisa des véhicules des forces de l'ordre et des camions de pompiers qui faisaient la navette avec le lieu du drame.

Le modeste hôpital blanc au toit incliné, orné d'une croix rouge, semblait sorti d'une autre époque. Tout comme le reste de Vion. Comme si la ville était tirée d'un conte d'hiver.

Serena se gara à la hâte, comme elle put. Sa tenue n'était pas adaptée au climat glacial, mais elle ignorait si elle tremblait à cause du froid ou pour une autre raison.

Saisie d'une angoisse nouvelle, elle se dirigea vers un groupe de personnes emmitouflées : sous leurs blousons, elles portaient des blouses ou des uniformes. Elle s'immisça dans le groupe et avança vers une sorte de chapiteau d'appoint à côté du bâtiment principal.

Le centre d'accueil dont avait parlé le policier.

En attendant, les cloches de la tour qui dominait la ville sonnèrent l'heure. Des coups lourds, réguliers, qui résonnaient autour de Serena tel un avertissement, accroissant son inquiétude.

Dong… Dong… Dong…

À l'entrée du bâtiment il y avait un sas, pour éviter que la chaleur de l'intérieur se disperse. Serena franchit la première porte, puis la seconde.

Elle se retrouva dans une grande salle où régnait un bourdonnement presque assourdissant.

La fête des fées papillons.

Entre le personnel médical, les brancards et les policiers, elle repéra les fillettes. Certaines étaient allongées et reliées à une bouteille d'oxygène, à cause de l'hypothermie. Plusieurs avaient encore le visage noir de suie mais portaient un survêtement propre, sans doute fourni par les secours. À cause des –18°C de la nuit, la plupart présentaient les signes d'un début de gelure : la peau du visage et des mains était rouge ou crevassée. Mais, globalement, elles allaient bien.

Leurs parents étaient avec elles.

Serena n'était donc pas la seule à avoir outrepassé la recommandation de ne pas venir à Vion. Elle n'avait jamais vu ces personnes, elle ne les connaissait pas, mais elle les identifia à leur tenue inappropriée : comme elle, ils avaient enfilé les premiers vêtements qui leur tombaient sous la main. Et ils avaient tous la même expression, à la fois soulagée et atterrée. Elles se débattaient entre l'apaisement de ce qui ne s'était pas passé et la terreur de ce qui aurait pu se passer.

Serena regarda autour d'elle, espérant apercevoir les boucles blondes qui lui auraient permis de reconnaître Aurora parmi la foule. N'était-ce pas ce qu'elles se disaient toujours, sa fille et elle ? Elle était convaincue que son enfant se trouvait quelque part. Son clone parfait, hormis la chevelure.

Je suis un lombric.

Elle était prête à l'embrasser. Oui, elle allait la serrer dans ses bras comme elle ne l'avait jamais fait. Et alors l'effroi se dissiperait. Toutefois, comme avec ces casse-têtes absurdes où il faut trouver l'intrus dans un dessin, elle n'arrivait pas à la repérer. Sans doute une nouvelle blague de la panique qui l'avait poussée jusque-là.

À un moment, le bourdonnement diminua. Il ne resta que les tristes coups du clocher.

Dong… Dong… Dong…

Serena comprit tout de suite que la raison de ce silence, c'était elle. Tous les présents s'étaient tournés pour l'observer, comme s'ils savaient quelque chose qu'elle ignorait. C'est alors que Serena comprit.

Chaque parent avait une fillette à serrer dans ses bras.

Sauf elle.

Le temps de l'après

1

Il y a plusieurs façons de réagir à la perte d'un enfant.

Certains se laissent submerger par la souffrance. D'autres se lancent dans une bataille enragée ou insensée contre le reste du monde. D'autres encore se résignent à passer le reste de leur vie avec un hôte silencieux, invisible pour les autres, qui les suit partout et ne les laisse jamais seuls, parce que son unique but est de les empêcher d'oublier. Une sensation déchirante et constante, qui peut mener à la folie. Mais la plupart du temps, la réaction est mesurée, digne. Intériorisée.

Le point commun de tous ces parents est la volonté inavouable d'aller de l'avant. Ils se rendent compte qu'aux yeux des autres, la douleur devrait paraître insupportable. Et ils sont presque mal à l'aise car ce qu'ils ressentent n'est pas suffisant pour les conduire à mettre fin à leurs jours.

Généralement les mères et les pères continuent de survivre, et ils en ont honte.

Serena se moquait du jugement des autres. Et même du sien. Sa manière de gérer le deuil la faisait entrer dans la catégorie des optimistes. Elle n'était pas certaine que cette catégorie existe, mais c'était ainsi qu'elle s'identifiait.

Sa première réaction avait été de créer un cocktail.

Pendant des années, elle avait fréquenté les bars à la mode de Milan et elle avait vu à l'œuvre des dizaines de barmen. En volant leurs secrets, elle avait imaginé la recette d'une boisson en l'honneur d'Aurora, qu'elle avait baptisée « Le *teddy-bear* ». Comme un ours en peluche tout chaud à serrer contre elle la nuit, quand le besoin d'affection se faisait sentir. Son nom évoquait l'enfance, l'innocence, la pureté.

Le *teddy-bear* était parfait pour célébrer le décès d'une enfant de six ans.

Serena avait lu quelque part que la perte d'un enfant pouvait engendrer la négation ou le refoulement de l'événement. Dans la frénésie qui l'avait saisie après Vion, elle était allée plus loin.

Elle avait embauché des personnes pour qu'elles débarrassent l'appartement de tout ce qui appartenait à Aurora, ou lui rappelait son existence. La petite chambre avait été vidée de son lit décoré de licornes, l'armoire rose, les livres de contes, les Barbie et tous leurs accessoires. Mais aussi les vêtements, les pyjamas, les chaussons, les draps à coccinelles. Serena avait tout donné à une œuvre de bienfaisance. Certains objets ne pouvaient plus servir, comme la brosse à dents ou les dessins enfermés dans les tiroirs du petit bureau, les cadeaux de fête des mères et les lettres au père Noël. Mais Serena avait fait comme si de rien n'était. Peu lui importait ce que devenaient tous ces objets. Quelqu'un d'autre s'occuperait de jeter ceux qui étaient inutiles. Les murs de la chambre avaient été repeints en blanc et la pièce était devenue un cagibi où entreposer les valises, les vieux meubles et les cartons.

Serena ne voulait pas que son appartement devienne un sanctuaire inviolable, où le temps se serait arrêté. Il n'y aurait qu'une porte fermée comme tant d'autres.

Le plus surprenant était qu'il avait fallu moins de trois heures pour faire disparaître toute trace d'Aurora.

Avec la même détermination, Serena avait licencié Mary, la nounou, et s'était séparée de Gas. Elle n'aimait pas être observée par ce chat et, comme de toute façon ils ne s'étaient jamais entendus, il n'y avait aucune raison de poursuivre la cohabitation. Alors elle avait passé une annonce sur Internet et deux heures plus tard elle avait remis la bête antipathique à un couple de barbus qui, sans même lui demander pourquoi elle le donnait, l'avaient immédiatement comblé de caresses.

Que ces deux-là profitent de ce maudit félin !

Serena avait retiré les photos de sa fille des cadres et supprimé celles de son téléphone portable. Ce choix tenait lieu d'avertissement pour toutes les personnes de son entourage. Sa maternité était un chapitre clos, personne ne devait mentionner l'événement ou tenter d'offrir sa compassion. À la différence des effets personnels d'Aurora, tous les souvenirs photographiques avaient fini sur un Cloud en ligne, protégé par un mot de passe. Serena doutait qu'elle aurait un jour envie de revoir ces images. Mais les enfouir sur Internet, dans une mémoire de silicium, avait en quelque sorte remplacé l'idée d'un enterrement.

En effet, on n'avait pas retrouvé le corps d'Aurora sur le lieu de l'incendie.

On avait expliqué à Serena que le feu peut être sans pitié, qu'il consume tout sur son passage. À haute température, les tissus humains se liquéfient et les os se pulvérisent. Il ne reste rien. Juste des cendres qui se confondent avec les débris.

La seule preuve de la mort de sa fille était une ligne vide sur une liste de noms.

Toutefois, on lui avait assuré que les légistes continueraient de chercher ne serait-ce qu'une trace d'ADN dans les décombres du chalet.

Aurora n'avait pas eu de chance.

Sa chambre au dernier étage avait été la première à brûler. La seule « consolation » que les experts avaient offert à Serena était que la fumée avait probablement atteint le lit de la fillette avant les flammes et l'avait empêchée d'être consciente au moment du drame.

Malgré cela, on ne pouvait parler de « mort » au sujet d'Aurora, ni la qualifier de « victime ».

La définition la plus correcte et acceptable était « disparue ».

C'était le mot qu'avait employé Berta quand elle avait appelé en pleine nuit pour lui annoncer le drame. Serena avait demandé si la fillette qui manquait à l'appel était morte et la monitrice lui avait répondu en s'agrippant à ce mot neutre, tellement respectueux de la réalité qu'il paraissait stérile.

Pourtant, certaines appellations cachent en elle une violence terrible.

Comme si le mot « disparu » ne donnait pas le droit de se résigner et forçait à espérer. En tout cas, il protégeait les autres de l'idée d'une enfant brûlée vive. Si elle est juste « disparue », alors elle n'est pas encore défunte : l'illusion est sauve.

Pour Serena, ce terme n'avait jamais rien signifié. Si elle avait dû lui donner un sens, Aurora ne serait ni morte ni vivante. Une absurdité.

Elle avait développé un tel sens pratique pour affronter la tragédie qu'elle avait refusé d'aller voir les ruines du chalet, ou même de retourner à Vion, pour s'enquérir des progrès de l'enquête ou juste pour déposer des fleurs.

Cela aurait été, à son sens, du temps perdu.

Apprendre que la cause de l'incendie était probablement un court-circuit lui avait suffi. Les flammes étaient parties du grenier, juste au-dessus de la chambre d'Aurora, puis elles avaient rapidement atteint toute la structure en bois.

Sa fille était condamnée.

Serena aurait pu engager un avocat pour faire un procès à l'entreprise qui organisait ces colonies de vacances, qui faisait elle-même partie d'une multinationale américaine propriétaire d'écoles privées dans le monde entier. À la place, elle s'était contentée de la première offre de dédommagement qu'on lui avait proposée et elle avait reversé la somme à une maison d'accueil pour enfants défavorisés. Naturellement, cette donation était restée anonyme. Aurora n'avait pas besoin que son nom figure sur une plaque commémorative.

Au bout d'un moment, même les images du chalet en feu qu'elle voyait à la télévision ou sur Internet – filmées par les nombreux détenteurs de téléphones portables qui avaient assisté à la scène – ne firent plus d'effet à Serena. Elle avait cessé de les regarder et elle n'avait pas lu un seul article sur la tragédie, ni suivi les journaux télévisés. Elle s'était fiée à la version que lui avaient fournie les pompiers, les rapports d'assurance et la police. Elle n'avait jamais ressenti le besoin de contester leurs conclusions.

La réalité était qu'Aurora n'était plus de ce monde.

Serena était certaine qu'après cette surexposition médiatique, après les attentions visqueuses et la pitié forcée, elle serait la seule à prononcer encore le nom de sa fille.

Aussi, chaque jour elle trinquait silencieusement à la mémoire d'Aurora avec le cocktail qu'elle lui avait dédié.

Après la tragédie de Vion, elle n'avait été absente de son travail qu'une semaine. Le temps d'expédier les procédures qui attestaient du décès d'Aurora. Bureaucratiquement, le système était un peu lent à enregistrer certains changements dans le *statu quo*, surtout quand il s'agissait d'une enfant. Il y avait beaucoup de formulaires à remplir et d'attestations à signer. Tribunaux, état civil, assurances.

Et il fallait attendre dix ans avant d'obtenir une déclaration de mort présumée.

Quelques semaines après l'épisode fatal, Serena reprit une vie mondaine. Des sorties avec des amis de confiance, quelques dîners. Elle programmait un voyage, elle n'avait pas encore décidé où. Au travail, elle était redevenue le « requin blond » que tout le monde connaissait et elle pressentait que ses chefs envisageaient de la promouvoir.

Et puis, elle dévorait à nouveau les hommes qui lui plaisaient. Le sexe était un carburant parfait pour la vanité. Une sorte de complément alimentaire pour booster l'estime de soi.

Finalement, reprendre les vieilles habitudes s'était révélé salutaire. Le pire était derrière elle, ou alors il ne s'était jamais produit. Serena n'avait pas laissé la souffrance prendre racine. Toutefois, cette sorte de renaissance n'était pas uniquement due à son caractère volontaire. Pour être honnête, elle devait aussi remercier le cocktail d'Aurora.

La recette du *teddy-bear* était assez simple. Il fallait juste respecter scrupuleusement les doses. Une fois qu'on se l'était appropriée, la boisson se préparait en moins de cinq minutes.

Deux doses de vodka pour soixante-dix-sept centilitres d'eau. La combinaison idéale était un mélange de Belvedere et d'Évian. Puis on ajoutait dix gouttes de Xanax, un comprimé écrasé de Seropram et un de Dicodin, voire un et demi pour accentuer l'effet anesthésiant.

Le mélange parfait pour tromper l'angoisse sans perdre totalement sa lucidité. En même temps, il garantissait le fameux effet euphorisant qui avait permis à Serena de faire disparaître l'ombre d'Aurora au quotidien.

Mais le but principal était de faire taire les coups du clocher de Vion qui, depuis le matin qui avait suivi l'incendie, continuaient de résonner dans ses oreilles.

Dong... Dong... Dong...

Incessants, obsédants. Ils scandaient une heure infinie. L'éternité du néant qu'il y a après la vie.

Le *teddy-bear* faisait aussi disparaître l'hallucination auditive. Toutefois, il avait fallu du temps pour atteindre un résultat satisfaisant. En effet, le cocktail était le fruit d'une étude poussée, ainsi que de plusieurs tentatives vaines à base d'autres alcools forts et de différents anxiolytiques, antidépresseurs, sédatifs et antidouleurs. Non seulement il devait faire taire les cloches et créer une sensation artificielle de bien-être, mais en plus il devait passer inaperçu.

Le produit final était un liquide transparent que Serena reversait dans la bouteille d'Évian qu'elle emportait toujours à son bureau, à la salle de sport, quand elle marchait dans la rue ou se rendait à un événement. Elle n'avait pas opté pour une gourde afin de ne pas éveiller les soupçons, et éviter d'inutiles suppositions sur son contenu.

Cette petite bouteille était devenue dès le début une fidèle compagne. Elle pouvait la poser bien en évidence sur son bureau ou à côté d'elle sur le tapis roulant au sport. Ses dimensions étaient idéales pour son sac Chanel. La validité du traitement était assurée, l'effet constant. À peine tremblait-elle un peu ou lui semblait-il entendre une cloche, elle dévissait le bouchon et buvait une gorgée, en toute discrétion. Ainsi personne ne remarquait ses failles. Devant les autres, elle était la Serena habituelle, aux vêtements sobres et impeccables, aux Louboutin aux talons reconnaissables entre tous, qui laissaient derrière elle une traînée incendiaire de Blossom Lange, d'Amouage. Les autres ne pouvaient rien soupçonner en la voyant.

Elle tenait tout le monde à distance, c'était nécessaire. Ou du moins elle le croyait. Car la réalité n'était pas comme elle la percevait.

La souffrance avait altéré sa vision du monde. Serena ne remarquait pas son aspect négligé, ses cheveux en désordre ni le fait qu'elle portait les mêmes vêtements plusieurs jours d'affilée. Son regard était souvent absent et il lui fallait du temps pour réagir quand quelqu'un lui adressait la parole. Et elle ne se rendait pas compte qu'elle empestait l'alcool, ni qu'elle avait toujours l'air hébété.

Ce n'était pas elle qui tenait les autres à distance, c'étaient les autres qui l'évitaient. Comme si la souffrance faisait d'elle une pestiférée et que sa malchance pouvait être contagieuse. Ses amis arrêtèrent progressivement de l'inviter à dîner et, les quelques fois où ils étaient sortis ensemble, elle leur avait fait honte. Les habitués de la salle de sport avaient eux aussi remarqué son changement. Et comme ils en ignoraient la raison, ils se moquaient d'elle. Elle avait pris du poids et, quand elle pratiquait certaines activités physiques, elle manquait rapidement de souffle.

Les hommes couchaient toujours avec elle, mais uniquement parce qu'elle constituait une proie facile. Le sexe avec les inconnus était devenu une autre façon de s'étourdir. Mais elle était incapable de percevoir à quel point elle leur paraissait pathétique. Après avoir fait leur affaire, ils la laissaient nue sur le lit d'une chambre d'hôtel et ils refermaient la porte sans lui accorder un regard.

La dérive de son état physique et psychique entraînait des répercussions sur son travail. Elle était perdue et ses chefs s'apprêtaient à la remercier. Dans le passé, grâce à son flair formidable pour les investissements, elle était capable de pronostiquer la performance d'une société ou d'anticiper l'exploit d'une action en Bourse. Mais la dernière fois que son sixième sens avait fonctionné, c'était quand elle avait senti qu'au chalet on avait confondu sa fille et la petite Aurélie.

Et surtout, qu'Aurora était la victime de l'incendie. Ou plutôt, la disparue.

Il lui arrivait encore d'entendre la voix de son enfant, comme si elle était restée prisonnière de son esprit. Alors elle se retournait, certaine de se retrouver nez à nez avec elle. Elle était toujours profondément déçue de découvrir qu'il n'y avait rien, hormis l'air et la poussière. Peut-être une tombe aurait-elle facilité les choses. Cela aurait été une façon d'assigner un endroit à Aurora. Un lieu où la penser, où la chercher, si elle en avait besoin. Un endroit où la trouver.

Mais les disparus ne laissent qu'un grand vide.

Serena n'avait jamais voulu de fille. Et quand Aurora était dans son ventre, elle avait rêvé plusieurs fois de faire une fausse couche. Malgré tout, elle considérait qu'elle avait été une bonne mère. Elle n'avait nullement l'intention de s'user avec le souvenir de ses disputes avec Aurora ou des moments où elle ne la supportait pas. Elle ne se sentait pas coupable. Désormais elle le savait, seules les mères peuvent penser à leur enfant à la fois comme un poids et une bénédiction. Seules les mères peuvent aimer et détester la chair de leur chair. Seule une mère peut comprendre qu'un tel compromis est possible entre la haine et l'amour. Et seule une mère, après avoir perdu un enfant, peut encore sauver sa conscience d'une telle contradiction.

Ainsi, un an après l'incendie, Serena était encore vivante.

Pourtant, jusque-là elle avait aussi bénéficié de l'accoutumance au souvenir, qui se produisait grâce au sexe, à l'alcool et aux psychotropes. Et dans son esprit elle avait construit une réalité alternative, où la souffrance n'existait pas. Elle projetait ce fantasme sur elle et sur tout ce qui l'entourait, avec l'illusion que les autres voyaient exactement ce qu'elle-même voyait.

Une partie refoulée d'elle-même craignait que, tôt ou tard, quelque chose ne vienne lacérer la fine membrane qui la séparait du monde réel.

Un imprévu.

Qui arriva vers 10 h 30, un dimanche matin de janvier.

Dong... Dong... Dong...

Serena se réveilla en sursaut et les cloches se transformèrent en la sonnerie de son portable, qu'elle tenait dans une main. Elle s'était écroulée sur son lit après une soirée dont elle n'avait aucun souvenir, mais dont elle portait encore les traces. Le maquillage qui coulait de ses yeux, la robe de soirée qu'elle n'avait pas retirée, son haleine chargée. Généralement, quand elle atteignait cet état, il lui fallait un moment pour s'en remettre. Mais cette fois, le téléphone lui rendit immédiatement sa lucidité.

Elle était réveillée. Mais pas uniquement du sommeil alcoolisé et drogué où elle avait sombré, cette nuit encore. C'était comme si elle s'était enfin réveillée dans sa vraie vie.

Elle hésita donc avant de regarder qui l'appelait.

Elle se sentait soudain étonnamment consciente. Son sixième sens était revenu. Et la mettait en garde.

Dong... Dong... Dong...

Si elle répondait, son existence serait bouleversée à nouveau.

2

— Je m'appelle Marion, je suis la maman d'Aurélie, se présenta la femme dans un italien parfait, hormis ses *R* qui trahissaient ses origines transalpines.

Serena comprit tout de suite qui elle était, mais eut du mal à sortir de la position inconfortable dans laquelle elle se trouvait. Elle était trop sobre d'alcool et de médicaments, et donc trop consciente de son état. Elle se sentait comme Cendrillon après minuit. Pour retrouver l'illusion d'être une princesse, elle aurait eu besoin d'une fée ou d'un autre *teddy-bear*. Elle essaya de se donner une contenance, car elle ne voulait pas que son interlocutrice perçoive son état lamentable.

— Bonjour, Marion, salua-t-elle, ignorant si c'était le matin ou l'après-midi.

— Bonjour.

Serena remarqua alors que son lit était mouillé. Elle avait à nouveau uriné dans son sommeil, un des effets collatéraux de son cocktail spécial.

— Que puis-je faire pour vous? demanda-t-elle sur un ton délibérément détaché.

— Est-ce que je peux t'appeler Serena et te tutoyer? Ce serait plus facile pour moi.

— D'accord.

— J'imagine qu'il est inutile de te demander comment tu vas. C'est encore si récent... Cela doit être dévastateur. Je n'ai pas d'autre mot pour définir ce qui t'est arrivé.

Serena ne répondit pas.

Tu aurais pu être moi, pensa-t-elle. *Et moi j'aurais pu être toi. D'ailleurs, pendant un moment nous avons été chacune à la place de l'autre*, se dit-elle avec envie.

Au début Marion avait reçu un appel lui disant que sa fille avait disparu dans l'incendie, de même qu'on lui avait communiqué, à elle, qu'Aurora était saine et sauve. Que ressent-on en apprenant qu'il s'agit d'une erreur, qu'en fait son enfant est bel et bien vivante ? Serena n'arrivait pas à imaginer ce que voulait dire revenir de l'enfer, passer de la souffrance à la joie, d'un état d'incrédulité à un autre.

Cela devait être comme ressusciter.

Dans la vie, peu de personnes expérimentent ce sentiment de libération du poids de la mort. Et la salope à l'autre bout du fil en faisait partie.

— Je t'appelle après avoir consulté les mères des autres filles qui étaient en vacances avec la tienne au chalet de Vion. J'espère que notre initiative ne te dérangera pas.

— De quoi s'agit-il ? coupa court Serena, en essayant de retirer sa culotte mouillée à l'aide de son talon.

— Nos filles n'ont jamais oublié Aurora, déclara Marion, faisant involontairement remarquer que leurs enfants étaient vivantes et la sienne morte. Elles continuent à parler d'elle, elles nous racontent ce qu'elles ont fait ensemble pendant cette courte semaine.

Ces mots étaient comme des coups de couteau.

— Cela me fait plaisir qu'elles se souviennent d'elle, commenta Serena, emplie de haine.

En même temps elle scrutait la pièce du regard, essayant de se rappeler où elle avait posé la dernière bouteille de son cocktail fétiche. Elle ne comprenait pas où voulait en venir cette femme, mais elle se doutait qu'elle aurait très vite besoin de boire.

— Ce sera bientôt le premier anniversaire du drame, affirma la mère d'Aurélie comme si Serena avait besoin d'un rappel. Puisqu'il n'y a jamais eu d'enterrement, les filles n'ont jamais pu faire leur deuil.

Cette phrase semblait presque insinuer que c'était la faute de Serena. Qu'aurait-elle dû faire ? Organiser une petite fête avec un gâteau et un clown ? Et les invitées seraient reparties avec des ballons, des bonbons et un sachet de débris ?

— Nous nous sommes dit qu'il serait bon pour les filles d'avoir une occasion de se souvenir d'Aurora. Alors nous avons pensé à une célébration de vie.

Quelle riche idée, pensa Serena.

— L'incendie a eu lieu un dimanche, mais le lundi il y a école, alors nous envisageons d'anticiper au samedi.

En effet. C'était raisonnable.

— Nous avons trouvé l'endroit : une salle à la fondation Prada. Ce sera très élégant et, naturellement, tu n'auras rien à faire : nous nous occupons de tout organiser !

Serena détestait cet accent coquet, mais elle ne l'interrompit pas. Elle était terriblement impatiente de connaître les détails.

— Avec d'autres mamans, nous avons monté une sorte de comité et nous nous sommes partagé les tâches. Nous pensions aussi à un petit buffet.

De mieux en mieux. Ayons un bar à teddy-bears *aussi !*

— Par hasard, peux-tu nous dire quelles fleurs auraient plu à Aurora ?

— Des lys, répondit Serena uniquement parce que cette fleur fut la première à lui passer par la tête.

Elle trouvait cette proposition pour le moins loufoque. Une occasion mondaine de faire étalage de sa souffrance.

— Peut-on compter sur ta présence ?

Avec ou sans elle, l'événement aurait lieu. *Mais je serai tout de même l'invitée d'honneur*, pensa Serena. Elle attendit un instant avant de répondre, histoire de créer un peu de suspense.

— Je ne raterai cela pour rien au monde !

— Bien, alors c'est décidé, je t'envoie toutes les infos par message ! s'exclama naïvement Marion, triomphante.

— J'ai hâte.

Serena insistait dans son rôle, tout en se demandant comment l'autre pouvait être assez stupide pour tomber dans le panneau.

— Bien sûr, l'invitation vaut aussi pour le papa d'Aurora.

— Malheureusement, il ne pourra pas participer, dit-elle seulement.

En effet le père, ignorant qu'il avait eu une fille, s'était épargné le déchirement de l'avoir perdue.

— L'important, c'est que tu sois là, conclut Marion.

Quand elles raccrochèrent, Serena passa un long moment à regarder dans le vide. Malgré la puanteur d'urine qui exhalait du matelas, elle n'arrivait pas à bouger. Elle avait besoin d'une douche, et peut-être aussi de vomir. L'angoisse montait en elle, comme un rat qui sort d'un égout. Il fallait qu'elle la chasse à nouveau au fond d'un puits noir.

Belvedere, Évian, Xanax, Ceropram et Dicodin. Ses seuls amis. Ses alliés. Ils la sauveraient, eux.

Elle allait ignorer le prochain message de Marion et bloquer le numéro de cette salope, au cas où elle aurait à nouveau l'envie de la contacter.

Quand Serena se leva enfin du lit, vacillante, elle aperçut son reflet dans le miroir de sa chambre. Les cheveux dressés sur sa tête. Le masque déchu de fond de teint et de mascara. La robe à paillettes qui remontait le long de ses hanches, découvrant son nombril. Sans culotte. Au-dessus du pubis, il y avait une fine ligne, comme une ride horizontale.

La cicatrice de sa césarienne.

Cette trace s'atténuait généralement au bout d'un an, du moins c'était ce que lui avaient assuré les médecins qui l'avaient fait accoucher pendant son coma. La sienne avait été plus tenace. Elle avait tout fait pour s'en débarrasser. D'abord les crèmes, puis la chirurgie esthétique. Elle avait fini par retrouver un ventre parfaitement lisse.

Mais après la mort d'Aurora, la cicatrice était réapparue.

C'était comme si son corps ne voulait pas oublier qu'il y avait eu une fille, une enfant qui portait le nom d'une lessive liquide, conçue dans la chaleur d'un hiver balinais, disparue dans l'incendie d'un chalet, une nuit où il faisait –18°C.

Serena jugea que, tout compte fait, participer à la commémoration à la fondation Prada n'était pas une si mauvaise idée. Cette fois, elle ne fut pas poussée par un pressentiment. Elle avait même déjà oublié la prémonition qui l'avait saisie avant de répondre à Marion. Cette fois, elle avait trouvé une autre motivation.

Elle irait faire une surprise à tous les invités. Elle se présenterait au mieux de sa forme physique actuelle, elle apparaîtrait dans toute sa splendeur décadente, escortée par ses fidèles cavaliers Belvedere, Évian, Xanax, Ceropram et Dicodin.

Elle montrerait à ces mères ignorantes ce qu'elles risquaient chaque jour sans le savoir, simplement en envoyant leurs filles dans le monde.

Marion et ses amies allaient probablement la détester. Mais elles finiraient par se sentir incroyablement chanceuses de ne pas être elle.

3

Le volume du téléviseur du salon était à fond. La chaîne diffusait un feuilleton d'après-midi.

Dans la pièce à côté, Serena regardait le plafond d'une chambre qui n'était pas la sienne. Pas plus que l'appartement.

L'homme allongé à côté d'elle ronflait légèrement, tourné de l'autre côté. La télé dans la pièce à côté ne paraissait pas le déranger.

Serena observa sa nuque. Elle préférait éviter de voir à nouveau son visage, ou son pénis, même si jusque-là cela ne l'avait pas dérangée.

Ils étaient tous les deux nus, mais à présent elle se sentait mal à l'aise.

Elle voulait filer avant qu'il ne se réveille. Quand elle bougea, elle sentit un liquide visqueux couler entre ses jambes. Elle envisagea d'aller se nettoyer avec un Kleenex ou du papier toilette, mais quand elle parvint à se lever, une crampe au mollet la força à renoncer. Elle serra les dents pour ne pas crier. Mieux valait attendre un moment avant de retenter.

Elle se rallongea.

Juste après un bref orgasme, son partenaire avait sombré dans un profond sommeil. Serena se tourna pour observer ses épaules. Il était bel homme, indéniablement. La petite quarantaine. Il entretenait visiblement son corps grâce au sport. Dans l'entrée, Serena avait aperçu des clubs de golf et une rame de paddle. Mais elle était trop occupée à lui arracher ses vêtements sur le moment pour s'arrêter sur certains détails.

Ils avaient commencé à s'embrasser dans l'ascenseur. Quand ils avaient refermé la porte de l'appartement, il l'avait poussée contre le mur et lui avait retiré sa culotte. Puis il avait plongé son visage entre les cuisses de Serena, qui avait senti sa langue chaude se frayer un chemin en elle, ses baisers profonds.

Quand un homme la prenait de cette façon, elle mouillait immédiatement. Craignant de jouir trop vite, elle l'avait arrêté. En se touchant et en s'embrassant partout, ils s'étaient traînés jusqu'à la chambre à coucher. L'odeur de l'homme était un mélange de sueur et d'un parfum à la note marine. Sa peau était fébrile, ses mains puissantes. Absolument désirable. Mais maintenant, en le voyant endormi comme un gros enfant fatigué, elle changea d'avis.

Serena repensa à la façon dont ils s'étaient retrouvés là, ce samedi après-midi.

Le même jour, à 10 heures du matin, elle s'était présentée à la fondation Prada. La cérémonie devait commencer à 9 heures, mais son retard était savamment calculé.

Pour l'occasion, elle avait choisi une robe noire en soie sablée, Prada bien entendu. Décolleté plongeant en V, malicieusement porté sans soutien-gorge, longueur juste au-dessus du genou. Escarpins couleur cèdre, qui lui allongeaient les jambes. Grosses lunettes de soleil qui complétaient son expression renfrognée. Selon les indications, elle était montée au premier étage du bâtiment conçu par la célèbre agence hollandaise d'architecture OMA. La salle était la première à droite.

Comme prévu, tous les invités étaient déjà arrivés.

Avant de faire son entrée remarquée, elle s'était arrêtée sur le seuil pour observer l'assemblée, calculant qu'il y avait au moins quatre-vingts personnes. Elle s'attendait à un événement plus confidentiel. Le public n'était pas uniquement constitué des onze rescapées et de leur famille proche, sinon le nombre ne s'expliquait pas.

Au fond de la salle il y avait une sorte d'estrade avec un pupitre et un micro. Pour le moment, sur la scène, une petite fille jouait du violon. Peut-être était-ce Aurélie ? La musique était poignante, tout le monde l'écoutait.

Serena attendit la fin du morceau. Des applaudissements s'élevèrent et c'est alors qu'elle fit son entrée. Son apparition captura immédiatement l'attention du public. Les têtes se tournèrent vers elle et, en la voyant, tout le monde cessa de battre des mains, laissant la place au silence et à l'écho de ses talons.

Comme le matin qui avait suivi l'incendie, dans le chapiteau à côté de l'hôpital de Vion, sa seule présence faisait taire tout le monde.

Serena avançait dans un nuage de Baccarat Rouge 540, agrippée à l'anse de son sac Kelly en cuir noir. Derrière ses lunettes sombres, elle scrutait les visages de ces inconnus, leurs expressions abasourdies. Il y avait les frères et sœurs des survivantes, mais aussi leurs grands-parents, oncles et tantes, cousines et cousins. Et bien sûr, leurs parents.

Aurora n'avait toujours eu que Serena.

Cette dernière repensa aux Noël, aux vacances, aux anniversaires passés toutes les deux. Sa fille aurait-elle aimé qu'il y ait aussi quelqu'un d'autre ?

Si j'étais morte à sa place, aujourd'hui elle serait seule au monde, se dit-elle.

Jusqu'à ce jour, elle n'y avait jamais pensé.

Elle remarqua que les petites pensionnaires du chalet de Vion étaient au premier rang, chacune à côté de sa mère, impeccables dans leurs robes foncées, leurs cheveux longs, bien peignés, sagement assises. Elles paraissaient si différentes des fillettes terrorisées, le visage sale, gelées, qu'elle avait vues le lendemain du drame.

Elles avaient toutes grandi d'un an. Aurora, elle, était bloquée à l'âge de six ans, comme prisonnière du maléfice d'une sorcière. Serena n'avait jamais pensé auparavant que sa fille ne prendrait pas d'âge, qu'elle resterait une enfant pour toujours.

Une belle femme, mince et élégante, qu'elle n'avait jamais vue auparavant, s'était levée pour venir à sa rencontre. C'était la mère d'Aurélie.

— Merci d'être venue, lui avait dit Marion en prenant ses mains dans les siennes avant de les serrer fort.

Elle avait accompagné Serena à la place qui lui était réservée, à côté d'elle.

Interrompant ainsi son défilé, Marion avait voulu rétablir les rôles et la hiérarchie. C'était elle, la maîtresse de cérémonie.

Mais Serena allait bientôt occuper toute la scène.

Quelques heures plus tard, dans le feuilleton diffusé dans l'appartement inconnu, un homme et une femme se disputaient. Le volume était toujours assourdissant, pourtant Serena n'arrivait pas à comprendre les raisons du différend entre les personnages. Une histoire de cœur et peut-être d'argent.

Le téléviseur était la stratégie adoptée par son amant pour couvrir ses gémissements de plaisir. Bien sûr, elle-même se moquait que les voisins l'entendent jouir.

Sa crampe était passée, et lui dormait toujours, Serena essaya à nouveau de se lever.

Elle posa le pied à terre mais resta immobile car sa tête tournait. Elle remarqua alors sur la table de nuit le dernier roman de Sophie Kinsella, une crème pour les mains, un masque d'avion et un tube de gélules d'homéopathie pour dormir. Aubépine et passiflore, rien à voir avec ses cachets fétiches.

Puis elle aperçut une porte fermée au fond de la pièce et eut la curiosité d'aller voir ce qu'elle dissimulait. Soudain elle n'était plus pressée.

Elle se retrouva dans un petit dégagement qui desservait deux autres pièces. À gauche se trouvait la salle de bains parentale, avec ses deux lavabos assortis. Sur les côtés du miroir, deux armoires murales. Serena les ouvrit et fouilla. La première contenait des affaires d'homme. Mousse à raser, rasoirs, un coupe-ongle, des potions et une pommade pour les hémorroïdes. Dans la seconde, elle trouva des crèmes de beauté, des disques de coton et des plaquettes de pilules contraceptives.

Elle revint sur ses pas et ouvrit la deuxième porte. Elle tira sur le cordon qui commandait la lumière et découvrit un dressing, divisé en deux parties égales. D'un côté, des costumes masculins faits sur mesure. De l'autre, des robes de haute couture. Les chaussures et accessoires avaient leurs propres compartiments.

Elle passa la main sur les robes, son regard allant de l'une à l'autre. Puis elle saisit la manche d'une veste d'homme et la renifla. Elle reconnut le parfum de l'homme avec qui elle venait de faire l'amour.

Elle se demanda si sa femme soupçonnait qu'il emmenait d'autres femmes chez eux pour les baiser dans le lit matrimonial. Toutefois, il s'était montré tellement maladroit qu'elle avait sans doute été la première. En effet, elle avait pris l'initiative et il avait suivi. Son talent de séductrice était resté intact. Elle avait toujours eu la capacité de convaincre même les plus réticents à la transgression. Peut-être que l'homme qui dormait dans la pièce à côté avait toujours rêvé de céder la tentation, mais qu'il avait attendu de rencontrer une femme comme elle pour trouver enfin le courage de se laisser aller ?

Comment était-ce, d'être marié à lui ? Dormir avec lui chaque nuit. Partager son espace. Échanger les habitudes et en créer de nouvelles. Perdre, année après année, le sens de la pudeur. Se permettait-il des pets ou des rots bruyants devant sa femme ? Mettait-il les doigts dans son nez ? Serena se demandait aussi si, chaque fois que son épouse bien-aimée allait aux toilettes, son mari sentait l'odeur d'une grosse commission.

Soudain elle eut un haut-le-cœur. Elle retourna à la salle de bains juste à temps pour vomir dans un lavabo.

Ce matin-là, elle était restée bien tranquille pendant presque toute la cérémonie. Assise à côté d'elle, Marion lui tenait toujours la main, comme si elles étaient deux vieilles amies.

En attendant, les onze petites rescapées s'étaient relayées sur l'estrade. Certaines avaient lu une poésie ou un texte, écrits pour l'occasion. D'autres avaient joué d'un instrument, comme la fillette au violon. Une petite fille avait entonné un chant pastoral. Puis avaient suivi les récits des quelques jours passés avec Aurora. Elles avaient raconté des anecdotes amusantes.

Serena observait Marion, si attentive à ce que tout se déroule selon le programme établi, sans anicroches. Elle avait l'impression que la femme avait tellement bien organisé la cérémonie qu'elle savait déjà à quel point le pathos serait dosé, comment alterner l'émotion et la légèreté. Comme si elle avait prévu précisément quand le public allait rire ou pleurer.

Ce que Marion ne pouvait pas imaginer, c'était qu'à la fin du spectacle, Serena allait monter sur la scène pour dévoiler son état d'âme. Et ce faisant, elle n'allait rien épargner au public rassemblé ce samedi matin. Elle allait décrire ce que l'on ressent en vidant un appartement des affaires d'une fille, quand on comprend que tout ce qu'il nous reste d'elle est froid et inanimé. Poupées, livres, crayons de couleur, peluches. On ne peut même pas toucher ces objets, parce que chaque chose nous blesse, comme si elle était en verre coupant, en lames métalliques microscopiques ou en métal brûlant. Elle allait partager avec ces inconnus ce que l'on ressent en donnant le chat de sa fille, pour qu'il puisse trouver un peu d'affection ailleurs. Elle allait leur révéler le déchirement sourd et inguérissable qui oppresse constamment la poitrine. Et avouer la lâcheté de ne même pas réussir à s'ôter la vie. Elle allait raconter sa descente aux enfers, leur faire savoir que l'enfer n'a pas de fond. C'est un long tunnel obscur de souffrance, où l'on peut seulement tomber encore plus bas.

Elle allait leur révéler ce que signifie vivre avec un fantôme qui est partout mais ne parle pas.

Et puis, elle allait bien faire comprendre à tout le monde où ils pouvaient se mettre leurs condoléances, et surtout qu'ils devaient la laisser tranquille. Cela promettait d'être mémorable. Et utile pour ces gens. Personne ne la remercierait, mais ils se souviendraient sans doute de cette scène pour le restant de leurs jours. Ils seraient les témoins de la façon dont le désespoir défigure les personnes et, à partir de là, ils protégeraient encore plus ce à quoi ils tenaient vraiment.

Cependant, au moment où elle se levait pour aller vers le micro, les onze petites filles s'étaient approchées avec une pile de feuilles tenues par un ruban rouge. Au nom du groupe, Aurélie lui avait expliqué qu'une des monitrices de Vion avait pris beaucoup de photos, pendant cette semaine à la neige. Mais comme son appareil numérique avait été détruit dans l'incendie, chacune avait dessiné ses souvenirs.

Serena avait pris le paquet sans savoir quoi dire. Puis l'avait ouvert et avait regardé les dessins. Ils représentaient les sept derniers jours de la vie d'Aurora. Les cours de ski. Les descentes en luge. Les après-midi passés à patiner. La sortie en traîneau tiré par des chevaux. Les soirées devant la grande cheminée. Et puis, le dernier soir. La fête des fées papillons, où elles portaient toutes des ailes bleues et des filaments argentés dans les cheveux.

Sur les images colorées, sa fille était toujours souriante. Elle se demanda si c'était réellement le cas, ou si Aurora était triste parce que sa maison ou son chat lui manquaient. Ou sa mère.

Dong… Dong… DONG!

Serena avait commencé à entendre les maudits coups des cloches de Vion. Elle s'était retournée, cherchant l'horloge, mais elle n'avait trouvé que les regards des présents. Ses genoux étaient sur le point de céder. À ce moment-là, tout le monde voyait une mère vacillant sous le poids de l'émotion. Parents, grands-parents, oncles et tantes, tous se délectaient de la noblesse des sentiments de leurs enfants. Serena, elle, était folle de colère. S'attendaient-ils à ce qu'elle éclate en sanglots ? On ne peut pas ajouter de souffrance à la souffrance, et désormais Serena en était saturée.

Toutefois, le geste des petites rescapées avait contrecarré son plan. Elle avait perdu le contrôle, sa vue s'était brouillée et elle avait fini par s'évanouir comme une idiote.

Mais quelqu'un l'avait rattrapée avant qu'elle touche le sol.

Les mêmes mains qui, quelques heures plus tard, allaient lui pétrir les seins et les fesses avec passion.

Quand Serena eut fini de se vider l'estomac, toujours nue, elle ne prit même pas la peine d'ouvrir le robinet pour nettoyer son vomi dans le lavabo. Elle laissa tout en l'état et retourna dans la chambre à coucher. Son amant ronflait plus fort. Elle ramassa sa robe Prada et ses chaussures et se rhabilla.

Et puis, comme l'homme était sur le côté, elle fit le tour du lit pour voir une dernière fois son visage.

Sur la table de nuit, une photo était retournée. Serena souleva le cadre pour la remettre en place. Elle observa un instant les personnes qui y figuraient. Une petite famille parfaite. Quand Serena avait compris que, après la cérémonie, la femme et la fille partiraient à Nice dans leur résidence secondaire, elle avait enclenché le processus de séduction du père de famille.

Elle envoya un baiser à la photo où son amant posait avec Marion et Aurélie. Puis, ses escarpins à la main, elle se dirigea vers la porte d'entrée, en disant adieu du regard à chaque objet qu'elle croisait sur son chemin. Elle ne reviendrait jamais dans cet appartement.

Toutefois, en passant par le salon pour récupérer son sac Hermès, elle entendit la voix de Marion.

— Pourquoi ?

Serena se retourna et se retrouva face à elle sur l'écran de la télévision. Attitude digne, expression souffreteuse.

« Pourquoi est-ce arrivé ? Non seulement il n'existe pas de réponse, mais en plus il n'y a personne à qui poser la question. »

L'épisode du feuilleton avait pris fin et c'était l'heure d'un débat d'après-midi où se mélangent faits divers et potins people, passant d'un crime de province à un scandale sexuel, d'une histoire à briser le cœur à un mariage VIP.

Marion répondait à la demande d'une invitée. L'émission avait été enregistrée le matin même, à la fin de la cérémonie à la fondation Prada.

Le sujet était le drame de Vion.

Les journaux télévisés en avaient parlé sur le moment et, un an plus tard, ne s'en occupaient plus. Mais pour une émission de ce genre, c'était un thème juteux et les auteurs avaient saisi le prétexte de l'anniversaire pour faire verser quelques larmes aux spectateurs. Serena imagina le public qui, derrière l'émotion, cachait sa curiosité perverse d'entendre parler d'une enfant disparue, qui avait sans doute brûlé vif.

« Je ne sais pas comment j'aurais réagi à sa place » poursuivit Marion en évoquant Serena. « Même si nos filles sont rentrées à la maison, chacune d'entre nous est cette femme. »

Elle parlait au nom des mères des enfants rescapées.

Ses propos étaient sensés, mais dans ce contexte n'importe quelle parole perdait son authenticité. Alors Serena avança vers le téléviseur, s'empara de la télécommande qui traînait sur le canapé et mit fin à cette exhibition obscène.

Le calme parvint à la détendre, mais pas pour longtemps. La vibration de son téléphone la fit sursauter.

Serena sortit l'appareil de son sac et regarda qui l'appelait.

Sur l'écran, les mots « numéro inconnu » clignotaient.

Elle ne répondait jamais aux appels anonymes, en plus elle ne voulait pas réveiller son amant endormi. Elle refusa l'appel et se dirigea vers la porte d'entrée. Mais alors qu'elle posait la main sur la poignée, l'appareil vibra à nouveau.

Toujours le numéro inconnu.

Elle pensa qu'il s'agissait d'un appel commercial. Elle referma la porte derrière elle et cette fois, elle répondit, prête à envoyer balader son interlocuteur.

— Qu'est-ce que vous voulez ? répondit-elle.

Mais à l'autre bout du fil, il n'y eut que du silence. Pourtant, on n'avait pas raccroché. Peut-être ne l'entendait-on pas.

— Allô ? dit-elle alors, agacée.

Elle aurait pu raccrocher, mais elle avait envie de se disputer avec quelqu'un.

— Alors, connard, tu te décides à parler ?

Le silence fut brisé par un son.

Dong… Dong… Dong…

D'instinct, Serena éloigna le smartphone de son oreille. À ce moment-là, elle se rendit compte que les cloches sonnaient dans le téléphone.

Et elles venaient de Vion.

— Allô ? répéta-t-elle, craintive.

On raccrocha.

Serena regarda l'appareil dans sa main, sans comprendre le sens de ce qui venait de se passer. Elle n'eut pas le temps de réfléchir.

Au bout de quelques secondes, elle reçut un texto. Anonyme, lui aussi.

4

Serena rentra chez elle et ferma la porte.

Elle posa son téléphone par terre et s'assit sur un pouf en velours bleu dans l'entrée. Elle observa l'appareil de loin, comme s'il était sur le point d'exploser. En même temps, elle jouait machinalement avec ses clés et se demandait quand le portable allait cesser de sonner.

En moins d'une heure, elle avait reçu une dizaine de messages anonymes. Des messages qu'elle refusait d'ouvrir.

C'était comme si l'inconnu avait anticipé sa réticence. Et il insistait.

La rafale de bips s'arrêta après la onzième notification.

La coïncidence troubla Serena. Onze, comme les fillettes rescapées de l'incendie du chalet de Vion. Il manquait la douzième. Aurora.

Quand elle décida que le silence avait assez duré, Serena se leva du pouf et alla retirer sa robe Prada.

Mais elle ne toucha pas au téléphone.

Elle passa la soirée à essayer de ne pas y penser, avec l'aide du mélange habituel d'alcool et médicaments. Mais cette fois le *teddy-bear* s'avéra inefficace, l'esprit de Serena revenant toujours à son interlocuteur mystère.

Dong… Dong… Dong…

Serena savait que son portable l'attendait, c'était juste une question de patience. Combien de temps résisterait-elle encore à son appel ? Elle espérait être assez forte. Mais plus les heures passaient, plus elle se sentait faible et soumise.

Elle mangea une salade insipide qu'elle ne termina pas, s'accorda une douche chaude qui ne lui procura aucun soulagement, erra dans l'appartement mais ne trouva rien pour se distraire.

Elle finit par céder.

Furieuse contre elle-même, elle alla ramasser son téléphone, les mains tremblantes, et ouvrit l'application des messages.

Les SMS étaient tous identiques. Aucune phrase, aucun mot. À l'instar de l'appel muet où résonnaient les cloches.

Dong… Dong… Dong…

Ils contenaient tous un lien Internet.

Qu'est-ce que cela signifiait ? Elle avait l'impression que quelqu'un jouait avec ses nerfs. Ou alors, on testait sa force de volonté. On essayait de jauger jusqu'où elle irait.

Une épreuve, bien sûr, se dit Serena. *D'accord. Je suis prête.*

Alors elle posa le doigt sur le lien, comme si elle écrasait un cafard. Elle se retrouva sur un site de partage de vidéos, où l'on met en ligne anonymement du contenu.

Des images de l'incendie apparurent sur l'écran.

Était-ce une blague ? Pourquoi la soumettre à une pareille torture ? Il fallait être cruel. Sans cœur. Qui que soit l'expéditeur des messages, il savait qu'elle avait cédé et regardait à présent la vidéo. Même s'il ne pouvait pas la voir, il jouissait en secret de sa capitulation. Et s'il lui suffisait d'imaginer ce qu'elle ressentait, alors il était sacrément cynique.

À bout, Serena interrompit la lecture. Mais quelque chose la fit changer d'avis.

Au début, le film ressemblait à tous ceux que les curieux avaient pris avec leurs téléphones, la nuit du drame.

Mais celui-ci était différent. Dérangeant. Filmé à la verticale avec un smartphone, il montrait les flammes qui s'élevaient dans la nuit. Le chalet ne s'était pas encore effondré, il ressemblait à un énorme dragon blessé à mort qui continue de cracher des flammes.

Aurora était prisonnière de ce monstre bouillonnant.

Le souffle de la personne qui tenait l'appareil se condensait en nuages de vapeur devant l'objectif. Dans la neige qui tombait sans bruit, on n'entendait que le crépitement du feu devenu fou et l'édifice se détruisant peu à peu.

Ce qui perturbait Serena était l'absence de voix agitées et de sirènes. Comme si le film avait été tourné avant l'arrivée des secours.

Alors qu'elle cherchait à donner un sens à ce qu'elle voyait, elle reconnut la fenêtre de la chambre de sa fille.

Troisième étage, dernière sur la droite.

La vidéo s'interrompit au bout d'une minute. Serena avait eu le temps de remarquer un détail, en apparence insignifiant mais qui détonnait avec la reconstitution des faits qu'on lui avait servie.

Elle se repassa l'extrait et comprit qu'elle ne s'était pas trompée.

Il faisait –18°C la nuit de l'incendie. Elle-même avait eu la peau glacée à son arrivée à Vion, quelques heures après le drame.

Alors pourquoi, sur les images, la fenêtre de la chambre d'Aurora était-elle entrouverte ?

La lueur du feu

1

Serena aurait pu effacer les messages contenant le lien et essayer d'oublier, mais elle se sentait inhabituellement confiante sur la route qui traversait la petite vallée entre les montagnes.

Elle était tellement sûre d'elle qu'elle n'avait pas besoin de revoir la vidéo.

Jusqu'à quelques heures auparavant, elle aurait juré qu'elle ne remettrait jamais les pieds sur ces lieux. Mais c'était comme si Vion l'avait convoquée. Ou plutôt comme si cette ville l'attirait, qu'il y avait entre elles quelque chose d'inachevé, une affaire à régler une fois pour toutes.

Dong… Dong… Dong…

L'aube se frayait un chemin derrière les nuages blancs et la neige tombait à gros flocons lents, toutefois la température était moins basse que le matin de l'incendie. De même que l'état d'âme de Serena était différent. La peur ne lui chuchotait pas à l'oreille les pires scénarios possibles. Peut-être au fond d'elle y avait-il juste une petite lueur secrète.

L'espoir qu'il existe une vérité alternative.

Serena en était convaincue : cette fenêtre entrouverte par une nuit glaciale était une anomalie. Comme si l'univers, dans son plan cruel de lui arracher sa fille, s'était distrait et avait commis une petite erreur. Et elle s'était mis en tête d'y remédier afin de désavouer le destin.

Elle avait donc enfilé des chaussures confortables et un gros blouson, puis elle avait loué un véhicule tout-terrain et glissé dans un sac à dos des affaires ainsi que son ordinateur portable. Elle avait pris la route après avoir envoyé un mail pour prévenir Fabrizio, son assistant, qu'elle serait absente quelques jours.

Sachant qu'elle devrait conduire jusqu'à Vion, depuis la veille au soir elle avait repensé les doses des ingrédients du *teddy-bear* pour rester le plus lucide possible. À ce moment-là, ses nerfs semblaient tenir. L'adrénaline de ce qu'elle s'apprêtait à faire avait pris le dessus.

Bien sûr, avant de monter dans la voiture, elle avait fait des provisions de psychotropes, de sédatifs et d'antidouleurs, pour son cocktail spécial. Quant à l'Évian et à la Belvedere, elle était certaine de réussir à s'en procurer sur place. Elle ne savait pas combien de temps son foie tolérerait ce traitement mais l'idée d'arrêter la terrorisait au moins autant que celle de tomber malade. En revanche, mourir lui importait peu, même si elle soupçonnait que la mort lui avait déjà assez joué des tours et que la faucheuse s'amusait maintenant à la faire survivre très longtemps.

Un an plus tard, Vion était toujours un paysage de carte postale. Les toits couverts de neige, les fenêtres à la lumière dorée, les maisons regroupées autour du beffroi. Mais il n'y avait plus de serpent de fumée s'élevant entre les bâtiments.

Son entrée dans la ville de conte de fées ressembla à la précédente : au volant de sa voiture, elle essaya de se frayer un chemin dans les rues entre les skieurs qui avançaient en direction des remontées mécaniques. Mais cette fois, pas de sirènes pour déranger la lente procession des touristes, ni de véhicules de secours qui contraignaient tout le monde à s'écarter.

En regardant autour d'elle, Serena eut l'impression absurde que les visages étaient les mêmes que la nuit de l'incendie. Elle se sentait dévisagée par les mêmes regards interrogateurs, elle était l'étrangère revenue pour évoquer un épisode désagréable, d'une nuit désormais lointaine, où une fillette aux boucles blondes était devenue un trauma collectif.

Les événements se répétaient. Pas comme une impression de déjà-vu, mais plutôt un absurde casse-tête. Une petite voix intérieure semblait murmurer à Serena : « La première fois quelque chose t'a échappé, maintenant aiguise ton regard et observe plus attentivement. » Ou bien : « Essaie encore, tu auras plus de chance cette fois-ci. » La solution était sous son nez. Elle en était convaincue. Toutefois, sa confiance vacilla quand elle se retrouva là où les barrières lui avaient bloqué le passage l'année précédente. Serena gara son véhicule et observa autour d'elle, le cœur battant la chamade. Les ruines du chalet étaient entourées de barrières de sécurité en tôle qui en cachaient la vue. En effet, elles étaient recouvertes d'un immense trompe-l'œil représentant des scènes de montagne.

Pendant quelques instants, Serena fut incapable de bouger. Elle s'agrippait au volant, certaine que si elle lâchait prise elle partirait inexorablement à la dérive. Pourtant, elle finit par trouver la force de descendre de sa voiture et de s'approcher.

Elle avait remarqué une fente entre deux plaques de tôle.

Elle la rejoignit et encadra son visage de ses mains pour mieux voir. Il ne restait pas grand-chose du chalet. Juste quelques fragments de murs et un trou noir, où se dressait la structure.

Une dent cariée au milieu de la ville. Une odeur de pourriture s'exhalait du terrain.

Entre-temps, elle repensait aux images de la vidéo dont elle avait reçu le lien. Son auteur avait été présent cette nuit-là, avant tous les autres. Et il ou elle avait filmé cette fenêtre ouverte.

Est-ce que cette personne avait remarqué l'anomalie ? Ou alors l'avait-elle constaté en revisionnant les images ? Pourquoi ces images étaient-elles entre ses mains à elle, et non celles des forces de l'ordre ?

En réalité, Serena ne pouvait pas exclure que la vidéo ait été également transmise à quelqu'un d'autre. Sa seule certitude était que son existence n'avait pas été rendue publique.

Au bout d'un moment, elle détourna le regard des ruines, parce qu'elle ne supportait plus la puanteur qui se dégageait de ce trou dans la terre.

Elle voulait partir, et vite.

Elle fila à sa voiture sans se retourner, l'odeur fétide toujours dans les narines, mais peut-être était-ce une sorte d'hallucination olfactive. Une fois à bord du 4x4, elle fut tentée de tendre la main vers son sac, d'attraper une boîte au hasard et d'avaler une poignée de médicaments. Mais elle se retint. Il fallait résister. Sinon, tout serait gâché.

Elle démarra et passa la première. La deuxième étape de son séjour alpin était le poste de police. Depuis qu'elle était partie pour Vion, elle n'avait qu'une seule question en tête.

2

À 8 h 16 la policière de l'accueil, qui tenait aussi le rôle de standardiste, lui avait dit que le chef Gasser n'était pas encore arrivé. Pour le moment, il n'y avait qu'elle. Serena s'était demandé où étaient les autres. Probablement occupés à des affaires peu importantes, comme gérer la circulation ou s'assurer que la vie suivait son cours à Vion. La petite ville suisse ne semblait pas pouvoir être le théâtre de crimes éclatants et, étant donné les dimensions du poste de police, Serena imaginait que cinq ou six agents au maximum y travaillaient.

La policière lui avait dit de revenir après 9 heures. Serena avait insisté pour laisser un message au chef, de façon à être recontactée. L'autre avait négligemment noté sur un Post-it mais, en entendant son nom, elle s'était arrêtée net.

Quand elle avait découvert qu'elle avait devant elle la mère de la fillette disparue dans l'incendie du chalet, ses priorités avaient soudain changé. La femme avait téléphoné à Gasser pour le prier de venir au plus vite. En attendant, elle l'avait installée dans le bureau du chef de la police et elle lui avait offert un café.

Serena l'avait bu, et elle était maintenant assise dans un petit fauteuil, son sac à dos sur les genoux, devant un bureau vide. La caféine l'avait réveillée. Elle avait toujours dans les narines l'odeur fétide des ruines du chalet, qui lui évoquait la graisse restée dans un barbecue éteint. C'était l'œuvre de son imagination, pourtant elle renifla ses vêtements : ils sentaient mauvais. Les médicaments et l'alcool altéraient l'acidité de la transpiration. Mais elle se répéta à quel point il était essentiel pour elle de faire bonne impression.

En attendant, elle observait les murs où des citations sur le respect de l'ordre s'alternaient avec des photos d'un homme en uniforme : la cinquantaine, peau et cheveux clairs, yeux bleus. Traits montagnards, expression austère de certains représentants de la loi, Gasser avait été immortalisé au cours de différentes missions. Au terme d'une opération de secours après une avalanche. Devant un grumier qui s'était renversé et dont le chargement s'était dispersé. À côté d'un tas de carcasses de cerfs, probablement l'œuvre d'un braconnier. Ces clichés avaient quelque chose d'inapproprié. Une collection macabre, mettant à l'honneur la mort et la destruction.

Une photo en particulier attira l'attention de Serena, au point qu'elle se leva de son fauteuil pour l'observer de plus près.

Sur l'image, Gasser posait à côté d'un homme menotté. La quarantaine, très maigre, cheveux en bataille, le visage creusé sous sa barbe épaisse. Sur ses lèvres, un sourire de défi.

Derrière eux, une forêt brûlée.

Ce cimetière d'arbres carbonisés et ce désert de cendres l'inquiétèrent. En plus, l'homme menotté semblait la fixer d'un regard étrangement magnétique. Ses yeux dissimulaient une férocité envoûtante.

La lueur du feu.

Une voix sortit Serena de ses songes.

— Bonjour, se présenta Gasser, essoufflé. Je suis désolé de vous avoir fait attendre.

— Aucun problème, répondit-elle en se rasseyant.

L'aspect du commandant était différent par rapport aux photos, et Serena finit par comprendre : il s'était laissé pousser la moustache.

Il lui tendit une main moite. Elle la serra et, en l'examinant de plus près, constata qu'en fait il n'avait pas cinquante ans. Peut-être dix de moins, mal portés. Avant de refermer la porte du bureau, Gasser s'assura de l'absence de regards indiscrets. Ce qui était inutile, puisqu'ils étaient seuls avec la policière de l'accueil.

— Dès qu'on m'a dit que vous étiez là, j'ai accouru, se justifia-t-il. Je suis père de deux filles... je suis tellement désolé pour ce qui vous est arrivé.

Serena le jugea sincère.

Il retira son képi, sa veste d'uniforme, et il alla s'asseoir au bureau.

— Qu'est-ce qui vous amène à Vion, Madame ?

En réalité, il était évident que la présence de Serena le mettait mal à l'aise et qu'il ne comprenait pas la raison de sa venue.

— Vous y connaissez-vous en Bourse et actions ? demanda-t-elle sans préambule.

— Pas beaucoup.

Il pensa peut-être qu'elle voulait lui proposer un investissement.

— Pour travailler dans la haute finance, il faut avoir un talent particulier, qu'on n'apprend pas dans les livres et qui n'est pas enseigné à l'université.

L'autre se demandait où elle voulait en venir, mais ne trouvait pas de prétexte pour l'interrompre.

— Il faut savoir faire preuve de logique et d'instinct, de rationalité et d'absence de scrupules.

— Un peu comme pour un jeu de hasard.

— Exact.

Le policier acquiesça, satisfait de son approbation.

— Avez-vous déjà entendu parler de la « malédiction du vainqueur » ?

Gasser fronça les sourcils.

— Quand on participe à des enchères, pour éradiquer la concurrence on prend le risque de faire une offre bien supérieure à la valeur réelle du bien.

— Pour battre les autres, on paie plus pour quelque chose qui vaut moins, simplifia Gasser pour montrer qu'il avait compris.

— Ainsi, avant de faire une proposition, quelle qu'elle soit, il est nécessaire de posséder le plus d'informations possible, poursuivit Serena. Parfois, une donnée erronée suffit à commettre une erreur irrémédiable. D'autres fois, en revanche, des événements imprévisibles se produisent. Des événements inattendus, qui peuvent subvertir la vérité. Dans mon secteur, on les appelle des « anomalies de marché ».

— Des anomalies de marché ?

— Oui, comme le fait que le thermomètre indiquait –18°C la nuit de l'incendie, il y avait une vague de froid exceptionnelle.

— Et alors ?

— Vous m'avez dit que ma fille est morte après avoir inhalé la fumée, avant que le feu n'atteigne le troisième étage.

— Les pompiers en sont effectivement venus à cette conclusion.

— Alors qui a ouvert la fenêtre de la chambre d'Aurora ?

Gasser, qui s'apprêtait à ajouter quelque chose, s'arrêta net et la regarda, ahuri.

— Il existe une vidéo de l'incendie, tournée durant les toutes premières minutes, expliqua-t-elle. Est-ce que vous l'avez reçue, vous aussi ?

— Non, nous n'avons reçu aucune vidéo.

— Sur ces images, on voit clairement que la fenêtre de sa chambre est entrouverte.

Cette fois encore, l'homme s'abstint de parler.

Serena profita de ce silence qui valait autant qu'une réponse. Si même le policier restait interdit, alors peut-être son questionnement n'était-il pas sans fondement. La malédiction du vainqueur. Pour se débarrasser au plus vite de cette sale affaire, les enquêteurs s'étaient contentés de la vérité la plus évidente. Mais maintenant qu'une anomalie était apparue, ils risquaient de perdre leur crédibilité.

— Il est exclu que la fenêtre ait été ouverte avant l'incendie, ajouta Serena après quelques secondes de silence. Cela n'aurait pas de sens, vu le froid qu'il faisait cette nuit-là.

L'homme hésita à parler. Elle comprit ce qui lui traversait l'esprit, mais il évitait de le dire parce que cela aurait impliqué une remise en cause gênante de la version officielle. Peut-être qu'Aurora avait essayé d'ouvrir elle-même la fenêtre pour essayer de se sauver. Mais cela voudrait dire qu'elle était tout à fait consciente au moment où les flammes ont atteint sa chambre.

Serena aurait aimé démentir la thèse de la mort par asphyxie, parce que cela aurait signifié que sa fille aurait eu au moins une chance de survivre. Elle aurait pu appeler à l'aide par la fenêtre ou grimper sur le rebord en attendant qu'on vienne la sauver. Malheureusement, il était impossible que ce soit elle qui l'ait ouverte.

— Ce n'est pas ma fille qui a ouvert la fenêtre, si c'est à cela que vous pensez. J'ai regardé les photos sur le dépliant fourni par l'organisme qui gérait le séjour.

Elle sortit un énorme dossier de son sac et lui tendit une page arrachée à une brochure.

— Le rebord intérieur se trouvait à deux mètres du sol.

Au début, l'homme parut impressionné par l'abondance de la documentation, puis il jeta un coup d'œil à la photo de la chambre.

— Aurora mesurait un mètre vingt. Même debout sur une chaise, elle n'aurait pas pu atteindre la poignée. Gasser sembla à nouveau troublé.

— Alors *qui* a ouvert la fenêtre de ma fille cette nuit-là et *pourquoi* ?

Des petites gouttes de sueur perlèrent sur le visage du chef de la police locale.

— Vous n'avez parlé de cette histoire à personne par ici, n'est-ce pas ?

C'était donc pour cette raison que la policière de l'accueil s'était dépêchée de le prévenir de la présence de Serena. Et toujours pour la même raison, avant de s'enfermer dans son bureau avec elle, Gasser avait vérifié qu'elle n'était pas revenue à Vion avec une équipe de télévision. Il craignait qu'un caméraman et un journaliste équipé d'un micro ne se tiennent en embuscade devant le poste de police. Une très mauvaise publicité pour la ville, qui n'avait même pas suspendu la saison touristique le jour du drame et qui, un an plus tard, avait caché les restes du chalet sous un trompe-l'œil ridicule, comme on masque la poussière sous un tapis.

L'espoir de Gasser, ainsi que de Vion, était que le monde oublie au plus vite cette tragédie.

— Je n'ai parlé à personne de la fenêtre ouverte, le rassura Serena, malgré son envie de lui mettre son poing dans la figure. Mais je voudrais une explication.

— Il en existe certainement une, grommela l'homme de la voix la plus assurée possible. Je peux voir cette vidéo ?

Serena n'en attendait pas moins. Cette requête devait venir de lui, c'était pour cela qu'elle ne lui avait pas montré le film dès son arrivée.

— Bien sûr, dit-elle en sortant de sa poche son smartphone.

Elle ouvrit l'application de messages et cliqua sur le lien qu'elle avait reçu d'un expéditeur anonyme. Elle fut dirigée vers la page Web correspondante et la vidéo se lança. Mais avant les images, il y eut une sorte de jingle, ce qui troubla Serena.

« Stress ? Soucis personnels ? En quête d'un moyen d'échapper à la routine ? » débita une voix masculine agaçante.

Puis apparurent à l'écran un paysage alpin et deux jeunes skieurs : une blonde à la beauté fatale et un bellâtre, qui souriaient à la caméra.

« Alors viens à Vion ! » s'exclama la même voix off avec enthousiasme, tandis que le couple s'élançait sur la piste enneigée.

— Il doit y avoir une erreur, balbutia Serena.

La vidéo défilait, montrant le couple toujours souriant dans l'un des nombreux hôtels de la vallée, puis dînant devant une élégante cheminée, nageant dans une piscine, se relaxant dans un sauna, profitant d'un massage et d'un soin esthétique au spa.

— Attendez un instant, insista Serena en interrompant les images pour revenir au lien du message.

Elle retenta de le lancer mais les mêmes images publicitaires apparurent.

— Je me souviens de cette campagne, commenta Gasser, qui ne savait pas quoi dire. Si je ne me trompe pas, elle remonte à l'hiver 1996.

En effet, le look un peu vintage des figurants était daté.

— Mais comment est-ce possible ? bredouilla Serena en fixant son téléphone.

Gasser perçut son embarras et se montra inhabituellement compréhensif.

— Comment avez-vous obtenu ce lien ? demanda-t-il en s'efforçant de croire à son histoire.

— Un SMS d'un numéro masqué, répondit-elle sans le regarder.

— Il semblerait que quelqu'un vous ait fait une blague de mauvais goût, déclara le policier.

— Et j'ai aussi reçu un appel anonyme, ajouta Serena, qui ne pouvait se résigner à l'idée qu'il s'agisse d'une plaisanterie. Il est resté silencieux un moment. Puis j'ai reconnu, en fond, les cloches de l'horloge de Vion. Alors j'ai compris que l'appel venait d'ici. Vous pourriez contrôler mes relevés téléphoniques et remonter à son identité ?

— Je suis désolé mais ce n'est pas ainsi que cela fonctionne.

— Comment ça, vous êtes désolé ? C'est votre devoir, non ? demanda Serena, la voix brisée, désorientée et les mains tremblantes – un effet collatéral de l'alcool et des médicaments.

Gasser se pencha vers elle.

— Voilà ce qu'on va faire : si l'inconnu vous contacte à nouveau, revenez me voir.

Serena ne voulait pas être éconduite comme une pauvre folle mais, incapable de contrôler son corps, elle baissa les bras. Elle leva enfin les yeux du téléphone et constata que l'expression du policier ne portait plus aucune trace de crainte. Il y avait maintenant de la compassion dans son regard, et aussi la conscience que personne ne donnerait aucun crédit aux délires d'une mère désespérée.

Serena rangea dans son sac le volumineux dossier qu'elle avait montré à Gasser et se leva pour prendre congé.

— Je ne partirai pas de Vion tant que je n'aurai pas d'explication à ce que j'ai vu sur cette vidéo. Parce que ce film *existe.*

Elle quitta le bureau.

Une fois à l'extérieur, elle s'aperçut qu'elle retenait son souffle. Elle s'arrêta et expira pour se débarrasser de sa tension et de son amertume. Puis elle inspira profondément et se laissa nettoyer de l'intérieur par l'air frais.

Dong… Dong… Dong…

Serena leva les yeux vers le beffroi. Elle eut un haut-le-cœur et sentit dans sa bouche le café qu'elle avait bu un peu plus tôt. Elle se pencha juste à temps pour le vomir sur le trottoir. Quand la nausée fut calmée, elle regarda la neige souillée à ses pieds.

Elle tremblait toujours.

Voilà ce qu'on va faire : si l'inconnu vous contacte à nouveau, revenez me voir.

En réalité, les paroles de Gasser contenaient une question : « Êtes-vous vraiment certaine d'avoir vu ce film ? »

En s'effondrant ainsi devant lui, elle craignait d'avoir tout gâché en faisant si mauvaise figure. En plus, il l'avait sans doute prise pour une affabulatrice.

Découragée, elle se dirigea vers son véhicule garé non loin, quand elle se rendit compte que des yeux étaient posés sur elle. Des yeux qu'elle n'avait jamais vus auparavant, mais qui semblaient la connaître.

La personne qui l'observait, de l'autre côté de la rue, était une jeune fille vêtue d'une parka verte. Dès que Serena la remarqua, elle s'éloigna rapidement.

Mais Serena avait eu le temps de voir que l'inconnue tremblait, exactement comme elle.

3

Elle avait trouvé un petit appartement à louer dans un hameau voisin. Le ménage n'était pas inclus mais le linge de maison était changé une fois par semaine. La résidence à deux étages en forme de fer à cheval était organisée autour d'une cour intérieure.

Serena avait exclu de prendre une chambre d'hôtel car elle se serait sentie décalée, au milieu des vacanciers et de leurs familles. Elle n'était pas en vacances. En plus, ce hameau éloigné du centre était idéal pour s'adonner librement à ses addictions.

La résidence hébergeait surtout le personnel de service des hôtels. Des saisonniers. Vion comptait plusieurs milliers d'habitants, mais les mois où les remonte-pentes étaient ouverts et l'été, entre les touristes et les travailleurs saisonniers, le nombre de résidents décuplait.

Serena avait pris possession de son mini-appartement au premier étage vers 14 heures. Elle l'avait réservé via une agence en ligne avant de quitter Milan. L'endroit était spartiate. Moquette marron et lambris. La porte d'entrée donnait sur un petit séjour où un canapé à deux places en tissu à carreaux était placé devant un téléviseur. Sur la droite, un coin cuisine avec une plaque électrique, une table et trois chaises pliantes. Un mini-réfrigérateur produisait un bruit constant, évoquant un ronflement d'ours. Au fond, il y avait une chambre à coucher, depuis laquelle on accédait à une petite salle de bains carrelée de vert.

Sur le site Internet, la description de l'appartement évoquait une porte-fenêtre coulissante donnant sur un petit balcon. Serena y aperçut une petite table en métal rouillé et un fauteuil en plastique blanc, jauni par les intempéries. La vue sur le parking n'avait rien d'exceptionnel.

Dans sa vie d'avant, Serena n'aurait pas toléré ce logement sordide. Désormais, elle le trouvait étonnamment consolateur. Le tissu crasseux du canapé. Les taches sur la moquette. Le cendrier en céramique d'une marque d'apéritif. Les couverts dépareillés, les casseroles cabossées ou noircies par l'usure. Quatre cintres bon marché dans le placard. Une odeur de cigarette et de désodorisant au pin.

S'entourer de ces imperfections l'aidait à ne pas se sentir hors de propos.

L'appartement constituait un refuge pour échapper à son existence précédente. Une tanière pour disparaître, où personne ne la trouverait. Elle se sentait comme une fugitive traquée par la souffrance. Et paradoxalement, depuis qu'elle était revenue là où tout avait commencé, sa peine s'était en quelque sorte atténuée.

Vion avait accompli un petit miracle.

Pour la première fois elle n'avait aucune règle à suivre, aucun objectif à atteindre. Son ambition effrénée semblait enfin ne plus tout contrôler. Serena avait pris une pause pour comprendre.

Depuis très jeune, elle avait choisi d'être indépendante. Pas de famille, pas de lien. Des rapports basés exclusivement sur la réciprocité. En réalité, elle n'avait jamais été libre. Sans qu'elle le sache, chacune de ses décisions avait dépendu de quelqu'un d'autre. Dans le travail et les relations personnelles, elle s'était toujours inquiétée de faire ce qui était juste, en se soumettant au jugement des autres. Que dire, comment se comporter, comment s'habiller, quoi manger. Elle avait toujours pensé imposer sa personnalité, mais elle s'était adaptée à la vision des autres, craignant secrètement de commettre une erreur, d'enfreindre une norme sociale ou de décevoir quelqu'un. Comme certains fanatiques religieux rongés par l'angoisse de contrevenir à un commandement ou de mécontenter leur dieu.

Il était bon de se sentir désormais libérée de tout lien social. Elle avait enfilé un jogging et des chaussettes en éponge. Et maintenant, en compagnie d'une bouteille de *teddy-bear*, elle rangeait ses quelques affaires sur les étagères de la salle de bains et de l'armoire. En même temps, elle se demandait ce qui allait se passer.

Qu'allait faire Gasser ?

Serena était convaincue qu'il allait au moins essayer de chercher si la vidéo dont elle lui avait parlé existait vraiment. Au moins pour exclure l'hypothèse que les enquêtes sur l'incendie aient pu être conduites avec négligence, ce qui pourrait causer du tort à ses équipes.

Maintenant qu'elle avait lancé son hameçon, il ne lui restait plus qu'à attendre. Elle était convaincue que sa présence à Vion constituerait une excellente motivation pour la police. Et de toute façon, elle n'avait pas d'alternative.

Peut-être son mystérieux informateur allait-il se manifester à nouveau.

Cela n'arrivera pas, se dit-elle. *S'il l'avait voulu, il l'aurait déjà fait.*

Il avait choisi le message anonyme.

Quant à elle, avant de s'effondrer devant Gasser, elle avait essayé de se montrer sûre d'elle et préparée à démonter point par point les conclusions de l'enquête. Elle avait même préparé un épais dossier pour impressionner le policier en lui faisant croire qu'il regroupait de précieux documents. En réalité, il ne contenait que les dessins figurant les souvenirs des onze fillettes rescapées de l'incendie. Elle doutait qu'ils puissent être d'une quelconque utilité, mais c'était tout ce qu'elle avait. Après la cérémonie à la fondation Prada, elle ne les avait pas regardés. Trop de couleurs, trop de vie. Plusieurs fois, elle avait été sur le point de les détruire, mais elle n'avait pas réussi.

Et maintenant ces dessins se retrouvaient dans le tiroir de la table de nuit d'une chambre à coucher, à côté d'une vieille Bible mise à la disposition des clients de la résidence.

Avant de se réfugier dans le mini-appartement, Serena était passée dans un supermarché pour faire des provisions de nourriture, ainsi que de vodka et d'eau minérale. Elle rangea les boîtes de conserve dans les placards de la cuisine et les plats préparés dans le petit réfrigérateur qui ronflait toujours. Quand elle eut terminé, le soleil s'était déjà couché et par la porte-fenêtre elle ne voyait plus rien, à cause de l'obscurité ainsi qu'un épais brouillard.

Elle choisit un sandwich industriel garni de jambon trop pâle et de fromage qui ressemblait à du chewing-gum. Elle le sortit de son emballage en plastique et, accompagnée de sa fidèle bouteille, elle s'installa sur le canapé à deux places. Elle envisagea d'allumer la lampe mais changea d'avis. La lumière des réverbères du parking était plus que suffisante. Elle appréciait cette pénombre ambrée.

Elle mangea.

Le bruit du voisinage lui arrivait nettement, à cause des parois très fines. Dialogues ouatés, musique de radio et quelques rires. Il était 19 heures : les hôtels du centre se préparaient à changer de service. Ceux qui avaient travaillé de jour étaient rentrés profiter d'un moment de détente bien mérité. Serveurs, serveuses, personnel en charge du ménage, de la cuisine ou de l'accueil des clients. Cette humanité bruyante qui savait se contenter de peu lui sembla soudain enviable. Son sandwich avait un goût de moisi, comme le reste de sa vie. Elle décida de le jeter.

En se dirigeant vers la poubelle de la cuisine, elle sentit ses jambes fléchir. Elle avait sans doute abusé du *teddy-bear.* Cela lui arrivait de plus en plus souvent, même si elle ne s'en rendait pas compte.

Chancelante, elle revint au canapé, s'y écroula et s'endormit en quelques secondes, la tête dans les coussins.

Quand elle se réveilla, il lui fallut un moment pour comprendre où elle était. Le ronflement du réfrigérateur la ramena à la réalité.

Le sommeil était le meilleur moment pour elle car le temps de quelques heures, Serena oubliait tout. Même sa fille. Mais cela durait trop peu. Ensuite, elle était généralement assaillie par les souvenirs, qui semblaient l'attendre au tournant. Alors elle redevenait la mère meurtrie d'Aurora.

Et tout recommençait de zéro.

Serena sentait une forte pression au niveau des tempes. Elle avait un goût âcre dans la bouche et les bras engourdis. Elle se redressa et s'assit, la tête dans ses mains. Elle consulta son téléphone.

Il était 22 heures. Elle avait dormi trois heures.

Elle était assommée. Elle aurait mieux fait d'aller se coucher, mais l'angoisse la dévorait de nouveau. Elle craignait de se retrouver à fixer le plafond sans trouver le sommeil, paralysée par une inexplicable peur au ventre.

Un filet de bave coulait de son menton. Elle le nettoya du revers de sa main. Ce faisant, elle leva les yeux vers la porte-fenêtre et son regard se porta au-delà du balcon, au niveau du parking.

Quelqu'un se tenait à l'orée du bois, debout. Une silhouette humaine dans le brouillard. Comme un message de l'au-delà. Serena se leva du canapé et avança d'un pas pour mieux voir. Cette présence la mettait mal à l'aise.

À ce moment-là, on frappa à la porte.

Elle sursauta et se tourna vers l'entrée du petit appartement, se demandant qui cela pouvait être. Cet instant de distraction fut fatal car, quand elle observa à nouveau le bois, la silhouette avait disparu.

4

Inquiète, elle alla ouvrir et reconnut immédiatement la parka verte. La jeune fille qui avait frappé était celle qui l'observait à la sortie du poste de police le matin même et qui, à peine découverte, avait filé.

— Entre.

— Merci, dit l'autre intimidée.

— Tu veux boire quelque chose de chaud?

En réalité, Serena n'avait aucune boisson chaude à lui offrir. Mais en refermant la porte, elle avait remarqué que la jeune fille était transie de froid. Elle se demanda depuis combien de temps elle attendait d'avoir le courage de monter.

— Non merci, ça va.

Elle regardait autour d'elle. Les joues rouges, le regard perdu, ses mains délicates tripotant la fermeture Éclair de sa veste. Ses cheveux étaient longs, maintenus par un serre-tête. Ses yeux d'un bleu intense. Elle avait la vingtaine.

Serena lui laissa le temps de s'habituer et de comprendre qu'elle n'avait rien à craindre.

— On se connaît?

— Non. Nous ne nous sommes jamais vues avant ce matin. D'ailleurs, je suis désolée de m'être enfuie de la sorte. Je ne voulais pas qu'on nous voie ensemble.

Serena réfléchit. Qu'est-ce qui poussait cette inconnue à vouloir la rencontrer loin des regards indiscrets?

— Pourtant, ce matin tu m'as reconnue.

— J'ai tout de suite remarqué la ressemblance, avoua la jeune fille.

— Tu connaissais Aurora ?

La jeune fille acquiesça.

— Je m'appelle Luise, je suis... *J'étais* une des monitrices du chalet.

Luise semblait craindre sa réaction, mais Serena était plutôt impressionnée par la démarche de la jeune femme.

— Tu veux t'asseoir ? proposa Serena pour mettre fin à la gêne ambiante.

— D'accord, accepta l'autre en retirant sa parka.

Elle portait un pull rose et un jean. Elle prit place sur le canapé, les mains croisées sur ses genoux, le dos droit, les pieds bien ancrés dans le sol.

Serena sortit une bière du frigo et la lui tendit. Cette fois, la jeune fille accepta, mais peut-être uniquement par politesse.

— Comment m'as-tu trouvée ?

— Je vous ai suivie. Mon petit ami serait très en colère s'il apprenait que je suis venue ici.

— Je reviens, dit seulement Serena en la laissant seule.

Elle alla à la salle de bains, où elle commença par se regarder dans le miroir. Comme elle l'imaginait, elle faisait peur. Alors elle se rinça le visage et arrangea ses cheveux. Elle ignorait le motif de cette visite, mais elle ne voulait pas faire mauvaise impression. Sa sieste de trois heures avait absorbé une partie de sa cuite, toutefois son visage restait ravagé. Malheureusement, elle ne pouvait rien faire pour camoufler ses cernes, mais elle savait comment se calmer : elle fit couler quelques gouttes de Xanax directement dans sa bouche, puis retourna au salon.

La jeune fille se tenait dans la même position qu'avant, avec le même sourire et la même contenance, la canette de bière serrée entre ses mains, comme si elle n'y avait pas touché.

Toutefois, il y avait une différence.

Les rideaux de la porte-fenêtre étaient tirés.

Cet inexplicable changement troubla Serena, qui repensa à la silhouette humaine aperçue dans le brouillard à l'orée du bois.

Luise fit comme si de rien n'était, ce qui était tout aussi inquiétant. Serena ne lui demanda pas d'explication au sujet des rideaux.

— Avant tout, je tiens à vous dire qu'Aurora était une petite fille merveilleuse, lança son hôte. Elle était toujours gentille avec ses camarades, nous étions toutes très attachées à elle.

— Je n'ai aucun mal à vous croire, dit Serena en s'asseyant à côté d'elle sur le canapé.

En réalité, elle n'avait pas envie d'entendre d'énièmes éloges sur sa fille. Aurora était douce et bien élevée mais, quand elle voulait, elle devenait casse-pieds. Elle aurait préféré que quelqu'un dresse la liste de ses défauts, pour ne pas oublier que sa fille avait été vivante pendant six ans. Les morts n'ont que des qualités, se répétait-elle souvent.

— Quand Aurora racontait une histoire drôle, les autres n'arrêtaient plus de rire.

Elle ignorait que sa fille était douée pour les histoires drôles.

— Et certaines étaient vraiment horribles, ajouta la jeune fille, un peu gênée.

— Vraiment ? demanda Serena, de plus en plus surprise.

Le fait que Luise lui ait révélé un détail de la vie de sa fille dont elle n'avait pas connaissance la rendit immédiatement sympathique à ses yeux.

L'autre sourit et posa discrètement la bière intacte sur la moquette.

— J'aimais beaucoup ce travail. On m'avait embauchée pour la deuxième année au chalet et la paie était bonne. Et puis, c'était facile de s'occuper des filles. Il fallait juste se souvenir que c'était la première fois qu'elles étaient loin de chez elles, et donc les mettre à l'aise. Le reste était simple.

De toute évidence, elle avait perdu son emploi. Serena n'avait jamais considéré que la tragédie qui l'avait frappée avait pu causer des dégâts dans l'existence d'autres personnes. Bien sûr, ce qui était arrivé à Luise n'était pas comparable à la mort d'Aurora, mais c'était tout de même un problème.

— Et maintenant, où travailles-tu ?

— Je fais le ménage à l'hôtel Vallée. Quand je vous ai reconnue dans la rue ce matin, je sortais du travail.

— Que sont devenues tes collègues ?

— Berta, la responsable, a été embauchée comme gouvernante dans une famille à Genève. Flora aussi a déménagé mais je ne sais pas où elle est, ni ce qu'elle fait.

La jeune fille baissa les yeux, comme si elle avait honte.

— Qu'y a-t-il ? lui demanda Serena.

— Après nous avoir licenciées, ils nous ont offert de l'argent en nous faisant signer un papier qui nous interdisait de parler de ce qui s'était passé cette nuit-là.

Serena avait bien imaginé que l'organisme qui gérait le camp avait pris le soin d'étouffer l'affaire, à l'instar des autorités locales. La clause de confidentialité faisait partie de la stratégie qui visait à éviter toute publicité négative. Par exemple, les monitrices ne devaient pas être interviewées par les journaux ni invitées à la télévision.

— Mon petit ami serait très en colère s'il apprenait que je suis venue ici, répéta Luise en serrant les mains sur ses genoux. Mais après vous avoir vue ce matin, j'ai pensé que vous voudriez peut-être me poser des questions.

— Je n'ai rien à te demander, toutes les réponses sont dans le rapport de la police, objecta Serena.

En réalité, par lâcheté elle ne l'avait jamais lu. Après avoir découvert que la fenêtre était ouverte, elle aurait peut-être dû se documenter, mais elle n'était pas encore prête à affronter certains sujets avec une témoin oculaire.

— Moi je pense que vous devriez en profiter pour me poser des questions, insista Luise.

— Pourquoi ?

Serena ne comprenait pas.

— Parce que j'y étais.

Elle avait raison. Personne n'aurait pu fournir une version plus authentique à Serena. Elle s'était posé une question, si souvent. Désormais, elle n'accordait plus tant d'importance à l'absence de corps ou de restes à enterrer. Son plus grand désespoir était de ne pas avoir été là quand sa fille mourait. Elle aurait dû être présente, mais Aurora était seule. Serena aurait au moins voulu savoir si la petite fille était triste ou joyeuse, avant de mourir. Si ses dernières heures sur terre avaient constitué un doux adieu à sa vie si brève.

— Cela n'aurait jamais dû se produire, affirma Luise. À l'arrivée de chaque groupe, nous effectuions toujours un exercice d'alerte incendie. Berta avait eu l'idée d'en faire un jeu.

Serena comprit que la jeune fille se sentait coupable. Peut-être cherchait-elle simplement l'absolution. Ou alors il y avait autre chose. Ses mots contenaient une accusation voilée.

Elle semblait si sincère qu'elle s'apprêta à évoquer l'anomalie de la fenêtre ouverte de la chambre d'Aurora. Luise connaissait peut-être l'explication. Mais une phrase de la jeune fille l'arrêta.

— Ils nous ont aussi donné de l'argent pour quitter Vion, confessa-t-elle de but en blanc. Berta et Flora ont accepté, mais moi j'étais obligée de rester : mon père est malade et ma mère ne peut pas s'en sortir seule.

Cette révélation inquiéta Serena. Jusque-là, elle avait considéré que l'omerta des autorités et de l'organisme organisateur du camp visait seulement à éviter une atteinte à leur image. Mais pourquoi payer les monitrices pour partir ?

— Je ne devrais pas être ici, répéta la jeune fille. Mon petit ami a raison, il faut que j'oublie cette histoire.

Luise savait quelque chose, Serena en était quasi certaine. En effet, la jeune fille leva les yeux et la regarda.

— Peut-être qu'Aurora aurait pu être sauvée.

Serena n'avait jamais envisagé cette possibilité. Elle ne s'était jamais demandé pourquoi les onze autres fillettes étaient vivantes mais pas son enfant. Elle connaissait en partie la réponse : il n'y avait pas de raison. Elle s'en était convaincue pour se protéger de la colère. La colère et la souffrance ne doivent jamais entrer en contact, c'est un mélange trop dangereux.

Toutefois, étant donné le mystère de la fenêtre ouverte, elle aurait peut-être dû approfondir les causes du drame. Et elle avait l'impression que Luise connaissait vraiment des détails qui n'avaient pas été révélés.

Une autre vérité. Peut-être même un secret.

— Il existe peut-être une explication à ce qui s'est passé, insista encore la jeune fille, qui avait de toute évidence besoin de parler, malgré sa peur.

Mais de quoi ?

Serena jeta un coup d'œil aux rideaux fermés derrière Luise.

— D'accord. Raconte-moi ce qui s'est passé le dernier soir.

5

Pour nous, les monitrices, les moments les plus compliqués à gérer étaient le premier et le dernier soir du séjour, dit Luise, poursuivant son récit. Le premier car pour les petites filles tout était nouveau, alors elles avaient du mal à s'endormir et le dernier car elles n'avaient pas envie de se coucher alors elles veillaient le plus tard possible.

Serena se souvenait bien de l'excitation qu'elle avait perçue au téléphone quand elle avait appelé Aurora la veille du drame.

— Le dernier jour, on faisait en sorte de les épuiser, comme ça, elles s'écrouleraient de fatigue à une heure convenable.

— La fête des fées papillons, évoqua Serena.

Elle en avait vu des représentations sur les dessins des fillettes. Luise acquiesça.

— L'après-midi avant l'incendie, nous avons réparti les tâches entre les petites. Certaines s'occupaient du buffet : Berta les a emmenées à la cuisine où elles ont préparé des tartes salées, des tartines et du pop-corn. Un autre groupe s'est occupé de décorer la salle : avec moi, elles ont réalisé et accroché de grands panneaux en carton. Flora leur a appris à fabriquer des ailes de papillon à partir de tulle bleu et de fil de fer. On a choisi ensemble les jeux qu'on allait faire et la musique qu'on allait écouter. Et puis on les a coiffées, on leur a mis des fils argentés dans les cheveux.

Serena imagina Aurora avec des ailes de papillon et les cheveux brillants.

— Entre danse et jeux, la fête a duré environ deux heures. Comme prévu, vers 20 h 30 elles se sont mises à bâiller. À 21 heures, chacune était dans sa chambre.

Serena fit un effort pour demander :

— Est-ce qu'Aurora était heureuse ?

— C'est moi qui l'ai bordée, elle ne parlait que de la fête. Je pense qu'une fois rentrée à Milan, elle aurait raconté cet événement pendant des semaines. Elle disait qu'elle avait été « très magnifique ».

Très magnifique, se répéta Serena.

— Aurora a insisté pour remettre ses ailes par-dessus sa chemise de nuit. Je lui ai expliqué que ce n'était pas pratique pour dormir, mais elle m'a répondu qu'elle voulait rêver qu'elle était une fée.

Cette dernière phrase atteignit Serena en plein cœur. Elle imagina les ailes en train de brûler. Mais elle ne laissa transparaître aucune émotion.

— Une fois les filles au lit, Flora est restée à l'étage pour les surveiller, tandis que Berta et moi sommes descendues pour tout ranger.

— Il n'y avait aucun autre personnel dans le chalet ? demanda Serena, étonnée.

— Les femmes de ménage arrivent vers 6 heures et repartent en début d'après-midi. Le chef qui prépare les repas ne reste jamais après le dîner. Et nous nous occupions du reste.

— Donc vous étiez les seules adultes, cette nuit-là.

— Oui. Les chambres des douze petites filles étaient au deuxième et au troisième étage. Celle de Berta était au deuxième, Flora et moi dormions au troisième.

— Comment étiez-vous organisées, la nuit ?

— Environ toutes les deux heures, l'une de nous se levait et passait dans les chambres pour veiller sur les filles. Chacune son tour.

Serena jugea cette méthode suffisamment scrupuleuse.

— Qui a fait la dernière ronde avant l'incendie ?

— Moi.

De toute évidence, c'était là que voulait en venir Luise, après son long préambule. Serena l'avait laissée raconter son histoire, en l'interrompant le moins possible, parce qu'elle savait qu'elle avait besoin de temps pour trouver le courage de dire le reste. Et elles arrivaient au fait.

— Mon réveil a sonné à 2 heures. Je me suis levée. Flora dormait dans le lit à côté, elle n'a rien entendu. J'ai enfilé une robe de chambre et j'ai regardé par la fenêtre : c'était la tempête, les routes et les voitures garées autour du chalet étaient recouvertes de neige. J'ai remercié le ciel d'être bien au chaud. Je n'imaginais pas que bientôt nous serions toutes dehors, dans le froid glacial, pour essayer d'échapper à l'enfer des flammes.

Serena s'imaginait le silence qui régnait dans le chalet de montagne. Elle percevait le calme qui annonçait le drame. En attendant, la jeune fille poursuivait son récit.

— J'ai fait mon tour habituel, je suis entrée dans toutes les chambres. Pour éviter de réveiller les petites, nous avions une lampe de poche : nous l'allumions juste le temps nécessaire pour nous assurer qu'elles allaient bien. La dernière fois que j'ai vu Aurora, elle dormait comme une bienheureuse. Sur le ventre, parce que les ailes l'empêchaient de se coucher sur le dos.

Avant qu'elle ne devienne officiellement une disparue, pensa Serena.

— Quand j'ai terminé mon tour, j'avais soif. Alors au lieu de retourner directement me coucher, je suis descendue boire un verre d'eau.

Le compte rendu de Luise était très détaillé. Serena remarqua qu'elle tenait à être précise.

— Au deuxième étage, il y avait la salle avec la grande cheminée en pierre. La cuisine était au rez-de-chaussée. Je n'ai pas allumé la lumière. Je connaissais le chemin par cœur, et puis j'avais toujours ma lampe de poche.

Serena se demanda pourquoi elle lui donnait autant de détails, mais elle ne posa aucune question, convaincue qu'il existait une raison valable.

— Pendant que je me servais un verre d'eau au robinet, j'ai senti un courant d'air sur ma nuque… Je me suis retournée et j'ai remarqué que la porte de service était entrouverte.

Serena s'arrêta net. Son cœur s'emballait dans sa poitrine.

— Entrouverte ? répéta-t-elle, incrédule.

— Parfois Flora sortait pour fumer. Berta se fâchait quand elle sentait l'odeur de cigarette sur elle en présence des enfants. Alors Flora en profitait quand elle avait fini sa ronde de nuit et que Berta ne pouvait rien lui dire. C'est pour cela que, quand j'ai vu la porte juste poussée, j'ai imaginé que Flora était sortie fumer et n'avait pas bien refermé la porte de service.

Ce n'était pas une justification plausible. La jeune fille le savait aussi. En effet, elle secoua la tête.

— J'ai été stupide. À ce moment-là je n'ai pas pensé une seule seconde qu'il était insensé de sortir par ce temps et qu'il y avait forcément une autre explication.

Serena se répétait qu'il ne pouvait s'agir d'une simple coïncidence. Une porte *et* une fenêtre ouvertes. Elle n'avait pas parlé de cette seconde anomalie à Luise. Peut-être qu'elle avait bien fait.

— J'ai refermé la porte, je l'ai verrouillée et j'allais retourner me coucher quand j'ai eu une sensation bizarre.

Le ton de Luise avait changé. Sa voix était devenue un murmure.

— J'ai regardé vers le couloir qui menait de la cuisine au garde-manger et à la laverie. Tout était noir, dit Luise en baissant les yeux. Je ne sais pas comment l'expliquer, mais j'avais l'impression que quelqu'un était en train de m'observer.

Serena retint sa stupeur. Elle craignait qu'un souffle ne suffise à briser le lien fragile de confiance qui avait conduit la jeune fille à lui confier ce qu'elle n'arrivait pas elle-même à admettre ou à expliquer.

— Je ne voyais personne mais je sentais des yeux sur moi.

Serena refusait d'accepter une histoire qui la terrorisait. Elle repensa à la silhouette humaine enveloppée dans le brouillard qu'elle avait aperçue à l'orée du bois, un peu plus tôt, en regardant par la porte-fenêtre.

Mais la jeune fille n'avait pas terminé.

— Alors je me suis rappelé que j'avais une lampe de poche. Je l'ai sortie et je l'ai pointée droit devant moi… mais je n'ai pas eu le courage de l'allumer.

Luise se tut.

— Alors qu'est-ce que tu as fait ?

— Je suis partie, admit l'autre, gênée. J'ai remonté l'escalier pour retourner dans ma chambre sans me retourner. Peut-être par peur de découvrir que quelqu'un me suivait… Je me répétais qu'il n'y avait rien dans l'obscurité, que c'était juste mon imagination.

Était-ce vraiment le cas ? se demanda Serena.

— Mais une petite voix me répétait que tout était vrai et que nous étions en danger.

Serena se leva du canapé, confuse et abasourdie. Elle se mit à déambuler dans le salon.

— Est-ce que tu as raconté cette histoire à la police ?

La jeune fille acquiesça, les larmes aux yeux.

— Ils n'ont pas voulu me croire. Ils m'ont expliqué que j'étais en état de choc, que je n'étais pas lucide.

Alors c'était cela, le secret. Serena était furieuse, toutefois elle ravala sa colère. Elle était certaine qu'il y avait autre chose, mais si elle explosait maintenant la jeune fille se mettrait sur la défensive et ne dirait plus rien.

— D'accord, dit-elle seulement. Continue…

La jeune fille sécha ses larmes et s'apprêta à parler, quand une série de coups violents sur la porte d'entrée les fit sursauter toutes les deux.

— Merde, laissa échapper Luise.

Serena se dirigea vers la porte.

— Attendez !

Lorsque Serena ouvrit, elle se retrouva nez à nez avec un grand jeune homme costaud au regard furieux.

— Je t'avais dit de pas venir ! lança-t-il à Luise, ignorant complètement Serena.

— Qui es-tu ? Tu n'as pas le droit de débarquer ici de cette façon ! l'apostropha-t-elle en lui barrant le chemin.

Elle se doutait qu'il était le petit ami que Luise avait évoqué plusieurs fois depuis son arrivée. Celui qui, d'après la jeune fille, se serait mis très en colère s'il avait appris sa venue.

Était-ce à cause de lui que Luise avait fermé les rideaux ?

Malgré la température glaciale, l'homme portait une chemise et un blouson en jean. Sa barbe rousse était clairsemée et ses cheveux plaqués en arrière à l'aide de gel. Il puait l'alcool et la cigarette.

— Tu as déjà perdu un boulot, tu veux foutre le reste en l'air aussi ? S'ils découvrent que tu es venue ici, ils te prendront l'argent qu'ils t'ont donné pour fermer ta putain de bouche !

Ignorant toujours Serena, il invectivait contre Luise, qui était toujours sur le canapé, immobile.

— Bouge-toi les fesses et suis-moi, ordonna-t-il.

— Si tu ne pars pas immédiatement, j'appelle la police, le menaça Serena.

L'intrus sembla enfin s'apercevoir de sa présence. Il se tourna et lui lança un regard de défi.

— Ce n'est pas la peine, l'arrêta Luise en se levant pour remettre sa parka. Il est tard, je dois rentrer chez moi.

Serena n'était pas d'accord. La jeune fille n'avait pas achevé son récit, il manquait la partie de l'incendie.

— Reste un moment, balbutia-t-elle.

— Ma mère doit m'attendre : comme je vous l'ai dit, mon père est très malade et elle ne peut pas le mettre au lit toute seule.

Entre-temps, son petit ami était retourné sur le palier où il l'attendait, les bras croisés.

Luise remonta la fermeture Éclair de sa veste et se dirigea vers la sortie mais, avant de l'atteindre, elle se jeta au cou de Serena.

— Il y avait quelqu'un cette nuit-là, j'en suis certaine, lui murmura-t-elle à l'oreille.

Puis elle partit, laissant Serena seule.

6

Serena eut une nuit agitée et se réveilla plusieurs fois, comme si elle n'arrivait pas à sortir d'un demi-sommeil fébrile.

Quand elle ouvrit les yeux à 6 heures du matin, elle se sentait étrangement calme. Elle resta au lit, immobile, hypnotisée par le ronflement du réfrigérateur. Un ours léthargique. Ce bruit blanc dans les oreilles, enveloppée dans les couvertures comme dans un cocon chaud, elle attendit la lumière de l'aube. Elle entendit émerger les bruits et les voix des habitants de la résidence, la vie reprendre possession du silence.

Pour la première fois, Serena pensait à autre chose que la perte de sa fille. Les paroles de Luise occupaient à présent tout son esprit. Un instant, elle avait envisagé que c'était la jeune fille qui lui avait envoyé le lien vers la vidéo, dans le but de la faire venir à Vion. Mais de toute évidence, ce n'était pas elle le messager anonyme.

La mystérieuse présence dont avait parlé Luise pouvait être le fruit de son imagination à la suite du choc de l'incendie. Mais si ce n'était pas le cas ? S'il y avait vraiment eu quelqu'un dans le chalet cette nuit-là ?

Un intrus.

La porte ouverte à l'arrière du bâtiment pouvait être un oubli, comme une preuve. C'était à Serena de décider si elle allait laisser ce détail l'obséder. Toutefois, la coïncidence avec la fenêtre de la chambre de sa fille était trop forte, et désormais elle était certaine qu'il s'était passé quelque chose avant que les flammes ne dévorent tout. Quelque chose qui avait été habilement caché par une personne qui avait intérêt à soutenir la thèse de l'accident malheureux. Et Serena elle-même avait contribué à cette mascarade, en se contentant de la reconstitution des faits qu'on lui avait fournie.

Ces salauds avaient sans doute considéré que les excuses et le dédommagement qu'ils lui avaient offerts étaient suffisants. Ils n'avaient pas imaginé que Serena voulait simplement clore le dossier au plus vite parce qu'elle était submergée par une souffrance indescriptible avec laquelle elle allait devoir composer pour le restant de ses jours. Seule.

— Il y avait quelqu'un cette nuit-là, dit-elle au silence en se rappelant ce que Luise lui avait murmuré à l'oreille avant de suivre son petit ami menaçant.

Serena écarta les couvertures, posa les pieds par terre et se leva. Malgré le froid, elle erra en culotte et t-shirt.

Qui avait tourné la vidéo du chalet en flammes ? Était-ce la personne qui la lui avait ensuite envoyée de façon anonyme ? Elle ne pouvait pas en être certaine. Mais le film avait disparu d'Internet avant qu'elle puisse le montrer à la police. Pourquoi ? La première chose qui l'avait inquiétée, c'était le silence qui régnait sur les images. La personne qui l'avait tournée était arrivée sur les lieux avant tout le monde, même avant les secours.

Ou alors elle avait toujours été là.

Elle repensa au souffle qui se condensait devant l'objectif. Le propriétaire du portable respirait calmement, sans haleter.

Comme quelqu'un qui profite du spectacle. Serena se dirigea vers la table de nuit sur laquelle elle avait posé son smartphone. Elle le prit, ouvrit le navigateur et inséra deux mots-clés dans le moteur de recherche.

« Vion » et « feu ».

S'il existait vraiment un intrus, qui était allé jusqu'à mettre le feu à un chalet où dormaient des fillettes innocentes, alors ce n'était peut-être pas la première fois que cela arrivait.

Qui que soit cette personne, elle n'en était sans doute pas à sa première fois. Et elle aimait immortaliser la scène en la filmant.

En faisant défiler frénétiquement les résultats de recherche, Serena se convainquait qu'il y avait un pyromane à Vion, que les autorités le savaient et l'avaient caché pour ne pas compromettre la réputation de la station touristique.

Elle s'arrêta sur un article d'un petit journal local, qui remontait à octobre 1989. *La Voix de Vion* avait numérisé ses vieilles éditions papier pour les rendre consultables en ligne.

L'article évoquait une série d'incendies criminels au cours de la même nuit, à différents endroits de la vallée. Les flammes avaient été domptées et, heureusement, il n'y avait ni victimes ni blessés. Toutefois, plusieurs hectares de forêt avaient été détruits et les dégâts causés à l'écosystème étaient considérables.

À l'époque des faits, la police locale avait arrêté un suspect. L'article se terminait par sa photo en noir et blanc.

Un gros plan d'un adolescent.

Serena constata avec stupeur que le directeur de *La Voix* n'avait pas hésité à montrer le criminel présumé dans son journal, bien qu'il ait 16 ans au plus.

Elle observa le visage du garçon et remarqua un détail familier. Elle avait déjà croisé son regard.

Adulte, il était très maigre, les cheveux en bataille, le visage émacié caché sous une barbe épaisse. Mais ses yeux étaient indubitablement reconnaissables.

Ils cachaient ce que Serena avait déjà défini comme la lueur du feu.

Le jeune pyromane était l'homme qu'elle avait vu sur les photos affichées au mur dans le bureau de Gasser. La quarantaine, menotté, il posait à côté du commandant avec un petit sourire de défi. En arrière-plan, on distinguait nettement une forêt brûlée.

De toute évidence, au fil du temps les soupçons de 1989 avaient trouvé confirmation. Le jeune homme n'avait pas perdu le vice du feu. De même que n'avait pas changé son regard, avide de flammes et de destruction.

7

Le bulletin météorologique de la radio avait annoncé une dégradation des conditions atmosphériques. Serena arriva à destination sous de lourds nuages, à la nuit tombante.

Une maisonnette en bois dans la forêt, éloignée de toute autre habitation.

Elle n'avait eu aucun mal à la trouver. L'après-midi, elle avait remarqué un petit groupe de jeunes devant un bar à la sortie de Vion, qui jouaient à faire la course avec leurs motos cross. Ils semblaient être du coin. Il avait suffi à Serena de leur tendre quelques billets pour voir leurs yeux briller. Elle avait ainsi appris que le tristement célèbre pyromane faisait des allers-retours en prison. Les jeunes en parlaient avec mépris, le décrivaient comme une sorte de fou que tout le monde évitait.

Ils ne savaient pas où il se trouvait actuellement, car on ne le voyait pas souvent en ville. Mais Serena leur avait tout de même demandé où il habitait.

Et maintenant, enfermée dans son 4x4 garé à une centaine de mètres du domicile de l'homme, elle observait. Elle se demanda si l'année précédente Gasser et ses hommes avaient enquêté sur lui. En général, quand il y avait un incendie, avant même de savoir s'il était d'origine criminelle, les policiers devaient s'assurer que ce repris de justice n'était pas dans les parages. Serena remarqua qu'aucune lumière ne filtrait par les fenêtres de la petite maison en bois. Ce n'était certes pas suffisant pour affirmer qu'il n'y avait personne à l'intérieur. Il aurait été sage de revenir en plein jour et par beau temps. Mais maintenant qu'elle était là, autant rester. D'autant qu'une autre raison l'y poussait.

Il y avait une cheminée sur le toit. Sans fumée.

Serena considéra sérieusement ce détail. Une cheminée ou un poêle éteints ne pouvaient signifier qu'une seule chose par une soirée aussi froide et venteuse – sans parler de la neige.

Le chalet était inhabité.

Elle était tentée d'entrer pour jeter un coup d'œil. Mais si elle se trompait ? Elle n'arrivait pas à oublier l'homme sur la photo dans le bureau de Gasser. Son regard de sadique ou de psychopathe. Il était dangereux de s'en approcher. Les types dans son genre sont totalement indifférents à la souffrance d'autrui. Au contraire, ils semblent même en tirer du plaisir, un plaisir obscur.

Il n'est pas là, se répétait-elle. Dans le cas contraire, sans pouvoir se réchauffer, avec le gel de la nuit, il allait probablement mourir de froid.

Serena devait prendre une décision. Démarrer, partir et même oublier qu'elle était venue. Ou bien avancer d'un pas dans une direction, sans bifurcation possible. Un chemin peuplé d'inconnues. Dont elle ignorait où il la mènerait.

Mais un chemin sans retour.

Elle n'aurait jamais imaginé que le destin la conduirait à un tel endroit. La ville dans les nuages. Son lieu de vie, le luxe et la beauté auxquels elle était habituée étaient désormais à des années-lumière d'elle. Peut-être qu'elle devait laisser tomber et retourner là où elle avait vraiment sa place.

Pourtant, il y avait un autre élément à prendre en compte. Pour la première fois depuis longtemps, Serena avait l'impression de pouvoir agir. Elle n'avait plus à subir passivement son deuil, car on lui offrait une chance de donner un sens à ce qui était arrivé à sa fille. Ce n'était pas de la justice, c'était plus que cela.

Elle ne s'était jamais sentie aussi proche d'Aurora qu'à ce moment. Cette conscience la poussa à ouvrir la portière de son véhicule. Elle posa un pied sur le sol. Il s'enfonça dans la couche de neige haute de plusieurs centimètres.

Un pas après l'autre, péniblement, Serena avança vers la cabane abandonnée.

8

En quelques instants, le temps vira à la tempête. Des petites billes de glace cinglaient Serena en même temps que des rafales de vent glacial lui griffaient le visage et les mains, lui brouillaient la vue. Elle avait du mal à distinguer les arbres, et même la cabane. Elle avançait à tâtons, sans savoir si elle était dans la bonne direction, comptant sur la torche de son téléphone portable : mais cette petite lumière était inutile dans une tourmente pareille. Si elle perdait l'orientation, elle ne réussirait sans doute pas à retrouver son 4x4 et elle mourrait.

Elle avançait péniblement et perdit plusieurs fois l'équilibre. Puis ses mains trouvèrent un obstacle. Sa surface rugueuse indiqua à Serena qu'elle avait atteint un des murs de la cabane. Elle avait mis une éternité pour parcourir cent mètres. Elle avait le souffle court car elle n'était plus en aussi bonne condition physique qu'autrefois. Elle s'adossa au mur de pierre pour se reposer un peu et en profita pour regarder les environs.

À quelques pas, il y avait une porte.

Elle prit une grande inspiration, l'air glacé lui comprima les poumons. Puis elle fournit un dernier effort pour atteindre la poignée. Elle avait prévu de casser une vitre pour entrer par une fenêtre, mais ce ne fut pas nécessaire.

La porte était ouverte. Un autre indice que la cahute était abandonnée.

Elle entra et referma derrière elle. Le vent hululait et heurtait la porte, comme s'il voulait la suivre.

Serena balaya la pièce avec sa torche : elle se trouvait dans un petit vestibule où des bancs avaient été installés pour retirer manteaux et chaussures avant d'entrer dans la maison, cachée derrière un épais rideau à carreaux.

Le vent sifflait entre les lattes du toit. Les mains de Serena étaient congelées. Elle posa son téléphone pour souffler entre ses doigts, mais le soulagement fut de courte durée. La peau de son visage la brûlait. Elle espérait trouver un peu de réconfort à l'intérieur, mais elle avait l'impression d'être passée de la tempête à une chambre froide. Elle repensa à la cheminée sans feu. Elle ignorait où était le maître de maison, par une nuit pareille. Mais dans tous les cas, il fallait agir vite.

Elle ne savait pas quoi chercher. Des preuves ? Des indices ? Ou simplement quelque chose qui puisse confirmer l'inexplicable sensation qui l'habitait depuis qu'elle avait écouté le récit de Luise.

Elle était guidée par une pensée irrationnelle.

Quand elle se sentit prête, elle tira le rideau à carreaux pour entrer dans la maison froide et obscure. Pourtant, quand elle avança, elle s'aperçut avec stupeur que le silence n'y régnait pas.

Elle fut accueillie par une petite musique douce.

Elle comprit alors qu'elle n'était pas seule. Elle avait été stupide de le penser.

Soudain, elle paniqua. Elle pivota sur ses talons pour revenir sur ses pas avant qu'il soit trop tard, et c'est alors qu'elle vit une ombre se dresser du sol et courir vers elle. Serena se retrouva paralysée, incapable de bouger.

Le diable galopait dans le noir, la gueule ouverte. Il lui sauta dessus et la fit basculer vers l'arrière.

Une douleur lancinante à la nuque. Un éclair devant les yeux.

Puis la musique disparut, et avec elle tout le reste.

9

Serena fut réveillée par un concerto mélancolique pour piano. La musique s'insinua dans sa torpeur. Elle était sur le dos, plongée dans une pénombre rouge, une sorte de crépuscule. Et elle n'avait plus froid. D'abord déboussolée, elle fut vite assaillie par la terreur, et avec elle l'adrénaline. Elle se dressa sur ses coudes, en alerte. Une douleur au cou lui rappela sa chute, et en même temps elle sentit ses yeux la brûler et larmoyer. À l'odeur, elle comprit que quelque chose d'âcre dans l'air l'empêchait de les garder ouverts.

Une puanteur de mort.

Serena retint un haut-le-cœur. En entrouvrant à peine les yeux, elle découvrit qu'elle était allongée sur une sorte de lit de camp. Son corps s'enfonçait dans le matelas défoncé. Elle portait toujours son blouson et ses chaussures, et elle s'étonna de ne pas être attachée.

Elle n'aurait pas su dire où elle était. Ses yeux essayaient de s'habituer à cette nouvelle situation. Moins elle les sentait irrités, plus elle tentait d'élargir son champ de vision.

Mais tout était brumeux.

D'abord, elle repéra le diable qui l'avait attaquée. Un chien noir qui somnolait devant une grande cheminée en pierre, éteinte. Alors Serena se demanda d'où venait la chaleur de la pièce. Elle aperçut le petit chauffage électrique entouré d'une lueur crépusculaire, produit des résistances métalliques. Mais le petit appareil ne pouvait pas suffire à lui tenir chaud. Comment était-ce possible ?

La cabane n'avait pas l'électricité. Le chauffage était relié à une batterie pour voiture posée à même le sol, d'où partaient deux autres câbles qui conduisaient à un plan de travail. Ils alimentaient une lampe orientable et un réchaud électrique sur lequel bouillait une soupe blanchâtre dans une casserole en fer ébréchée. C'était probablement cette substance qui dégageait la vapeur acide et malodorante qui lui piquait les yeux.

Il y avait aussi une vieille radio, qui transmettait de la musique classique.

Sur le plan de travail en bois, des ustensiles métalliques brillaient à la lueur de la lampe. Des grosses aiguilles droites et inclinées, une collection de bistouris et de petits couteaux pointus. Bien rangés sur un tapis en tissu foncé, ils évoquaient les instruments de torture d'un bourreau du Moyen Âge.

Cette pensée l'agita encore plus. Alors qu'elle se demandait quel destin l'attendait, elle remarqua que la pièce était séparée par des petites parois, dont elle ne comprenait pas l'utilité.

Cela lui rappelait un labyrinthe pour rats de laboratoire.

Dans le fond, une porte était fermée. Elle ignorait si on avait donné un tour de clé. Hormis elle et le chien qui dormait, il semblait n'y avoir personne.

Peut-être que quelqu'un m'observe, se dit-elle.

Était-elle la victime d'une expérimentation ? Elle se sentit prise au piège comme un cobaye.

Petit à petit, ses yeux cessèrent de la brûler. Elle devait partir. Mais au lieu de l'encourager, la peur la freinait.

Elle ignorait ce qui l'attendait derrière la porte fermée.

Elle fouilla sa poche : son smartphone et les clés de sa voiture étaient toujours là. *C'est un test*, pensa-t-elle. *C'est sans doute un test.* Elle activa son portable pour appeler à l'aide mais il n'y avait pas de réseau, même pas pour les appels d'urgence, sans doute à cause de la tempête. Encore une blague du hasard.

Soudain elle entendit des pas. Serena n'était pas préparée, elle ne savait pas quoi faire. Elle pensa à se lever, mais pour aller où ? Au moment où la porte s'ouvrit, elle se rallongea sur le matelas, les yeux fermés, comme si elle ne s'était jamais réveillée. Elle ne savait pas qui était entré, elle entendait seulement ses pas dans la pièce.

Qui que ce soit, elle s'attendait à ce qu'il vienne vers elle, mais il n'en fut rien.

Serena resta immobile un moment avant d'entrouvrir à nouveau les yeux. Elle aperçut une silhouette d'homme à côté du plan de travail. Sur le dos, elle avait du mal à voir. Elle remarqua tout de même que l'inconnu portait un long manteau vert et un bonnet en laine noir. Et peut-être des gants en caoutchouc noirs. Muni de lunettes de protection, il évaluait la consistance de la bouillie de la casserole avec une cuillère.

Puis il saisit une paire de ciseaux, qu'il souleva devant la lampe pour vérifier qu'ils étaient bien aiguisés.

Serena frissonna. Elle distinguait mal le visage de son hôte, qui était trop loin et se tenait de trois-quarts par rapport à elle.

Pourtant, du coin de l'œil, elle vit qu'il avait laissé la porte ouverte.

Elle se demanda pourquoi. Peut-être que l'homme était certain qu'elle ne s'échapperait pas. Et même si elle essayait, il y avait sans doute un autre obstacle plus loin. Sans parler de la tempête, qui ne lui laissait de toute façon aucun espoir.

Mais Serena ignorait s'il y aurait une autre occasion.

Il fallait tenter.

Après s'être assurée que l'homme ne la regardait pas, elle se redressa. Cette fois le chien se réveilla et pointa le museau dans sa direction. Il n'aboya pas, ne se jeta pas sur elle, simplement il la fixa de ses yeux vides. Serena essaya d'agir le plus calmement possible. Elle posa les pieds par terre, se leva et fit quelques pas. Le chien noir se contentait toujours de l'observer. À la radio, le piano jouait toujours. L'homme au manteau était occupé avec ses ciseaux.

Derrière la porte, un mur d'obscurité.

Serena évalua qu'elle n'avait pas beaucoup de temps. Cette pensée lui donna le courage d'agir.

Le chien aboya une seule fois. L'homme se tourna immédiatement vers elle. Son visage était un masque sombre.

Elle courut dans le labyrinthe, trouva la porte ouverte.

Une fois cette limite franchie, elle traversa deux ou trois pièces où il faisait très froid. Elle ignorait si le chien la suivait. Et si elle se retrouverait bientôt avec les ciseaux enfoncés entre les omoplates. Elle chassa ces pensées et se concentra sur sa fuite dans l'obscurité, l'oreille tendue. Mais il ne se passait rien.

Elle aperçut le rideau à carreaux qui cachait la sortie.

Elle le tira et se précipita vers la porte qui donnait sur l'extérieur, en priant pour qu'elle ne soit pas fermée à clé. Elle appuya sur la poignée : elle était ouverte. Incrédule, Serena avait envie d'exulter, mais elle ne voulait pas se faire d'illusions.

Le chemin jusqu'à sa voiture était encore long.

L'aube pointait et la tempête était passée. Le paysage semblait congelé. Le 4x4 était exactement là où elle l'avait laissé.

Luttant contre la neige qui lui arrivait aux genoux, elle eut l'impression de vivre un de ces cauchemars où l'on veut s'enfuir mais l'on a les jambes inexplicablement lourdes. Elle avait le souffle court et le cœur lourd.

À quelques mètres de sa voiture, elle sortit les clés de la poche de son blouson et actionna l'ouverture centralisée. Le véhicule répondit en déverrouillant les portières. Grâce au ciel, la batterie avait survécu au froid, pendant ces nombreuses heures.

Serena monta et mit le moteur en marche. En faisant demi-tour, elle se retourna une dernière fois vers le chalet. Sur le seuil, son chien noir à côté de lui, l'homme au manteau vert la regardait.

10

Serena ne savait pas mentir.

Dans son travail, en plus d'une dose considérable de cynisme, il fallait avoir la capacité de créer un récit captivant pour donner envie aux clients d'investir dans un produit financier à haut risque.

Elle avait toujours été habile pour convaincre les autres. Néanmoins, elle était incapable de feindre. Non qu'elle ne le voulût pas : simplement, elle n'y arrivait pas. Le mensonge se lisait sur son visage. Cela valait aussi dans ses rapports avec sa fille. Au mieux, elle parvenait à édulcorer la réalité pour l'adoucir. Mais au sujet des grandes vérités que les enfants ne doivent pas connaître trop vite, elle était catastrophique. Par exemple, elle n'avait pas su simuler comme il se doit l'existence du père Noël, ni celle de la Petite Souris, ni celle du Lapin de Pâques. Elle avait donc beaucoup réfléchi pour échafauder l'histoire parfaite d'une autre figure imaginaire.

Le père d'Aurora.

Cette histoire devant résister à l'épreuve du temps, Serena ne pouvait pas l'inventer de but en blanc, car elle était certaine de se trahir, tôt ou tard. Mais elle était gênée d'avouer à Aurora qu'elle ne connaissait pas l'identité de l'homme dont elle était tombée enceinte. Elle avait donc trouvé un compromis acceptable en construisant une figure paternelle qui regroupait les principales caractéristiques de ses trois amants d'un soir balinais.

Le surfeur, l'informaticien et le négociant en pierres précieuses.

Elle avait ainsi créé un personnage extraordinaire. Un génie mathématique passionné par les vagues, qui parcourait le monde à la recherche de pierres précieuses. Ils avaient vécu une passion ardente d'une nuit, sans même se dire leur prénom.

Ensuite ils s'étaient séparés pour toujours, sans savoir que de cette rencontre unique naîtrait une enfant, neuf mois plus tard.

L'avantage était que cette version était assez proche de la vérité. Dans sa tête, Serena l'avait baptisé « le papa mystérieux », pour répondre à son besoin de justifier son absence sans lui attribuer de connotation négative.

Toutefois, pendant les six années de vie de sa fille, elle n'avait jamais eu à raconter cette histoire. Cela n'avait pas été nécessaire. Ou alors elle n'en avait pas eu l'occasion. Du reste, Aurora ne lui avait jamais demandé pourquoi tous les enfants qu'elles connaissaient avaient un père et pas elle.

Serena n'avait jamais eu l'idée de lui trouver un substitut de père biologique. Elle-même n'avait pas besoin d'un homme à ses côtés, et cela valait donc forcément pour sa fille aussi.

Pourtant, elle s'était aperçue que, toute petite, Aurora cherchait l'attention des figures masculines autour d'elle. Au parc, elle tendait parfois les bras à un inconnu. Aux anniversaires de ses amies, elle s'appropriait la main d'un homme adulte et la tenait pendant toute la fête. Ces scènes inspiraient de la tendresse à ceux qui y assistaient. Parce que ces personnes ignoraient la véritable raison de cette attitude, que Serena ne commentait jamais.

Et puis, il s'était passé quelque chose.

Un jour, la maîtresse de l'école maternelle avait demandé à chaque enfant de la classe de représenter un de ses parents sous les traits d'un super-héros. En l'absence d'alternative, Aurora avait évidemment choisi Serena. Quand celle-ci avait vu cette héroïne aux gants dorés et manteau rose vif, elle lui avait demandé quels étaient ses superpouvoirs. Aurora avait répondu que c'était un secret et que Serena les découvrirait petit à petit, uniquement en cas de besoin.

Cette réponse lui avait paru très sage. À partir de ce moment, Serena avait pensé que sa fille n'avait pas besoin de père, puisqu'elle avait déjà une maman avec des pouvoirs extraordinaires qui, en cas de difficultés, se présenteraient à elle et lui permettraient de les sauver toutes les deux.

Elle ne pouvait pas imaginer qu'à la disparition d'Aurora elle découvrirait son superpouvoir : la capacité à voir à travers les choses.

Elle en eut une nouvelle preuve quand elle était assise dans le bureau de Gasser, au poste de police de Vion. Grâce à son talent extraordinaire, quand elle avait regardé la photo posée sur le bureau, où le chef de la police posait avec sa jeune épouse et leurs jumelles, elle avait ressenti de la tristesse et de la compassion. Pas pour elle-même, mais pour eux. Car Serena percevait la souffrance embusquée dans cette image, sans que les protagonistes souriants puissent la ressentir. Il suffisait de si peu pour perdre tout ce qui les rendait heureux à ce moment-là. Ils ne le savaient pas. Mais elle si.

— Qu'est-ce qui vous est passé par la tête ? Une alerte météo a été diffusée à cause de la tempête de cette nuit, les gens se sont enfermés chez eux et on a demandé aux touristes de ne pas quitter leur hôtel, dit Gasser sur un ton plus inquiet que fâché. Et vous, vous êtes partie dans la forêt. Vous avez pris un risque énorme, vous le savez ?

Pas celui de mourir de froid mais celui, bien pire, de rester prisonnière d'un psychopathe, pensa-t-elle en revoyant la scène de l'homme sur le pas de la porte de son chalet avec son chien noir, pendant qu'elle s'enfuyait dans son 4x4.

Elle s'était laissé berner par la cheminée sans fumée, sinon elle ne serait jamais entrée dans cette maison. Mais elle n'en parla pas à Gasser.

— Qu'espériez-vous trouver, là-haut? la réprimanda-t-il encore.

Serena tapa du poing sur la table.

— Cet homme a toujours été ici, alors que vous pensiez tous qu'il était parti!

Ce criminel n'allumait pas sa cheminée parce qu'il se cachait, sans aucun doute. Il ne voulait pas qu'on sache qu'il était chez lui.

Le chef de la police poussa un long soupir et se caressa la moustache, en la regardant sans un mot.

C'est alors que Serena comprit la vérité :

— Vous le saviez... lança-t-elle avec effarement.

Gasser poussa un second soupir.

— Bien sûr que nous le savions.

— Et vous avez vérifié son alibi pour la nuit où ma fille est morte?

— *Disparue*, la corrigea l'homme, comme si cette définition changeait vraiment quelque chose.

— Alors? insista Serena en tentant de cacher son agacement.

— Adone Sterli n'a aucun rapport avec cette histoire. Il y a un an, il purgeait un résidu de peine en prison.

Se sentant stupide, Serena ne sut que répondre.

— Madame, je comprends votre douleur... mais ce n'est pas bon de vous tourmenter de la sorte.

Serena sentait encore la mauvaise odeur qui imprégnait le chalet où elle avait été prisonnière. Une puanteur de mort. Mais maintenant, elle était comme réveillée d'un enchantement. Elle comprit que c'était la deuxième fois qu'elle était humiliée dans ce bureau, parce que Gasser la regardait avec la même commisération que quand elle n'avait pas réussi à lui montrer la vidéo de l'incendie où l'on voyait clairement que la fenêtre de la chambre du chalet était ouverte. Elle détestait cette attitude et cet homme, y compris sa satanée moustache. Elle était prête à lui renvoyer le fait que la police n'avait accordé aucun crédit aux paroles de Luise, qui avait révélé avoir perçu la présence d'un étranger dans le chalet la nuit de l'incendie. Le chef de la police allait-il garder son air suffisant, en apprenant que Serena détenait une information qui ne figurait dans aucun rapport officiel ? Mais elle ne voulait pas causer de problèmes à la jeune fille. Alors, ne trouvant rien à répondre à Gasser, elle se leva et dit seulement :

— Je dois y aller.

— Madame, pourquoi êtes-vous venue à Vion ? Les gens de votre rang et avec vos moyens financiers, quand ils ont un doute ou une récrimination, s'en remettent généralement à un avocat de renom ou à un détective privé… alors pourquoi êtes-vous ici en personne ?

Serena s'arrêta à mi-chemin entre sa chaise et la porte du bureau. Elle n'avait pas le courage de regarder le policier, ni de s'exposer à son regard. Elle craignait que la réponse ne se lise sur son visage. C'est-à-dire qu'elle n'aurait pas pu faire part de ses soupçons à un avocat ou à un détective. Elle ne pouvait même pas en parler à Gasser. Personne ne la croirait.

Elle voyait en ce détail de la fenêtre ouverte une vérité presque impossible.

Une hypothèse tellement absurde qu'elle ne pouvait l'avouer à personne. Elle n'arrivait même pas à la prononcer à voix haute. Cette idée était enfermée dans les abîmes de ses pensées. Mais le chef de la police avait compris : il attendait juste qu'elle le lui confirme. Pour cette raison, à ce moment-là, Serena choisit de se taire.

Elle aurait pu inventer un mensonge. Mais elle était incapable de mentir.

11

La tempête de la veille n'était plus qu'un lointain souvenir. Elle avait cédé la place à un soleil aveuglant.

En sortant du poste de police, Serena se sentit perdue. Elle ne savait pas où aller, ni quoi faire. Elle avait dans sa poche une bouteille d'Évian remplie d'une dose bien méritée de *teddy-bear*. Comme elle n'avait pas envie de s'enfermer dans son petit appartement, elle décida de profiter de cette belle journée pour se promener dans la ville de Vion, telle une présence indésirable.

Les touristes affluaient dans les ruelles du centre, où ils faisaient des achats dans les boutiques d'artisanat et de spécialités culinaires. Puis ils déjeuneraient aux terrasses des restaurants ou des bistrots des grands hôtels, qui affichaient complet à cette période. L'après-midi, les skieurs, de retour des pistes, se retrouveraient dans les bars pour un verre.

Serena était un extraterrestre échoué sur la mauvaise planète. Une tache grise. Presque invisible, au milieu de cette euphorie colorée. Elle avait encore mal à la nuque, à l'endroit où elle s'était cognée contre le sol de la cahute à cause du chien noir qui lui avait sauté dessus. La douleur lui causait des élancements dans le dos. Son cocktail spécial les calmait, mais à la fin de la journée elle savait déjà qu'elle aurait une grosse migraine. Elle avait parfois des flashes des images de sa visite nocturne chez Adone Sterli.

La musique classique à la radio. Le faux crépuscule généré par le petit radiateur électrique. Le démon à l'allure de chien. La casserole où bouillait la mixture blanche. L'odeur fétide. Les outils métalliques alignés sur le plan de travail : bistouris, poinçons. Le labyrinthe pour cobayes. Les gants en caoutchouc noirs qui empoignaient une paire de ciseaux. Le visage du pyromane fait d'obscurité.

Serena était confuse, comme si elle s'était réveillée d'un cauchemar sans être tout à fait certaine qu'il s'agissait vraiment d'un mauvais rêve. Son inquiétude persistait malgré le retour à la réalité.

Alors que les gens passaient à côté d'elle, la frôlaient sans remarquer sa présence, la poche de son blouson se mit à vibrer : son téléphone sonnait. Elle le sortit et lut à nouveau sur l'écran « numéro inconnu ».

Au moment où elle s'y attendait le moins, la personne qui l'avait attirée à Vion se manifestait.

— Allô ? répondit-elle, craintive.

À l'autre bout du fil, il n'y eut pas un bruit.

Serena ne comprenait pas si quelqu'un se cachait dans ce silence. Il y avait trop de confusion autour d'elle pour percevoir ne serait-ce qu'une respiration.

Dong… Dong… Dong…

Elle leva les yeux et remarqua le beffroi au-dessus de sa tête : il frappait les coups de midi. Le vacarme l'empêchait d'entendre, elle écrasa son smartphone contre une oreille et plaqua sa main sur l'autre.

Les cloches sonnaient aussi dans le téléphone.

L'inconnu était là, tout près, caché quelque part. Il l'observait.

Elle regarda autour d'elle pour essayer de le repérer parmi les passants. Ils étaient nombreux à parler au téléphone. Mais l'un d'entre eux faisait semblant. Serena en était certaine. Elle étudia les visages, en espérant que l'un des présents se trahirait. Mais elle ne décela aucun signe révélateur.

Quelques secondes plus tard, la personne à l'autre bout du fil raccrocha.

Immobile au milieu d'un flux de passants, son téléphone à la main, tel un caillou qui dévie le courant, Serena se demandait quelle signification attribuer à cet étrange appel. Son cœur battait très vite et l'adrénaline avait balayé les effets du *teddy-bear*. La torpeur s'était dissipée, elle était à nouveau alerte, attentive.

Elle eut l'impression que le mystérieux persécuteur la surveillait depuis longtemps. Elle se rappela la silhouette humaine cachée dans le brouillard qu'elle avait remarquée de la fenêtre de son appartement, le soir de son arrivée à Vion.

L'inconnu semblait savoir exactement à quoi elle pensait. Et cet appel muet était une invitation à ne pas baisser les bras.

Il lui avait fait l'effet d'un reproche salutaire ou d'une gifle. Pour cette raison, après avoir inutilement cherché un indice dans la foule, Serena comprit qu'elle ne pouvait pas renoncer maintenant. Que tout dépendait d'elle. Uniquement d'elle.

Étrangement, elle savait désormais quoi faire.

12

Elle se posta à quelques pas de l'entrée de service de l'hôtel Vallée, dans une petite rue qui menait du centre-ville à la sortie de Vion. Et elle attendit.

Deux heures plus tard, à l'heure du changement de personnel, elle vit passer une Mitsubishi Spyder cabossée, à la peinture bleue écaillée à plusieurs endroits. Le pot d'échappement dégageait une épaisse fumée et faisait un boucan infernal. Au volant, il y avait le jeune homme aux cheveux longs et à la barbe rousse qui était venu à sa résidence l'avant-veille au soir, menaçant, bien décidé à reprendre Luise.

Sa petite amie était justement assise à côté de lui dans la voiture.

Il se gara à l'arrière de l'hôtel cinq étoiles et laissa le moteur allumé, le temps que la jeune fille descende. La monitrice du chalet avait dit à Serena qu'elle faisait désormais le ménage au Vallée.

La Mitsubishi s'éloigna dans un nuage de gaz d'échappement et Luise se dirigea vers l'entrée de service. Serena décida d'aller à sa rencontre : elle l'appela par son prénom.

La jeune fille se retourna. Elle portait la même parka verte que la première fois.

— Bonjour.

— J'ai besoin de te parler, Luise.

— Je suis en retard.

Mais Serena ne comptait pas renoncer.

— Juste quelques minutes.

L'air inquiet, la jeune fille regarda autour d'elle, sans doute pour s'assurer que son petit ami n'était pas dans les parages.

— Écoute, dit Serena d'un ton décidé. Tout ce qui me reste de la dernière semaine d'Aurora sur cette terre est une pile de dessins, faits par ses camarades pour remplacer les photos qui ont été détruites dans l'incendie. Tu comprends ce que ça signifie ?

Luise se tut, mais elle avait les yeux brillants.

— Je n'ai rien d'autre, il ne me reste rien. Tu peux imaginer comment je me sens ?

— C'était Flora qui les avait prises, ajouta la jeune fille avec un filet de voix.

— Comment ?

— Les photos. Flora avait un appareil numérique, elle l'emmenait partout.

Ce n'était pas une information importante, mais Serena comprit qu'elle avait peut-être ouvert une brèche.

— Cinq minutes.

— D'accord, accepta Luise en lui prenant la main pour l'emmener dans un coin invisible de la rue.

Maintenant qu'elle avait son attention, Serena alla droit au but.

— L'autre soir tu n'as pas achevé ton récit. Tu as dit avoir découvert que la porte arrière du chalet était ouverte et que tu as senti la présence d'un étranger. Que s'est-il passé ensuite ?

— Je suis remontée dans ma chambre pour me recoucher.

— Tu n'as pas pensé à prévenir quelqu'un ? Même Berta ou Flora ?

Serena trouvait absurde qu'elle n'en ait rien fait.

La jeune fille se mordit la lèvre.

— Je n'en étais pas certaine. J'avais peur d'avoir tout imaginé… Ma mère me reproche souvent d'avoir le cerveau trop fantasque. Et puis, dans le noir, on voit toujours le pire.

Luise avançait des raisons fallacieuses pour la convaincre. Ou pour se convaincre. Serena se demanda pourquoi, mais avant tout elle voulait connaître la suite.

— Et une fois que tu t'es remise au lit, que s'est-il passé ?

— Je n'ai pas réussi à m'endormir. J'étais immobile, comme paralysée. Je tendais l'oreille pour capter d'éventuels bruits à l'extérieur de la chambre… Et c'est là que j'ai vu la fumée sous la porte. J'ai tout de suite réveillé Flora, qui dormait dans le lit à côté. Au début elle m'a envoyée balader, mais après l'alarme incendie s'est déclenchée et on a reçu une douche du plafond. Flora et moi sommes sorties dans le couloir. Les lumières d'urgence étaient allumées mais elles ne servaient à rien : devant nous, il y avait un écran d'eau et de fumée noire.

— Pas de flammes ?

La jeune fille secoua la tête.

— On ne les a pas vues tout de suite, c'est pour ça qu'on ne savait pas de quel côté aller, parce qu'on pouvait se retrouver prises au piège à n'importe quel moment.

— Et ensuite ?

— On a entendu Berta, à l'étage d'au-dessous, qui appelait les filles pour les rassembler. Flora a fait la même chose avec celles qui dormaient au troisième.

La chambre d'Aurora était au fond du couloir. Selon les experts, sa fille avait déjà irrémédiablement perdu connaissance, et elle était très probablement morte dans son sommeil.

— On a vu les filles courir vers nous... Depuis les escaliers, Berta nous a crié de les faire descendre. On leur a réexpliqué qu'il fallait marcher comme pendant l'exercice : en se baissant le plus possible, parce que la fumée allait vers le haut. On leur a dit de relever le col de leur chemise de nuit sur leur nez et leur bouche, pour se protéger. Et puis on les a envoyées en bas, une à une.

— Aurora n'était pas là, fit remarquer Serena.

— On ne voyait rien : on ne reconnaissait pas les enfants et on n'arrivait pas à les compter. En plus elles toussaient et elles avaient du mal à parler.

Serena se rappela que Berta s'était aperçue qu'il en manquait une à l'appel uniquement quand, à l'extérieur du chalet, elle avait compté celles qui étaient en sécurité.

Onze fillettes.

C'était à ce moment-là que la monitrice avait fait la découverte tragique.

— Pourquoi Flora et toi n'êtes-vous pas allées voir dans les chambres ? demanda Serena en prenant soin de ne pas sembler accusatrice.

Luisa baissa les yeux, comme grevée par un poids énorme dont elle ne savait pas comment se libérer.

— Nous avons vu le feu, il est arrivé soudainement en rampant sur le plafond... C'était comme une sorte de fleuve rouge au-dessus de nos têtes... Flora m'a dit qu'on devait se séparer pour contrôler les chambres...

Serena jugea étrange que les flammes soient arrivées avec autant de retard sur la fumée. Elle ne s'expliqua pas la raison de son doute. Pour le moment, l'urgence était d'encourager la jeune fille à continuer.

— La fenêtre de la chambre où dormait ma fille a été ouverte par quelqu'un cette nuit-là. Et ce n'était pas elle, parce qu'elle ne pouvait même pas atteindre la poignée.

Luise écarquilla les yeux.

— Quoi ? Non…

— Est-il possible que ce soit toi ou Flora, quand vous êtes allées contrôler ?

La question suivante était : *alors pourquoi n'avez-vous pas vu Aurora ?*

— C'était à moi d'aller vérifier sa chambre, admit la jeune fille.

— Mais à mi-chemin tu as eu trop peur et tu n'y es jamais allée.

Serena ne s'attendait pas à une révélation, toutefois elle soupçonnait quelque chose de ce genre.

— C'est pour cela que tu es venue me voir l'autre soir, en me disant qu'Aurora aurait pu être sauvée ?

Une larme coula sur la joue de Luise. Elle renifla, la tête baissée, toujours muette.

Serena pensa qu'on ne peut pas demander à quelqu'un de faire preuve du courage qu'il n'a pas. Que Luise avait à peine vingt ans et manquait d'expérience. Elle ne se sentait donc pas de lui reprocher sa réaction, la plus naturelle qui soit, surtout à son âge.

Malgré tout, l'énigme de la fenêtre restait irrésolue.

— L'autre fois, tu m'as expliqué que votre entreprise vous a fait signer une clause de confidentialité et vous a donné de l'argent pour partir. Et aussi que Berta est gouvernante à Genève et que tu ne sais pas où est Flora.

— Oui.

— J'aimerais entendre leur version des faits.

Luise fouilla dans la poche de sa parka pour en sortir son téléphone portable.

— Je peux vous donner leur numéro, dit-elle en ouvrant le répertoire.

Serena nota les coordonnées dans son propre téléphone.

— Je pense qu'elles refuseront de vous parler. Mais pas parce que quelqu'un les a payées pour se taire.

— Alors pour quelle raison ?

La jeune fille se mordit la lèvre et fit un pas en arrière.

— Vous n'avez pas encore compris, n'est-ce pas ? demanda-t-elle dans un souffle.

— Qu'est-ce que je devrais comprendre ?

— Mon petit ami dit que je ne devrais pas en parler.

— S'il te plaît.

Luise réfléchit un moment. Elle fut sur le point d'avouer quelque chose, mais changea d'avis.

— Vous n'êtes pas en sécurité ici, affirma-t-elle seulement, à voix basse.

Puis elle s'éloigna à pas rapides vers l'entrée de service de l'hôtel.

13

Serena appela les deux numéros, en commençant par celui de Berta, à qui elle avait parlé la nuit de l'incendie.

Aurora va bien.

Serena ne lui avait pas pardonné cette phrase, ni l'illusion qu'elle avait générée. Le numéro de l'ex-monitrice sonnait dans le vide. L'explication la plus optimiste était qu'après la tragédie, Berta n'ait pas conservé son numéro dans son répertoire, et qu'elle ne réponde pas à un numéro inconnu. Alors Serena lui envoya un SMS, se présentant et demandant à être recontactée. Mais Berta ne la rappela pas.

Le portable de Flora, en revanche, était désactivé.

« Flora aussi a déménagé avait dit Luise, mais je ne sais pas où elle est. »

Découragée, Serena s'enferma dans sa tanière et s'abrutit grâce à son mélange habituel d'alcool et médicaments, avec pour unique compagnie les voix et le vacarme des voisins. Elle était la locataire qui infestait en secret l'appartement numéro 7, dans le plus grand des silences. Elle se sentait comme un spectre au milieu de cette humanité bruyante.

Cette fois, aucun appel anonyme ne vint lui donner du courage. Mais après avoir passé trois jours à dormir, se traînant du lit au canapé, le matin du quatrième jour, au réveil, elle remarqua quelque chose de différent.

Autour d'elle régnait un silence insolite.

Un vide acoustique que même le ronflement familier du petit réfrigérateur ne parvenait à combler. Intriguée par ce changement soudain, Serena ouvrit la porte de l'appartement et regarda dans la cour intérieure.

Tout le monde était parti. Elle était la seule occupante de l'immeuble.

Un peu plus tard, elle descendit en ville avec son 4x4. Dans le centre, elle ne vit que des boutiques fermées, des vitrines et des enseignes éteintes. Les restaurants, cafés et bars affichaient qu'ils étaient fermés jusqu'à l'été. Les grands hôtels étaient comme en léthargie, les portes des halls verrouillées et les volets des chambres fermés.

Fin de la saison touristique hivernale. Vion ressemblait à un parc d'attractions auquel on aurait coupé le courant. Là où la vie pulsait, il n'y avait plus que de la neige sale.

Il était encore très tôt, mais Serena se demanda tout de même où étaient passés les habitants de la petite ville alpine. Elle était seule dans les rues. Elle avait besoin de s'habituer à cette nouvelle réalité. C'était dérangeant. Un instant, elle suffoqua face à tout cet espace à disposition.

Il existait un moyen d'échapper à la claustrophobie.

Serena y réfléchissait depuis quelques jours, mais elle n'avait pas encore trouvé le courage de faire cette visite.

Après un voyage de quelques kilomètres, elle frappa à une porte inconnue.

— Je suis la mère de l'enfant disparue dans l'incendie il y a un peu plus d'un an, se présenta-t-elle.

L'homme au manteau vert ne dit pas un mot. Il tourna les talons et rentra dans son chalet avec son chien noir. Mais il laissa la porte ouverte.

Serena interpréta ce geste comme une invitation et s'introduisit dans la maison d'où elle s'était enfuie quelques nuits auparavant. Elle traversa le vestibule équipé de bancs, écarta le rideau à carreaux et suivit la musique classique et les pas qui la précédaient. À la lumière du jour, l'endroit n'avait plus rien de menaçant.

« Adone Sterli n'a rien à voir dans cette affaire », avait affirmé Gasser, innocentant le pyromane de l'incendie du chalet.

Serena suivit l'homme et son chien jusqu'au ventre du chalet. Elle observa les petits murets qui formaient ce qu'elle avait pris pour un labyrinthe pour cobayes humains. Ils étaient faits de livres. Des centaines de livres usés, empilés dans cette espèce d'entrepôt ou de laboratoire.

Serena reconnut le lit où elle avait été allongée, ainsi que la cheminée éteinte. Le petit radiateur était toujours allumé. La fois précédente, elle s'était demandé comment il suffisait à réchauffer la vaste pièce. Elle avait la réponse : les vieux volumes contribuaient probablement à isoler les lieux et à retenir la chaleur.

Toutefois, Sterli ne quittait pas son manteau ni son bonnet en laine. Il était venu lui ouvrir avec ses gants en caoutchouc noir, et maintenant il se tenait debout devant le plan de travail. Ignorant sa présence, il avait pris un pinceau et étalait sur le dos d'un livre la substance laiteuse qu'il prélevait de la casserole ébréchée qui trônait sur le réchaud. De la colle. Les outils n'étaient pas des instruments de torture. Les bistouris étaient des coupe-papier et des cutters. Les grosses aiguilles, droites et courbes, servaient pour les coutures au fil ciré. Les pinçons, règles et agrafeuses ne visaient pas à nuire.

Adone Sterli était un relieur. Ses gestes délicats semblaient suivre les notes du concert pour cordes que transmettait la radio portable.

Serena se sentit stupide. Le chien qui lui avait sauté dessus dans l'obscurité, si fort qu'elle était tombée en arrière, s'approcha doucement et lui lécha la paume de la main. Elle l'avait qualifié de diable noir, mais il était beaucoup plus cordial que son ancien chat Gas. Serena caressa le museau de l'animal, comme pour accepter ses excuses.

En attendant, Sterli acheva de coller la couverture sur les pages nues et, en levant son pinceau, il lui indiqua certains des livres regroupés dans la pièce.

— Littérature russe, poètes provençaux, classiques latins et grecs, biographies, romans historiques, romans noirs, science-fiction, lista-t-il sommairement, sans qu'elle ne lui ait rien demandé.

Sa voix était chaude et caverneuse.

— Des livres de seconde main ? demanda Serena, non que cela l'intéressât mais elle voulait engager la conversation.

— Des livres perdus, la corrigea Adone Sterli.

— Quelle est la différence ?

— Les gens les oublient, quelqu'un me les apporte. Si besoin, je les répare. Et ces livres retournent dans le monde.

Des livres perdus. Cette définition plut à Serena. Elle cachait une signification romantique.

Adone Sterli lui semblait également différent. Elle repensa à son regard sur les photos de ses arrestations. À seize ans, adulte. Mais la lueur du feu avait disparu de ses yeux. Il avait la cinquantaine, il s'était rasé la barbe et chacun de ses gestes était calme, mesuré.

— Je suis désolée de m'être introduite comme une voleuse, l'autre soir, dit Serena. À ma décharge, la maison paraissait inhabitée. Je ne serais jamais entrée si j'avais remarqué de la fumée dans la cheminée.

— J'utilise uniquement de la colle végétale, poursuivit l'homme en indiquant la casserole sur le réchaud. C'est moi qui la fabrique.

Au départ, Serena ne comprit pas le rapport avec la cheminée éteinte. Puis elle saisit : à cause de sa condamnation, Sterli n'avait sans doute pas le droit d'avoir chez lui des allumettes ou des briquets, ni de manipuler des substances inflammables. C'était pour cela que la colle n'était pas chimique et qu'il n'y avait pas de feu dans la cheminée.

Elle s'approcha du plan de travail.

— Monsieur Sterli, vous devez vous demander pourquoi je suis revenue.

— Adone, répondit-il, toujours concentré sur son travail.

— Adone. L'incendie du chalet présente des points obscurs et je crois que vous êtes un expert en la matière.

Adone ne répondit pas. Il compressait maintenant la couverture qu'il venait de coller avec ses doigts gantés.

— La porte arrière du chalet n'était pas fermée à clé, mais peut-être est-ce une des monitrices qui est sortie fumer, de nuit. En revanche, comment est-il possible que la fenêtre de la chambre de ma fille ait été ouverte alors qu'il faisait –18°C et qu'il neigeait ?

L'homme ne réagit pas à cette révélation. Serena se demanda même s'il l'écoutait. Adone Sterli n'était probablement plus habitué à recevoir des visites, ni à parler avec qui que ce soit, hormis peut-être son chien.

Pourtant, elle ne renonça pas.

— Les expertises du tribunal et de l'assurance concordent avec l'avis de la police et des pompiers : la cause de l'incendie est accidentelle, d'après eux.

— C'est impossible, intervint l'homme de façon inattendue.

Mais il n'ajouta pas un mot.

— Explique-toi, s'il te plaît, le pria Serena, passant au tutoiement.

— Il ne suffit pas de dire que cela ne devait pas arriver.

Il se référait peut-être au fait qu'en montagne les maisons ne sont plus construites comme autrefois. Qu'il existe aujourd'hui des normes de construction modernes, des matériaux ignifugés et des systèmes de sécurité. Au chalet, il y avait des détecteurs de fumée et de chaleur, un dispositif anti-incendie. Mais comme le drame avait tout de même eu lieu, Sterli parlait peut-être d'autre chose, alors Serena lança :

— Luise, une des monitrices, m'a révélé que cette nuit-là elle a senti la présence de quelqu'un dans le chalet, juste avant le début de l'incendie, pendant que tout le monde dormait.

Adone Sterli n'eut aucune réaction. Il prit un autre livre perdu à relier, ainsi que du fil ciré et une aiguille courbe.

Alors Serena tenta la carte de la compassion.

— Malheureusement pour ma fille, il n'y a rien eu à faire : l'incendie est parti du grenier, juste au-dessus de sa chambre. Personne ne s'est aperçu qu'elle manquait à l'appel. Il y avait trop de fumée et à cause de l'eau projetée par le dispositif anti-incendie il était difficile de s'orienter. Et puis, on ne comprenait pas où était le feu. Quand les monitrices ont vu les flammes au plafond, il était déjà trop tard…

À ce moment-là, oubliant fil et aiguille, l'homme s'arrêta pour réfléchir.

— De la fumée noire et pas de flammes ?

— Oui.

Elle aussi avait trouvé cela étrange, sans comprendre pourquoi. Elle était convaincue que l'homme détenait la réponse.

Sterli posa ce qu'il tenait dans ses mains et la regarda, pour la première fois. Elle vit dans son regard la lueur d'un éclat ancien. Elle s'imaginait qu'il allait lui faire une révélation, aussi elle tomba des nues quand il déclara :

— Maintenant va-t'en, s'il te plaît.

Se sentant mise à la porte, elle perdit sa contenance.

— Vous me répétez tous que je dois partir, lança-t-elle, faisant allusion à Gasser et à l'avertissement de Luise. Moi je reste, parce que je sais qu'il y a quelque chose de louche ! Et le fait que vous vouliez tous que je parte ne fait que le confirmer !

L'homme resta impassible.

— Tu es convaincue que ta fille est encore vivante, pas vrai ?

La question fit retomber net la fureur de Serena, qui fut incapable de répondre.

— Aurora a été déclarée « disparue », mais on n'a jamais retrouvé ses restes, ni aucune trace de son ADN.

Adone Sterli enregistra l'information, puis lui tourna le dos et retourna à la reliure de son livre.

— Reviens demain, dit-il seulement.

14

Adone Sterli l'avait touchée avec son air fruste et antipathique. Ou plutôt, Serena réussissait à voir en lui une dimension que les autres ne percevaient pas. Cela avait quelque chose d'effrayant.

Une gentillesse secrète qui détonnait avec sa réputation de fou.

En présence de cet homme, elle aurait dû être sur ses gardes, mais bizarrement elle s'était sentie en sécurité. Il n'avait pas l'air d'un criminel éprouvé par des années de prison. La musique classique et les livres racontaient une autre histoire. Étant donné son niveau de langue, il était probable que Sterli ne se contentait pas de réparer ces volumes anciens. Et puis, il y avait autre chose : lui aussi avait su la cerner.

Tu es convaincue que ta fille est encore vivante, pas vrai ?

Serena l'avait partiellement admis. Et Sterli n'avait pas éclaté de rire, il ne l'avait pas traitée comme une pauvre idiote.

Au contraire, il lui avait prêté attention.

Avec son bonnet de laine, son manteau vert et ses gants noirs, il ressemblait à une sorte de clown malgré lui. Pourtant, loin de le trouver ridicule, elle avait repensé au jour où, âgée de douze ans, elle avait enfilé un soutien-gorge rembourré, convaincue que cela suffisait à faire d'elle une femme accomplie. Adone Sterli avait du mal à s'adapter aux autres, lui aussi. Malgré ses efforts, il était toujours en décalage.

Pourtant, ses manières cachaient une sorte de grâce. Serena ne comprenait pas pourquoi il lui avait demandé de revenir le lendemain. Elle avait quitté le chalet sans poser de questions car étrangement, elle lui faisait confiance. Pourtant, elle ne lui avait pas parlé de la vidéo anonyme qui l'avait ramenée à Vion, ni de l'inconnu qui l'observait dans l'ombre et qui l'appelait sans dire un mot. De toute façon, le but de ces manœuvres était tout sauf clair pour elle.

En attendant de retourner chez Adone, Serena devait trouver le moyen de passer les heures. Elle craignait que son cocktail spécial ne lui fasse perdre la notion du temps. Et elle ne voulait pas rater le rendez-vous. Dans les rues désertes de Vion au volant de son 4x4, elle remarqua un magasin ouvert. C'était une petite échoppe qui vendait entre autres de la nourriture.

Elle s'arrêta pour y faire quelques courses.

En plus des denrées comestibles, on y trouvait de tout : des chaussures de montagne aux outils de jardinage, des bijoux fantaisie au matériel électrique. Il y avait aussi des vêtements et, dans un coin, un photocopieur que les clients pouvaient utiliser en suivant les instructions notées sur une feuille affichée sur le mur. La boutique fournissait les habitants de Vion toute l'année. Et elle était surtout utile en hors-saison, quand tout le reste était fermé.

Une radio diffusait de la musique pop et des jingles de publicités. La jeune caissière était concentrée sur son téléphone. Serena était la seule cliente. Elle prit un petit caddy et déambula dans les rayons, le remplissant de biscuits, chocolat, pain de mie, saucisses et thon en boîte. De la nourriture qui ne nécessitait aucune cuisine et que dans le passé, pour elle si *healthy*, il aurait été inenvisageable d'ingurgiter.

Elle emporta le tout à la caisse de la jeune fille, qui lâcha son téléphone à contrecœur pour encaisser les articles.

Serena l'observait. Elle comprit immédiatement que, comme Luise et son irascible petit ami, la caissière avait grandi à Vion. Sa tenue, sa coiffure, ses façons de faire étaient celles de quelqu'un qui n'imagine même pas que, au-delà de ces montagnes, il existe un monde entier. Avec un avenir identique au présent et sans rien à rêver, elle vieillirait sans changer de perspective.

La jeune fille regarda Serena à son tour.

— Vous n'êtes pas d'ici, commenta-t-elle en la dévisageant.

— Je suis journaliste, mentit Serena, qui ne pouvait pas se dire touriste, puisque tous les hôtels de la vallée étaient fermés.

Elle avait choisi cette profession sans réfléchir, mais cela pouvait s'avérer utile, aussi elle poursuivit :

— Vous connaissez un certain Adone Sterli ?

— Personne ne veut rien avoir à faire avec ce taré, ici, répondit la jeune fille, confirmant la réputation du pyromane. Même sa sœur ne lui parle plus !

— Il a une sœur ?

— Elle lui apporte à manger tous les jours. Mais d'après ce que je sais, ça fait des années qu'ils ne s'adressent plus la parole.

Adone Sterli ne semblait pas regretter la présence de quelqu'un pour bavarder, considéra Serena. Au contraire, le silence lui seyait à merveille. Même si ce n'avait peut-être pas toujours été le cas.

— Ce détraqué a aussi une nièce, mais je crois qu'il ne l'a jamais rencontrée, ajouta la caissière. La sœur ne veut même pas qu'elle connaisse son existence.

Une condamnation à la solitude, pensa tristement Serena.

— Je suis ici pour écrire un article sur l'incendie du chalet de l'année dernière.

— Je m'en souviens de cette nuit-là. On a tous été réveillés par l'odeur.

Serena se rappelait bien la puanteur à son arrivée à Vion le lendemain matin de l'incendie. De plastique et de caoutchouc, plus que de bois brûlé.

— Quand on vit à la montagne, on apprend très jeune à reconnaître les signes du feu, poursuivit la caissière. Ma grand-mère dit toujours que le feu est vaniteux, il réclame l'attention. On n'oubliera jamais ce drame.

— Cela devait être terrible, commenta seulement Serena, pour ne pas sembler trop impliquée.

— Pour la ville, ça a été un désastre, ce fait divers était à la une de tous les journaux télévisés. Mon amie Flora a perdu son travail, elle était monitrice au chalet.

En entendant ce prénom, Serena eut une intuition.

— J'aimerais bien parler un peu avec ton amie. Tu pourrais m'aider ?

— Je ne l'ai pas vue depuis longtemps, je n'ai eu aucune nouvelle. Elle a disparu du jour au lendemain !

Pour la première fois, Serena se demanda si la hâte de Flora, outre la perte de son emploi, avait d'autres motivations.

— Ses parents sont morts quand elle était petite. Elle n'avait plus de famille, donc à mon avis elle a bien fait de partir.

— Tu penses qu'elle ne reviendra pas ?

— Elle a encore un appartement à Vion, peut-être qu'un jour elle décidera de rentrer, qui sait ?

Serena dressa les oreilles.

— Tu pourrais m'indiquer où elle habitait avant de partir ?

— L'appartement est au bout de la rue, au-dessus de la boutique de souvenirs, déclara la jeune fille en lui indiquant la direction.

15

Elle avait réglé l'alarme de son portable à minuit. Toutefois, un besoin impérieux d'uriner lui fit ouvrir les yeux cinq minutes avant la sonnerie.

Elle était allongée sur son lit, habillée comme pour sortir, de façon à ne pas perdre de temps. Mais elle ne pouvait pas éviter ce passage aux toilettes.

Assise sur la cuvette en train de vider sa vessie, Serena se rappela qu'Aurora avait toujours été paresseuse. Comme il était difficile de la lever, elle avait trouvé le moyen de la réveiller, quand elles devaient prendre un avion très tôt. Elle lui avait raconté que les guerriers de la Rome antique buvaient beaucoup d'eau quand ils devaient combattre à l'aube. De cette façon, ils n'étaient pas obligés de passer une nuit blanche en attendant l'aube, ils se réveillaient très tôt pour faire pipi.

Serena ignorait si cette histoire était vraie. C'était juste une anecdote sans importance, mais c'était son père qui la lui avait racontée quand elle était petite, parce qu'elle avait aussi du mal à sortir de son lit le matin. C'était un des rares souvenirs de son père et elle l'avait transmis à sa fille, sans savoir que ce passage de génération en génération serait inexorablement interrompu.

Aurora ne pourrait rien enseigner à ses enfants, ni à ses petits-enfants.

La plupart du temps, Serena l'oubliait. Mais quand elle y pensait, elle se sentait infiniment malheureuse. C'était l'un des effets collatéraux de ce qui s'était passé la nuit de l'incendie. Le feu n'avait jamais été éteint : il continuait de détruire chaque aspect de l'avenir de sa fille.

Quand elle eut terminé, Serena tira la chasse en souhaitant que cette terrible pensée parte elle aussi dans les tuyaux des toilettes.

Puis elle regarda l'heure. Le moment était venu de passer à l'action.

Elle descendit très tard en ville, en espérant que personne ne remarquerait son véhicule. Il n'y avait pas âme qui vive dans les alentours.

Le magasin de souvenirs était fermé. À l'étage du dessus, il y avait une sorte de dépendance. Deux fenêtres et une petite véranda. On y accédait par un escalier sur le côté.

Serena gara sa voiture, traversa la rue déserte en courant et se glissa dans la ruelle obscure. Elle monta les marches. Ses pas résonnaient dans le silence. La porte de l'appartement était vitrée. Profitant de la lumière d'un réverbère, elle lorgna à l'intérieur pour s'assurer qu'il n'y avait personne. Elle ne voulait pas commettre la même erreur que dans le chalet d'Adone Sterli.

L'appartement était en désordre, comme si quelqu'un l'avait quitté à la hâte.

Quand elle fut certaine qu'il était vide, elle se pencha pour examiner la serrure. De toute évidence, deux coups d'épaule suffiraient à faire céder la porte.

Le plus discrètement possible, Serena s'en remit à sa force physique. L'époque où elle s'infligeait un entraînement intense était révolue, il lui fallut donc plus de deux tentatives pour avoir raison de la porte vitrée. Quand le bois céda enfin, elle fut catapultée à l'intérieur. Elle perdit l'équilibre et finit à quatre pattes. Ses genoux heurtèrent le sol.

Elle se releva péniblement, ressortit pour vérifier une dernière fois qu'il n'y avait personne dans les parages, puis s'enferma dans l'appartement.

Elle activa la lampe de son téléphone et la pointa vers le bas pour que la lumière ne se voie pas par les fenêtres. L'appartement était constitué d'une seule pièce, ainsi que d'une salle de bains. Le coin cuisine jouxtait le canapé-lit, ouvert et défait, les draps en désordre. L'oreiller portait encore la trace de la personne qui avait dormi dessus pour la dernière fois. Il n'y avait ni radiateur, ni poêle, ni cheminée. Le seul chauffage était une pompe à chaleur accrochée au mur, mais elle ne fonctionnait pas.

Il ne faisait pas bon vivre dans cet endroit, se dit Serena.

C'était peut-être même pire que sa tanière à la résidence.

L'impression qu'elle avait eue en lorgnant par la porte vitrée fut confirmée par un tour rapide des lieux. Les tiroirs et les portes de l'armoire ouverts indiquaient que Flora avait fait ses bagages dans l'urgence. Elle avait laissé une bonne partie de ses affaires. Pourquoi avoir fait ça ?

La monitrice avait sans doute attendu d'encaisser l'argent promis avant de partir s'installer ailleurs. Mais ensuite elle avait disparu de la circulation, comme si elle avait d'autres choses plus graves à fuir. Du moins c'était ce que suggérait le chaos qui régnait dans son dernier domicile connu.

Serena espérait trouver quelque chose qui expliquât ce dilemme. Elle fouilla dans les affaires disséminées partout dans le studio. Elle souleva les vêtements jetés en vrac sur le fauteuil et ceux qui traînaient par terre au milieu des chaussures dépareillées, mais ne trouva rien d'intéressant. Quelques emballages, une canette de bière écrasée contenant des mégots de cigarette. Sur une étagère elle vit un unique écouteur de téléphone, à côté d'une paire de lunettes de soleil tordues, dont un verre était cassé.

Dans la salle de bains, c'était la même chose : une montagne de serviettes sales sur le sol, les placards sur les côtés du miroir ouverts et quasi vides. Il restait des disques de coton et un flacon de dissolvant pour les ongles.

Mais il n'y avait ni brosse à dents, ni dentifrice.

Serena passa ensuite à la petite cuisine. Sur le plan de travail équipé d'un unique tabouret, à côté d'une tasse contenant un fond de café et d'une assiette où pourrissaient les restes d'un petit déjeuner à base d'œufs, pain et confiture, il y avait des papiers. Serena trouva un relevé de compte de février de l'année précédente, soit un mois après l'incendie du chalet. Elle le parcourut et remarqua que l'entreprise de la colonie de vacances avait versé à la monitrice 15 000 francs suisse, ce qui équivalait à plus ou moins la même somme en euros. À côté du chiffre, elle lut « solde de fin de contrat ». En substance, une indemnité de licenciement. Hormis ce virement, il n'y avait rien au crédit.

En revanche, il y avait plusieurs opérations de débit, payées en carte bleue. Essentiellement de la nourriture et quelques dépenses personnelles, comme du maquillage et des cigarettes. Mais l'investissement le plus conséquent était l'achat d'un billet d'avion, un aller simple.

Un vol Zurich-Stockholm le 23 février.

Flora avait pris à la lettre la recommandation de quitter Vion. Serena craignait que désormais, en plus d'un nouveau numéro de téléphone, elle n'ait aussi une nouvelle vie. Elle ne reviendrait probablement jamais. Et il allait être très compliqué de retrouver sa trace.

Elle reposa le relevé de compte sur le plan de travail et reprit sa perquisition, sans grand espoir de trouver quoi que ce soit d'intéressant. Elle passa au coin chambre. L'armoire ouverte ne contenait que des cintres. À côté du canapé-lit, il y avait une table de nuit blanche dont les trois tiroirs étaient entrouverts. Elle les contrôla, en commençant par celui du bas. Il contenait un vieux guide touristique et une Bible. Celui du milieu, un briquet cassé. Le tiroir du haut semblait vide, mais Serena y glissa tout de même le bras, et elle fit une découverte.

Elle trouva un album à la couverture plastifiée, frappé du logo d'un laboratoire de développement photographique qui avait probablement cessé son activité depuis longtemps. Elle le feuilleta. Les photos remontaient à l'époque où les gens immortalisaient encore leurs souvenirs sur des pellicules.

Sur les images on voyait un homme, une femme et une enfant. Leurs poses et leurs expressions souriantes indiquaient qu'il s'agissait d'une famille.

La caissière de la boutique avait dit que Flora était devenue orpheline très jeune. Ces photos étaient probablement celles de ses parents et elle, avant tout ça. Il y en avait une douzaine, toujours sur fond de paysage alpin. Et elles avaient été prises à Vion, à la même époque.

En supposant que ces clichés soient les seuls souvenirs photographiques de ses parents, était-il plausible que Flora ait oublié l'album par négligence ? Et une deuxième question, encore plus déstabilisante : qui achète un billet d'avion pour commencer une nouvelle vie ailleurs et fait ses bagages en emportant sa brosse à dents et son dentifrice mais en laissant derrière elle des photos aussi précieuses ?

Une personne qui prend la fuite, voilà la réponse. Une personne qui ne peut pas revenir en arrière chercher ce qu'elle a oublié.

Alors qu'elle formulait cette pensée, la sonnerie du téléphone de Serena la fit sursauter. Craignant que le bruit la trahisse, elle baissa le volume. Puis elle regarda l'écran.

Encore un « numéro inconnu ».

Elle hésita quelques secondes, puis elle se décida à répondre.

— Allô ?

Le même silence que les fois précédentes. Mais là, elle entendait clairement une respiration lourde à l'autre bout du fil.

Puis on raccrocha.

Alors elle observa par la fenêtre, cherchant la confirmation de son soupçon. À l'extérieur, sur le petit parking à une centaine de mètres de l'appartement, il y avait trois voitures.

Quelqu'un était assis au volant d'une berline verte.

À cette distance elle ne pouvait pas distinguer son visage, ni même voir si c'était un homme ou une femme. Toutefois, la personne donnait l'impression de regarder dans sa direction.

Cet appel semblait l'avertir de sa présence.

Serena comprit qu'elle devait partir.

Elle mit son téléphone dans sa poche et avança vers la porte. Après l'avoir refermée, elle descendit les escaliers. Une fois en bas, elle passa la tête dans la ruelle.

La voiture verte était toujours là.

Pour rejoindre son véhicule, Serena devait sortir à découvert. Elle n'avait pas d'alternative. Elle compta jusqu'à trois, puis se mit à courir. Mais avant qu'elle ouvre sa portière, le moteur de la berline verte se mit à ronronner.

Serena craignit que la voiture ne fonce sur elle, mais elle prit une autre direction. Elle ne parvint pas à lire la plaque d'immatriculation, mais elle reconnut tout de même un vieux modèle. Peut-être une Opel.

Puis le véhicule vert passa devant un réverbère. Serena aperçut la silhouette d'un homme à la barbe fournie, portant une casquette rouge qui lui cachait les yeux.

16

L'expérience vécue devant chez Flora avait troublé Serena. Étant la seule locataire de sa résidence, elle ne se sentit pas d'y rentrer directement. Alors elle vagabonda dans la vallée avec son 4x4 en attendant de trouver le courage, ou bien simplement de se calmer. En réalité, elle avait envie de se réfugier dans la cahute d'Adone Sterli.

Les murs de livres et la musique classique lui auraient donné un sentiment de sécurité. Mais cela n'aurait pas été opportun.

Quand elle se sentit enfin prête, elle rentra à son appartement. Il faisait nuit noire. Le silence et les lumières éteintes du bâtiment n'offraient pas seulement un spectacle de désolation : c'était comme si l'ombre de quelqu'un se cachait derrière chaque porte.

Elle fut accueillie dans sa tanière par le bruit du mini-réfrigérateur, si familier qu'il lui apporta un peu de paix.

Elle se déshabilla et fila sous la douche, en restant longtemps sous l'eau chaude. Quand elle sortit de la salle de bains, l'aube pointait. Elle enfila un jean et un col roulé, convaincue que l'angoisse allait revenir lui nouer le ventre. En prévention, elle avala deux comprimés de Xanax avec une bonne gorgée de vodka. Elle mangea deux biscottes, qui paraissaient encore comestibles.

Elle n'avait quasiment pas dormi de la nuit. Mais au lieu de se coucher, elle attendit que le jour se lève. Elle avait hâte de revoir Adone Sterli. Le rendez-vous avec le relieur de livres perdus approchait. Elle se demanda quel était le moment le plus approprié pour se rendre chez lui.

Elle résista à la curiosité jusqu'à 8 heures. Puis elle se mit en route.

L'homme au manteau l'accueillit à la porte avec son habituelle expression indéchiffrable. Une nouvelle tempête se levait. Le feuillage des mélèzes ondoyait comme si les arbres jouaient entre eux.

— J'espère n'être pas trop en avance, dit Serena.

— Je t'attendais.

Puis, en traînant les pieds, suivi par son chien, il retourna dans l'obscurité de sa maison.

Serena lui emboîta le pas, se demandant à quoi il avait passé son temps depuis la veille. Elle eut la réponse en entrant dans le laboratoire. Cette fois, sur le plan de travail, à la place des livres il y avait quelque chose pour elle.

Cela ressemblait à une banale boîte en carton marron, fermée avec du scotch. Elle avait la taille d'un colis , hormis le tube qui dépassait d'un côté, comme un rouleau de papier-toilette. À un moment, sans raison précise, Aurora s'était mise à les collectionner. Elle en possédait plus d'une centaine. Serena avait eu du mal à la convaincre de s'en débarrasser.

Maintenant, bien que ne pouvant connaître le contenu ni la fonction de ce carton, Serena avait un mauvais pressentiment. Elle se demanda même si elle n'était pas en danger.

Sterli se plaça devant le plan de travail, sans regarder ni mentionner la boîte.

— Ce n'était pas une bonne idée de venir me voir, déclara-t-il.

Serena fut étonnée que cette affirmation reflète exactement son propre état d'esprit à ce moment-là.

— Je ne sais pas si ce que je vais te dire t'aidera vraiment ou te plongera encore plus dans le doute, poursuivit Adone. Et je ne sais pas non plus si ce doute est salutaire.

Elle avait l'impression que cet homme lisait en elle. Ou alors, son désespoir était évident pour tout le monde, sauf pour elle.

— Je prends le risque, répondit-elle.

Malgré cette réponse, l'autre évalua la situation encore un instant.

— J'ai gâché beaucoup d'années à cause de la bête. Et je ne parle pas seulement de celles que j'ai passées en prison.

Serena ne comprenait pas à quoi il faisait allusion.

— Tout le monde pense la connaître, mais c'est faux. Ils ne savent pas que la bête est intelligente.

Adone Sterli parlait du feu. Il l'évoquait comme une créature vivante.

— Beaucoup de gens croient pouvoir la contrôler, mais ce n'est pas le cas. Le plus souvent, c'est elle qui te contrôle. La bête n'a pas besoin de montrer tout de suite à quel point elle est forte. Elle sait se tapir dans l'ombre et attendre. Une étincelle peut persister pendant longtemps sans que personne ne la remarque. Une fois le moment venu, elle manifeste toute sa puissance.

Serena s'aperçut que la voix d'Adone Sterli avait pris une inflexion peu naturelle. Comme si ce n'était pas lui qui parlait, mais quelqu'un d'autre en lui. Un ennemi secret avec qui il avait appris à coexister, qu'il savait tenir en respect.

— En plus la bête est très fourbe. Elle sait changer, s'adapter aux circonstances, parce que son but est identique au nôtre : survivre le plus longtemps possible.

— Pourquoi me dis-tu tout cela ? demanda Serena, apeurée.

Sterli la dévisagea d'un air très sérieux.

— Parce que tu penses qu'il y a un an quelqu'un est entré dans le chalet de nuit, par la porte de service. Cet inconnu a emmené ta fille, puis il a déclenché l'incendie pour faire croire à tout le monde que la petite était morte.

— Mais avant de partir, il a laissé la fenêtre de sa chambre ouverte, comme s'il m'adressait un message, ajouta-t-elle, convaincue que le but sadique de la vidéo anonyme qu'elle avait reçue était de lui faire savoir comment les choses s'étaient réellement passées.

Adone Sterli ne fit aucun commentaire. Il se tourna vers la boîte en carton, y posa sa main gantée.

— La monitrice a affirmé que cette nuit-là, à l'intérieur du chalet, ils ont vu d'abord la fumée noire et seulement après les flammes. Est-ce exact ?

— Oui, répondit Serena en se rappelant les paroles de Luise.

C'était comme une sorte de fleuve rouge au-dessus de nos têtes.

— Il m'a semblé étrange que les monitrices n'aient pas vu le feu tout de suite, avoua-t-elle.

— Parfois il est normal que la bête se cache, la contredit l'homme. Elle envoie la fumée noire en éclaireuse. Et ensuite elle fait son entrée triomphale, en surprenant tout le monde.

Cette image contenait une théâtralité tragique et confirmait la théorie de Sterli selon laquelle le feu était une sorte d'être conscient. Toutefois, quelque chose avait tout de même frappé le pyromane dans les paroles de la jeune témoin oculaire.

— La jeune fille a parlé de fumée et de flammes, reprit l'homme.

— Exact. En quoi est-ce étrange ?

— Ce qui est bizarre, ce n'est pas ce qui est… mais ce qui *manque*.

Serena ne comprenait toujours pas.

— Il existe un troisième élément, tout aussi important dans un incendie. Mais la témoin ne l'a pas mentionné. Elle a vu la fumée, puis les flammes… mais elle n'a pas parlé de la chaleur.

En effet, Luise n'avait pas mentionné cet aspect.

— Dans un incendie de cette ampleur, que l'eau ne parvient pas à contenir et qui dévore une maison de trois étages en un rien de temps, la chaleur est déterminante, et surtout elle précède toujours l'apparition des flammes.

Serena se demanda si les experts et les pompiers avaient enquêté sur cette anomalie.

— Les monitrices et les enfants auraient dû sentir tout de suite une chaleur infernale, là-dedans. Mais elles ont vu du feu.

— Qu'est-ce que cela signifie ?

L'homme montra du doigt le carton posé sur le plan de travail.

— Ceci est la réplique d'un engin incendiaire, dit-il en soulevant les deux rabats du dessus.

C'était un fac-similé, mais Serena fut tout de même préoccupée.

L'appareil était divisé en trois parties. Sterli se munit d'un stylo pour lui indiquer ce qu'elles contenaient.

— L'effet final est le fruit de la combinaison de plusieurs substances ou éléments chimiques. Tout commence ici, précisa-t-il en indiquant un endroit précis, grand comme une boîte d'allumettes. On place une petite charge de thermite qui sert de déclencheur, reliée à une chambre de décompression qui contient généralement un alliage de magnésium et aluminium, qui commence à brûler à 1 100°C et dégage une vapeur combustible à 1 800°C… La vapeur filtre à travers une membrane de coton dans une chambre de combustion, où elle rencontre le peroxyde d'hydrogène. Il y a aussi une fiole en verre qui, quand la température atteint les 2 000°C, éclate en ajoutant au tout du persulfate… de façon étonnante, beaucoup de ces substances peuvent s'acheter dans une quincaillerie, ou même au supermarché, dit-il soudain avant de reprendre : dans cette partie on met une éponge imbibée d'ammoniac, qui sert à stabiliser le mélange. Cela s'appelle « engin explosif », mais en réalité cela n'explose pas, cela prend feu.

Pendant la leçon, Serena se sentit mal à l'aise. Elle n'était pas certaine d'avoir besoin d'informations aussi techniques. Mais Adone Sterli semblait éprouver un plaisir obscur, quand il lui avait décrit le processus de destruction. L'homme avait soudain perdu son aura romantique, il s'était transformé en quelqu'un qu'elle n'aurait pas voulu connaître.

Une personne obsédée.

— Je voudrais souligner que le processus n'a encore généré aucune flamme, affirma-t-il avant d'indiquer le grand compartiment relié au tube en carton. Ici, on place une pâte qui est un mélange d'oxyde de zinc, de farine fossile et de tétrachlorure de carbone. On l'appelle « mélange Berger ».

Serena remarqua que les yeux du relieur pacifiste avaient changé. Elle y voyait à nouveau briller la lueur du feu.

— Cela sert à quoi ?

— À générer de la fumée.

— Tu es en train de me dire que cette nuit-là au chalet quelqu'un pourrait avoir placé un engin de ce genre, qui produit de la fumée avant de déclencher le feu ?

L'homme ne répondit pas, mais son silence était éloquent.

Toutefois, Serena ne comprenait toujours pas.

— Pourquoi utiliser un tel engin ? demanda-t-elle, interdite et agacée.

— Parce que, l'intention n'était pas de tuer.

Elle fut secouée. Dans l'horrible description du fonctionnement de cet appareil dévastateur, il y avait un espoir.

— Alors quel était son but ?

— La fumée devait permettre de faire sortir les occupantes du chalet : le but était de réveiller tout le monde et de leur laisser le temps de se mettre en sécurité. Dans ces moments-là, il n'y a pas de chaleur parce que le feu n'arrive qu'après. Si les choses se sont passées de cette façon, alors la fumée devait avoir l'odeur douceâtre typique du tétrachlorure de carbone... Des biscuits tout juste sortis du four.

Luise n'avait pas parlé d'une odeur de biscuits. Elle allait peut-être devoir la recontacter pour l'interroger sur ce détail.

— Mais la fumée avait aussi pour fonction de couvrir les actions d'un ravisseur et lui donner le temps d'agir sans être dérangé. Il n'avait même pas à s'inquiéter d'effacer ses traces, parce que le feu s'en chargerait. De même que les flammes étaient parfaites pour cacher ce qui était réellement arrivé à la fillette qu'il emmenait.

Serena était bouleversée. Imaginer que quelqu'un avait ourdi un tel plan, c'était déjà quelque chose, mais recevoir la démonstration pratique que c'était possible, c'était encore pire.

Pour une raison inexplicable, elle pensa au conducteur de l'Opel verte, l'inconnu barbu à la casquette rouge.

Mais elle avait encore une question.

— Comment peux-tu être certain que les choses se sont réellement passées ainsi ?

— Cette personne connaît la bête et sait la dompter.

— Ce n'est pas une réponse, fit-elle remarquer.

Alors Adone Sterli ôta lentement les gants noirs qu'il portait toujours. Quand il eut terminé, Serena comprit pourquoi il ne les retirait jamais.

L'homme leva les mains de façon qu'elle puisse les observer. Il lui montra les longues cicatrices roses qui creusaient sa chair sur le dos et la paume des mains, jusqu'aux avant-bras. La graisse avait fondu comme de la cire et la peau s'était rétractée. Ses doigts n'étaient plus que de fines ramifications osseuses.

Serena était horrifiée. Incapable de se retenir, elle courut dehors et vomit.

En sortant du chalet, elle manqua de trébucher sur quelque chose qui se trouvait sur le seuil. Elle eut à peine le temps de s'agripper à la porte pour ne pas perdre entièrement l'équilibre. Elle rejeta sur la neige le peu qu'elle avait dans l'estomac, puis elle se retourna pour regarder l'objet qui avait failli la faire tomber.

Sur la marche devant la porte, il y avait une boîte alimentaire métallique, à fermeture hermétique. Elle dégageait une odeur de soupe.

Serena pensa immédiatement à la sœur d'Adone Sterli qui lui apportait chaque jour à manger, mais ne voulait plus lui parler. Alors elle eut à nouveau de la peine pour cet homme qui vivait avec sa solitude et avec ses démons intérieurs.

Tiraillée entre des sentiments opposés, elle se nettoya la bouche avec la manche de son blouson et se dirigea en chancelant vers son 4x4, se promettant de ne jamais remettre les pieds dans cet endroit.

17

Elle quitta le chalet d'Adone Sterli sans prendre congé. C'était un vendredi. Elle se rappela alors le jour, un vendredi également, où elle avait oublié qu'elle avait une fille.

Aurora devait avoir cinq ans. Mary, la baby-sitter, s'occupait de l'accompagner et d'aller la chercher à l'école maternelle tous les jours, sauf le vendredi.

Ce jour-là, c'était sa mère qui l'attendait à la sortie. Elles avaient une sorte de rituel. Vers 15 heures, Serena et elle montaient dans un taxi qui les déposait à la piscine du Palazzo Parigi, un merveilleux hôtel du centre de Milan. Serena avait transmis à Aurora sa passion pour la nage, ainsi que l'attention à la coordination et au style. Elles prenaient des cours et Serena était convaincue que ces leçons, applicables à tous les événements de l'existence, leur seraient à jamais utiles.

Puis, pour se récompenser, après une bonne douche et après avoir enfilé une tenue adaptée, vers 17 heures, elles buvaient un thé dans un élégant salon du même hôtel. Elles adoraient les macarons et le Dong Ding Oolong, un fin thé taïwanais. Aurora avait hérité des goûts de sa mère. Elle aimait les belles choses, être impeccable, être admirée. Sa mère en était fière.

Maintenant, au volant de son 4x4 dans les virages qui descendaient à Vion, la nouvelle Serena, négligée et débarrassée de son amour-propre, se sentait toujours coupable de ce fameux vendredi où elle avait négligé la piscine et le rituel du thé avec sa fille. À cette occasion, elle avait tout simplement oublié d'aller la chercher à l'école. Même si ceci n'était en réalité que la version officielle.

Dans les faits, elle avait totalement refoulé de sa mémoire l'existence même d'Aurora.

Quelques heures durant, cette après-midi qui remontait à deux ou trois ans, elle avait effacé toute trace d'elle dans ses pensées. Pendant ce laps de temps, elle s'était envisagée non plus comme la mère d'une enfant de cinq ans, mais comme un être solitaire.

Le compte de sa vie était de nouveau impair. Une unité. Serena. Un point c'est tout.

Sur la base de ce simple calcul, elle avait pris rendez-vous chez le coiffeur, acheté une paire de chaussures et prévu de sortir le soir avec une amie. C'est justement en parlant au téléphone avec cette dernière, qui lui avait demandé comment allait Aurora, que Serena avait soudain réalisé qu'elle faisait partie d'un chiffre pair.

Deux unités.

Elle n'avait pas oublié sa stupeur face à cette découverte. Après la nuit de l'incendie, elle avait longtemps espéré que l'amnésie soustrairait à nouveau sa fille du décompte final, cette fois pour toujours. Mais cela ne s'était pas reproduit, Aurora faisait toujours partie de son chiffre.

Le fameux vendredi, elle s'était précipitée à l'école. Elle avait à peine une heure de retard, mais elle avait trouvé Aurora en larmes.

Ce n'était pas un simple pleur d'enfant. C'était du désespoir.

La vue de sa mère aurait dû la rassurer, mais la fillette était restée longtemps inconsolable. Serena s'était sentie impuissante. Il ne suffisait plus d'être la maman d'Aurora pour calmer ce genre de souffrance.

Un peu plus tôt, Adone Sterli avait confirmé sa folle idée que sa fille avait été enlevée. Maintenant, Serena était dévastée. Peut-être que, pendant cette longue année, Aurora avait ressenti une douleur similaire à celle de ce terrible vendredi. Et si elle avait pensé que sa mère l'avait de nouveau abandonnée ?

Serena avait enfin réussi à donner un sens à l'anomalie de la fenêtre ouverte, pourtant elle n'était pas tranquille.

La dernière fois que j'ai vu Aurora, elle dormait comme une bienheureuse. Sur le ventre, parce que les ailes de fée papillon l'empêchaient de se mettre sur le dos.

Les paroles de Luise contenaient la dernière trace avant la disparition d'Aurora. Que s'était-il passé après que la monitrice avait contrôlé sa chambre dans le chalet ? Cela faisait plus d'un an, sans le moindre signe. Personne ne pouvait garantir à Serena que, après tout ce temps, sa fille était encore vivante. Mais si elle l'était, où se trouvait-elle ? Et avec qui ?

La notion de « disparue » avait enfin un sens.

Je viens te chercher, lui promit-elle intérieurement.

Pourtant, elle n'avait pas de plan. Il fallait peut-être activer une recherche en grande pompe, avec des hommes et des moyens. Mais elle ne pouvait pas aller voir le chef de la police avec le seul témoignage d'un pyromane instable. Et elle n'avait aucune preuve.

C'était frustrant.

La température avait chuté, le ciel était chargé de nuages. Le temps semblait suspendu. La lumière grise rendait chaque chose précaire. Les plantes, les animaux et les gens semblaient seulement attendre la pluie.

Serena voulait se réfugier à la résidence, avec l'intention de réfléchir aux différentes options. Qui n'étaient pas nombreuses, en vérité. Mais dès qu'elle franchit le seuil du petit appartement, elle vit sur la table de la cuisine une bouteille d'Évian à moitié remplie de *teddy-bear*. Elle ne se rappelait pas l'avoir posée là, mais elle ne résista pas à la tentation de glisser dans une lente et agréable torpeur. Après avoir avalé jusqu'à la dernière goutte du breuvage, elle calcula que, comme toujours, il lui faudrait cinq ou six minutes avant qu'il fasse pleinement effet. Mais elle eut une surprise agréable : la potion magique se mit à faire effet au bout d'à peine quelques secondes.

Elle se sentit envahie par l'euphorie habituelle, une sorte de chatouillement pour l'âme. Elle sourit, comme pour souhaiter la bienvenue au follet qui dansait joyeusement dans sa tête. Elle essaya de poser la bouteille vide, mais elle rata la table et l'objet tomba par terre et roula entre les chaises. Le son résonna à l'infini. Autour d'elle, tout changea de couleur et se mit à briller.

Serena visa le canapé. Elle se sentait aussi légère qu'un ballon gonflé à l'hélium. Son équilibre était précaire. Le sol ondoyait, ou alors c'étaient ses jambes qui étaient molles. Elle s'adossa au mur et tenta de réajuster sa trajectoire. Elle était à la dérive. Que se passait-il ? Elle avait sans doute mal dosé les médicaments. Alors qu'elle essayait de se souvenir quand elle avait préparé le cocktail, sa vue se brouilla. Ses genoux cédèrent et, avant d'arriver à destination, elle s'écroula sur le sol.

Elle atterrit les bras en avant, mais au lieu de toucher terre elle eut l'impression de rester suspendue dans les airs, de fluctuer. À cause de la chute, elle aurait dû avoir mal. Mais elle ne sentait plus rien, comme si elle était déconnectée de son corps.

Elle était paralysée.

Et puis, il y avait autre chose : elle avait perdu connaissance mais elle était encore présente à elle-même. C'était comme vivre dans un paradoxe.

Toujours immobile sur le ventre, la tête tournée d'un côté, elle vit la nuit tomber. Les ombres s'allongèrent autour d'elle sans qu'elle puisse les saisir. Elle ne savait même pas si ses yeux étaient ouverts ou fermés. Des petites lumières traversaient son champ visuel avant de disparaître, comme englouties par l'obscurité. Des éclairs. Puis il y eut des cliquetis qui, en accélérant, se transformèrent en concert de cloches. Serena comprit qu'il s'agissait d'un orage.

C'était comme rêver éveillée. Et dans ce rêve, à un moment, elle entendit des pas. Elle ne savait pas s'ils étaient réels, mais elle avait la sensation que quelqu'un tournait autour d'elle en l'observant.

Une présence.

Comme dans la description par Luise de la nuit de l'incendie, un peu avant que le chalet ne soit dévoré par les flammes.

Je ne les voyais pas, mais je sentais des yeux sur moi.

Chaque fois que la silhouette passait à côté d'elle, Serena sentait la caresse de l'air qui se déplaçait. Puis l'intrus l'enjamba pour se diriger vers la chambre à coucher. De là où elle se trouvait, elle aperçut une ombre qui évoluait dans la pièce, ouvrait les tiroirs et fouillait dans ses affaires. Elle paniqua.

Elle voulut hurler mais sa voix ne sortit pas. Elle eut l'impression d'être morte.

Oui, je suis morte, songea-t-elle.

Elle se sentait comme un fantôme piégé entre deux mondes et, pour cette raison, incapable de se mettre en contact avec les vivants.

Mais si je suis vraiment morte, pourquoi Aurora n'est-elle pas avec moi ? Alors c'est vrai, ma fille est encore vivante. Et je ne peux plus la sauver, se dit-elle, au désespoir.

Alors qu'elle était envahie par ce nouveau tourment, cela arriva.

La lumière du jour balaya l'obscurité en un instant. Serena était totalement lucide. Elle était allongée sur la moquette et elle avait mal. Elle pouvait bouger. Le passage entre ces deux états avait été si subit qu'elle se demanda comment c'était possible.

Serena se redressa péniblement. Ses bras et ses jambes fourmillaient à cause des longues heures d'immobilité. Assise sur la moquette marron, en attendant de retrouver le contrôle de son corps pour se mettre debout, elle se regarda dans l'écran du téléviseur éteint. La moitié de son visage qui avait été écrasée par terre était striée de longs sillons, telles les cicatrices d'une pirate. Ses cheveux formaient une sorte de crête blonde. Elle avait la gorge prise, elle toussa pour s'éclaircir la voix.

— C'était un rêve, déclara-t-elle à voix haute.

Un mauvais rêve.

Toutefois, par sécurité, elle se tourna pour regarder d'abord la porte d'entrée puis la porte-fenêtre. Elles semblaient fermées. Aucun signe d'effraction.

Serena attribua son hallucination au *teddy-bear*.

Merde, cette fois j'ai abusé, pensa-t-elle.

La seule chose réelle avait été l'orage nocturne, parce que les arbres sous sa fenêtre ruisselaient encore de pluie et l'asphalte du parking comptait plusieurs larges flaques.

Quand elle retrouva l'usage total de ses membres, elle se leva et se traîna à la cuisine pour se préparer un café soluble et mettre quelque chose dans son estomac pour calmer ses crampes de faim. Elle avait laissé son portable sur la table : aucun appel, mais elle réalisa qu'il était 11 heures du matin.

Elle avait passé vingt-quatre heures immobile sur la moquette.

Oui, cette fois elle avait été trop loin.

La pire sensation avait été cette sorte de paralysie. Le fait de pouvoir à nouveau bouger, prendre une tasse, y mettre la poudre de café puis la remplir d'eau chaude au robinet, ressemblait à un petit miracle. Elle ouvrit le réfrigérateur, avec l'impression de le sortir de sa léthargie. Elle trouva un paquet de pain de mie entamé et en sortit deux tranches. Elle en croqua une sans attendre.

Elle referma la porte du frigo et s'apprêta à retourner dans le coin cuisine avec la nourriture et la boisson. Elle shoota accidentellement dans la petite bouteille vide d'Evian, qui était tombée par terre après qu'elle l'avait vidée goulûment, avant d'être prise dans la turbine des effets psychotropes. Elle suivit la trajectoire de l'objet du regard et leva sa tasse pour boire une première gorgée de café afin de faire descendre le pain qu'elle avait dans la bouche. Mais elle s'arrêta net, le bras en l'air, et cessa de mâcher. Devant elle, la moquette marron était traversée par une série d'empreintes.

Des chaussures mouillées, à cause de la pluie.

18

Comme la nuit de l'incendie du chalet. L'intrus était revenu. Il y avait des dizaines de traces de pas dans le séjour, partout sauf sur la portion de sol où Serena était restée allongée, sans pouvoir bouger. Elles dessinaient presque les contours de sa silhouette, comme sur les scènes de crime.

Les empreintes continuaient vers la chambre à coucher. Elle les suivit, avec la peur de se retrouver nez à nez avec quelqu'un. Peut-être le barbu à la casquette rouge ?

Quand elle passa la porte, elle découvrit que les traces faisaient le tour du lit défait avant de revenir au salon. Il n'y avait personne mais, par acquit de conscience, elle jeta un coup d'œil à la salle de bains. Rien ne semblait avoir changé.

Les traces laissées par les chaussures étaient en train de sécher, aussi Serena prit son téléphone pour les photographier avant qu'elles ne s'estompent complètement.

Puis elle sortit pour aller chercher le chef de la police, Gasser.

C'était samedi. Elle pensait le trouver au commissariat, mais on lui indiqua l'église pentecôtiste. Serena n'aurait jamais imaginé que Gasser était religieux, mais elle révisa son jugement en le reconnaissant au milieu d'un groupe de fidèles. Ils étaient réunis pour une cérémonie en extérieur dans le champ enneigé attenant au bâtiment qui hébergeait la congrégation.

Serena gara le 4x4 non loin et se dirigea d'un bon pas vers le lieu de la célébration. Son aspect était encore plus négligé que d'habitude, mais elle s'en moquait. Le vent glacial lui fouettait le visage, si fort que ses yeux larmoyaient.

Gasser était avec sa famille. Sa petite épouse parfaite, en surpoids et à la permanente maison. Leurs filles jumelles, tresses et lunettes. À l'instar des autres enfants de la communauté, elles portaient une tunique blanche et se tenaient par la main.

Le groupe entonna un hymne au Seigneur.

Gasser remarqua Serena, prête à s'abattre sur eux avec la violence d'un astéroïde, alors il adressa un rapide geste d'excuse au pasteur et il se détacha du groupe pour l'intercepter.

En le voyant marcher vers elle, sa tunique voletant sur ses hanches, elle faillit éclater de rire. Au moins son uniforme lui conférait un peu d'autorité. Là, il était encore plus ridicule que d'habitude.

— Que se passe-t-il ? lui demanda-t-il avec un sourire forcé.

Il craignait qu'elle ne fasse une scène.

— Quelqu'un est entré dans mon appartement à la résidence, dit-elle en lui montrant une photo des empreintes sur son téléphone.

Gasser étudia l'image.

— Vous étiez présente quand c'est arrivé ?

— Je dormais, mentit Serena. Je m'en suis rendu compte ce matin.

Elle aurait aimé lui avouer que l'intrus avait probablement fait en sorte qu'elle trouve la bouteille d'Évian remplie de *teddy-bear* trafiqué, mais elle refusait qu'il croie qu'elle avait tout inventé.

— Il n'y a aucun signe d'effraction. Il a dû entrer avec un passe-partout.

— Au moins il ne vous a fait aucun mal, affirma le chef de la police, soulagé. Est-ce qu'il manque quelque chose parmi vos effets personnels ?

— Non, il n'a rien volé.

— Vous avez bien regardé ?

— Il n'y avait rien à voler. Je pense que son intention était de m'intimider.

L'intrus avait probablement modifié la composition du cocktail juste assez pour qu'elle perde connaissance. Sinon, pourquoi n'était-il pas entré dans l'appartement quand elle était absente ? Cela aurait été plus simple et moins risqué.

Au contraire, il voulait lui faire savoir qu'il était là. Qu'il pouvait l'atteindre à tout moment. S'approcher sans qu'elle s'en aperçoive. Et lui faire du mal, s'il voulait.

— Votre séjour à Vion génère un peu de mécontentement… lui révéla Gasser.

— Vous pensez que quelqu'un ici veut me faire partir ?

— Je ne serais pas surpris. Le tourisme est vital pour cette vallée et vous représentez une très mauvaise publicité.

— Tant mieux si c'est ce que vous pensez. Mais j'ajouterais qu'à mon avis, quelqu'un a peur que la vidéo de la fenêtre ouverte de la chambre de ma fille au chalet puisse faire éclater une vérité déconcertante.

— Il n'y a pas de vidéo, répondit calmement le policier, lui rappelant qu'elle n'avait pas pu la lui montrer, ni fournir aucune preuve de son existence.

— Il y a quelques jours, j'ai été suivie par un homme barbu avec une casquette rouge, dit-elle sans spécifier qu'elle était en train de fouiller illégalement le domicile de Flora.

— Cette description est un peu sommaire.

— Il conduisait une Opel verte.

Gasser essayait de faire preuve de patience.

— La dernière fois que nous nous sommes vus, vous avez accusé Adone Sterli d'avoir mis le feu au chalet, avant de découvrir qu'il n'y était pour rien.

— Cette fois je sais que j'ai raison.

D'ailleurs, Gasser aurait dû s'entretenir avec le pyromane. L'explication de ce dernier aurait peut-être convaincu le chef de la police que l'incendie du chalet était criminel.

En attendant, le groupe avait cessé de chanter et tout le monde était tourné vers eux. Hommes, femmes et enfants les fixaient en silence. Serena se sentit transpercée par ces regards.

— Je vais vous poser une question, mais cela ne va pas vous plaire, dit le commandant en caressant sa moustache.

Serena avait remarqué qu'il faisait ce geste chaque fois qu'il s'apprêtait à faire une remarque désagréable. Alors elle se tut et attendit.

— Est-ce que vous prenez des drogues, ou est-ce que vous êtes sous l'effet de l'alcool ?

Elle se raidit, mais elle ne contestait pas ses propos. Son allure et son haleine la trahissaient déjà bien assez.

— Je ne veux pas vous mettre dans l'embarras, l'assura Gasser. Je suis réellement inquiet. Et si quelqu'un s'est introduit dans votre appartement, alors il faut peut-être que vous rentriez à Milan.

— Il en est hors de question.

— Alors je ne peux pas garantir votre sécurité.

Elle ne comprit pas si cette phrase avait valeur d'avertissement ou de menace. Elle décida que cela suffisait. Elle tourna les talons et avança vers son véhicule. Gasser ne fit rien pour l'arrêter. Elle marchait à pas lourds, le froid emplissait ses poumons à chaque respiration. Elle était au bord de la crise, mais elle fit tout pour ne pas le montrer.

Une fois dans sa voiture, elle alluma le moteur, mais le levier de vitesse coinça. Elle força dessus, ce qui produisit un bruit métallique désagréable et renforça son sentiment de honte. En attendant, le chef de la police et les autres membres de la congrégation pentecôtiste étaient retournés à leurs occupations.

Seule une femme, qu'elle n'avait jamais vue auparavant la fixait. Cheveux blonds, courts. Pas très grande. Lunettes de vue. Peau laiteuse. Le bord de sa tunique bougeait avec le vent, mais elle était immobile. Le visage rigide, l'expression sévère.

Quelque chose dans son regard mettait Serena mal à l'aise. Un jugement. Oui, c'était comme si cette inconnue était en train de la juger.

Le 4x4 accepta enfin de démarrer et Serena put s'éloigner d'elle.

19

De retour à la résidence, elle claqua la porte de son appartement derrière elle. Les empreintes avaient disparu, il ne restait que quelques traces de boue qui se fondaient dans la couleur marron de la moquette.

Serena était épuisée et furieuse.

Elle se dirigea vers le mini réfrigérateur et lui envoya des coups de pied. Soudain, tout la dérangeait. Surtout ce maudit bruit qui n'arrêtait jamais de lui perforer le cerveau et de lui rappeler pourquoi elle était là, dans cet endroit sordide.

Quand elle se fut défoulée, elle alla s'asseoir sur son lit. Elle portait toujours son blouson et ses chaussures. De façon absurde, elle se sentait coupable d'avoir secoué le réfrigérateur de la sorte. Elle était triste, mais elle éclata de rire. Cela ne dura pas, et cela ne lui fit aucun bien.

Elle était tentée de suivre le conseil de Gasser : rentrer à Milan et oublier cette histoire. Mais elle ne pouvait pas. Même si les chances qu'Aurora soit encore en vie étaient minimes, il lui était impossible de les ignorer. D'ailleurs, personne ne lui garantissait que sa fille se trouvait encore dans la vallée. Si elle avait réellement été enlevée, il était même vraisemblable que son ravisseur l'ait emmenée ailleurs. Mais il y avait à Vion un secret que quelqu'un s'efforçait de cacher. Elle en était convaincue.

Sinon, elle ne s'expliquait pas les peurs de Luise, la fuite précipitée de Flora ou le silence de Berta malgré ses nombreux messages. De même que ni la vidéo anonyme, ni le fait que quelqu'un l'ai faite disparaître, ni les nombreux appels silencieux qu'elle avait reçus, n'avaient de sens.

À ce moment-là, elle se rappela que la présence qui lui avait rendu visite la nuit précédente s'était promenée entre le salon et la chambre à coucher.

Est-ce qu'il manque quelque chose parmi vos effets personnels ?

Elle avait répondu que non, mais en fait elle n'avait pas vérifié. Il était temps. Elle commença par la chambre. Son ordinateur portable était dans l'armoire avec ses vêtements, il n'avait visiblement pas été touché. Son argent, ses cartes de crédit et ses papiers étaient toujours dans son sac à dos. Elle ouvrit les tiroirs de la table de chevet. À côté de la Bible, il y avait le paquet de dessins remis par les amies d'Aurora, censé remplacer les photos perdues dans l'incendie de l'appareil numérique de Flora.

Serena avait oublié cet album.

Elle le prit et alla s'asseoir par terre, à côté de la fenêtre, puis elle retira le ruban rouge qui tenait les feuilles ensemble. Elle les avait regardées une fois, le jour de la commémoration à la fondation Prada. La simple vue de ces dessins avait provoqué en elle une réaction émotionnelle si forte qu'elle s'était évanouie, alors elle n'avait pas souhaité revivre l'expérience.

Mais à présent, elle n'avait plus peur.

Alors elle feuilleta le dossier. Elle parcourut les sept derniers jours de la vie de sa fille, en partant de la fête des fées papillons. Parmi les fillettes aux ailes en tulle bleu et aux filaments d'argent dans les cheveux, il y avait Aurora, avec sa crinière reconnaissable entre toutes.

Puis elle remonta le temps et revit tous les moments où sa fille avait été insouciante et heureuse. Les cours de ski. Les descentes de luge. Les soirées devant la grande cheminée. Les après-midi passées à patiner. Elle avait confiance en la mémoire de ses camarades, quand elles avaient dessiné. Arrivée à la sortie en traîneau tiré par des chevaux, Serena s'arrêta sur la scène du goûter à base de gâteaux et cidre, où apparaissaient toutes les jeunes pensionnaires du chalet ainsi que leurs trois monitrices.

Aurora faisait encore partie du monde des vivants. Elle souriait.

En un instant, le dessin que Serena avait devant les yeux devint trouble. Quelque chose n'allait pas. Il y avait quelque chose de méchant.

Les doigts de Serena lâchèrent leur prise sur la feuille, qui voleta jusqu'à ses pieds.

Le souffle coupé, elle se mit à trembler.

Au milieu du panorama enneigé, l'autrice du dessin avait inclus un personnage. Qui se tenait à distance, comme caché derrière un arbre.

Un homme barbu avec une casquette rouge.

20

Serena se rendit au seul endroit où elle pouvait aller. Là où ses théories avaient du sens, où elles n'étaient pas uniquement le fruit du désespoir ou, pire, de la folie. Le chalet du relieur de livres était le dernier refuge de Serena à Vion, malgré sa promesse de ne jamais y retourner. En arrivant à proximité, au volant de son véhicule, elle assista à une scène inattendue. L'homme au manteau vert n'était pas seul. Il était en train de passer des caisses à une femme qui les chargeait à l'arrière d'une fourgonnette qui portait l'inscription, un peu délavée, « LIVRES ».

Blonde, cheveux courts. Pas très grande, maigre, vêtue d'une jupe en laine et d'un pull bordeaux. Des lunettes de vue. Elle ressemblait à une bibliothécaire. De là où elle était, Serena distinguait à peine son visage, mais elle finit par la reconnaître : elle l'avait vue quelques heures plus tôt parmi les fidèles de l'église pentecôtiste.

La femme en tunique blanche qui l'avait fixée pendant qu'elle essayait de faire partir son 4x4.

Soudain, elle fut curieuse de comprendre sa relation à Sterli. En apparence, celle-ci semblait liée à l'activité du relieur. Toutefois, Serena se sentait étrangement jalouse.

Puis elle remarqua quelque chose qui la surprit. Pendant le chargement, Adone et l'inconnue n'échangèrent pas un mot. Et la femme semblait même éviter de le regarder.

Quand il n'y eut plus de caisses, elle alla chercher un objet sur le siège passager de sa fourgonnette. Elle revint vers Sterli et lui tendit une boîte alimentaire métallique, semblable à celle sur laquelle Serena avait failli trébucher la dernière fois qu'elle était venue.

Alors Serena comprit que la femme, qui remontait maintenant dans sa fourgonnette et s'éloignait sans un geste d'au revoir, était la mystérieuse sœur à qui Sterli n'avait pas parlé depuis des années.

En la voyant à la porte, Adone ne fit aucune allusion à son départ précipité. Il ne semblait pas lui en vouloir. Il l'observa quelques instants puis, comme toujours, il tourna les talons et rentra. Le chien noir escorta Serena à l'intérieur.

— J'ai vu cette femme tout à l'heure, dit-elle en avançant vers le laboratoire. Avant de venir frapper, j'ai attendu qu'elle parte.

Jusque-là, elle ne s'était jamais demandé si ses visites pouvaient causer du tort à Sterli. Gasser avait admis que sa présence à Vion avait créé du mécontentement dans la vallée. Elle ne voulait pas qu'Adone en paie les conséquences. Il était déjà suffisamment difficile pour lui de vivre seul dans cet endroit.

Mais Sterli ne semblait pas se préoccuper du regard des autres.

— Ma sœur ne m'a pas parlé depuis vingt ans, commenta-t-il seulement, comme pour signifier qu'il se moquait de ce qu'elle pensait de ses relations.

Serena se rappela le regard jugeant de la femme, la sévérité de son expression. Elle repensa aussi à la petite-nièce qu'Adone n'avait jamais vue et qui, par choix de sa mère, ne savait même pas qu'elle avait un oncle. Alors elle comprit que lui et elle avaient quelque chose en commun : ils mourraient tous les deux sans progéniture pour se souvenir d'eux.

Dans le laboratoire, Serena remarqua que la boîte en carton qui simulait l'engin explosif avait disparu du plan de travail. Et de la pièce. Elle en fut soulagée.

— Je ne voulais pas te troubler, l'autre jour, déclara Sterli, qui portait à nouveau ses gants noirs.

Il s'activait avec de la colle et les pages d'un vieux livre de botanique, rempli d'illustrations.

— Généralement, les personnes perdent les livres avant de les avoir terminés. Quand il s'agit de romans, je me demande toujours s'ils vont le racheter pour connaître la fin de l'histoire.

Au milieu de la pièce, Serena le regardait. Elle aurait pu rester ainsi des heures. Elle ne savait pas exactement pourquoi elle était revenue. Peut-être uniquement par envie de revoir son étrange ami.

— Les livres sont comme les gens, poursuivit le relieur. Il faut se méfier des apparences. Parfois ils cachent des secrets.

Puis il retira une page du livre de botanique qu'il était en train de restaurer et la passa sur la vapeur qui sortait de la casserole posée à côté de lui.

Serena y vit le dessin d'une plante avec un nom latin. Il y avait aussi une légende et une description minutieuse. Mais sous l'effet de la chaleur, sur la page apparut une écriture menue et élégante, de couleur bleu ciel.

— C'est une lettre écrite au sel de cobalt, qui disparaît dès que le papier refroidit. Deux amants employaient ce stratagème pour s'échanger des messages via des livres insoupçonnables. Ingénieux, n'est-ce pas ?

— Aussi ingénieux qu'un engin en carton ? demanda-t-elle, changeant de sujet. Un engin qui s'autodétruit, empêchant les experts de relier le feu à celui qui l'a déclenché.

Elle pressentait que c'était lui qui l'avait inventé.

— Je n'ai jamais voulu blesser personne, admit le pyromane en évitant son regard. J'aimais juste voir la bête danser.

Cette image était à la fois terrible et romantique. Cette définition seyait d'ailleurs parfaitement à l'homme qui se trouvait devant elle. Elle le croyait, quand il disait qu'il ne voulait faire de mal à personne : Serena repensa à l'odeur douceâtre du tétrachlorure de carbone contenu dans le dispositif.

Des biscuits tout juste sortis du four.

Elle comprit pourquoi la fumée arrivait bien avant les flammes. Adone avait conçu un engin qui préservait la vie des personnes et animaux qui s'aventuraient dans les bois, en chassant toutes les présences avant l'arrivée du feu. Exactement comme au chalet la nuit de l'incendie.

Mais dans ce cas, ce dispositif avait surtout servi à couvrir un enlèvement.

— Quelqu'un a copié ton idée, affirma-t-elle avec certitude.

— Quelqu'un a surtout appris à la fabriquer. Serena remarqua une note de culpabilité, comme si Sterli se sentait en partie responsable de ce qui était arrivé à Aurora. Elle aurait voulu lui dire qu'il se trompait, mais elle ne pouvait pas non plus l'absoudre.

— Aurora s'est imposée, affirma-t-elle de but en blanc. Je n'en voulais pas. Quand j'ai appris qu'elle était dans mon ventre, je l'ai refusée. Je n'ai pas voulu connaître le sexe du fœtus et j'avais décidé de le faire adopter.

Elle ne l'avait jamais confié à personne.

— À cause d'une hémorragie, j'ai été emmenée d'urgence à l'hôpital. J'étais dans le coma et les médecins ignoraient mes intentions, alors je me suis retrouvée avec ce petit paquet dans les bras. Et j'ai compris que je n'avais pas le choix. Je ne me suis jamais sentie adaptée au rôle de mère.

Elle n'avait pas été une mère comme les autres, mais elle ne voulait pas s'en faire le reproche, et encore moins se flageller de cette différence. Elle se sentait capable d'acheter une nouvelle paire de chaussures à Aurora ou de lui organiser un magnifique week-end dans un spa, mais elle était nulle pour tous les rituels parents-enfants.

— Il m'arrive de penser que tout ceci ne serait pas arrivé si j'avais abandonné Aurora comme prévu. Elle ne serait pas venue à Vion et il n'y aurait pas eu d'incendie, ni d'hypothèse d'enlèvement. Mon geste en apparence cruel aurait forcément été positif pour elle.

Adone s'occupait toujours de son livre. Il ne fit aucun commentaire, ne se tourna pas pour la regarder. Serena attendait une réaction de sa part, juste un mot. Pour les personnes comme Sterli, le silence suffisait à exprimer une pensée ou un sentiment.

— Mais je crois que l'univers m'a tout de même punie de mon désir de ne pas avoir d'enfant. La meilleure façon de punir un désir égoïste est de l'exaucer quand il est trop tard, conclut-elle avec amertume.

L'homme au manteau reposa le manuel de botanique et, toujours sans dire un mot, il se dirigea vers l'endroit où étaient entreposés les livres en mauvais état. Il fouilla dans le tas.

Serena se demanda si elle avait bien fait de partager ses secrets les plus intimes avec lui, qui semblait totalement indifférent. Après avoir trouvé ce qu'il cherchait, au lieu de retourner au plan de travail, Adone s'approcha, un livre dans les mains.

— C'est là que je mets les livres impossibles à récupérer. En général ils vont au pilon parce qu'il manque plusieurs pages, ou la couverture. Mais peut-être que pour celui-ci, ce n'est pas encore le moment.

Adone le lui tendit. Il était très abîmé. Sur la couverture grise, les particules d'un atome se poursuivaient. Les auteurs étaient trois : un Japonais, un Indien et un Allemand, des scientifiques du CERN, l'un des plus grands centres de physique des particules du monde. Serena ne comprenait pas pourquoi Sterli lui donnait ce livre, qui semblait être un essai de physique.

— J'ignore pourquoi quelqu'un s'est intéressé à ta fille, mais il doit bien y avoir une raison. Je pense que tu devrais creuser cette question.

En effet, malgré l'hypothèse de l'enlèvement, Serena ne s'était jamais demandé comment la victime avait été choisie. Pourquoi Aurora et pas une autre fillette ?

Adone Sterli la laissa avec cette interrogation. Il retourna à ses affaires, alluma la vieille radio posée sur le plan de travail. Mozart envahit le laboratoire, faisant comprendre à Serena qu'il était temps pour elle de s'en aller.

21

Elle était heureuse d'avoir sauvé ce livre du pilon. L'essai de physique que lui avait donné Adone Sterli parlait du multivers. Après avoir lu quelques pages et fini par comprendre quelques notions récurrentes et termes techniques, Serena se passionna pour cette lecture. Le texte développait une théorie intéressante qu'il étayait par des démonstrations mathématiques. Le tout se résumait à l'hypothèse qu'il existe plusieurs univers parallèles et simultanés.

Et dans chaque univers, il y a une version différente de chacun d'entre nous. Par exemple, il y a celui où Serena n'est pas blonde. Celui où elle fait un autre travail ou a d'autres intérêts, rencontre des personnes qui lui sont actuellement inconnues. Il était étrange d'apprendre qu'il existait peut-être une version d'elle qui n'allait pas à Bali et ne faisait pas la connaissance du père de sa fille.

Toutefois, l'idée la plus consolatrice dans l'absolu était qu'il y avait quelque part un univers où Aurora n'avait pas disparu. À la fin de ses vacances à la montagne, elle était rentrée chez elle et elle continuait de vivre sa vie avec sa mère et son chat Gas.

Serena acheva la lecture du livre tard dans la soirée, lovée sous les couvertures de l'appartement triste de la résidence déserte. Elle était secouée. Avec ce texte, Adone Sterli avait voulu apporter une réponse à son idée que l'univers avait voulu la punir. En plus, l'essai de physique avait eu un effet inattendu : pendant plusieurs heures, Serena n'avait pas ressenti le besoin de s'étourdir avec de l'alcool et des médicaments.

Elle se leva. Il faisait froid dans l'appartement, alors elle enfila le sweat-shirt posé au pied du lit. Elle ouvrit le tiroir de la table de nuit et en sortit le dessin d'une des camarades d'Aurora sur lequel, au loin, apparaissait le barbu à la casquette rouge.

En lisant l'essai, Serena avait mûri la conviction de vivre dans le mauvais univers. Mais maintenant elle pensait que, parfois, l'univers demande à être aidé.

Le lendemain matin elle retourna à la boutique, où elle avait vu un photocopieur. En suivant les instructions affichées au mur, elle parvint à agrandir un détail du dessin fait au pastel, qui représentait le fameux goûter dans la forêt après la promenade en luge tirée par des chevaux.

Elle obtint ainsi un premier plan de la silhouette masculine à moitié cachée derrière un arbre.

Elle imprima un millier d'affiches de ce portrait-robot de l'homme mystérieux. Les heures suivantes, elle les placarda partout en ville où elle trouvait de l'espace. Elle en déposa aussi dans les boîtes aux lettres ou les glissa sous les portes des maisons. Les quelques habitants qu'elle croisait lui lançaient des regards torves ou grommelaient leur désapprobation, mais personne ne l'arrêta.

Le portrait ne valait pas grand-chose, elle en était consciente. Mais si la fillette du chalet avait ainsi représenté l'intrus dans le bois, alors cela signifiait que le barbu portait souvent sa casquette rouge. Comme la fois où elle l'avait vu avec près de chez Flora, dans son Opel verte.

Serena était également consciente du fait que, si quelqu'un à Vion reconnaissait l'homme du dessin, ce n'est pas à elle que cela serait rapporté. Son espoir était que ce soit lui qui remarque les tracts. Le message était clair : je te cherche et je ne te laisserai pas tranquille.

Alors qu'elle poursuivait son travail de distribution et d'affichage, elle croisa Luise qui marchait seule sur le trottoir. La jeune fille essaya de l'éviter, mais Serena réussit à lui donner un papier. L'autre s'éloigna sans un mot, avec toujours le même regard apeuré.

Serena aurait voulu lui parler, lui demander pourquoi son amie Flora était partie aussi vite, en laissant chez elle une grande partie de ses affaires et son album de photos de ses parents. Elle était convaincue que Luise connaissait la raison de la fuite de son ancienne collègue, mais qu'elle n'en parlait pas à cause de son petit ami. Le garçon avait-il quelque chose à cacher, lui aussi ? Ou alors se comportait-il comme un de ces salauds qui veulent rappeler à leur femme qui commande ?

Quand la nuit fut tombée depuis un moment et le froid insupportable, Serena se dirigea vers son 4x4, avec l'intention de retourner à la résidence pour manger quelque chose et reprendre l'affichage le lendemain.

En marchant seule dans le village désert, elle pensa que Sterli avait raison : Aurora n'avait pas été choisie par hasard. Serena avait essayé de s'expliquer pourquoi le destin s'était acharné sur sa fille et pas sur une autre.

Mais s'il existait une raison précise, quelle était-elle ?

Personne ne connaissait assez Aurora pour la préférer à une de ses camarades. Elle n'était à Vion que depuis quelques jours.

Quelqu'un l'avait-il remarquée ? Quelqu'un s'était-il entiché d'elle ? Cette éventualité la dégoûtait, mais il fallait la prendre en compte. On n'enlève pas une enfant de six ans si on n'a pas un but obscène et sordide.

Qu'est-ce qui pouvait avoir frappé son ravisseur, à part ses boucles blondes ?

Quelle qu'en soit la raison, rien ne garantissait à Serena que le responsable ait gardé sa fille en vie tout ce temps. Mais si quelqu'un l'avait convoquée dans ces montagnes par le biais de la vidéo, alors il existait forcément une explication. Même si, pour le moment, elle lui échappait.

Elle n'avait pas reçu d'autres appels anonymes.

Le dernier était arrivé au moment où elle fouillait l'appartement de Flora, pour la prévenir de la présence à l'extérieur de la voiture du barbu à la casquette rouge. Ensuite, l'inconnu avait interrompu tout contact téléphonique. Pourquoi ?

Arrivée à son véhicule, Serena soupira pour chasser ces pensées. Elle n'arrivait pas à suivre tous les raisonnements. Elle n'était même pas certaine que quelqu'un voulait vraiment l'aider. Elle s'était promis de ne pas mener l'enquête. Et maintenant, elle jouait les détectives dilettantes.

Dans sa tête, c'était le chaos.

Elle entra dans sa voiture et alluma le chauffage. Elle était gelée. Les mains tremblantes à cause du froid, elle manœuvra pour sortir du parking et prit la route qui montait vers sa résidence.

En l'absence d'éclairage public dans cette partie de la vallée, les phares du 4x4 fendaient l'obscurité. Serena était concentrée sur la route, elle avait hâte d'arriver pour s'offrir le réconfort d'un *teddy-bear.*

Ainsi, elle ne remarqua pas l'Opel verte qui la suivait à distance, feux éteints.

22

Arrivée au parking de la résidence, Serena se gara sous le seul réverbère allumé de la grande place. Puis elle descendit de son véhicule et se dirigea vers le bâtiment, sortant ainsi du cône de lumière. Elle était dans ses pensées.

Ses pas sur l'asphalte résonnaient dans le silence.

Après avoir parcouru une trentaine de mètres, Serena glissa la main dans sa poche et s'aperçut qu'elle avait laissé son téléphone dans sa voiture. Elle soupira et s'apprêta à rebrousser chemin, quand elle entendit une petite musique au loin qui lui fit ralentir le pas.

Elle reconnut avec étonnement la sonnerie d'un vieux modèle de téléphone portable.

Elle s'arrêta pour regarder autour d'elle en essayant de comprendre d'où venait le son. Elle estima que l'appareil se trouvait à au moins une centaine de mètres d'elle et repéra un endroit imprécis sur sa droite, à l'orée du bois.

Ce bruit qui résonnait dans le silence et au milieu de nulle part était en soi très étrange, mais il y avait autre chose.

Personne ne répondait.

Serena eut une idée, mais trop effrayante pour qu'elle la considère sérieusement. En attendant, le téléphone arrêtait de sonner puis recommençait. Cela ressemblait à une blague. Une mauvaise blague.

L'appel est pour moi, songea-t-elle enfin, acceptant la réalité.

Mais elle n'irait pas vérifier. Non, elle ne le ferait pas. Cela pouvait être une ruse, voire un piège. Elle n'avait pas oublié la terrible sensation qu'elle avait ressentie quand quelqu'un déambulait dans son appartement pendant qu'elle gisait sur la moquette, paralysée et à moitié consciente. Elle ne voulait pas réitérer l'expérience.

Elle ne savait pas ce qui l'attendait là-bas, à l'orée du bois. Mais le téléphone persistait.

Elle inspira et expira plusieurs fois, pour se donner du courage, puis se lança en direction du téléphone. Son cœur battait fort, elle était aux aguets. Une fois à proximité des arbres, elle découvrit que l'objet était caché dans une clairière enneigée où pointaient çà et là des zones broussailleuses. Elle se pencha pour fouiller dans l'herbe sèche, en suivant la petite musique. Elle finit par voir la lumière de l'écran et saisit l'appareil.

Elle ne s'était pas trompée, il s'agissait bien d'un vieux Nokia à touches.

Elle allait répondre quand soudain, le portable se tut.

Elle fut alors saisie d'un terrible pressentiment. Elle regarda autour d'elle, convaincue que quelqu'un savait qu'elle venait de trouver l'objet.

Il est ici.

Elle perçut un mouvement de l'autre côté de la grande place. Une voiture avançait lentement, tous phares éteints, vers le réverbère sous lequel était garé son 4x4. Quand la voiture pénétra le cône de lumière, Serena constata qu'il s'agissait d'une Opel verte.

À ce moment-là, le conducteur alluma les phares, qui l'éclairèrent. Puis il accéléra en faisant crisser les pneus sur l'asphalte.

Prise au dépourvu, Serena comprit qu'elle devait se mettre à courir. Elle glissa le Nokia dans sa poche et fonça dans la direction la moins évidente.

Le bois.

Les phares de la voiture s'approchèrent en éclairant les arbres, ce qui facilita sa fuite. Au moins, de cette façon elle voyait où elle mettait les pieds.

Elle entendit le véhicule freiner et elle comprit qu'il ne pouvait plus continuer : les arbres lui barraient la route. Elle sourit en pensant à la fureur du salaud à la barbe et à la casquette rouge. Elle l'avait berné.

C'est alors que les phares s'éteignirent. Elle se retrouva dans le noir complet.

Puis elle l'entendit sortir de la voiture.

23

Serena paniquait. Elle avait dû ralentir sa course après avoir trébuché plusieurs fois sur le terrain accidenté, que la neige rendait encore moins praticable. Les bras en avant pour prévenir les obstacles, elle buttait tout de même contre les arbres.

Malgré tout elle avançait dans le noir, reproduisant un comportement irréfléchi typique des victimes désignées. Elle guettait les bruits, convaincue qu'elle allait bientôt entendre des pas. Elle pouvait même les imaginer. Rapides et lourds. L'homme à la casquette la cherchait.

Elle essayait d'être la plus silencieuse possible, mais elle ne parvenait pas à calmer sa respiration. Ses poumons émettaient une sorte de râle impossible à retenir.

Elle se cogna le front contre une branche. La douleur irradia sur tout son visage, la contraignant à s'arrêter. Quand elle mit les mains sur sa tête, elle sentit une substance visqueuse sur ses doigts. Elle saignait. Mais elle comprit alors que son poursuivant aussi évoluait dans le noir. Sans lampe torche, il ne la trouverait jamais.

Elle s'accroupit en cherchant une cachette dans l'obscurité. Elle s'efforça d'inspirer et d'expirer par le nez, de façon à réduire son halètement. Au bout d'un moment, sa respiration ralentit.

Autour d'elle, il n'y avait aucun signe de présence. Seul le vent passait entre les arbres. Serena se mit à inspecter le sol, jusqu'à trouver une branche qui lui semblât assez robuste. Elle l'empoigna, bien décidée à s'en servir si l'homme s'approchait. Elle ne voulait pas crier victoire, mais elle considéra que, si elle résistait suffisamment longtemps, il serait forcé de renoncer. Pour lui, cela n'avait aucun sens de rester là sans savoir où elle était.

Le sang avait sali ses cheveux et coulait le long de son front.

Serena allait devoir attendre l'aube. Toutefois, la température glaciale et l'immobilité pouvaient devenir un problème. Le froid pénétrait son blouson et s'insinuait sous ses vêtements. Elle ne sentait plus ses orteils. Pourtant, malgré les conjurations et la prudence prêchée jusque-là, son cerveau s'habituait à l'idée qu'elle était tirée d'affaire.

C'est alors que le vieux Nokia se remit à sonner.

Elle l'avait oublié, et maintenant le maudit appareil signalait sa position. Elle le sortit de sa poche et allait le lancer le plus loin possible, quand elle changea d'avis.

Ce téléphone pouvait constituer une preuve.

Alors pour le faire taire, elle retira la batterie et le rangea dans son blouson. Mais les quelques notes de la sonnerie pouvaient avoir révélé sa position. Elle se releva et avança à nouveau dans le bois, cette fois sans courir, serrant plus fort le bâton dans sa main.

Elle grimpa une colline et les arbres se raréfièrent autour d'elle. La couche de neige sous ses pieds était plus haute, elle s'y enfonçait. Mais elle leva la tête et, pour la première fois, elle vit le ciel étoilé.

Serena parcourut encore une centaine de mètres dans l'obscurité, jusqu'au moment où le sol changea sous ses semelles. De l'asphalte. L'apparition d'une route pouvait changer la donne.

Elle se retourna et entendit un bruit dans les broussailles. Elle n'était pas seule.

Elle faillit hurler. Épuisée, elle ignorait combien de temps elle pourrait encore tenir. Son poursuivant semblait bien entraîné, lui. Au moins, Serena avait la confirmation qu'il était de la région, puisqu'il était habitué à ce terrain accidenté. Peut-être un chasseur ?

C'est alors que Serena comprit qu'elle était la proie.

Les crampes lui mordaient les mollets, ses poumons la brûlaient à chaque fois qu'elle inspirait l'air glacé. Elle tomba en avant. Son bâton se brisa et un éclat s'enfonça dans la paume de sa main. Elle retint un cri de douleur. Elle était incapable de poursuivre.

Perdue, elle ferma les yeux.

Quand elle les rouvrit, elle vit quelque chose d'inattendu. Deux phares au loin, qui avançaient vers elle. Elle se trouvait en plein milieu de la chaussée.

Elle prit appui sur un genou pour se relever péniblement.

Cela ne peut pas être l'Opel verte, songea-t-elle en essayant de distinguer la couleur ou le modèle de la voiture.

C'était un utilitaire et il paraissait blanc, mais elle n'aurait pas pu le jurer. Le conducteur se mit à klaxonner. Serena ne savait pas comment interpréter ce comportement. Au moins il l'avait vue. Alors elle agita les bras en essayant d'avancer.

Si son poursuivant était derrière elle, il pourrait bientôt l'agresser et l'emmener à nouveau vers le bois. Serena s'imagina être traînée sur le ventre par une force irrésistible qui la tenait par les chevilles, jusqu'à la faire disparaître dans l'obscurité et la végétation.

Mais cela n'arriva pas. L'utilitaire s'arrêta à quelques mètres d'elle, sans couper le moteur. Le conducteur lui ouvrit la portière passagère.

— Monte, dit une voix de femme sur le ton de l'urgence.

Confiante, Serena se hissa dans l'habitacle et referma la portière. La jeune femme au volant ne lui jeta même pas un regard. Elle était tendue. Elle passa la première et accéléra brusquement. Elle voulait s'éloigner au plus vite.

Serena se retourna pour vérifier si elles étaient suivies. Mais hormis le halo rouge des feux de la voiture, elle ne vit rien.

— Qu'est-ce qui t'a pris ? lui reprocha la fille aux cheveux courts.

Malgré son état, Serena reconnut un visage étrangement familier.

— Flora, s'étonna-t-elle.

— Il faut qu'on parle.

24

Elles s'étaient arrêtées près d'un abreuvoir doté d'une fontaine, sous un vieux pin argenté. L'aube pointait. Serena était assise sur le siège passager, les jambes hors de l'habitacle. Flora se tenait debout devant la portière ouverte, à l'extérieur. Elle lui tenait le menton d'une main, pendant que l'autre tamponnait sa blessure au front avec un mouchoir mouillé.

Elle paraissait très concentrée et Serena la laissait faire. Elle était hantée par ce qu'elle venait de vivre. Le poursuivant avait utilisé le vieux Nokia comme un appât, et sa curiosité avait failli lui coûter cher.

— J'ai l'impression que je suis arrivée au bon moment, dit la monitrice d'une voix rauque de fumeuse.

Flora sentait un mélange de cigarette et de parfum bon marché. Ses cheveux noirs étaient très courts et son crâne rasé sur les côtés. Le crayon noir autour de ses yeux faisait ressortir leur couleur verte. Doudoune, jean noir, baskets blanches. Attitude effrontée. Elle était très jolie mais, bien qu'elle n'ait pas trente ans, elle avait vieilli trop vite.

— Je suis venue à Vion parce que…

— Je sais pourquoi tu es ici. C'est juste que c'est une belle connerie.

— Pourquoi une connerie ?

— Apparemment, ce qui a failli t'arriver cette nuit ne t'a pas suffi. Il te faut quoi de plus pour comprendre ?

Serena réfléchit un moment.

— Tu connais la personne qui me poursuivait ?

— Je n'ai aucune idée de qui il s'agit, mais quand je l'ai vue laisser sa voiture pour s'aventurer dans le bois, j'ai compris qu'elle voulait te faire la peau.

Cette expression fit frissonner Serena.

— Est-ce qu'il portait une casquette rouge ? Et avait une barbe ?

— Je sais juste que c'était un homme, vu sa corpulence.

De toute évidence, ces questions l'agaçaient. Elle jeta le mouchoir plein de sang et observa la blessure qu'elle venait de nettoyer.

— Tu auras une belle cicatrice, déclara Flora avant de s'éloigner pour allumer une cigarette.

Serena la suivit. Elle avait besoin de comprendre.

— Tu es venue à la résidence pour me parler ?

— Non. J'étais inquiète, je me disais que tu allais t'attirer des ennuis… Cela fait des jours que je te surveille.

Serena pensait que Flora était partie juste après avoir encaissé l'argent de l'entreprise qui organisait les colonies de vacances. Mais en réalité, elle n'avait jamais quitté Vion.

— Tu te caches ? demanda-t-elle.

— Tu devrais le savoir, vu que tu es allée fouiner chez moi !

Serena ne sut que répondre. C'était vrai, elle avait fouillé dans ses affaires, mais la jeune femme ne semblait pas lui en vouloir. Une fois la gêne dépassée, elle tenta une explica tion.

— Le désordre pour donner l'idée que tu étais partie à la hâte, le billet d'avion Zurich-Stockholm du 23 février, le relevé de compte bien en évidence, de même que l'album avec les photos de tes parents décédés… Tout ceci faisait partie d'une mise en scène pour me faire croire que tu étais vraiment partie ?

— Avec 15 000 francs, je ne pouvais pas aller bien loin. Mais je ne pouvais pas non plus rester dans cet appartement et me balader en ville comme si de rien n'était.

Quand elle prononça ces mots, sa voix se brisa légèrement et elle se tourna pour que Serena ne puisse pas lire ses sentiments sur son visage.

Serena comprit que Flora avait peur.

Mais de quoi ? Ou de *qui* ? Si elle lui posait la question frontalement, la jeune femme se refermerait comme une huître et ne lui révélerait plus rien. Elle devait procéder par étapes pour arriver à la vérité.

— Où dors-tu ? Et comment trouves-tu de quoi te nourrir ?

— Je ne veux pas de ton argent, rétorqua Flora, imaginant que Serena voulait lui venir en aide, par pitié.

— Je ne voulais pas te blesser. J'essaie juste de comprendre pourquoi une chouette fille comme toi se comporte comme une fugitive traquée par la police.

Flora se tut.

— Combien de temps penses-tu pouvoir tenir ainsi ?

La jeune femme serra les poings et renifla. C'était peut-être la température de cette matinée. Ou alors, elle retenait des larmes de rage. Elle se tourna vers Serena, les yeux à la fois brillants et furieux.

— Vous, vous venez ici en vacances, mais vous ne vous rendez pas compte de ce qu'est réellement cet endroit. Ou bien vous y envoyez vos enfants sans même savoir s'ils vont être en sécurité.

Serena fut abasourdie par ces accusations.

— Qu'est-ce que tu racontes ?

— Les habitants de Vion n'ont pas beaucoup de sympathie pour les étrangers. Ils les tolèrent parce qu'ils apportent de l'argent, mais rien n'a changé depuis cent ans, en réalité. Dans ces montagnes, ils se marient entre eux et ils sont tous cousins : va faire un tour au cimetière, tu verras que les noms sur les pierres tombales sont tous les mêmes !

Serena ne comprenait toujours pas le sens de ces propos.

— Ici, les gens se protègent entre eux. Quand c'est nécessaire, les autres viennent aider. Et si quelqu'un commet une faute, la communauté se resserre autour de lui.

Serena n'avait pas l'impression que cela s'appliquait à Adone Sterli, toutefois elle ne l'interrompit pas.

— Ce qui les relie entre eux, ce sont les secrets.

— Quels secrets ?

— Quand quelqu'un trahit le pacte, les autres le chassent ou l'isolent, ajouta Flora, se référant probablement à elle-même.

— Et toi, quel secret as-tu violé ?

Flora reprit son souffle. Elle jeta son mégot par terre et l'écrasa du talon.

— Luise a dû te dire que la nuit de l'incendie la porte de service à l'arrière du chalet était ouverte.

— Oui, et que c'était toi qui avais oublié de la fermer, quand tu es sortie fumer.

— Cette nuit-là, je ne suis pas sortie fumer.

Mais Serena s'en doutait : il faisait trop froid dehors, et en plus il neigeait.

— Ton amie Luise a aussi parlé d'un intrus dans le chalet.

— Cette pétasse n'est pas mon amie. De toute façon, je connais l'histoire qu'elle raconte à tout le monde.

— Toi aussi tu penses qu'il y avait quelqu'un avec vous ? Un étranger ?

— Oui, moi aussi je le crois. Mais pas pour les mêmes raisons que Luise…

Elle laissa sa phrase en suspens, mais Serena avait besoin d'une réponse précise.

— Que s'est-il passé cette nuit-là ?

— J'ai aidé les filles à fabriquer des ailes en tulle bleue et, après la fête des fées papillons, mes deux collègues et moi les avons couchées.

Elle essayait de gagner du temps. Mais Serena en avait assez de ses petits jeux.

— Je veux savoir ce qu'il s'est passé *après*.

— L'incendie s'est déclenché… enfin non, d'abord il y a eu la fumée. Luise m'a réveillée parce qu'elle l'a vue filtrer sous la porte de notre chambre. Au début je ne l'ai pas crue, mais ensuite le dispositif anti-incendie s'est déclenché, ainsi que l'alarme.

Serena connaissait déjà cette partie de l'histoire : elle correspondait au récit de Luise.

— Nous sommes allées dans le couloir et nous avons entamé la procédure d'évacuation des enfants du troisième étage : nous les avons rassemblées pour les faire descendre au deuxième, où Berta devait les récupérer.

— Et c'est là que vous avez vu le feu, affirma Serena en se souvenant de la fumée rouge au-dessus de leurs têtes décrite par Luise.

Flora acquiesça.

Ceci confirmait l'hypothèse d'un engin qui génère d'abord de la fumée pour éloigner les gens, puis active la véritable combustion.

— Luise et toi, vous n'êtes pas descendues.

— Nous avons voulu faire un dernier tour dans les chambres.

— Luise était chargée de vérifier celle d'Aurora, rappela Serena.

— J'ai tout de suite compris qu'elle avait trop peur, répondit Flora, avalisant la confession de sa collègue, qui s'était excusée de ne pas avoir trouvé le courage. Alors c'est moi qui y suis allée.

Serena s'arrêta net : Flora venait d'introduire un élément inédit.

— Et tu as réussi à aller jusqu'à sa chambre.

La jeune femme s'agita, elle sortit une autre cigarette de son paquet et allait l'allumer quand Serena lui attrapa la main et la regarda droit dans les yeux.

— C'est comme ça que tu me remercies de t'avoir sauvé la peau tout à l'heure ? demanda Flora avec un petit sourire méprisant.

Serena ne répondit pas, ne lâcha pas sa prise.

— Je me suis rendu compte de ce qui pouvait s'être passé uniquement quand je suis descendue rejoindre les autres dehors, reprit Flora.

De quoi parlait-elle ?

— Pendant que le chalet brûlait, Berta avait perdu le contrôle, elle paniquait : elle continuait à compter les filles dans la neige et le putain de compte ne tombait jamais juste.

Pourquoi Flora ne disait-elle pas les choses clairement ?

— Il en manquait toujours une, alors j'ai repensé à ce que j'avais vu dans la chambre du troisième…

— Qu'est-ce que tu avais vu ?

— Je l'ai dit aux types de l'académie, et aussi à la police. Mais ils m'ont répondu que c'était impossible, que j'avais mal regardé. Pourtant, j'en suis convaincue : quand je suis entrée, Aurora n'était pas dans son lit.

25

Serena se réveilla dans son appartement. En rentrant à la résidence, elle avait eu la force de n'enlever que son blouson. Elle s'était écroulée sur le lit tout habillée, ses chaussures aux pieds, épuisée par son aventure nocturne et par la tension accumulée. Et maintenant, elle avait mal à la tête.

Elle avait l'impression d'avoir rêvé, mais elle n'en était pas certaine. Elle cessa d'y penser en s'apercevant que la chemise en flanelle qu'elle portait était mouillée. D'instinct, elle porta ses mains à sa poitrine et reconnut l'odeur à la fois piquante et douceâtre.

Elle retrouva un peu de forces et de lucidité, suffisamment pour filer à la salle de bains.

Elle retira ses vêtements mouillés : chemise, maillot de corps et soutien-gorge. Elle jeta le tout sur le carrelage, puis ouvrit le robinet avec l'intention de se laver au plus vite. Elle se moquait que l'eau soit froide, l'important était de se débarrasser de cette sensation collante. Elle appuya plusieurs fois sur le distributeur fixé au mur pour se remplir les mains d'un savon à l'odeur chimique indéterminée, peut-être du muguet. Elle se le passa frénétiquement sur la poitrine et rinça, plusieurs fois.

Elle essayait de se souvenir de son rêve, mais en vain. Elle s'en voulut.

Quand elle fut propre, elle se sécha avec une serviette. En retenant son souffle, elle ramassa la chemise, le maillot de corps et le soutien-gorge. Elle glissa le tout dans un sachet en plastique, qu'elle referma d'un nœud serré. Puis elle enfila son blouson, sortit de l'appartement et descendit au rez-de-chaussée, où se trouvait le local poubelles. Elle glissa le sac dans le grand bac des ordures ménagères et s'empressa de refermer le couvercle. Elle put enfin se calmer. En même temps, elle se sentait de plus en plus mal à l'aise.

Pourquoi ne se souvenait-elle pas de ce maudit rêve ?

Pourtant, sa colère ne résultait pas uniquement de cet oubli, ni même du fait qu'elle s'était mouillée en dormant. Elle était liée à Flora.

Après la révélation qu'Aurora n'était pas dans son lit la nuit de l'incendie, Serena n'avait pas réussi à retenir la jeune femme. Elle aurait voulu qu'elles aillent ensemble voir Gasser mais, selon Flora, c'était inutile parce que la police avait déjà discrédité son histoire.

Alors la monitrice était remontée dans son utilitaire, regrettant d'avoir trop parlé. Elle avait laissé Serena au bord de la route, sans même lui expliquer comment rentrer à la résidence.

À la lumière du jour, Serena ne craignait plus le conducteur de l'Opel verte. Elle était donc rentrée à pied. Une heure plus tard elle était arrivée chez elle, épuisée.

Depuis son réveil, deux pensées la tourmentaient. D'abord, Flora n'avait pas parlé de fenêtre ouverte dans la chambre d'Aurora. Peut-être n'avait-elle pas remarqué ce détail. Ensuite, la jeune femme avait très peur. Elle aurait voulu quitter Vion mais, ne pouvant pas se le permettre, elle avait mis en scène son départ et depuis elle vivait cachée. De qui ? C'était comme si les craintes de Flora naissaient de ces montagnes.

Ce qui les relie entre eux, ce sont les secrets.

Serena était frustrée. Chaque fois qu'elle restituait une pièce du puzzle, la vérité semblait s'éloigner. C'était absurde.

Elle quitta le local poubelles et allait remonter chez elle quand elle vit, sur le parking, quelqu'un en train de lorgner à l'intérieur de son 4x4.

— Eh ! cria-t-elle à l'homme.

Quand il se tourna, Serena constata qu'elle le connaissait. Blouson en jean. Barbe rousse clairsemée et cheveux longs plaqués en arrière avec du gel.

Le petit ami de Luise vint vers elle, l'air méchant.

— T'es toujours là, sale pute ?

Serena était décidée à l'affronter. Mais plus il approchait, plus elle se disait que ce n'était pas une bonne idée.

— Je vais appeler la poli...

Elle n'eut pas le temps de terminer sa phrase : le jeune homme la frappa au visage. Si fort qu'elle perdit l'équilibre. Elle se retrouva allongée sur le côté, incrédule et impuissante. Des petites points rouges et des taches lumineuses envahirent son champ de vision.

Le garçon se plaça sur elle, écumant de colère. Il fouilla dans la poche de son blouson et sortit un papier roulé en boule, qu'il ouvrit pour le lui agiter devant les yeux.

— C'est toi qui as fait cette merde ?

Serena reconnut son tract, peut-être celui qu'elle avait donné à Luise la veille, quand elle l'avait croisée dans la rue. Le type se pencha sur elle et enfonça le papier dans le col de son blouson. Serena était trop étourdie et traumatisée pour l'en empêcher.

— Je t'ai dit de nous laisser tranquille, insista son agresseur, dont l'haleine empestait l'alcool et la cigarette. La prochaine fois, tu me verras pas arriver.

Puis il renifla, se racla la gorge et lui cracha dessus. Et il partit.

Serena ne bougea pas, par peur qu'il ne change d'avis et ne revienne sur ses pas pour achever de se défouler sur elle. Elle le regarda se diriger vers sa vieille Mitsubishi Spyder bleue et partir en vrombissant.

Quand elle n'entendit plus le pot d'échappement, elle essaya de se relever, mais elle en était incapable.

Elle toucha son visage à l'endroit de l'impact, entre la pommette gauche et le menton. Sa peau la brûlait et, quand elle passa sa langue sur les coins de sa bouche, elle perçut le goût du sang. D'instinct elle porta sa main à son front, là où elle s'était blessée la nuit précédente dans le bois. Flora l'avait nettoyée à l'eau et une croûte se formait déjà.

Serena fit le constat que jamais auparavant un homme ne l'avait frappée. Elle eut de la peine pour Luise, qui ne parvenait pas à se débarrasser de ce type violent. Et aussi de la honte pour elle-même. Pourtant, ce sentiment n'était pas juste. D'où venait-il ? Sur la base de quelle absurde loi humaine était-elle obligée de se sentir ainsi ? C'était ce salaud qui aurait dû avoir honte, pas elle.

Elle trouva enfin la force de se mettre debout. Elle se frotta pour se nettoyer de la poussière, et regarda par terre.

Par terre, elle aperçut le vieux Nokia qu'elle avait trouvé à l'orée du bois cette nuit-là, et qui avait failli permettre à son poursuivant de la repérer.

Elle l'avait complètement oublié. Elle le ramassa.

Il avait dû tomber pendant son agression. Elle trouva la batterie, qu'elle avait enlevée pour qu'il cesse de sonner, dans la poche de son blouson.

Jusque-là, Serena avait pensé que ce téléphone était un appât utilisé par le barbu à la casquette rouge pour l'attirer dans son piège.

Mais elle avait changé d'avis. Cet appareil avait probablement une autre fonction.

Le Nokia et sa batterie dans les mains, elle boitilla jusqu'à son appartement.

Il n'y avait qu'un moyen pour vérifier si elle avait raison.

26

Serena ne retira même pas son blouson. Elle s'assit sur une des chaises pliantes de la petite table. Elle avait envie d'alcool et de médicaments, mais il fallait d'abord résoudre l'énigme du vieux Nokia.

Elle remit la batterie dans le téléphone, mais ne l'alluma pas.

Elle aurait pu l'apporter à Gasser pour que la police remonte jusqu'au titulaire de la ligne, ou du moins à son dernier propriétaire. Elle avait failli le jeter dans le bois, mais elle l'avait gardé parce qu'il pouvait constituer une preuve.

Peut-être n'était-ce pas une bonne idée de le confier aux forces de l'ordre. L'inconnu qui lui avait en quelque sorte donné ce portable n'était ni idiot, ni impréparé. Il n'aurait jamais couru le risque de lui laisser une preuve à charge.

Il sait *que je n'irai pas voir Gasser*, pensa Serena. *Mais comment le sait-il ?*

Elle essaya de réfléchir, en prenant pour point de départ sa conviction que le conducteur de l'Opel verte, qui l'avait poursuivie, était le barbu à la casquette rouge. Cette fois elle ne l'avait pas aperçu, mais peu importait : elle était certaine que c'était lui. Puis elle repensa à la silhouette qu'elle avait aperçue à l'orée du bois le jour de son arrivée à Vion. Et surtout, elle se remémora la visite de l'intrus qui avait déambulé dans son appartement pendant qu'elle était paralysée sur la moquette.

C'était probablement toujours le même homme.

Il semblait vouloir lui prouver ce qu'il était capable de faire. De toute évidence l'intimidation n'avait pas fonctionné, parce qu'elle avait couru tout raconter à Gasser, et ensuite elle avait diffusé les affiches avec son portrait-robot.

Si son but était simplement de lui faire peur pour la faire taire, l'arrêter ou la pousser à partir, alors il était totalement inutile de lui laisser ce Nokia.

Ce n'était peut-être pas un simple appât.

En observant le téléphone éteint dans ses mains, Serena comprit qu'elle s'était trompée. Le vieux Nokia avait une signification précise.

Il veut que je l'appelle. Et il veut que je me serve d'un téléphone « sûr », qui ne permet pas de remonter à son identité.

C'était pour cela qu'il était inutile de l'apporter à la police. Ces combines n'avaient qu'une explication : ce que l'homme avait à lui dire pouvait le compromettre.

Il y avait une seule façon de le vérifier. Sans savoir à quoi s'attendre, Serena alluma le téphone. Elle chercha les appels entrants : tous ceux reçus cette nuit-là provenaient du même numéro.

Serena l'appela. Elle sentait la tension irradier de son épaule, traverser son bras pour atteindre la main qui tenait le Nokia. Après de longues secondes, quelqu'un décrocha, mais ne dit pas un mot.

— Allô ? lança-t-elle, confiante.

Elle n'entendit qu'une respiration cadencée. Alors elle comprit que l'homme à l'autre bout du fil était l'inconnu qui l'avait faite revenir à Vion. Le même qui, par ses silences, l'avait guidée et encouragée. Et l'avait poussée à trouver

Flora, pour obtenir la confirmation que sa fille était vivante. Ce devait être lui, l'auteur de la vidéo de l'incendie. Qui avait laissé la fenêtre ouverte pour elle, comme un message. Combien de fois, grâce à lui, avait-elle imaginé Aurora qui s'envolait par cette fenêtre, avec ses ailes de papillon ?

Le barbu à la casquette rouge n'avait pas encore de visage mais, pour Serena, ce fut comme se retrouver enfin face à lui.

Elle saisit alors le sens de tous les appels muets. Et elle sut aussi que l'inconnu ne prononcerait pas un mot, cette fois non plus. Parce que c'était à elle de parler. Et elle comprit ce qu'il voulait l'entendre dire, depuis le début.

— Cinq cent mille euros en cryptomonnaie. Ils seront déposés sur un serveur off-shore et tu pourras les prélever avec un code secret, expliqua-t-elle sur un ton professionnel, redevenant la courtière froide et fonceuse d'autrefois.

Serena jugeait l'offre suffisante. Elle ne souhaitait pas ouvrir de négociation.

— Mais d'abord, j'ai besoin que tu me prouves qu'elle est encore en vie.

Elle laissa passer quelques secondes, assez pour avoir peur de tout gâcher. Mais la preuve demandée était une condition indispensable. Le ravisseur devait le savoir. Pourtant, à l'autre bout du fil, il n'y eut aucune réaction.

Puis l'interlocuteur raccrocha.

Serena resta encore un long moment dans la même position, le téléphone sur l'oreille. Elle n'arrivait pas à bouger. Son cœur battait à tout rompre. Elle ne savait pas comment interpréter la réponse. Était-ce un oui, un non ou un peut-être ?

La seule chose dont elle était certaine, c'était qu'elle devait se procurer un chargeur pour maintenir ce maudit Nokia toujours allumé.

27

— Le ravisseur a attendu un an que les eaux se calment, puis il s'est manifesté pour demander une rançon. Habile.

Serena était assise en tailleur sur le sol du chalet. Le Nokia était par terre devant elle, relié par un câble à la batterie de voiture grâce à laquelle Adone Sterli alimentait les quelques appareils électriques du laboratoire.

À la différence du smartphone de Serena, le vieux portable captait à l'intérieur de la cahute.

— Ce salaud a fait croire à tout le monde qu'Aurora était morte. Aujourd'hui encore, personne n'est disposé à envisager une autre version des faits, à commencer par la police : ils risqueraient de perdre la face. Et il y a autre chose, poursuivit-elle en secouant la tête, la considération la plus géniale… Il savait bien que, quand on offre à quelqu'un de faire revenir sa fille de l'au-delà, cette personne est disposée à payer n'importe quelle somme.

— Donc tu es certaine que l'inconnu rappellera, affirma Adone Sterli.

Le silence de Serena confirma cette déduction. Le relieur l'avait écoutée sans dire un mot. Il portait cette fois encore son manteau vert et son bonnet en laine noire. Il était concentré sur la recherche de papiers cachés entre les pages d'une pile de livres posée sur le plan de travail. Il les feuilletait de ses doigts gantés et, chaque fois qu'il trouvait une page étrangère, il la plaçait dans une belle boîte en bois marqueté, doublée de velours rouge.

Quand Adone sortit d'un roman d'Agatha Christie une vieille photo en noir et blanc d'un soldat en uniforme, la curiosité de Serena fut piquée. Elle se leva pour regarder de plus près ce que faisait l'homme au manteau et elle comprit.

La boîte en bois contenait des marque-pages improvisés. Adone les retrouvait entre les pages des ouvrages perdus.

Serena se mit à fouiller dans les photos d'inconnus souriants, cartes postales d'endroits lointains et papiers divers. Beaucoup étaient griffonnés : notes, pense-bête, listes de courses. Il y avait aussi des ordonnances médicales, des billets de train, des tickets de caisse, des images de joueurs de foot, des origamis. Et même des lettres.

C'étaient des reliques de vies banales. Serena comprit pourquoi Adone les conservait dans une boîte précieuse.

En effet, ils permettaient de reconstruire un morceau de l'histoire des personnes qui lisaient le livre correspondant. Si elles étaient en voyage, où elles allaient, d'où elles revenaient. Si elles avaient bu un café ou un apéritif dans un bar un certain jour à une certaine heure, avec quelqu'un ou seules. Si elles souffraient de migraine ou étaient enrhumées, ou encore si elles étaient très malades. Si elles avaient été aimées par quelqu'un qu'elles avaient quitté et qui les suppliait de revenir.

— Ces souvenirs sont longtemps restés cachés, emprisonnés entre les pages, commenta Adone Sterli, content qu'elle ait compris le sens de sa collection.

Ce n'étaient pas de simples morceaux de papier. Ils indiquaient l'endroit exact où le récit avait été interrompu, où la trame avait été brisée. Et c'était comme si, à partir de ce moment, l'existence du lecteur était elle aussi restée en suspens. En ouvrant les pages et en retrouvant cette trace, l'enchantement était brisé et ces inconnus étaient autorisés à poursuivre leur existence.

Serena regarda son étrange ami, pleine de gratitude envers lui d'avoir partagé avec elle cette petite expérience si intime. Pendant un moment, elle avait oublié la véritable raison de sa présence dans ces montagnes.

Et puis, elle aurait pu s'y attendre, de cet homme qui fabriquait des engins dévastateurs à l'odeur de biscuits.

Ce qui les reliait était peut-être une sorte de folie. Ou à l'inverse une clairvoyance que les autres ne possédaient pas. Une alcoolique droguée aux médicaments avec un pyromane. Ils formaient vraiment un sacré duo.

Mais ensuite, Adone s'assombrit. Il retira son bonnet et le posa sur le plan de travail, dévoilant sa chevelure hirsute. Il se dirigea vers son chien noir, qui somnolait devant la cheminée éteinte, le caressa.

— Tu ne devrais pas être ici avec moi, Serena.

Il semblait la mettre en garde contre lui-même. Il ne voulait pas qu'elle se fasse d'illusions.

— J'avais cinq ans. Mon père brûlait des broussailles et je me suis retrouvé dans le feu, ou alors je m'y suis jeté, j'ai oublié. Mais ensuite je me souviens de la peau qui grésille, de l'odeur de ma propre chair. Et de la douleur indescriptible, qui aurait dû me tenir éloigné des flammes pour le restant de mes jours, mais qui a fini par m'en approcher. C'est comme si le feu m'avait contaminé.

La signification de ce récit était claire. On ne guérit pas d'une pareille obsession.

Serena s'approcha, lui toucha la main, sentit sous ses doigts les gants lisses en caoutchouc noir qu'Adone ne retirait jamais quand elle était là.

— Tu es le seul à m'avoir crue et aidée.

Le relieur de livres perdus évitait de la regarder.

— Je ne ferais pas confiance à un type comme moi.

Il faisait aussi allusion au barbu à la casquette rouge. Sterli était un criminel, il était allé en prison. Il connaissait ses semblables.

— Qu'est-ce que j'ai à perdre ?

— Justement. Lui aussi le sait.

— Tu crois qu'elle est morte, pas vrai ?

Le silence d'Adone fit comprendre à Serena qu'elle avait raison. Il pensait que si la petite n'avait pas succombé à l'incendie, elle était probablement morte peu de temps après. Que si le but était d'extorquer des fonds à sa mère, il n'y avait aucun intérêt à la laisser en vie. Les personnes enlevées sont généralement tuées juste après leur séquestration, pour ne pas laisser de traces et pour ne pas courir le risque d'être découverts. La gestion d'un otage est compliquée et, pour obtenir le paiement d'une rançon, il suffit de donner l'illusion que l'être cher est encore en vie. Mais Serena avait écarté cette hypothèse.

— S'il n'avait pas besoin d'elle vivante, alors pourquoi ne pas avoir laissé le feu la tuer ? Il lui suffisait de déclencher l'incendie et de s'assurer qu'Aurora ne se réveille pas, par exemple en lui administrant un narcotique. Les flammes auraient tout détruit, y compris les éventuels résidus d'ADN.

— Le ravisseur ne pouvait pas être certain que cela se passerait ainsi. Pour être sûr, il fallait qu'il l'emmène avec lui. Et seulement après…

Il ne compléta pas sa phrase. De toute évidence, il y avait bien réfléchi.

— Sinon le ravisseur a pris un énorme risque pour rien.

Ses arguments étaient fondés, mais Serena ne voulait pas renoncer à l'espoir.

— Je ferai ce que j'ai à faire… ce qu'*une mère* doit faire.

Adone se tourna enfin vers elle et la regarda.

— Promets-moi que si quelqu'un te contacte sur ce téléphone, tu ne feras rien sans m'en parler avant.

Mais Serena ne voulait faire aucune promesse.

— Promets-le moi, insista l'homme au manteau. J'ai déjà un poids suffisamment lourd à porter, je ne veux pas regretter de t'avoir aidée.

— Je jure que je ne ferai rien, se convainquit Serena.

Elle rentra à la résidence à minuit passé, le Nokia posé sur le siège passager. Mais le vieux téléphone ne donna pas signe de vie. Malgré cela, elle était certaine qu'il sonnerait à nouveau, tôt ou tard. Elle avait envie d'un *teddy-bear*, mais elle devait rester lucide au cas où un appel arriverait. Quand elle était sous l'effet du cocktail, elle n'était pas toujours en mesure de distinguer ce qui était réel de ce qui ne l'était pas. Son esprit obscurci pouvait confondre la sonnerie d'un téléphone avec un autre bruit.

Elle ne pouvait pas courir ce risque.

Bientôt, elle souffrirait du manque, ce qui était tout aussi dangereux. Elle perdrait son bon sens. Pour ne pas succomber à la tentation, elle décida qu'elle jetterait dans les toilettes le paquet de comprimés et tout l'alcool dont elle disposait.

Puis elle se loverait dans les couvertures en attendant l'arrivée de la première crise.

Sur ces bonnes résolutions, elle laissa sa voiture sur le parking désert de la résidence et se dirigea vers l'escalier qui menait au premier étage. Arrivée en haut, elle découvrit quelque chose sur le palier de son appartement.

Elle s'arrêta, agrippée à la rampe, incapable de poursuivre. Sa bouche était sèche, elle essaya de déglutir, en vain.

Serena eut peur comme jamais auparavant. D'un sachet en papier que quelqu'un avait posé par terre, devant sa porte.

28

Elle entra dans l'appartement, le sachet à la main, et referma la porte derrière elle.

D'un côté, elle avait hâte de l'ouvrir pour en découvrir le contenu.

De l'autre, quelque chose la retenait.

Alors elle le posa par terre au milieu du salon.

Serena avait la bouche sèche à cause du stress, alors elle ouvrit le réfrigérateur pour se servir à boire. Depuis qu'elle lui avait envoyé des coups de pied, il était encore plus bruyant qu'avant. Et maintenant, ce bruit l'empêchait de penser.

Elle prit une bouteille d'Évian et revint se poster devant le sachet. Puis elle se mit à lui tourner autour, méfiante. Elle but une gorgée d'eau en même temps qu'elle l'observait dans la pénombre ambrée. La seule lumière était celle du réverbère du parking qui filtrait par la porte-fenêtre. Elle étudiait le sachet en gardant ses distances, essayant d'imaginer ce qu'il contenait.

Enfin elle se décida. Elle s'agenouilla et l'ouvrit. Dedans, il y avait deux objets, en apparence inoffensifs.

D'abord, elle sortit une chemise de nuit à petites fleurs roses. Elle était de la taille d'Aurora, mais Serena ne se souvenait pas d'avoir mis une tenue similaire dans la valise de camp de neige de sa fille. Une mère attentive et scrupuleuse aurait su, elle en avait parfaitement conscience.

La particularité du vêtement était l'odeur qui imprégnait le tissu. De plastique et caoutchouc brûlé, identique à celle qui avait envahi Vion la nuit de l'incendie, et qu'elle-même avait sentie en arrivant en ville le lendemain matin.

Il ne sentait pas le biscuit. Mais ce n'était pas si étrange en soi. Serena jugea que le détail mentionné par Adone l'avait trop conditionnée.

Quoi qu'il en soit, elle était déçue. Elle avait exigé une preuve qu'Aurora était encore vivante. Elle s'attendait à un appel durant lequel on lui aurait fait entendre la voix de la petite, ne serait-ce qu'un instant, juste assez pour qu'elle l'identifie. Mais non. Que diable se passait-il ? Le ravisseur croyait-il vraiment qu'elle allait se contenter d'une chemise de nuit qui puait la fumée ?

Elle examina le second objet du sachet : une carte de la vallée. Serena la déplia sur la moquette marron et découvrit qu'un lieu avait été entouré d'un cercle rouge.

Il se trouvait au milieu des bois.

Cette carte constituait une invitation. Mais qu'allait-elle trouver sur le lieu du rendez-vous ? Aurora qui l'attendait ?

Je ne ferais pas confiance à un type comme moi. L'avertissement d'Adone résonnait dans sa tête. En effet, Serena n'avait pas confiance. Tout était trop vague et ambigu.

Aucune règle du jeu n'ayant été définie, elle décida de prendre une initiative. Elle sortit le Nokia de sa poche et appela le ravisseur.

La ligne était libre.

Dès que le ravisseur présumé répondrait, elle lui demanderait une autre preuve qu'Aurora allait bien. Elle l'exigerait, même. Mais plus les sonneries se succédaient, plus Serena perdait sa détermination.

Je t'en supplie, réponds.

Cependant personne n'écouta sa prière et, au bout d'un moment, l'appel fut interrompu. Quand elle composa à nouveau le numéro, l'appareil avait été éteint.

Le message était clair.

Serena était épuisée et démotivée. L'après-midi, avec son ordinateur portable, elle s'était occupée de convertir les 500 000 euros de la rançon en cryptomonnaie. Puis elle avait transféré les fonds de son compte à un serveur de Dubaï. Le système avait généré un code à onze chiffres et six lettres, qui valait comme chèque au porteur et qui pouvait être encaissé en ligne. Anonyme, immédiat, irréversible.

Serena avait appris par cœur la séquence alphanumérique, puis elle l'avait effacée.

Si tout se passait bien, elle la dicterait au ravisseur par téléphone, en même temps qu'elle quitterait le lieu de l'échange avec sa fille. En revanche, s'il leur arrivait quelque chose, à elle ou à Aurora, cet argent serait perdu à jamais.

Mais étant donné la tournure des événements, elle n'était plus si convaincue de son plan.

Un éclair illumina le séjour du petit appartement, suivi d'un grondement qui la fit sursauter. Serena se tourna vers la porte-fenêtre. Quelques secondes plus tard, un orage éclata.

Elle n'avait ni certitude, ni alternative. À ce moment-là, elle décida de se rendre à l'endroit indiqué sur la carte.

Cependant, avant de partir, il lui restait une dernière chose à faire.

29

À quiconque trouvera cette lettre,

Je n'ai jamais été douée pour exprimer ce que je ressens, mais je vais tout de même essayer.

Il est 1 heure du matin, dehors il pleut à verse et je m'apprête à monter dans ma voiture. Mais, avant de partir, ~~j'ai pensé~~ j'ai ressenti le besoin de m'arrêter un moment pour écrire ce mot que je laisserai ici, dans ce lieu qui a été ma tanière. J'ignore ce qui va se passer cette nuit ou ce qui m'attend. ~~Ou peut-être que je le sais, mais je ne veux pas y penser.~~ Mon seul soulagement est de savoir que d'une façon ou d'une autre tout ceci sera terminé.

Ce que je m'apprête à faire n'a rien à voir avec le courage. J'ai peur, mais je n'ai pas le choix. Je n'ai jamais eu le choix dans cette histoire.

Je ne sais pas si ce qui m'effraie le plus est l'idée de me tromper ou celle d'avoir raison. Parce que, si j'ai raison, il existe. Il a toujours existé. Il ne vit pas uniquement dans ma tête. Même si, depuis le début, tout le monde m'a crue folle. Et, s'il existe, cela signifie qu'il est avec elle, maintenant. ~~Ma fille.~~ Ma petite fille.

~~Depuis tout ce temps… Mon Dieu…~~

Je ne sais pas encore à quoi il ressemble, mais je sais qu'il est une personne comme vous et moi. Ce n'est pas un monstre, ne tombez pas dans ce piège. Si vous pensez que certaines horreurs ne peuvent être que le fait de monstres, alors vous ne serez jamais en sécurité, et vos enfants non plus.

Certains êtres humains sont capables de choses indicibles.

Je sais que vous ne comprenez pas. J'espère même que vous n'y arriverez jamais. Cela voudrait dire que vous vous trouvez dans la même situation que moi et que vous n'avez pas été en mesure de protéger un être cher. Il y a pire que la souffrance d'une tragédie : le sentiment d'inadéquation quand on n'a pas su l'empêcher.

~~*J'aimerais que vous me voyiez, assise à cette table. J'ai déjà enfilé mon blouson et mes chaussures. Je tiens le stylo d'une main et les clés de l'autre, prête à sortir et à conduire dans la tempête. Je prends encore ces quelques minutes pour vous écrire dans le calme et la chaleur de cet appartement.*~~

Avant de partir, j'ai le devoir de vous mettre en garde. Ce qui m'est arrivé peut aussi vous arriver.

Je n'ai aucune rancœur envers ceux qui ne m'ont pas crue. Je me serais probablement comportée de la même façon à leur place. Mais quelqu'un va devoir payer pour tout ceci. Ce n'est pas une question de vengeance, mais bien de justice. Vous avez dit que je ne pouvais pas être objective, qu'il n'y avait pas de preuves. Vous avez insinué que c'était mon désespoir qui parlait. Mais si cette nuit, ma fille a un espoir, c'est justement parce que je suis sa mère*. Ne l'oubliez jamais.*

De toute façon, je ne peux que continuer. Je suis allée trop loin pour baisser les bras maintenant. Et surtout, même la police ne peut pas m'aider. ~~*Il n'y a plus le temps.*~~ *C'est quelque chose que je dois faire seule.*

Encore quelques minutes et je saurai si j'ai tort ou raison.

Et si elle *ne se trouve pas là-bas, comme on me l'a fait croire, ou bien si je n'arrive pas à l'emmener avec moi, je serai la seule responsable de l'échec, parce que la faute initiale est la mienne. Je n'ai pas été assez attentive à ma fille.*

Si pour une raison quelconque, ~~je devais mourir~~ je ne rentrais pas, ne prenez pas la peine de venir me chercher. Continuez à le chercher, lui.

Ne le faites pas pour moi, ni même pour Aurora. Faites-le pour vous et pour vos enfants.

Serena

P.-S. : Adone, tu es un bien meilleur homme que ce que tu penses ou ce que les autres croient. Ils ne t'absoudront jamais de tes péchés, tu n'as plus besoin de chercher leur pardon. Même ta sœur se trompe, elle devrait te faire rencontrer ta nièce.

Merci de m'avoir crue. Merci d'avoir essayé de m'arrêter. Et de n'avoir pas réussi.

Le secret du bois

1

Quand le 4x4 atteignit l'orée du bois, sur un plateau à 1 600 mètres d'altitude, la pluie avait diminué. L'orage était passé. On apercevait encore des éclairs silencieux au loin, au-delà de la cime des montagnes, la queue de la perturbation allait bientôt quitter la vallée.

Après s'être garée de sorte à pouvoir partir le plus vite possible en cas d'urgence, Serena sortit de son véhicule. En quelques secondes, elle fut trempée. Le cliquetis de l'eau sur la végétation l'empêchait d'entendre quoi que ce soit d'autre. Elle regarda autour d'elle. Elle distinguait à peine les troncs des arbres, telle une armée immobile dans l'obscurité. Alors elle activa la lampe de son smartphone pour regarder la carte que lui avait fournie le ravisseur. L'endroit entouré d'un cercle rouge se trouvait à une centaine de mètres, vers l'est.

Grâce à la boussole de son téléphone, elle partit dans cette direction.

Elle avait pensé qu'il serait aisé d'évoluer sur un terrain plat mais elle se trompait. La neige fondue et la pluie, mêlées à une bouillie de plantes et feuilles mortes, avaient créé une sorte de marécage. Ses pieds s'enfonçaient dans cette boue dense et putride. Elle avait du mal à avancer.

Serena ne devait pas perdre l'orientation, il était essentiel qu'elle se souvînt d'où elle était arrivée pour retrouver ensuite son 4x4. Avec l'obscurité, impossible de laisser des indices pour retrouver son chemin : elle ne pouvait se fier qu'à son instinct et à sa chance.

Elle ne savait même pas où elle allait. Sans coordonnées exactes, elle était contrainte d'avancer à tâtons, ignorant ce qu'elle allait découvrir.

Elle se trouvait à une dizaine de mètres de l'endroit indiqué sur la carte quand sa torche éclaira une cabane en ruines au milieu de la nature sauvage. Troublée, elle se demanda quelle était la fonction originelle de ce lieu. La personne qui l'avait construit avait forcément quelque chose à cacher : le petit édifice évoquait les endroits où se déroulaient des activités secrètes et inavouables.

Deux ou trois mètres carrés, sans porte ni fenêtres. Une unique ouverture sur un des côtés.

Saisie d'une frénésie soudaine, Serena accéléra le pas pour aller voir à l'intérieur de cet antre.

Elle franchit le seuil et découvrit que la baraque était vide. Elle balaya les lieux avec sa lampe, espérant trouver un message du ravisseur. Un signal, un indice à suivre.

Elle ne se trompait pas. Il y avait quelque chose pour elle.

Sur un des murs était punaisée une feuille blanche. À côté, une cordelette dont pendait un stylo-bille bleu.

Il fallut moins d'une seconde à Serena pour comprendre la signification de ces objets : on lui demandait d'écrire le code pour encaisser les 500 000 euros. Toutefois, elle n'avait aucune intention de le faire sans avoir la certitude de revoir Aurora.

Elle était en colère. Rien ne se passait comme prévu et elle ne voyait pas d'issue à cette situation.

Elle sortit le vieux Nokia de sa poche pour essayer de contacter le ravisseur. Elle se jura solennellement que, s'il ne répondait pas, elle tournerait les talons et rentrerait à la résidence.

En même temps, elle espéra que le réseau serait assez bon, en pleine forêt, parce qu'il n'y avait qu'une barre sur l'écran. Elle appuya sur le bouton vert.

Le ravisseur répondit avec une rapidité surprenante. De toute évidence, il attendait son appel.

— Je n'écrirai rien sur cette feuille tant que je n'aurai pas la preuve qu'Aurora va bien, dit-elle fermement à son interlocuteur muet.

Elle ne s'attendait plus à ce qu'il réponde : elle avait bien compris les règles du jeu.

En effet, il n'y eut que la respiration habituelle.

— C'est clair ? Je vais partir.

À ce moment-là, elle entendit : dans le silence à l'autre bout du fil, il y avait un bruit qu'elle identifia. Il avait été le bruit de fond permanent de son séjour à Vion.

Celui du petit réfrigérateur qui ronflait dans son appartement.

Serena eut le vertige. Au début, elle ne décrypta pas le sens de la situation. Ses pensées explosèrent dans sa tête, l'empêchant de focaliser sur la signification de ce qui se passait. Puis elles se composèrent lentement.

Devant ses yeux apparut un message tacite.

— Ma fille est là-bas avec toi ? Il lui aurait suffi que l'autre renifle.

Mais cette fois encore, il raccrocha.

Serena poussa un cri de rage, puis elle sortit de la cabane et se mit à invectiver contre la pluie, les montagnes et toute la merde dans laquelle elle pataugeait. Les poings serrés, elle jeta des coups de poing à un ennemi invisible. Quand elle fut suffisamment défoulée, le souffle court et pliée en deux par l'effort, elle essaya de se ressaisir.

Le plan du ravisseur était parfait. Il avait eu une année entière pour mettre sa stratégie au point. Le résultat était qu'il avait toujours une longueur d'avance sur elle.

Maintenant, le mystérieux barbu à la casquette rouge lui disait qu'ils devaient se faire mutuellement confiance.

Tu ne sais pas si ta fille est réellement ici et moi je ne sais pas si tu écriras vraiment le code sur cette feuille.

Le temps n'était plus à l'indécision. Il fallait prendre un risque. Le pacte était clair : pendant qu'elle rentrerait à la résidence pour vérifier si Aurora y était, il s'occuperait de retirer l'argent de la rançon.

Il lui semblait équitable, dans la mesure où le ravisseur aurait pu lui demander de dicter le code par téléphone. Et Serena ne savait pas si elle aurait résisté à la tentation de lui concéder cet avantage. De cette façon, ils étaient obligés de se faire confiance.

Serena retourna à la cabane, saisit le stylo bleu et nota le code bancaire sur la feuille accrochée au mur. Elle calcula qu'il lui faudrait une heure pour rentrer à la résidence. Une heure la séparait de la vérité. Le ravisseur était déjà probablement en route pour venir vérifier qu'elle avait respecté leur accord.

Le temps était précieux.

Elle ressortit. Il pleuvait plus fort. Elle se dirigea vers son 4x4 mais, alors qu'elle vérifiait la direction à l'aide de la boussole, elle entendit une branche craquer derrière elle. L'écho résonna dans la forêt.

Serena se retourna. Elle eut la nette sensation de ne pas être seule. Elle leva la lampe de son smartphone, mais le rayon n'éclairait qu'à quelques mètres. Pourtant, elle crut distinguer une silhouette humaine immobile entre les arbres qui l'observait.

Serena comprit que cette personne attendait le bon moment pour l'agresser.

Elle pensa à la résidence. Si le ravisseur était ici avec elle, alors qui se trouvait dans son appartement ?

Jusque-là, Serena n'avait jamais envisagé qu'ils puissent être plusieurs. Elle avait été irréfléchie, ou tout simplement stupide.

Puis il se produisit un événement inattendu.

L'inconnu fit un pas en avant et entra dans le cône de lumière de son téléphone. Elle révéla sa présence de façon que Serena puisse voir son visage.

2

— Ne bouge pas ! dit Adone Sterli sur un ton menaçant.

À la place de son manteau vert il portait un ciré noir, et toujours ses gants noirs en caoutchouc.

Serena regarda l'homme qu'elle avait l'illusion de connaître et perçut dans son regard une férocité qu'elle n'avait jamais remarquée. Elle eut peur de lui, comme lors de leur première rencontre, la fois où elle était entrée chez lui en cachette.

Adone avait-il un rôle dans cette histoire ? Elle n'arrivait pas à croire qu'elle s'était laissé berner.

— Ordure ! vociféra-t-elle.

Cet homme avait été un guide, un conseiller. Elle aurait dû comprendre qu'il était derrière tout ça au moment où il lui avait parlé de l'engin explosif qui produisait d'abord la fumée, puis les flammes. Sterli n'était pas un émulateur : il était un pyromane instable à l'origine de l'incendie du chalet.

— Fils de pute, qu'est-ce que tu as fait de ma fille ?

Elle ne voulait pas qu'il croie qu'elle avait peur de lui et de toute façon elle ne ressentait plus aucune crainte. Elle n'avait qu'une idée en tête : Aurora

Mais Serena était maintenant convaincue que sa fille était morte depuis longtemps, probablement depuis le début. Comme le lui avait rappelé Adone, les ravisseurs n'ont pas besoin de l'otage pour obtenir le versement de la rançon.

Il leur suffit de faire croire aux parents que leur enfant est vivant et qu'ils pourront bientôt le serrer dans leurs bras. Même un faible espoir suffit à les faire payer.

— Je t'ai dit de rester immobile, espèce de salaud ! répéta Sterli.

Salaud ? pourquoi employait-il le masculin ?

Puis Serena remarqua un détail : le regard d'Adone, qui semblait rivé sur elle, était en fait posé sur un point derrière elle.

Serena allait se retourner quand Adone bondit sur elle et la poussa sur le côté. Elle tomba sur le sol mouillé. Sa hanche heurta un rocher et elle gémit de douleur. Elle avait lâché son portable pendant sa chute et la nuit devint soudain impénétrable.

Elle entendit deux personnes se battre.

Les yeux de Serena s'habituèrent à l'obscurité et elle repéra la lumière de son téléphone, qui était orientée vers le bas, à deux mètres d'elle. Elle le ramassa mais, à cause de la boue, il lui glissa entre les mains. Elle le frotta contre son blouson pour le nettoyer. Quand elle put enfin le tenir fermement, elle dirigea le faisceau lumineux vers l'endroit de la bagarre.

Le visage d'Adone Sterli était un masque de terre dont ne pointaient que ses yeux exorbités. Son adversaire était un homme, lui aussi couvert de boue de la tête aux pieds. Serena se demanda si elle l'avait déjà vu.

Elle reconnut sa veste en jean et ses cheveux longs, qui étaient généralement plaqués en arrière avec du gel, à ce moment-là aussi sales que sa barbe rousse.

Le petit ami de Luise, qui l'avait agressée sur le parking de la résidence quelques heures auparavant, se défendait maintenant des coups d'Adone, et semblait même parfois lui tenir tête. Serena ne comprenait pas ce qui se passait. Étaient-ils complices ? Et si oui, pourquoi se battaient-ils ?

C'est alors qu'elle entendit un sifflement.

— Par là ! hurla quelqu'un au loin.

Des lampes torches émergèrent des profondeurs de la forêt. Des chiens aboyèrent, des gens approchèrent. Une minute plus tard, des hommes armés apparurent entre les arbres.

Des policiers. Ils se précipitèrent pour séparer les adversaires. L'un se dirigea vers Serena.

— Comment allez-vous ? lui demanda Gasser en lui posant une main sur l'épaule.

Serena était encore abasourdie. Pourtant, pour la première fois, elle était contente de revoir cet homme et sa maudite moustache.

— Je vais bien, réussit-elle à articuler, la main sur sa hanche douloureuse.

Les élancements étaient si intenses qu'elle avait du mal à respirer. Elle tomba à genoux.

Gasser héla un de ses hommes afin qu'il contacte les secours par radio, mais Serena l'attrapa par le bras.

— Envoyez quelqu'un à mon appartement, Aurora s'y trouve peut-être.

Mais en prononçant ces mots, elle se rendit compte qu'elle n'y croyait pas elle-même.

Le policier lui lança un regard sans équivoque.

— Une patrouille y est en ce moment même, mais il n'y a pas trace de votre fille. En revanche, nous avons arrêté les autres membres de la bande.

La bande ? Quelle bande ? De quoi parlait-il ?

Les policiers menottèrent le petit ami de Luise et tapèrent dans le dos d'Adone qui, épuisé et à bout de souffle, regardait dans la direction de Serena.

Ses yeux étaient à nouveau ceux qu'elle connaissait. Aux pieds du policier, dans la boue, brillait la lame d'un couteau à cran d'arrêt. Un peu plus loin, une torche éclairait quelque chose par terre. Entre les arbres une tombe avait été creusée. Serena n'eut aucun mal à comprendre à qui elle était destinée.

C'est alors qu'elle comprit que le relieur de livres perdus venait de lui sauver la vie.

3

Serena se réveilla en sursaut dans une chambre d'hôpital. Par la fenêtre, elle distinguait le jour naissant. Elle avait dormi une petite heure.

Une sensation de mouillé au niveau de la poitrine l'avait sortie de son sommeil. Cette fois encore, Serena avait oublié son rêve. C'était insupportable.

Elle sonna pour appeler quelqu'un. Moins d'une minute plus tard une infirmière entre deux âges arriva avec un sourire rassurant.

— Je vous apporte un change, dit-elle en constatant le problème.

En attendant sa blouse, Serena pensa qu'elle aurait voulu avoir une chaude couverture de larmes, prête à l'accueillir chaque fois qu'elle sombrait dans la souffrance.

Mais depuis qu'Aurora n'était plus, elle n'avait jamais pleuré.

Même pas quand on l'avait sortie de la forêt, la nuit où elle avait risqué d'être assassinée par le petit ami de Luise. Serena aurait dû être désespérée, elle était seulement hébétée par le constat qu'en réalité, il n'y avait jamais eu la moindre possibilité de retrouver Aurora. Sa fille n'avait pas été enlevée et n'avait jamais été l'otage de personne.

Cela aurait pu mal se terminer pour elle. Heureusement, Adone Sterli était arrivé au bon moment.

Pendant que les brancardiers la hissaient dans l'ambulance, Gasser s'était approché et lui avait promis de venir la voir le lendemain matin à l'hôpital de Vion pour tout lui raconter.

Ainsi, Serena avait été prise en charge par les médecins et les infirmiers, qui lui avaient fait passer plusieurs examens. En plus de quelques égratignures, elle avait deux côtes fêlées à cause de sa chute, quand Adone l'avait poussée pour la protéger de l'agression du petit ami de Luise.

Pourtant, même la douleur physique n'arrivait pas à la faire pleurer. Comme le voulait la routine, l'hôpital lui avait aussi fait des analyses de sang. Après avoir constaté la présence des ingrédients pharmacologiques du *teddy-bear*, ils avaient décidé de ne pas lui donner d'antidouleur. Ils lui avaient prescrit une cure de désintoxication, que Serena n'avait nullement l'intention de suivre. Surtout maintenant.

Un peu avant l'aube, on l'avait installée dans une chambre individuelle pour qu'elle se repose. Elle pourrait sortir le lendemain.

Comme promis, la gentille infirmière était revenue avec une blouse propre et un gant de toilette. Puis elle l'avait aidée à se lever, à se laver et à se changer. Le plus difficile, avec les côtes fêlées, était de lever les bras pour enfiler ou retirer les vêtements.

— Tout à l'heure on s'assurera que votre bandage est assez serré, dit la femme en vérifiant sommairement la bande qui lui entourait les flancs et le thorax.

Serena aurait voulu lui demander si elle avait des enfants et quel âge ils avaient. Elle aurait voulu entendre la fierté de cette femme d'être leur mère, parce qu'elle était convaincue que c'étaient de bons enfants. Elle aurait voulu se confier à elle, lui dire que c'était la deuxième fois de sa vie qu'elle était hospitalisée. La première fois c'était quand elle avait accouché d'Aurora pendant qu'elle était dans le coma à cause d'une hémorragie utérine. Elle aurait aimé lui révéler son secret : qu'elle n'arrivait pas à pleurer la mort de sa fille, mais qu'en revanche son corps produisait autre chose que des larmes. Et que souvent elle se réveillait la poitrine mouillée, avec un malaise qui mettait du temps à se dissiper.

Mais elle ne dit rien de tout cela. Elle laissa simplement cette inconnue prendre soin d'elle. Puis elle se recoucha et se rendormit.

Quand elle rouvrit les yeux, Gasser était assis à son chevet.

— Bonjour, Serena.

Elle ignorait si son antipathie envers cet homme avait disparu. Toutefois, à ce moment-là, la seule chose qui l'intéressait était ses explications.

— Je suis désolé, affirma le policier. Et surtout, je suis navré que cela vous soit arrivé à vous.

Serena se redressa péniblement sur son oreiller, pour mieux le regarder.

— Je présume qu'il n'y a aucune nouvelle de ma fille.

— Malheureusement non. Je crains que ce qui est arrivé à votre fille il y a un an n'ait aucun rapport avec cette histoire.

— Une escroquerie, dit Serena, imaginant déjà de quoi il s'agissait.

— Le jeune homme que nous avons arrêté cette nuit dans la forêt s'appelle Freddy Lorenz.

Elle le connaissait déjà, en un sens. Veste en jean, cheveux longs gominés, barbe rousse clairsemée. Et l'air dangereux.

— Son but était de s'emparer du code pour encaisser la rançon, de vous tuer et de se débarrasser du corps.

Serena frémit en repensant au trou creusé entre les arbres. Si le plan de Lorenz avait abouti, personne n'aurait jamais retrouvé ses restes. Ou alors d'ici quelques siècles, par hasard ou à cause d'un bouleversement géologique du paysage. Les archéologues du futur se seraient demandé qui était la femme assassinée, mais la vérité serait restée une énigme irrésolue.

— Cependant, Freddy Lorenz n'a pas agi seul, ajouta Gasser. Il avait deux complices : Luise Brun et Flora Maier.

Elle n'arrivait pas à croire que les deux monitrices étaient impliquées dans cette horreur.

— Luise Brun était le cerveau de la bande, son petit ami et Flora n'étaient que des exécutants.

Serena s'était laissé berner par les airs de sainte-nitouche et par la fragilité apparente de Luise. Et dire que tout ce temps elle pensait que la jeune femme était sous le joug de son petit ami violent... Elle repensa aussi au moment où Luise lui avait raconté les derniers moments de la vie d'Aurora sur terre. Aux anecdotes qui avaient atténué un peu son angoisse, à sa réponse à une des questions qui la taraudait : oui, sa fille était heureuse avant de mourir.

Quand Aurora racontait une histoire drôle, les autres n'arrêtaient plus de rire.

Était-ce un mensonge pour gagner sa confiance ?

Certaines de ses histoires étaient vraiment horribles.

Aurora et les histoires horribles étaient un rapprochement peu vraisemblable. Ce détail aurait dû lui faire comprendre que quelque chose clochait dans le récit de la jeune fille. Voilà pourquoi Serena ne croyait plus à rien, désormais, même si une partie d'elle repoussait encore cette nouvelle vérité.

— Vous êtes vraiment certain que c'est ainsi que cela s'est passé ?

— Luise Brun refuse de parler, mais Lorenz et Maier ont avoué tout de suite, affirma Gasser. Tous les trois, ils vous ont attirée à Vion en vous envoyant la vidéo de l'incendie dont vous m'avez parlé la première fois que l'on s'est vu, au poste de police.

— Vous avez trouvé ces images ?

Serena n'avait pas oublié l'expression de Gasser quand elle n'avait pas pu lui montrer la vidéo parce qu'elle avait été remplacée par un vieux spot publicitaire de Vion. Mais à présent, elle avait hâte de savoir si cette vidéo était authentique, ou bien si la fenêtre ouverte était un trucage numérique.

— Je les ai vues, admit le chef de la police en sortant une tablette de son sac. C'est Luise qui a tourné cette vidéo avec son téléphone, la nuit de l'incendie.

Voilà pourquoi on n'entendait pas les secours, songea Serena.

Sur l'écran apparurent les images qu'elle connaissait bien. Pour les voir, il lui suffisait de fermer les yeux.

Cette fois encore, il lui sembla que la fenêtre de la chambre d'Aurora était ouverte.

— Vous voyez ? C'est ce que je vous disais ! Comment l'expliquez-vous ?

— La vidéo a été truquée. Ou plutôt, il manque la première partie. Heureusement, nous avons trouvé le reste de la séquence, ajouta-t-il en revenant en arrière.

Maintenant, sur l'écran, l'incendie se propageait mais la fenêtre était fermée. Puis il y eut une explosion dans la chambre. Le déplacement d'air provoqua l'ouverture de l'un des battants.

— Les pompiers de Vion m'ont expliqué que, dans le jargon, on surnomme cela « l'effet pop-corn ». L'explosion que vous venez de voir a été causée par le gaz accumulé dans la chambre. Généralement, c'est assez fort pour faire exploser les vitres… Mais pas cette fois. Voilà comment ils ont pu inventer une belle histoire à partir de ce film.

Serena était déçue et avait honte de sa naïveté.

— N'importe qui serait tombé dans le panneau, la consola Gasser. Quand vous êtes venue me voir, j'ai compris tout de suite que votre but était de me convaincre que votre fille pouvait être encore en vie.

Même si Serena ne l'avait jamais dit ouvertement, c'était vrai. Elle le laissa poursuivre.

— Malheureusement, je n'ai jamais eu d'espoir. Vous allez bientôt comprendre pourquoi.

À quoi se référait-il ? Que devait-elle comprendre ?

— Dites-moi tout de suite.

— Chaque chose en son temps, déclara-t-il avant de poursuivre la reconstitution des faits. Après que vous vous êtes précipitée pour chercher des réponses à cette vidéo, ces trois-là ont commencé leur mise en scène.

Pendant la demi-heure qui suivit, Gasser lui raconta comment les faits s'étaient enchaînés. Serena les compara à sa propre expérience. Le premier jour, Luise l'avait attendue devant le poste de police, mais uniquement pour se montrer avant de prendre la fuite. Le soir, elle était venue à la résidence et elle avait commencé à insuffler dans l'esprit de Serena le soupçon que la mort d'Aurora était liée à un secret que tout le monde essayait de cacher à tout prix. Elle se rappelait bien l'histoire de la porte de service ouverte et de la présence d'un intrus dans le chalet le soir de l'incendie. De même qu'elle n'avait pas oublié les rideaux de la porte-fenêtre, que Luise avait tirés pendant qu'elle était à la salle de bains, pour lui faire croire qu'elle craignait que quelqu'un ne la voie. Puis l'incursion du petit ami menaçant, qui l'avait empêchée de parler. C'était probablement lui qui se cachait dans le brouillard, dehors.

Les appels téléphoniques servaient à la guider à distance. Les membres de la bande se gardaient bien de parler, parce qu'elle aurait reconnu leurs voix. Et puis, ils n'avaient même pas besoin de lui fournir les instructions : Serena avait immédiatement fait preuve d'une grande intuition.

Ils savaient que, tôt ou tard, elle arriverait à l'appartement de Flora. Et ils avaient tout préparé pour sa visite. Le désordre, le relevé de compte où figurait l'achat d'un billet d'avion, l'album photo de ses parents morts oublié dans un tiroir : cette mise en scène était destinée à Serena, en aucun cas aux inconnus par qui Flora disait être menacée.

D'ailleurs, Flora était apparue au bon moment, cette fois encore tout était calculé.

Elle avait sauvé Serena de l'inconnu à l'Opel verte qui la poursuivait dans les bois, mais uniquement pour gagner sa confiance. La jeune fille lui avait paru sincèrement effrayée quand elle lui avait expliqué qu'elle était obligée de se cacher. Elle lui avait fait croire qu'elles étaient toutes les deux en danger, à cause du secret que personne ne devait savoir.

Aurora n'était pas dans son lit.

Toutefois, le chef-d'œuvre de la bande avait été le barbu à la casquette rouge, créé pour faire croire à Serena qu'elle avait affaire à un unique individu, alors que derrière le ravisseur fantomatique se dissimulaient trois personnes.

— Mais comment expliquer la présence de l'homme sur le dessin de la camarade d'Aurora ? demanda Serena, dubitative.

Elle ne comprenait pas ce qui avait pu se passer le jour de la luge, quand un individu avec les mêmes caractéristiques était apparu dans le bois pendant que les petites filles prenaient leur goûter.

— Il y a quelques jours, vous êtes venue me voir parce que quelqu'un s'était introduit dans votre appartement pendant que vous dormiez, lui rappela le chef de la police.

Serena était encore gênée d'être allée le voir à l'église pentecôtiste et d'avoir interrompu une cérémonie pour lui raconter l'épisode.

— Pendant l'intrusion j'étais paralysée par terre, en état de semi-conscience. Mais je suis certaine qu'il y avait quelqu'un, répéta-t-elle en repensant aux empreintes mouillées sur la moquette marron.

— Vous n'avez pas envisagé que cette personne aurait pu entrer chez vous pour ajouter un personnage sur le dessin de la camarade de votre fille ?

Non, Serena n'y avait pas pensé. Et maintenant, elle se rappelait avoir elle-même mentionné à Luise les dessins des fillettes du chalet. Elle lui avait raconté leur délicate attention d'avoir remplacé les photos prises avec l'appareil détruit dans l'incendie par des dessins.

— Nous avons trouvé la fameuse casquette rouge et une fausse barbe. Dans une Opel verte garée dans une ancienne grange chez les escrocs.

— Ils m'ont bien eue.

— Lorenz est un bon à rien qui passait son temps à traîner dans les bars. Il a quelques antécédents, des bagarres et des petits larcins. Luise Brun a été renvoyée de l'école pour indiscipline et pour avoir donné un coup de tête à une camarade. Flora Maier n'a jamais réussi à sortir de ses problèmes de drogue.

— Ce ne sont pas des grands génies du crime, n'est-ce pas ?

— Plutôt une bande de crétins pas très malins. Dans la région, les jeunes n'ont pas beaucoup de choix. Soit ils partent, soit ils trouvent un travail dans le tourisme. Sans rêves ni ambitions, leur destin est tracé avant qu'ils aient vingt ans.

À la lumière de cette description, Serena estima que les trois jeunes gens s'étaient sans doute émerveillés de son offre de 500 000 euros. Ils n'avaient probablement pas imaginé une telle somme et se seraient contentés de beaucoup moins. Cette fois, son instinct de courtière n'avait pas fonctionné.

— Je me suis bien fait avoir…

— Vous ne devriez pas vous sentir coupable. Ils ont profité de la vulnérabilité d'une mère meurtrie.

Et je leur ai donné un coup de main avec mes addictions, pensa-t-elle. *Tout ceci ne serait pas arrivé si j'avais été lucide.*

— Nous avons commencé à avoir des soupçons après avoir reçu un signalement de la part de Berta Werlen.

La monitrice. Serena ne l'avait jamais vue, mais elles s'étaient parlé au téléphone la nuit de l'incendie.

Aurora va bien.

La femme avait confondu le prénom de sa fille et celui de sa camarade Aurélie. Et Serena ne le lui avait pas pardonné.

— Au départ, la petite bande a essayé d'impliquer Berta, révéla le policier. C'est Luise qui l'a contactée : elle ne lui a pas dit précisément ce qu'elle avait en tête, mais elle lui a fait comprendre que si elle acceptait de jouer un rôle, elle aurait une belle récompense.

Selon Luise elle-même, Berta était maintenant gouvernante chez une famille de Genève.

— Mais c'est Adone Sterli qui vous a prévenu de ce qui allait m'arriver cette nuit, imagina Serena.

— Il nous a appelés juste à temps, confirma Gasser.

Le relieur de livres avait trahi sa confiance. Il avait pris la décision de parler à la police après qu'elle lui avait raconté l'histoire du Nokia et de l'appel muet qui contenait une demande implicite de rançon.

Je ne ferais pas confiance à un type comme moi. Toutefois son intention était louable, Serena ne pouvait pas lui en vouloir. Surtout après qu'il avait risqué lui-même sa vie en allant la chercher dans la forêt.

— Adone m'a suivie, n'est-ce pas ? Parce que personne n'était au courant du rendez-vous dans la cabane abandonnée.

— Sterli a violé son assignation à résidence pour vous venir en aide. Il purge toujours sa peine et il n'a pas le droit de sortir de chez lui entre le crépuscule et l'aube.

— Combien d'incendies a-t-il déclenchés pour mériter une peine aussi interminable ? demanda-t-elle sur un ton volontairement provocateur, pensant aux années que son ami avait déjà passées en prison.

— Ce ne sont pas seulement des incendies. Mais le reste, il vaut mieux que vous le lui demandiez directement…

Serena ne saisit pas le sens de cette dernière affirmation. Elle allait demander des éclaircissements quand Gasser ajouta quelque chose qui redéfinit immédiatement ses priorités.

— Je vous ai dit que je n'ai jamais cru à la possibilité que votre fille puisse avoir survécu à l'incendie. Il y a une raison à cela. Mais je ne peux pas me contenter de vous l'expliquer. Il est nécessaire que je vous le montre.

4

Ses vêtements étant inutilisables, l'hôpital lui procura un survêtement, des baskets et une veste fourrée. Serena aurait aimé passer à la résidence pour se changer, mais pour le moment son appartement était considéré comme une scène de crime secondaire, parce que Flora y avait été arrêtée. C'était elle qui, par le biais du téléphone, lui avait fait entendre le bruit du réfrigérateur pour la convaincre qu'Aurora se trouvait sur place.

Serena dut donc suivre le chef Gasser avec les vêtements de l'hôpital. Ils montèrent dans une voiture de la police et quittèrent le centre du village. Elle eut plusieurs fois la tentation de demander où ils allaient, mais elle résista. Sans l'espoir de serrer à nouveau Aurora dans ses bras, Serena se sentait comme vidée et ballottée par les événements.

Ainsi, qu'importe ce que Gasser voulait lui montrer, elle était prête.

Après une dizaine de minutes, ils arrivèrent en vue d'une étrange structure, une sorte de gros chapiteau blanc. En réalité il se résumait à un toit : les murs étaient constitués d'une clôture à travers laquelle on pouvait voir à l'intérieur.

Ils se garèrent devant l'entrée. En descendant de la voiture, Serena remarqua que sous la toile étaient amassées des tonnes de déchets organisés en tas : certains étaient assez petits, d'autres très grands. Sur chaque tas était planté un panneau indiquant une lettre différente.

La tente servait à protéger le site des intempéries.

Autour de ces rebuts bien ordonnés œuvraient des hommes et femmes en blouse blanche, masques, gants, charlottes en plastique et lunettes de protection. Ils sondaient le matériel avec des instruments adaptés, contrôlaient soigneusement chaque déchet.

La vague odeur de plastique et caoutchouc brûlés indiqua à Serena qu'elle se trouvait devant ce qu'il restait du chalet. Les décombres avaient été apportés ici pour être examinés comme il se devait.

Elle fit un pas en avant et eut le souffle coupé.

— Nous n'avons jamais cessé de chercher votre fille, affirma Gasser derrière elle. J'ai essayé de vous en parler le premier jour, mais vous ne m'avez pas écoutée.

Elle avait sous-estimé cet homme et la police de Vion. Et maintenant, le trouble et la culpabilité lui tenaillaient l'estomac.

— Je comprends pourquoi vous m'avez emmenée ici, dit-elle d'un filet de voix, imaginant que l'autre avait voulu lui donner une sorte de leçon. Je le mérite.

— Malheureusement ce n'est pas ce que vous croyez, dit le commandant sur un ton triste assez inattendu.

Puis il adressa un geste à un des techniciens de l'équipe scientifique, qui se dirigea vers une roulotte garée à côté de la tente.

Il en sortit peu après avec une petite boîte en polystyrène.

Serena brûlait de curiosité, et en même temps elle craignait de savoir ce qu'elle contenait.

— Ce que nous nous apprêtons à faire a valeur d'identification officielle, la prévint Gasser en soulevant le couvercle.

Le policier sortit de la boîte un sachet transparent et le lui montra. Il contenait un étrange fragment noir, tout petit.

— C'est une dent. Une incisive latérale gauche de la mâchoire supérieure. Elle a été retrouvée il y a une semaine.

Serena observa la pièce à conviction, abasourdie.

— Nous avons contrôlé son ADN. Je suis désolé… Elle appartenait à votre fille Aurora.

5

Elle se souvenait bien du jour où une femme et un homme en civil, qu'elle n'avait jamais vus auparavant, s'étaient présentés chez elle à Milan. Ils avaient frappé à sa porte et lui avaient montré une requête du Parquet helvétique qui menait l'enquête sur l'incendie de Vion.

Serena avait été prévenue de leur visite. Ils portaient avec eux une étrange petite valise.

Ils avaient prélevé une brosse à dents d'Aurora sur l'étagère de la salle de bains, celle de Winnie l'Ourson, ainsi que des cheveux blonds de la fillette sur une brosse rose. Enfin, ils avaient demandé à Serena la permission de lui glisser dans la bouche une sorte de long coton-tige. Elle était restée sagement la bouche ouverte pour les laisser recueillir sur la muqueuse de sa joue tout le matériel organique nécessaire à une éventuelle comparaison d'ADN.

L'opération, politesses incluses, avait duré une vingtaine de minutes. Puis les deux inconnus avaient pris congé avant de repartir avec leur petite valise, qui contenait les prélèvements.

Pendant toute la procédure, personne n'avait fait allusion à la raison pour laquelle elle était exécutée. Tout figurait sur les documents judiciaires, il était donc inutile de mentionner qu'ils étaient là parce qu'une enfant de six ans était probablement morte carbonisée.

Personne n'avait fait part de condoléances à Serena, personne ne s'était senti le devoir de dire quelque chose pour alléger son malaise de se soumettre à ce traitement.

Dans le fond, le prélèvement d'échantillons organiques n'était qu'une formalité. L'une des nombreuses formalités qu'elle allait devoir accomplir à partir de ce moment et qui faisaient partie de la procédure qui s'active automatiquement en cas de mort violente. Serena avait vite appris à ne pas se laisser troubler par la froideur ou le manque d'empathie des personnes chargées de ces actes.

Mais jamais au grand jamais elle n'aurait imaginé qu'un jour quelqu'un lui montrerait une dent de sa fille, noircie par la suie, pour lui prouver que le processus bureaucratique avait fini par se révéler efficace.

Cette fois encore, l'existence d'Aurora n'était pas prise en compte.

Cette dent était-elle déjà sur le point de tomber ou avait-elle été arrachée à sa gencive par la fureur du feu ? Personne ne répondrait jamais à cette question, qui était pourtant essentielle aux yeux de Serena. Parce qu'il existait une différence notable entre les deux situations. Dans le second cas, une souffrance s'ajoutait aux autres, pendant qu'Aurora était prisonnière des flammes.

Serena ne supportait pas de rester seule avec cette idée en tête. Ainsi, après avoir visité le site de tri des décombres du chalet, elle s'était fait accompagner par Gasser jusqu'à son propre 4x4, toujours garé à l'entrée de la forêt où elle avait risqué de se faire tuer. Elle s'était mise au volant, malgré sa douleur aux côtes et sa difficulté à garder les bras droits devant elle.

Il y avait un seul endroit où elle pouvait et voulait aller.

Adone lui ouvrit la porte. Il était différent. Il ne portait pas son manteau ni son bonnet en laine, mais une chemise en flanelle à carreaux rouges, dont il avait roulé les manches jusqu'aux coudes, ainsi qu'un pantalon de velours beige. Ainsi vêtu, on aurait presque dit une autre personne. Il passa une main dans sa chevelure en désordre.

— Comment vas-tu ? lui demanda-t-il.

— Mieux, maintenant.

Elle avait la sensation qu'il parvenait à lire dans ses yeux.

— Aurora est morte.

C'était la première fois qu'elle prononçait cette phrase, mais ce ne fut pas aussi douloureux qu'elle l'avait imaginé. Alors Serena se rendit compte qu'elle avait toujours su la vérité. Si cela n'avait pas été le cas, elle serait désespérée à l'heure qu'il était. Cependant cette conscience avait agi en elle, inconsciemment, pendant tout ce temps.

Aujourd'hui, Serena était préparée.

Le mot « disparue » pouvait être dissocié du nom de sa fille. Tout avait enfin un sens. Même la fenêtre ouverte de sa chambre au chalet était devenue une simple causalité, ironie du sort.

Une blague de l'univers. Rien de plus.

Adone ne fit aucun commentaire. Comme toujours, il tourna et les talons et retourna à l'intérieur de la cabane. Et comme toujours, elle le suivit.

La même odeur de colle végétale flottait dans le laboratoire de reliure. Dans l'air dense de poussière de papier, un papillon volait. L'espace d'un instant, Serena l'envia. Si ignorant, si imperturbable. Mais ensuite, elle se rappela qu'elle était elle-même un autre type d'insecte.

Un lombric qui s'était reproduit par parthénogenèse, donnant vie à une petite fille identique à elle, hormis sa cascade de boucles blondes.

En attendant, le relieur s'était approché du comptoir où était posée la caisse de bois marqueté contenant sa collection spéciale de marque-pages. Serena aurait volontiers passé des heures à déchiffrer ces traces de la vie de parfaits inconnus, juste pour apprendre un morceau de leur histoire et ainsi oublier la sienne.

Mais il y avait quelque chose à côté de la boîte. Une feuille, qu'Adone lui tendit.

— Je pense que tu devrais la garder.

Elle reconnut la lettre qu'elle avait laissée dans l'appartement de la résidence avant de partir pour la forêt. Elle la glissa dans sa poche, avec l'intention de la faire disparaître.

— Tu as dû me trouver stupide, affirma-t-elle, supposant qu'il l'avait lue.

— Il y a une erreur.

Étonnée, Serena se demanda laquelle.

— Ma sœur et moi ne nous parlons plus, mais tu as écrit qu'elle ne veut pas me présenter ma petite-nièce, précisa l'homme.

Serena se souvenait de ce passage, noté dans un post-scriptum.

— Ma sœur a sa foi et ses convictions, et elle est très dure avec moi, mais cette décision a été la mienne. C'est moi qui ne veux pas que ma nièce connaisse mon existence.

C'était la caissière de l'épicerie qui lui avait dit le contraire. Serena fut désolée d'avoir cru à ce potin. Mais maintenant, la question était autre, et son seul ami semblait vouloir lui avouer quelque chose.

— Pourquoi ne veux-tu pas que ta nièce sache qu'elle a un oncle ?

— Tu ne connais pas toute l'histoire.

Serena repensa aux paroles de Gasser. Quand elle l'avait provoqué en lui demandant combien de bûchers Adone avait allumés pour mériter une peine interminable, le policier lui avait répondu qu'il ne s'agissait pas seulement d'incendies.

Mais le reste, il vaut mieux que vous le lui demandiez directement...

— Je n'ai jamais voulu faire de mal à personne, dit Sterli en évoquant son parcours de pyromane. Ce jour-là, j'avais déjà disposé des engins entre les arbres. Généralement, je choisissais un endroit sûr pour regarder les flammes se libérer. J'essayais de rester le plus longtemps possible pour admirer la bête. Je suis resté longtemps, je m'en souviens. Et au moment où j'allais partir, je me suis retrouvé nez à nez avec cet homme.

Adone baissa les yeux. Il semblait perdu. Serena était effrayée par la suite du récit, même si elle ne l'avait pas encore entendue.

— Le randonneur se trouvait à quelques mètres de moi, mais un mur de feu nous séparait. Il n'imaginait pas qui j'étais et il me demandait mon aide. Moi je ne pouvais pas le rejoindre, mais j'ai essayé. Je jure que j'ai essayé, insista-t-il en levant ses mains gantées pour couvrir les cicatrices. La bête l'a pris devant mes yeux. Je n'oublierai jamais le regard de cet homme pendant qu'il se noyait dans les flammes.

Serena pouvait presque voir le pauvre homme haletant tandis que le feu l'entraînait vers le bas. Adone Sterli était de peu de mots, mais il possédait ceux des livres, et chaque fois il choisissait le plus approprié. C'était notamment pour cela qu'elle le respectait. Elle s'approcha et posa une main sur sa joue.

— Je ne suis pas en mesure de te juger, déclara-t-elle en le caressant. Et je ne pense pas non plus vouloir le faire.

Il acquiesça, toujours sans la regarder.

Puis Serena lui souleva le menton pour l'inviter à la fixer. Et tant qu'à être dans les confessions, elle avait un secret à lui révéler.

— Je t'ai déjà avoué que je ne voulais pas Aurora, que j'étais prête à la faire adopter. Puis j'ai été contrainte de la garder mais, après l'accouchement, j'ai refusé de l'allaiter. Je ne me sentais ni capable, ni préparée mentalement. Mais peut-être était-ce uniquement par dépit, parce qu'Aurora m'avait forcée à être sa mère et je ne voulais pas plus qu'un engagement formel.

Serena secoua la tête, amusée par cette pensée ridicule.

— Les puéricultrices m'avaient rassurée en m'expliquant que le refus d'allaiter est plus fréquent qu'on ne le croit. Ils allaient donner du lait artificiel au bébé, qui deviendrait tout aussi saine et forte. Et surtout, elles m'avaient juré que ma fille ne ferait jamais la différence... Mais c'était mal connaître Aurora. En effet, contrairement à ce qui se passe d'habitude, elle refusait tout substitut au lait maternel. Alors, pour éviter qu'elle meure de faim, j'ai accepté de la mettre au sein.

Quand elle se concentrait, Serena sentait encore les petites lèvres serrer ses tétons.

— Aurora s'est mise à téter. Avec voracité, à toute heure du jour et de la nuit. Ce comportement a surpris tout le monde, sauf moi. J'avais appris à connaître la détermination de ce petit être quand je le portais encore dans mon ventre. Toutefois, avec cette prise de position, Aurora voulait me faire comprendre que toutes les deux nous ne formions désormais qu'une seule chose, qu'il n'y avait pas moyen de l'éviter et que rien ni personne ne pourrait rompre notre lien. Jamais, ajouta Serena avant de s'assombrir. Depuis l'incendie, dès que je rêve d'Aurora, je me retrouve avec la poitrine mouillée. Au début cela m'a semblé affreux, presque monstrueux. Et puis, je n'avais pas allaité ma fille depuis des années, comment cela était-il possible ? Mais ensuite on m'a expliqué que c'est naturel, qu'il s'agit d'un résidu d'instinct maternel commun à toutes les femmes qui perdent un enfant jeune. C'est comme si le corps sentait encore l'exigence de subvenir au besoin vital de sa progéniture. Mais moi, je crois qu'il existe une autre explication. J'ai repensé à mon séjour à la maternité, à Aurora qui m'a forcée à l'allaiter et au lien que cela a créé entre nous. Alors maintenant, chaque fois que je rêve d'elle et que je me réveille mouillée, pour moi c'est comme une sorte de connexion avec l'au-delà. Et c'est vraiment ma petite fille qui, dans mon sommeil, me demande de la nourrir parce qu'elle a encore besoin de moi… Je suis certaine que dans ces moments-là Aurora est proche, *très proche.*

Adone semblait troublé par cette histoire.

Serena, elle, avait retrouvé un peu de tranquillité. Elle sourit. Mais ensuite, son expression s'assombrit de nouveau.

— Le problème, c'est que depuis quelque temps je ne me souviens pas de mes rêves avec Aurora. Malgré mes vêtements mouillés au réveil. Et je déteste cela. Je me déteste.

Le silence qui suivit sembla fait de cristal. N'importe quel son, même le plus petit bruit, risquait de le faire éclater. Mais là, il était parfait.

C'est alors que, sans s'en apercevoir, Serena se retrouva au contact des lèvres d'Adone. Elle n'aurait pas su déterminer qui avait pris l'initiative, mais c'était arrivé. Elle ferma les yeux.

Après ce long baiser, elle lui prit les mains et lui retira ses gants. Il ne voulait pas, mais elle l'obligea à lui caresser le visage. Puis ils s'aidèrent mutuellement à se déshabiller et ils se dirigèrent ensemble vers le lit placé à côté de la cheminée éteinte.

Ils firent l'amour sans se dire un mot. Adone se mit sur elle et Serena oublia sa douleur aux côtes parce que lui, en voyant la bande qui lui enserrait les hanches, fit très attention à ne pas lui faire mal. Elle n'aurait jamais imaginé que le pyromane était un amant doux. Il lui embrassait le cou, caressait ses cheveux avec ses doigts, cherchait constamment son regard. Comme si, avec toutes ces attentions, il voulait en un sens la guérir. Ils savaient tous deux que c'était impossible, que certaines douleurs ne passent jamais. Mais Serena était heureuse qu'il essaie.

Alors qu'ils approchaient du point culminant du plaisir, il sortit d'elle, poussa un gémissement étranglé et éjacula sur la couverture. Serena comprit qu'Adone voulait que chaque chose qui le concernait finisse avec lui. Il n'aurait jamais accepté l'idée d'un enfant. Pas après ce qu'il avait fait. Serena était d'accord. Elle l'attira de nouveau à elle, mais uniquement pour le serrer dans ses bras. Il posa sa tête sur son ventre.

Rassasiés l'un de l'autre, enlacés, ils sombrèrent dans un sommeil sans rêves.

6

Le lendemain, à l'aube, Serena se dégagea de l'étreinte d'Adone et quitta le lit en prenant soin de ne pas le réveiller. Elle ramassa ses vêtements et s'approcha du chien noir. Elle n'avait jamais demandé à son maître comment il s'appelait, mais certaines relations affectives se passent de formalités. Elle caressa le museau de l'animal en espérant qu'il n'aboierait pas. Elle comptait sortir du chalet sans faire de bruit.

Cependant, quand elle se tourna une dernière fois vers le lit, Adone la regardait. Ils se dévisagèrent un moment, sans rien dire. Ils savaient tous les deux qu'ils ne se reverraient jamais.

Serena partit. Une fois dehors, elle marcha dans l'air frais du matin, elle monta dans son 4x4 et elle démarra.

Elle arriva à la résidence vers 8 heures. Les policiers avaient terminé les relevés depuis un bon moment.

Serena n'avait plus aucune raison de rester à Vion.

Elle troqua les vêtements qu'elle portait contre un jean, un t-shirt et un sweat-shirt foncé à capuche. Elle fourra le reste de ses affaires dans son sac à dos avec son téléphone portable. Elle était un peu sonnée par l'abstinence d'alcool et de médicaments, mais elle réagissait étrangement bien.

L'idée de boire un *teddy-bear* lui donnait la nausée. Avant de refermer derrière elle la porte de la tanière qui l'avait accueillie pendant des semaines, elle salua d'une grande tape le réfrigérateur qui ronflait comme à son habitude.

En marchant dans le parking désert de la résidence, elle sortit son smartphone pour passer un appel. Après deux sonneries, une voix endormie répondit. Serena se présenta.

— Bonjour, dit l'homme à l'autre bout du fil.

Ils ne s'étaient vus qu'une fois, mais l'autre l'avait reconnue immédiatement. Tant mieux, pensa Serena. Cela serait plus simple ainsi.

— Il y a un an, votre mari et vous avez adopté mon chat.

— Pepe, indiqua celui-ci pour confirmer.

— Gaspare, le corrigea Serena. Surnommé Gas.

Elle détestait cet animal, mais pas autant que l'idée que son nom ait été changé.

— Que se passe-t-il ?

— Je voudrais le reprendre.

Un long silence suivit.

— Qu'est-ce que vous avez dit ?

— Je serai à Milan vers midi, je passerai le chercher chez vous, merci.

— Vous ne pouvez pas faire cela !

— Bien sûr que je peux : les certificats de vaccination sont à mon nom et vous ne l'avez pas acheté. Je pourrais affirmer que je vous ai demandé de vous en occuper pendant mon absence, et je suis prête à payer pour ce service.

L'homme allait protester, mais Serena fut plus rapide.

— 5 000 euros, cela vous convient ?

Silence.

— Je vous donne mon adresse.

Quelques minutes plus tard, au volant de sa voiture, Serena quittait la vallée de Vion.

Elle ressentait une paix intérieure nouvelle.

Une sorte d'armistice avec la douleur.

Elle ne savait pas combien de temps allait durer cette sensation, mais elle savait qu'elle ne serait pas éternelle. On ne se débarrasse pas si facilement de ses propres démons. Elle était consciente qu'il y aurait d'autres batailles. Mais l'idée qu'il puisse exister des moments de trêve était réconfortante.

Elle ignorait totalement à quoi ressemblerait sa vie à partir du lendemain. Pour le moment, elle souhaitait juste rentrer à Milan et essayer de se faire accepter par ce chat qui la détestait. Et dans le fond, depuis sa rencontre avec Adone Sterli, l'avenir était redevenu un mystère fascinant.

Elle était amoureuse du pyromane. Elle en était certaine. De même qu'elle avait la conviction qu'ils ne pouvaient pas être ensemble. Cela aurait dû la rendre malheureuse, mais Vion lui avait donné une leçon importante.

Serena avait appris à se résigner.

Elle imaginait qu'avec le temps, l'esprit d'Aurora trouverait sa place dans une terre du milieu, entre le monde des vivants et celui des souvenirs. La tristesse se transformerait en nostalgie. Et qu'elle continuerait d'apercevoir sa fille là où les autres ne pouvaient la voir avec sa montagne de boucles blondes, planant grâce à ses ailes de fée papillon.

Avant de quitter la vallée, Serena vérifia le niveau du carburant. Le réservoir était à moitié plein, mais tôt ou tard il lui faudrait s'arrêter à une station-service, sinon elle ne pourrait pas atteindre Milan. Apercevant un panneau indiquant une pompe à essence, elle décida d'anticiper la halte.

Elle s'arrêta sur des graviers, sous un auvent rouillé. L'établissement semblait abandonné mais elle descendit tout de même de sa voiture.

Elle chercha d'abord un employé, mais la pompe était en libre-service.

L'appareil où l'on payait l'essence semblait fonctionner, mais ce modèle obsolète n'acceptait pas la carte de crédit et recrachait systématiquement les billets que Serena essayait d'insérer.

Après plusieurs tentatives, elle parvint à créditer 50 francs. Alors elle sortit le distributeur de la pompe diesel, l'inséra dans le réservoir de sa voiture et l'actionna. Les chiffres du compteur se mirent à tourner avec une lenteur exaspérante.

En attendant la fin de l'opération, Serena regarda autour d'elle. Elle était au milieu de nulle part. Les seuls bruits étaient ceux du carburant qui coulait dans le réservoir et le vent qui secouait les cimes des arbres.

De temps à autre, de la neige chutait d'une branche et tombait par terre tel du verre.

Le dégel annonçait le printemps. Bientôt, la vallée verdirait. Mais pour le moment le paysage était une alternance d'espaces blancs et de taches marron.

Soudain, Serena eut le vertige et elle frissonna.

Par réaction, elle se pencha en portant les mains à sa poitrine.

La sensation dura moins de trois secondes, puis Serena baissa les yeux et sentit son t-shirt mouillé sous son sweat. C'était la première fois que cela lui arrivait éveillée. Elle en fut surprise. Généralement, Aurora sortait du royaume des morts pour venir à elle à travers les rêves. Serena se demanda pourquoi cela lui arrivait précisément à ce moment.

C'était comme si quelque chose voulait la retenir à Vion.

Troublée par cette pensée, elle leva les yeux au ciel, adressant une sorte de prière à l'invisible. *Je suis un lombric.*

Donc tu es aussi forte que moi. Mais maintenant, tu dois me laisser partir.

Elle remonta la fermeture de son sweat-shirt à capuche pour couvrir son t-shirt mouillé. Elle n'avait pas fini de remplir son réservoir, néanmoins elle retira le pistolet du diesel de son réservoir et le replaça sur la pompe. Puis elle remonta dans son 4x4.

Elle démarra et s'éloigna de la station-service.

Une rafale de vent souleva un nuage de poussière sur les graviers, puis le vent s'engouffra dans le feuillage d'un arbre qui se trouvait à une dizaine de mètres de l'auvent. Ceci fit tomber un peu de la neige accumulée pendant l'hiver, découvrant une étrange installation sur une branche.

Deux ailes en tulle bleu, en loques, tenues par une structure en fil de fer. Elles étaient attachées à un morceau de ficelle, comme si quelqu'un les avait transformées en cerf-volant. À l'autre bout de la ficelle était nouée une mèche de cheveux blonds.

Le village magique de Noiv

1

— Le premier jour, c'est normal d'avoir un peu de nostalgie, lui expliqua Walter le chauffeur en l'observant dans le rétroviseur de sa voiture. Mais je suis certain que tu vas bien t'amuser.

C'était ce que tout le monde lui disait. Et Aurora ne comprenait pas comment ils pouvaient le savoir.

Comme toujours, Walter avait installé un plateau à côté de son siège avec une petite bouteille d'eau, des bonbons aux fruits, du gel hydroalcoolique et des lingettes rafraîchissantes à la lavande. Il lui avait chargé deux ou trois films à regarder sur la petite télé qui apparaissait devant elle quand elle pressait un bouton, mais pour le moment Aurora n'avait pas envie d'en profiter.

C'était un beau dimanche d'hiver, ils se dirigeaient vers un village de montagne appelé Vion.

Walter était gentil. Sa mère faisait toujours appel à lui quand elles devaient aller à l'aéroport. Il venait aussi les chercher quand elles rentraient en avion de quelque part.

Aurora était contente de le voir et désormais il connaissait bien ses goûts. Par exemple, il savait qu'elle n'aimait pas les bonbons au citron, alors il lui proposait uniquement ceux à la fraise et à l'orange, ses parfums préférés.

Aurora connaissait beaucoup de choses de lui, elle aussi. Il portait toujours une veste bleue et une cravate, il mettait de l'après-rasage. Il avait deux enfants, un garçon et une fille, qui étaient grands et allaient à l'université. Il allait au stade pour soutenir son équipe préférée, l'Inter. Parfois en voiture il aimait écouter une chanteuse avec une voix magnifique, qu'on ne voyait plus depuis des années et qui s'appelait Mina, comme sa femme, dont il était amoureux depuis qu'il était jeune.

Une des questions préférées de Walter le chauffeur était : « Tu sais qui est monté dans cette voiture il y a quelques jours ? » Puis il lui donnait des indices pour qu'elle devine. Il s'agissait généralement de VIP ou de stars de la télévision. Aurora ne connaissait que les Youtubers, mais Walter n'en avait encore jamais conduit aucun nulle part.

Depuis quelques mois, Aurora fréquentait une école anglaise. Quand il pleuvait, Walter l'accompagnait jusqu'à l'entrée et venait la chercher à la sortie. Parfois il l'emmenait aux fêtes d'anniversaire de ses amies, puis il attendait dehors jusqu'à ce que cela se termine.

Avec Mary la baby-sitter, Admeta la femme de ménage, Porzia la cuisinière, Armando le concierge et Fabrizio l'assistant de sa mère, Walter le chauffeur composait une sorte de tribu qui entourait Aurora depuis son plus jeune âge.

Et comme sa mère ne lui avait jamais présenté aucun parent, ni mentionné aucun grand-parent, oncle, tante ou cousin, elle considérait cette tribu comme sa famille. Et même si elle savait bien qu'ils étaient tous mariés et avaient des enfants et des proches, pour elle c'était comme si ces liens n'existaient pas, parce qu'elle n'avait jamais vu ces gens. Et elle n'imaginait pas non plus que, dans un classement affectif, ces inconnus étaient mieux placés qu'elle. Elle ignorait que sa mère payait ces gens pour s'occuper d'elles. Aurora pensait qu'ils étaient gentils avec elle uniquement parce qu'ils l'aimaient bien.

Elle avait six ans et c'était la première fois que Serena la confiait à Walter pour un aussi long voyage. Pour Aurora, il représentait une sorte d'oncle. En y réfléchissant, elle aurait aimé l'appeler tonton, mais elle était trop timide pour oser le faire. La proposition aurait dû venir de lui. Elle espérait sincèrement qu'elle arriverait, un jour ou l'autre.

Le voyage en voiture sans Serena n'était pas la seule nouveauté. C'était aussi la première fois qu'Aurora dormirait seule, loin de chez elle. En plus, elle allait partager cette expérience avec des filles qu'elle ne connaissait pas.

Et si ses camarades ne l'aimaient pas ?

Elle avait trouvé un Youtuber qui proposait des techniques pour se faire de nouveaux amis. Selon sa théorie, la meilleure façon de conquérir quelqu'un était de le faire rire. Alors Aurora avait décidé de raconter des histoires drôles. Après une rapide recherche en ligne, elle en avait trouvé, qu'elle avait mémorisées. Elle s'était même exercée à les raconter devant un miroir. Elle n'en comprenait pas toujours le sens, comme celle du prêtre ou celle du chasseur de lions. Mais sur le site on garantissait des fous rires, alors elle les avait toutes apprises, même celles qu'elle ne comprenait pas.

Bien que dans le secret de sa chambre elle eût l'impression que cela fonctionnait, devant un public cela promettait d'être une autre paire de manches. En plus de se forcer à ne pas rougir, elle allait devoir dépasser sa timidité.

Peut-être que cette fois ses « cheveux de clown » lui seraient utiles. L'expression était d'une de ses camarades de classe. Sa cascade de boucles blondes constituait sa fierté, mais aussi le désespoir de sa mère, qui n'arrivait pas à trouver un professionnel capable de la coiffer. Néanmoins, pour le reste du monde, ses cheveux inspiraient une immédiate sympathie.

Un autre point critique de ses vacances à la montagne était qu'elle aurait une chambre rien qu'à elle. Elle aurait préféré avoir de la compagnie mais, dans le chalet luxueux où elle se rendait, chaque jeune hôte disposait de sa propre suite.

Aurora s'endormait généralement avec Gas. Son chat allait terriblement lui manquer. Il ne s'entendait pas du tout avec Serena et elle craignait qu'en son absence leur relation ne se détériore.

Enfin, il y avait le problème du ski. Aurora n'en avait jamais fait, elle craignait de ne pas y arriver et de faire mauvaise figure. Quand elle y pensait, son cœur battait plus vite et ses mains devenaient moites.

Elle ne comprenait vraiment pas pourquoi on lui avait imposé ce séjour en Suisse.

— Tu vas bien t'amuser, avait décrété Serena quinze jours plus tôt, pendant qu'elles prenaient leur petit déjeuner à la grande table de la cuisine.

Sa mère détestait la neige, pourquoi aurait-elle dû l'aimer, elle ? Cela ressemblait à une sorte de punition.

Mais il était impossible de parler de ce genre de choses à la maison. Avec Serena, il était interdit de se plaindre. De même qu'on n'avait pas le droit de se montrer trop sentimental.

La veille de son départ, Aurora aurait voulu se glisser dans le grand lit de sa mère pour avoir des câlins. Mais elle s'était retenue, parce que les gestes d'affection étaient rares, entre elles. Aurora se souvenait de quelques-uns, toujours maladroits, stériles et fugaces qui lui avaient donné l'impression d'être compressée, plutôt qu'embrassée. Sa mère se contentait généralement de baisers à peine effleurés sur le front ou de rapides « joue contre joue ».

Pour emporter avec elle une illusion de contact, juste avant que Walter ne vienne la chercher pour l'emmener en

Suisse, Aurora s'était introduite dans la chambre de Serena avec une écharpe rouge, qu'elle avait aspergée en cachette de Baccarat Rouge 540, le parfum de sa mère. Puis elle avait caché le vêtement au fond de sa valise, bien décidée à le serrer contre elle pour s'endormir, les sept nuits qu'elle allait devoir passer seule dans sa suite à Vion.

— Voici le chalet, annonça Walter.

Ils venaient d'entrer dans un village qui évoquait un conte de fées.

Aurora se pencha et aperçut une magnifique maison à trois étages toute en bois, avec un toit en pente et des finitions rouges. La lumière du jour était dorée et tout autour la neige était d'un blanc éclatant.

Tu vas bien t'amuser.

Maman a peut-être raison, pensa Aurora en regardant les fenêtres du dernier étage.

2

Les onze autres fillettes avaient déjà passé du temps loin de chez elles.

Aurora avait fait cette amère découverte à son arrivée. Et l'excuse de l'âge ne tenait pas : deux autres filles avaient respectivement treize et dix-huit jours de moins qu'elle.

Ses camarades venaient de Milan et Serena lui avait assuré qu'elles ne se connaissaient pas entre elles. En réalité, elles avaient déjà séjourné au chalet l'année précédente. Aurora avait donc dû assister à des embrassades festives. Pendant leurs retrouvailles, les fillettes évoquaient leur passé commun.

Au dîner, Aurora resta à l'écart, et de même pendant les jeux du soir. Elle avait tenté quelques approches, mais ses tentatives avaient échoué car elle était malgré elle la pièce rapportée du groupe.

Au moins, les monitrices avaient l'air plutôt agréables. Sa préférée était Luise, qui se montrait très affectueuse. Puis venait Flora, qui était rigolote. En revanche, elle trouvait Berta trop sérieuse et détachée.

Au moment du coucher, Aurora se sentait découragée. Dans sa chambre sous les toits, elle avait laissé libre cours à son vague à l'âme. Gas lui manquait, et sa mère aussi. Serena l'avait appelée avant le dîner pour savoir comment elle allait. Quand on la lui avait passée, Aurora avait raconté toutes ses premières impressions. Mais comme elle était trop lâche pour avouer ce qu'il en était réellement, elle avait essayé de faire comprendre à sa mère son véritable état d'âme à demi-mot, en espérant que Serena trouve une solution. Elle aurait aimé l'entendre dire que Walter reviendrait le lendemain pour la ramener à la maison. Mais sa mère lui avait posé quelques vagues questions et avait accepté des réponses banales, sans saisir sa détresse.

Dans son lit, Aurora ne pouvait plus se retenir. À l'idée de passer une semaine entière dans cet endroit, elle avait plongé la tête dans son oreiller pour pleurer toutes les larmes de son corps, puis elle avait eu du mal à s'endormir.

Sa première nuit fut agitée et entrecoupée de nombreux réveils. Le lendemain matin, au petit déjeuner, elle était épuisée. Pourtant, pour se donner du courage, elle s'était dit que skier en groupe contribuerait à améliorer les choses. Le sport favorise les relations entre les personnes, sa mère le lui répétait souvent.

Dans son cas, cela avait empiré la situation, qui avait viré au cauchemar.

En effet, après avoir pris le téléphérique pour monter en haut des pistes, Aurora avait appris que, contrairement à elle, ses camarades étaient des skieuses accomplies. Et comme elle avait besoin d'apprendre les rudiments, elle allait être confiée à une enseignante pour des cours particuliers.

Aurora avait bien conscience que cela allait l'isoler encore plus des autres, alors elle avait décidé de faire de son mieux pour rattraper le niveau au plus vite, afin de rejoindre le groupe.

Mais elle avait passé toute la matinée à tomber sur les fesses.

Après avoir tenté inutilement pendant deux longues heures de lui faire garder l'équilibre, la monitrice de ski avait baissé les bras. Elle lui avait annoncé avec un sourire que cela suffisait pour aujourd'hui, puis elle l'avait envoyée au refuge poser ses skis et ses chaussures.

Aurora s'était retrouvée dans les vestiaires, seule et découragée. On lui avait dit d'attendre que les autres terminent, afin de rentrer ensemble au chalet. Ce qui signifiait passer une heure dans cet endroit. Toute la matinée, alors qu'elle s'essayait au parcours pour débutants, elle les avait vues descendre la grande piste comme des flèches. Elle avait même dû entendre leurs cris de joie.

Elle était là depuis moins de vingt-quatre heures et elle détestait tout. Dire qu'il restait six jours entiers !

Après avoir retiré ses chaussures et les avoir lancées, avec ses gants et son casque, dans son armoire, elle enfila ses après-ski et courut se cacher dans les toilettes des filles.

En voyant son reflet dans le miroir au-dessus des lavabos, vêtue de cette combinaison de ski qui lui donnait l'air grosse et ridicule, elle éclata à nouveau en sanglots. Elle avait de la peine pour l'Aurora qu'elle voyait devant elle. Et plus elle la voyait pleurer, plus elle avait envie de pleurer. Mais cela produisait un effet grotesque : avec sa montagne de cheveux elle ressemblait à un clown triste, parfait pour déclencher l'hilarité des autres.

Alors elle alla s'enfermer dans un toilette, elle s'assit sur la cuvette et continua de se désespérer. Depuis son arrivée au chalet, elle avait perdu le compte des fois où elle s'était retrouvée dans cet état.

Il y avait une odeur dérangeante de produit pour nettoyer le sol. Ses sanglots résonnaient contre le carrelage blanc, en même temps que l'égouttement d'une chasse d'eau cassée. Sa seule consolation était que personne ne pouvait la voir ni l'entendre. Du moins, c'était ce qu'elle imaginait. En réalité, elle n'avait pas vérifié.

C'est impossible, se dit-elle.

Soudain saisie de panique, elle sécha ses larmes avec sa manche et se leva pour contrôler qu'elle était vraiment seule. Elle entrouvrit la porte et passa la tête pour regarder.

Il y avait trois autres toilettes à côté du sien : deux à droite, qui étaient vides. Et un à gauche, qui était fermé. Sur la porte était affichée une pancarte HORS SERVICE. C'était de là que provenait le bruit de la chasse d'eau cassée.

Toutefois, Aurora remarqua une ombre sous la porte. Une présence. Une silhouette immobile.

Elle attendit un mouvement, mais pendant de longues secondes il ne se passa rien. Alors elle considéra que ce ne pouvait pas être quelqu'un. Peut-être était-ce une simple impression ? Il n'y avait personne dans ces toilettes, mais elle se sentait tout de même mal à l'aise.

Bien que refusant d'accorder le moindre crédit à cette peur stupide, elle préféra retourner dans les vestiaires. Elle allait mettre son écharpe et son manteau et sortir attendre le retour de ses camarades. Mais une fois de retour devant son armoire ouverte, elle vit quelque chose qu'elle n'avait pas remarqué auparavant.

Sur une des étagères, il y avait un sachet en papier. Blanc et anonyme, soigneusement fermé.

Aurora le saisit en se demandant ce qu'il contenait. Il était léger. Elle le secoua et au bruit, elle eut l'impression qu'il contenait un grand nombre de petits objets.

Elle s'assit sur un des bancs placé au centre de la pièce. Elle ouvrit le sachet et une odeur sucrée flatta ses narines.

Il contenait des pièces en chocolat. Elle en sortit une pour l'examiner. L'effigie d'un gnome était imprimée sur le papier doré. Et tout autour, des lettres formaient l'inscription : VALEUR NOMINALE : 1 FOLLET.

Ce dernier mot lui arracha un sourire, mais ne suffit pas à chasser sa tristesse. Malgré tout l'odeur était invitante et elle décida d'ouvrir la pièce pour la manger. En se régalant, elle se demanda qui avait pu lui offrir ce cadeau.

Quelqu'un a dû se tromper, se dit-elle. Ses camarades avaient peut-être reçu un sachet identique, elles aussi.

Au moment où elle allait déballer une deuxième pièce, la porte du vestiaire s'ouvrit et les autres filles firent irruption. Bruyantes et joyeuses après leur matinée de neige, elles passèrent à côté d'elle en l'ignorant. Aurora resta là où elle était, son sachet à la main, découragée.

Mais ensuite, quelqu'un lui posa une main sur l'épaule. Elle se retourna.

— *Can I have one?* demanda sa camarade en indiquant les pièces dorées.

Aurora lui tendit le sachet pour qu'elle se serve. La fillette déballa le chocolat et le glissa dans sa bouche.

— *My name is Aurélie.*

— *I'm Aurora.*

— *We almost have the same name*, remarqua l'autre avec un sourire chocolaté.

C'était vrai, leurs prénoms se ressemblaient.

Juste après, une autre fillette approcha et se présenta à son tour. Comme elle fixait le sachet, Aurora lui offrit une pièce.

Peu après, les autres se joignirent à elle. Et en échange d'un Follet en chocolat, chacune lui dit son prénom. En quelques minutes, Aurora était devenue populaire. On lui posait mille questions, d'où elle venait, ce qu'elle aimait faire. Très vite, elle fut impliquée dans les conversations et dans le programme du reste de la journée. Sa tristesse fut balayée et sa mélancolie s'évapora : Aurora n'était plus une étrangère pour elles, et réciproquement.

Soudain, elle n'avait plus envie de partir.

Pour en arriver là, il avait suffi d'un sachet de chocolats. Il était vide mais chacune avait reçu sa pièce à l'effigie du gnome. Aurora fut soulagée de n'en avoir mangé qu'une seule.

Mais ensuite, elle réfléchit à un détail.

Les Follets du sachet étaient au nombre de douze, comme elle et ses camarades. Quelque chose lui disait que ce nombre n'était pas dû au hasard.

3

L'impression que quelqu'un avait enfin senti son mal-être, et donc avait voulu l'aider à se faire des amies, se renforça le lendemain quand Aurora trouva dans son armoire un sachet en papier blanc contenant des petits pains d'épices en forme de chapeau de gnome.

Cette fois encore, elle en mangea un seul et distribua les autres à ses nouvelles amies qui rentraient du ski.

Le rituel se répéta le lendemain avec des biscuits au miel et à la cannelle, en forme de sapin.

Jusque-là, ses camarades ne lui avaient pas demandé où elle se procurait ces douceurs. Elles s'étaient contentées de les accepter et elle s'en était attribué le mérite. Aurora aurait peut-être dû en parler aux monitrices, mais elle jugeait qu'il n'y avait rien de mal dans cette histoire.

Pourtant, saisie d'un doute, dès le lendemain elle décida de vérifier son soupçon.

Comme toujours, après son cours particulier de ski, elle retourna dans les vestiaires. Elle était seule et elle trouva un sachet en papier sur une étagère de son armoire.

Il contenait douze meringues parfaites, toutes identiques et très appétissantes. Mais au lieu de manger immédiatement la sienne, Aurora considéra qu'elle avait quelque chose de plus important à faire.

Elle se rendit dans les toilettes des filles et y entra sur la pointe des pieds. Il n'y avait personne. Dans le silence, on n'entendait que l'égouttement de la chasse d'eau cassée. Le panneau HORS SERVICE était toujours sur la porte.

Aurora se pencha pour regarder par-dessous. Elle s'attendait à revoir l'ombre immobile qu'elle avait aperçue quand elle était venue se réfugier là pour pleurer.

Mais elle avait disparu.

La fillette se redressa et recula d'un pas, déconcertée. Puis elle vérifia à nouveau : on ne voyait rien. Elle se demanda si elle avait imaginé cette ombre, la première fois. Et le fait qu'elle n'y était plus était la preuve que trois jours plus tôt il y avait bien quelqu'un derrière cette porte.

Une présence.

Chaque jour qui suivit, Aurora alla vérifier si les toilettes hors service avaient été réparées.

Bien sûr, c'était surtout un prétexte pour lorgner à nouveau sous la porte. Mais la chasse d'eau restait cassée. Et il n'y avait aucune ombre à l'intérieur.

En revanche, dans son armoire elle trouva des pommes caramélisées, des bâtons de réglisse et des bonbons à la praline.

Au milieu du séjour, la fillette avait gagné la sympathie des autres, notamment grâce aux douceurs. Bien qu'elle n'ait pas encore appris à skier aussi bien qu'elles, elles s'étaient amusées à faire de la luge ensemble. Elles passaient leurs après-midi à patiner ou jouer au Monopoly, au Pictionary ou à Docteur Maboul. Puis venait le rituel du soir, une tasse de chocolat chaud siroté devant la grande cheminée du chalet.

Grâce à ces activités en extérieur, Aurora avait pris des couleurs hâlées. Le temps passait trop vite, elle n'avait plus envie que ces vacances se terminent. Elle s'était même lancée dans le récit de quelques histoires drôles, qui avaient fait hurler de rire ses nouvelles amies. Flora et Luise semblaient également avoir apprécié. Berta leur avait interdit de répéter la blague du prêtre et celle du chasseur de lions.

Bref, tout se passait au mieux et, même si Serena n'appelait pas aussi souvent que les autres mères, Aurora se réjouissait à l'idée de tout lui raconter à son retour à Milan.

Le vendredi, elle avait trouvé dans l'armoire du vestiaire un sachet contenant douze cupcakes à l'anis. Mais cette fois, il y avait aussi un vieux livre de contes : *Le village magique de Noiv*.

Ce soir-là, avant de s'endormir, Aurora feuilleta les pages ornées de magnifiques illustrations. Elles racontaient l'histoire des habitants d'un village caché dans une forêt des Alpes. Il était habité de gnomes aux noms étranges comme Ortofin, Esil, Mallik, Balamel, Inoch ou Sinluk.

Cependant, ce qui frappa le plus l'imagination de la fillette furent les histoires de deux frères, Hasli et Malassér.

Le premier était un gnome bon et généreux, qui préparait de délicieux gâteaux et les offrait aux autres gnomes en échange de leur amitié. L'histoire de Hasli lui rappela ce qu'elle avait vécu pendant la semaine.

Malheureusement, les efforts du pâtissier prodige pour se faire apprécier étaient souvent anéantis par son frère espiègle. Malassér orchestrait des blagues cruelles, aussi les autres gnomes ne le supportaient pas et avaient fini par le chasser du village de Noiv.

Hasli le regrettait beaucoup, mais il n'avait pu l'empêcher. Depuis, il errait parfois dans la forêt à la recherche de son frère. Comme il ne le trouvait jamais, il lui laissait des gâteaux un peu partout, sur un rocher ou dans le tronc creux d'un arbre.

Hasli espérait que Malassér se rachète et soit de nouveau admis au village de Noiv. Mais il avait aussi entendu dire que son frère avait enfreint la première règle de la loi des gnomes, qui était de ne jamais se montrer aux humains. En réalité, Malassér ne se faisait pas voir, mais il s'amusait à entrer dans les maisons et à les mettre sens dessus dessous.

Souvent, il déclenchait des incendies.

Le lendemain était le dernier jour du camp. Au petit-déjeuner, les monitrices avaient annoncé aux enfants que le soir même aurait lieu la fête des fées papillons.

Aurora ignorait de quoi il s'agissait, mais ses camarades lui avaient expliqué que c'était une tradition et lui avaient assuré que ce serait un moment magnifique.

Après les cours de ski, les jeunes pensionnaires seraient divisées en deux groupes. Le premier décorerait la salle de la cheminée avec Luise. Le second irait en cuisine avec Berta préparer un petit buffet.

Flora leur apprendrait à confectionner les ailes qu'elles porteraient pour la soirée, en tulle bleu et fil de fer. Et elles auraient toutes des fils argentés dans les cheveux.

Très excitée, Aurora avait hâte d'arborer son costume.

Ce matin-là, le cours particulier fut moins pénible que les autres jours. La fillette avait déjà décidé de demander à sa mère de revenir l'année suivante, et elle espérait pouvoir skier avec ses camarades.

En se dirigeant vers les vestiaires pour la dernière fois, elle pria pour que ce jour-là ses amies finissent plus tôt que d'habitude : elle voulait rentrer avec elles au chalet pour commencer les préparatifs de la fête.

Elle se dirigea vers son armoire pour ranger ses skis, mais n'y trouva aucun sachet.

Elle se demanda pourquoi et fut saisie d'un doute atroce : si elle avait fait quelque chose de mal et ne méritait donc pas de douceurs ? Elle repensa aux vingt-quatre dernières heures en cherchant un événement dont elle aurait été coupable, mais ne trouva rien.

Déçue et contrariée, elle alla vérifier dans les toilettes, convaincue qu'il n'y aurait personne dans celui qui était cassé, cette fois encore.

Mais à peine eut-elle franchi le seuil qu'elle s'arrêta net : contrairement à ses attentes, l'ombre sous la porte était revenue.

4

Aurora ne s'enfuit pas. Elle resta immobile, silencieuse. L'ombre ne bougeait pas non plus.

Puis elle trouva le courage de parler.

— C'est toi qui me laisses des gâteaux tous les jours, pas vrai ?

Pas de réponse.

— Je sais que c'est toi, répéta-t-elle pour pousser l'ombre à se dévoiler. Et je te remercie.

L'ombre bougea sous la porte.

Malgré sa peur, Aurora sourit. Elle avait obtenu ce qu'elle voulait.

— J'ai lu tout le livre sur le village magique de Noiv… Mais à l'envers c'est Vion…

Quelques secondes passèrent. Puis une petite voix aiguë s'éleva de derrière la porte des toilettes cassées.

— Tu es très intelligente.

Aurora ne s'y attendait pas.

— Qui es-tu ?

— Je m'appelle Hasli.

Aurora repensa au personnage du conte.

C'est impossible, pensa-t-elle.

— Tu te moques de moi !

Elle n'aimait pas être prise pour une idiote.

— Je ne ferais jamais une chose pareille, assura l'autre. Je ne suis pas mon frère Malassér, qui se paie la tête des humains. Moi, je suis gentil.

— Les gnomes n'existent pas.

Elle n'avait jamais cru au père Noël, même si elle faisait semblant pour ne pas décevoir sa mère qui s'efforçait maladroitement de lui faire croire qu'un vieux gros et barbu lui apportait des cadeaux.

— Je peux te fournir une preuve, assura le présumé Hasli. Entre et vérifie par toi-même.

Aurora réfléchit. Quelque chose ne collait pas.

— Je n'entrerai pas là-dedans.

— Ne me dis pas que tu as peur. Je t'ai offert une montagne de douceurs pour que tu te fasses de nouvelles amies, je mérite bien un peu de confiance, non ?

La fillette dut admettre qu'il avait raison.

— Je t'ai vue le premier jour, poursuivit l'ombre derrière la porte. Et j'ai tout de suite remarqué combien tu étais triste.

Aurora ne voulait pas passer pour une ingrate, aussi elle décida d'accéder à la demande de l'inconnu qui affirmait être un gnome. Elle était convaincue qu'il s'agissait d'une personne en chair et en os, qui lui faisait une blague. Et elle était prête à jouer le rôle de l'idiote qui croit que les personnages des contes sont réels.

Elle avança prudemment vers la porte. Mais quand elle essaya de l'ouvrir, elle découvrit qu'elle était fermée de l'intérieur.

De l'autre côté, il y eut un petit rire.

Aurora se sentit ridiculisée et eut l'élan de rétorquer quelque chose de désagréable, mais elle se retint.

— Première loi des gnomes, dit-elle à la place. Vous ne pouvez pas vous faire voir des humains.

— Bravo, la félicita la voix. Tu mérites une surprise, qui laissera toutes tes camarades bouche bée.

— Demain, je rentre chez moi, affirma Aurora, convaincue qu'il s'agissait d'un autre sachet de sucreries.

— Alors je te l'apporterai cette nuit au chalet quand tout le monde dormira.

Aurora ne comprenait pas.

— Comment feras-tu ?

— Tu vas devoir m'aider : j'ai une mission spéciale pour toi.

Elle ne comprenait pas en quoi pouvait consister cette mission, mais elle était curieuse. Et puis, elle était flattée qu'on lui confie une tâche importante.

— Et tu m'offriras d'autres gâteaux ?

— Pas cette fois. Ce sera *beaucoup* mieux !

Aurora n'imaginait pas ce que pouvait être le cadeau. Toutefois, jusque-là elle n'avait jamais été déçue par les surprises qu'elle avait reçues.

— Que dois-je faire ?

— Je t'ai observée : jusqu'ici, tu as été très intelligente et maligne, tu n'as parlé à personne de mes cadeaux.

En vérité, elle avait tu leur provenance uniquement parce qu'elle voulait recevoir l'entièreté de la gratitude de ses camarades.

— Tu peux être tranquille : quoi que tu me demandes de faire, je garderai le secret. Je le promets.

— Bien, dit la voix, satisfaite. Maintenant, je vais tout t'expliquer…

5

Sa mission spéciale était plutôt simple.

Aurora y pensa pendant qu'elle fabriquait ses ailes de fée papillon avec ses camarades, guidée par Flora qui leur expliquait comment tirer la tulle bleu sur la structure en fil de fer. Il ne manquait qu'Aurélie : Berta venait de l'appeler car quelqu'un la demandait au téléphone. Mais elle revint très vite.

— *It's for you*, dit-elle à Aurora. *It's your mom.*

La monitrice confondait toujours leurs prénoms, désormais Aurélie et elles étaient habituées aux équivoques et en riaient. Aurora laissa son ouvrage pour se diriger vers l'appareil situé dans le couloir.

— Maman ? demanda-t-elle avec étonnement.

Elles s'étaient parlé la veille. Or pendant la semaine il n'était jamais arrivé que Serena appelle deux soirs de suite.

— Salut ! lança sa mère sur un ton joyeux.

Sachant Serena incapable de mentir, Aurora soupçonna immédiatement que ce ton insolite cachât quelque chose. Une de ses camarades de classe l'avait mise en garde contre l'euphorie des adultes : chaque fois que son poisson rouge mourait sa mère prenait un air jovial avant de lui annoncer la nouvelle.

— Il est arrivé quelque chose à Gas ? demanda-t-elle alors, paniquée.

— Il va très bien, la rassura Serena.

Aurora poussa un soupir de soulagement. Elle imaginait déjà la scène de l'enterrement de son chat dans les toilettes, comme les poissons rouges de son amie.

— Je parie que maintenant que la semaine touche à sa fin, tu adorerais rester quelques jours de plus !

— Demain, quand on partira, d'autres filles arriveront. Et puis, lundi j'ai école.

— Je disais ça comme ça. Bien sûr que tu dois rentrer à Milan. Et puis, lundi, tu as effectivement école.

— Alors on se voit demain soir, affirma l'enfant, s'interrogeant sur les raisons de cet appel.

— Demain soir, pizza ! annonça-t-elle pour récupérer un peu de considération.

— D'accord.

Pourquoi sa mère agissait-elle ainsi ? Que se passait-il ? Tout ceci était bien étrange. Puis elle se rappela que Serena avait un sixième sens. Et comme elle avait fait un pacte secret avec la petite voix derrière la porte des toilettes fermées, elle ne voulait pas se trahir. Elle devait se dépêcher de raccrocher avant que sa mère ne remarque quelque chose.

— Mais maintenant, je dois aller rejoindre les autres pour les préparatifs : ce soir c'est la fête des fées papillons.

— Ne t'en fais pas, va rejoindre tes amies. Je ferai une caresse à Gas de ta part.

— Essaie plutôt de penser à lui donner à manger, conclut la fillette.

Elles raccrochèrent. Cet échange résonna dans les oreilles d'Aurora. À la fin, le ton de sa mère avait changé : de toute évidence, elle essayait de masquer sa déception d'avoir été congédiée trop vite. La fillette se sentit coupable. Elle eut envie de la rappeler, mais elle n'en fit rien. Dans le passé, elle avait souvent mal interprété l'attitude de Serena. Et la règle entre elles était : « pas de mièvreries ». Toutefois, elle était convaincue que si la conversation avait duré, elle n'aurait pas résisté et aurait avoué ce qu'elle s'apprêtait à faire cette nuit-là.

C'était mieux ainsi : cela devait rester un secret.

Le reste de la soirée fut enchanteur, entre danses, bavardages et éclats de rire. Le buffet, composé de toasts et gâteaux préparés par les petits hôtes du chalet, était exquis. Et il y avait une montagne de pop-corn.

Parfois Aurora songeait à la surprise promise. Elle se demandait de quoi il s'agissait.

Elle n'était pas encore certaine que c'était réellement un gnome qui se cachait derrière la porte des toilettes cassées, mais elle était excitée à l'idée que bientôt ses doutes seraient levés.

Hasli lui avait expliqué ce qu'elle devait faire. La mission spéciale semblait assez élémentaire, aussi Aurora espérait ne pas commettre d'erreurs.

Vers 20 h 30, épuisées par cette longue journée et le ventre plein, les petites se mirent à bâiller. Peu après, Berta annonça la fin des festivités.

La musique fut éteinte et les filles se préparèrent pour la dernière nuit de leur séjour.

Elles se brossèrent les dents et comme chaque jour, une petite cloche fut remise à chacune, dans le cas où elles auraient besoin d'appeler une monitrice. Et aussi une gourde d'eau, si elles se réveillaient assoiffées.

Luise accompagna Aurora dans sa chambre pour la border. Elle refusa de se séparer de ses ailes de fée papillon et les enfila par-dessus sa chemise de nuit. Elle préférait dormir à plat ventre plutôt que les enlever. Une fois chez elle, elle n'en aurait plus l'occasion. Quand Luise éteignit la lumière et quitta sa chambre, la fillette regarda l'heure. Sa Swatch rose et verte à cadran phosphorescent indiquait 21 h 37.

Mais sa mission ne pouvait commencer qu'une fois tout le monde endormi.

Ses paupières étaient lourdes. Toutefois, si elle fermait les yeux un instant, elle craignait de s'endormir.

Elle n'était plus certaine de résister au sommeil.

Elle eut une idée. Sa mère lui avait dit un jour que quand les guerriers de la Rome antique devaient combattre à l'aube, avant d'aller se coucher ils buvaient une grande quantité d'eau. Ainsi leur vessie les contraignait à se lever avant le soleil. Alors Aurora attrapa la gourde posée sur sa table de nuit et la vida, convaincue que d'ici deux ou trois heures il lui faudrait se lever pour uriner. Puis elle posa la tête sur son oreiller, ferma les yeux et sourit à l'idée de ce qui l'attendait. Les instructions du gnome étaient claires. Pour accomplir sa mission spéciale, elle devait attendre minuit pour descendre.

Tout ce qu'elle avait à faire était ouvrir la porte du chalet.

L'éducation des papillons

1

Aurora ouvrit les yeux. Elle était debout, immobile au centre d'une mansarde. La lumière de l'aube filtrait à travers une lucarne ronde qui offrait une vue sur les montagnes.

Elle baissa les yeux vers ses pieds nus, posés sur une moquette douce, couleur vert prairie.

Puis elle regarda autour d'elle.

Le toit en pente était peint comme un ciel bleu constellé de petits nuages blancs. Il y avait un lit rose contre le mur, refait, avec dessus un joli édredon rouge. À la place de la table de nuit, un tabouret sur lequel était posé un petit crucifix planté sur une base d'albâtre. En guise d'armoire, une malle verte. Sur une étagère, une collection d'animaux fabriqués à partir d'écorces d'arbres. Deux autres, remplies de livres. Dans un coin, une lampe à l'abat-jour brodé de cerfs au port noble et au regard fier.

Dans la pièce, il y avait aussi beaucoup de jouets. Une cuisine en bois, équipée de poêles et casseroles. La réplique parfaite d'une machine à coudre miniature. Une toupie en bois à ficelle. Un cheval à roulettes. Une maison de poupées entièrement meublée. Une petite famille d'ours en peluche. Et une poupée assise sur une chaise à bascule, les cheveux si blonds qu'ils paraissaient blancs et deux yeux bleu clair qui la fixaient.

Aurora était assourdie, toutefois son premier constat fut très lucide : ceci n'était pas sa chambre.

Je ne suis jamais venue ici avant aujourd'hui, se dit-elle. *Ou alors si ?*

Sa tête était légère comme un ballon et elle se sentait chancelante. Elle avait envie de s'asseoir mais elle restait inexplicablement debout, ondoyante. Comme sous l'emprise d'une force invisible qui la secouait et la soutenait à la fois. Comme un culbuto, ces jouets qui ne tombent jamais, même quand on les pousse.

Comme si elle n'était pas complètement maîtresse d'elle-même.

Sur le mur de droite, il y avait un miroir de plain-pied. Elle se tourna et y vit son reflet. Petite, fragile, telle une enfant de six ans. Sa chevelure bouclée plus décoiffée que d'ordinaire. Elle portait la chemise de nuit avec laquelle elle s'était couchée dans son lit au chalet. Et elle avait toujours ses ailes de papillon sur le dos – le tulle était froissée et la structure en fil de fer avait perdu sa forme d'origine.

Mais qu'est-ce que je fais ici ?

Son dernier souvenir était une image. Son bras qui se tendait vers la porte donnant sur l'extérieur du chalet. Ses doigts qui saisissaient la poignée, appuyaient dessus. La porte qui s'ouvrait de quelques centimètres. Elle se rappelait aussi l'air frais qui s'était engouffré dans cette fente, le souffle glacial qui lui avait giflé le visage.

Depuis, c'était comme s'il manquait un morceau à sa vie.

Et elle ne ressentait rien. Il y avait un espace vide à l'intérieur d'elle, calme, d'un blanc immaculé.

Cela lui rappela ce qu'elle avait éprouvé quelque temps auparavant, en se réveillant d'une nuit de forte fièvre passée à combattre un ennemi invisible, entre délire et inquiétude. Le lendemain matin, tout était terminé. Son front et ses joues étaient à nouveau frais. Elle se sentait détendue. Et faible, bien sûr, mais convaincue que le pire était derrière elle, que le mal était parti. Son corps avait guéri.

Un état de quiétude et de bien-être inattendu. Aurora aurait voulu que cela ne s'arrête jamais.

Toutefois, malgré ses efforts pour la retenir, la sensation était déjà en train de s'estomper, laissant la place à une conscience nouvelle.

Elle se retourna pour regarder derrière elle. On accédait à la chambre sous les toits par une porte peinte en rouge, dotée d'une poignée en laiton qui était fermée.

Pour la première fois, elle se demandait si elle n'était pas prisonnière. Une angoisse montait en elle comme une marée noire. Partie de la plante des pieds, elle avait déjà atteint l'estomac. Aurora la sentait arriver et ne pouvait rien faire pour la contrer. Elle se sentit engloutie par un océan d'effroi. Enfin, elle parvint à bouger ses jambes et à se diriger vers la porte. La peur qu'elle soit fermée à clé freinait son instinct de fuite.

Mais elle fut arrêtée à quelques pas de son but : juste à ce moment-là, quelqu'un frappa à la porte.

Trois coups, lents et réguliers. Puis une brève pause. Puis trois autres, et ainsi de suite.

Aurora s'était réfugiée sous le lit rose. De là, elle fixait la porte à la poignée en laiton.

Qui que soit la personne de l'autre côté, elle insistait et semblait ne pas vouloir renoncer. Mais elle n'avait aucune intention de laisser entrer quiconque.

Sa mère lui disait toujours de ne pas ouvrir la porte aux inconnus.

Pourtant, Aurora n'avait pas écouté ce conseil quand il s'était agi d'ouvrir la porte du chalet à Hasli le gnome.

Elle n'allait pas commettre deux fois la même erreur. L'étranger pouvait frapper le plus violemment possible à la porte ou même faire irruption dans le grenier. Ce serait peut-être même mieux. Parce que cette façon de frapper l'inquiétait. Ces gentils coups cachaient un message.

Je ne suis pas pressé, je peux attendre.

Aurora repensa à la porte des toilettes cassées dans les vestiaires. Elle imagina entendre bientôt la voix disgracieuse de Hasli. Mais maintenant, elle n'était plus certaine que c'était lui. Jusque-là, elle avait pensé que le gentil gnome était derrière la porte. Mais peut-être était-ce Malassér, le méchant.

Les coups continuèrent pendant d'interminables minutes, puis cessèrent.

Aurora restait méfiante. Elle attendit encore un peu pour voir si l'étranger recommençait. Mais cela n'arriva pas.

Elle décida tout de même de ne pas sortir de sa cachette. Ses ailes toujours sur les épaules, épuisée d'angoisse, elle s'endormit sous le lit rose.

Toc. Toc. Toc.

Elle ouvrit grand les yeux et la terreur s'empara à nouveau d'elle.

Toc. Toc. Toc.

Rien n'avait changé. À part peut-être le fait que le jour avait disparu et que la pâleur de la lune avait envahi la mansarde, qui était ainsi devenue un parfait repère de fantômes.

Toc. Toc. Toc.

Sans trêve. Cette personne était tenace.

Aurora comprit qu'elle s'était fait pipi dessus. Elle n'aurait su dire si c'était à cause de la peur ou pendant qu'elle dormait. Elle éclata en sanglots. Elle ne voulait plus être là. Elle ne voulait plus avoir peur.

— Laisse-moi tranquille ! hurla-t-elle entre deux sanglots, en direction de la porte.

Soudain, sa demande fut entendue : on cessa de frapper.

Le souffle de la fillette se calma, bien qu'elle soit encore très tendue. Dans tous les cas, elle était décidée à rester sous le lit. C'est alors qu'elle sentit l'odeur. Un parfum invitant qui passa de ses narines à son ventre vide, qui se mit à gargouiller.

Aurora scruta l'obscurité et aperçut un plateau, posé par terre à quelques centimètres d'elle. Alors elle trouva le courage de sortir de sa cachette.

On lui avait apporté une assiette qui contenait des œufs brouillés, du jambon braisé et deux tranches de pain grillé. Avec un grand verre de lait. Et une coupelle de glace à la vanille garnie de fraises des bois. Une serviette, une fourchette et une cuiller. Et avec tout ceci, quelque chose qui n'avait rien à voir avec le reste.

Une barrette ornée d'un nœud en velours bleu. Aurora ne se demanda pas ce que cet objet faisait à cet endroit, mais plutôt comment le plateau était entré dans la chambre. Elle se tourna vers la porte fermée.

Pourquoi frapper, si l'étranger pouvait accéder librement à la mansarde ?

Tout était trop compliqué et elle était trop affamée pour y réfléchir. Elle se jeta sur la nourriture, avala les œufs et le jambon en deux temps trois mouvements. Elle but le lait jusqu'à la dernière gorgée et, en dernier, savoura lentement la glace. Ce faisant, elle s'interrogea sur la pince à cheveux restée sur le plateau.

Elle n'en portait jamais car sa crinière était indomptable. C'était sans doute une erreur, alors elle la laissa là où elle était.

En revanche, sa chemise de nuit baignée d'urine commençait à la déranger. Le tissu collait à ses jambes et sentait mauvais.

Ainsi, l'œil toujours rivé sur la porte, elle s'approcha de la malle verte, l'ouvrit et découvrit qu'elle était pleine de vêtements. Ils ne ressemblaient en rien à ceux qu'elle portait d'habitude. Il s'agissait pour la plupart de vieux pulls décolorés, de pantalons en futaine, de salopettes et de chemisettes à carreaux.

Toutefois, c'étaient des vêtements de petite fille.

Dans un coin de la malle, il y avait même des culottes. Elle se changea rapidement, et choisit un pull à losanges avec des pièces aux coudes et un pantalon en flanelle rouge foncé.

Elle constata avec étonnement que tout était à sa taille.

Elle avait retiré ses ailes de papillon pour se changer, mais ensuite elle les remit. Cela la rassurait, lui donnait l'impression d'être enlacée.

Quand elle eut terminé, elle retourna sous le lit, dans ce qui était devenu son refuge. Cette fois, elle emporta l'édredon et l'oreiller pour s'installer plus confortablement. Le ventre plein et vêtue d'habits propres, elle se posa enfin les questions qu'elle avait évitées jusque-là.

Quelle heure était-il ? On lui avait retiré la petite Swatch qu'elle portait toujours au poignet et elle avait perdu la notion du temps. Que s'était-il passé et que lui arrivait-il ? Sa première pensée fut qu'elle était là par sa faute et qu'elle devait être punie pour quelque chose. Pourquoi quelqu'un n'était-il pas venu la chercher ? C'était absurde.

Les questions se succédèrent dans sa tête. Et laissèrent la place à un vide. Toutefois, elle pouvait peut-être découvrir où elle se trouvait.

Aurora regarda la lucarne.

Elle se faufila hors de sa tanière improvisée mais constata que l'appui de la fenêtre était trop haut pour elle. Elle eut une idée : elle retira le crucifix du tabouret qui servait de table de nuit et l'emporta devant la lucarne. Elle monta dessus et tendit le cou le plus qu'elle put.

Rien à faire : elle était trop petite, elle ne voyait rien. Mais elle ne renonça pas pour autant. Elle regarda autour d'elle à la recherche de quelque chose à poser sur le tabouret afin de gagner en hauteur. Les livres sur l'étagère pouvaient fonctionner. Elle en prit trois et grimpa sur la pile.

Même ainsi, elle ne vit pas plus loin que le parapet extérieur.

Elle se dressa alors sur la pointe des pieds, mais elle perdit l'équilibre et s'écroula par terre. Malgré la moquette, sa chute fit un gros bruit sourd qui la surprit. Craignant d'avoir fait une bêtise, Aurora ignora la douleur et se tourna vers la porte en se mordant la lèvre de tension, dans l'attente.

Mais ce qu'elle redoutait arriva.

Toc. Toc. Toc.

Cette fois, en plus de la peur, elle sentit monter en elle un sentiment nouveau, imprévu. De la rage. Sa mère disait toujours que sa fille était capable de se transformer en un instant. Par exemple, de plaisante elle devenait intraitable.

Alors Aurora comprit qu'elle avait deux choix. Elle pouvait retourner se tapir sous le lit comme un animal effrayé. Ou bien elle pouvait utiliser sa colère pour aller ouvrir cette maudite porte rouge.

Elle opta pour la seconde alternative.

Juste après avoir tourné la poignée en laiton et ouvert grand le battant, elle fit un pas en arrière. Ne serait-ce que pour laisser ses yeux s'habituer à l'obscurité.

En effet, devant elle se dressait un mur de noir.

Et au milieu, la silhouette d'une personne.

Elle était intégralement vêtue de noir, y compris les chaussures. Et elle portait un passe-montagne sur la tête. Mais sans trou pour les yeux, le nez ou la bouche. Pourtant, l'inconnu parvenait tout de même à voir et respirer.

Il avança dans la pièce en même temps qu'Aurora continuait de reculer.

Voyant sa démarche, elle déduisit qu'il s'agissait d'un humain, mais elle ne pouvait pas en être certaine. N'importe quoi aurait pu se cacher sous ce masque. Bien sûr, il n'avait pas l'aspect d'un gnome. Mais qu'en savait-elle ? Elle n'en avait jamais vu, sinon dans les livres de contes.

Un détail la frappa : l'inconnu sans visage portait des gants en caoutchouc noirs et tenait un objet. En le voyant, Aurora fut terrifiée. Sans aucune raison, elle le savait. Mais à ce moment-là, cet instrument si ordinaire, qu'elle avait vu mille fois, lui inspirait une crainte comme jamais auparavant.

Une brosse à cheveux.

L'inconnu sans visage passa devant elle et s'assit par terre, face au miroir mural. Il lui tournait le dos, mais l'inclinaison de sa tête laissait penser qu'il l'observait dans la glace. Aurora était hésitante. Elle pressentait ce qu'il attendait d'elle, et cette fois elle se rendit compte qu'elle n'avait pas le choix. Alors elle alla s'asseoir entre lui et le miroir.

Elle ferma les yeux. Peu après, l'inconnu sans visage se mit à lui brosser les cheveux à la lueur de la lune.

Il faisait bien attention à ne pas froisser ses ailes en tulle bleu, toutefois il lui faisait mal. Elle n'était pas habituée. Quand sa mère essayait, chez elles, elle protestait parce que le peigne ou la brosse se coinçait entre ses boucles blondes. Cela virait généralement à la dispute et se terminait par l'abandon de Serena.

Cette fois, Aurora supporta le supplice en silence. À chaque mouvement de sa tête, une larme chaude coulait sur sa joue.

On n'entendait que le bruissement de la brosse. Puis Aurora fondit en larmes. Elle était incapable de se retenir. Alors, une chose très étrange se produisit : elle comprit qu'elle n'était pas la seule à émettre ces sons. Elle se tourna pour regarder l'inconnu derrière elle. En le voyant, elle se sentit perdue. Le passe-montagne qui lui couvrait le visage était mouillé à la hauteur des yeux. La fillette comprit que l'étranger sans visage était aussi en train de pleurer.

Le rite du brossage de cheveux se répéta chaque jour qui suivit. Désormais, l'inconnu n'avait plus besoin de frapper. Chaque soir, Aurora ouvrait la porte et se plaçait devant le miroir. Peu après, il arrivait avec la brosse.

Toujours dans le noir, toujours sans prononcer un mot.

Hormis ce rendez-vous, Aurora passait presque tout son temps sous le lit rose. Elle était bien consciente de l'inutilité de cette cachette, parce qu'il l'aurait de toute façon trouvée. Mais l'endroit la réconfortait.

Et puis, elle passait son temps à dormir.

Elle se demandait pourquoi elle était si fatiguée. Elle repensa à la fois où le vétérinaire avait dit à sa mère de mélanger un médicament dans la pâtée de Gas, de façon qu'il ne s'en aperçoive pas. Alors elle soupçonna qu'il y avait quelque chose dans la nourriture qu'elle trouvait toujours à son réveil.

Il n'y avait pas de toilettes dans la mansarde, juste un pot où faire ses besoins, qui était vidé pendant qu'elle dormait profondément. De la même façon, on lui fournissait des vêtements et sous-vêtements propres qui apparaissaient comme par magie dans la malle verte. En outre, une fois par jour on lui mettait à disposition une savonnette, ainsi qu'une serviette et une bassine d'eau tiède, pour sa toilette.

Chaque fois qu'elle ouvrait les yeux, quelque chose l'attendait.

Le seul moment où elle croisait son geôlier était la tombée de la nuit. Mais après le premier soir, l'inconnu n'avait plus jamais pleuré. Parfois, Aurora avait été sur le point de lui poser des questions. Quand elle rentrerait chez elle, par exemple. Mais ensuite, elle avait renoncé par peur de la réponse.

Un sentiment de résignation s'emparait d'elle. Elle ignorait s'il était lié à sa situation ou s'il était induit par un stratagème, comme le sommeil.

Très vite, elle se retrouva suspendue dans un état de torpeur perpétuelle.

Elle n'avait pas perdu sa lucidité, elle sentait encore le danger. Mais c'était comme si sa capacité de réflexion était ralentie. Et ses émotions réglées sur un niveau très bas.

Par exemple, longtemps elle avait refusé de toucher les objets présents dans la mansarde, à part les vêtements de la caisse verte. Elle avait totalement ignoré les jouets. Pourtant, ils auraient pu constituer un passe-temps bien utile. Elle était restée à distance de la caisse de poupées, du cheval à roulettes, de la petite cuisine, de la machine à coudre, de la famille d'ours en peluche, ainsi que de l'inquiétante poupée aux cheveux blancs qui la fixait de ses yeux de glace, assise sur sa chaise à bascule. Elle ne s'intéressait pas à la collection d'animaux en écorce et elle n'était pas curieuse de connaître les histoires que contenaient les livres sur les étagères. Ni d'expérimenter la toupie à ficelle.

Mais un jour, elle décida de sortir de sa tanière pour au moins observer ces différentes choses de près. Et c'est ainsi qu'elle fit une découverte.

Dans la petite chambre, tous les objets semblaient avoir été déjà utilisés par quelqu'un.

Elle aurait voulu demander confirmation à l'inconnu sans visage, mais elle savait qu'elle ne le ferait pas. De même qu'elle ne se plaignait jamais quand il essayait de mettre de l'ordre dans le chaos de sa crinière blonde. Après un nombre considérable de coups de brosse, à la fin de la séance il essayait toujours de lui attacher les cheveux avec la barrette en velours bleu. Sans jamais y réussir. Pourtant il ne renonçait pas, il retentait inlassablement, chaque jour.

Aurora se demandait combien de temps il lui faudrait avant de se lasser. Parce que quelque chose lui disait que le succès de cette opération aurait des conséquences.

Même si elle n'imaginait pas lesquelles.

Une quinzaine de jours s'étaient écoulés quand un événement en apparence insignifiant se produisit.

Elle croqua dans une tartine de fromage et comprit que quelque chose n'allait pas. Elle s'approcha du miroir, ouvrit la bouche : à la place d'une de ses incisives supérieures il y avait un trou, et sa gencive saignait légèrement.

Elle cracha dans sa main et, au milieu de la nourriture, découvrit une petite dent de lait.

Elle en avait déjà perdu quatre durant les derniers mois. Ses amies avaient l'habitude de les placer sous leur oreiller avant d'aller se coucher, afin que la petite souris la prenne en échange d'une pièce de monnaie. Elles savaient que ce n'était pas vrai, mais trouvaient cela amusant tout de même. Toutefois, Serena n'avait jamais réussi la mise en scène. Ce qui ne changeait rien au fait que chaque fois qu'Aurora perdait une dent, elle avait droit à un cadeau. Le plus beau pour elle, ce n'était pas l'objet reçu mais le fait de ne pas devoir interagir avec une créature imaginaire, contrairement à ses camarades. Le rituel voulait que Serena ne se contente pas de lui donner de l'argent : elle l'emmenait dans un magasin et lui faisait deviner ce qu'elle avait l'intention de lui acheter. Aurora ne s'était presque jamais trompée, elle avait quasiment toujours trouvé du premier coup. Le fait qu'elle et Serena aient les mêmes goûts était pour toutes les deux une source de fierté.

En observant l'incisive dans sa main, Aurora ressentit une nostalgie infinie pour sa mère. Tant de choses lui manquaient, comme les après-midi au Palazzo Parigi et le thé après avoir nagé dans la piscine de l'hôtel. Elle regrettait même leurs disputes au sujet de Gas.

Mais ensuite, elle fut traversée par une sensation différente.

Elle se sentit furieuse à cause de tous les baisers et câlins que Serena ne lui avait jamais donnés. À cause de son affection retenue et fuyante. De sa façon dédaigneuse de liquider les mièvreries. Maintenant qu'Aurora aurait eu besoin du souvenir de ces gestes maternels, elle ne pouvait pas compter dessus.

Elle envisagea de jeter sa dent dans le pot où elle faisait ses besoins. De toute façon, elle était certaine que Serena avait jeté les autres dans les toilettes. Puis elle changea d'avis : cette dent faisait tout de même partie d'elle. Elle ne voulait pas s'en séparer. Alors elle la posa sur le tabouret à côté de son lit. Ce soir-là, comme chaque jour l'inconnu vint la coiffer. Mais Aurora était d'une humeur différente. Sa colère contre sa mère lui avait donné un courage nouveau. Voilà pourquoi elle décida de parler à l'étranger.

— Aujourd'hui j'ai perdu une dent, déclara-t-elle, peut-être parce qu'elle espérait recevoir quelque chose en échange : le droit de rentrer chez elle, par exemple. J'ai voulu la jeter, mais je l'ai gardée, affirma-t-elle en indiquant le tabouret.

L'inconnu sans visage cessa de lui brosser les cheveux. D'abord il se tourna dans la direction qu'elle pointait, puis il se leva et prit la petite incisive entre ses doigts gantés. Il la porta à la hauteur de son visage caché derrière son masque, comme pour l'observer de plus près. Puis, toujours sans dire un mot, il quitta la mansarde sans achever sa mission, en emportant la dent.

La fillette se demanda ce qu'il allait en faire et si, contrairement à sa mère, il allait la conserver.

Quand l'inconnu sans visage quittait la mansarde, il ne fermait jamais la porte à clé.

Elle l'avait remarqué depuis longtemps, mais elle n'avait jamais trouvé le courage d'aller voir ce qui se trouvait au-delà de cette frontière. Et encore moins d'essayer de s'enfuir.

Toutefois, au bout de plusieurs semaines, elle commençait à comprendre que si elle ne prenait pas d'initiatives, sa situation risquait d'empirer. Elle n'était pas stupide, elle savait que cela ne pouvait pas durer éternellement.

Elle craignait que ce qui se passait dans la mansarde ne soit seulement une préparation, une sorte d'entraînement à ce qui allait suivre. Elle ne parvenait pas à imaginer le destin qui l'attendait, mais elle pouvait calculer combien de temps il lui restait.

C'était comme si l'inconnu sans visage ne voulait pas uniquement dompter sa crinière.

En la brossant chaque soir, c'était surtout elle qu'il cherchait à apprivoiser.

Un peu comme quand elle avait dû éduquer Gas à faire ses besoins dans sa litière, à son arrivée. Les premiers temps, elle était restée avec lui et avait fait preuve de douceur afin qu'il comprenne qu'il était en sécurité. Peut-être que son geôlier suivait la même logique. Elle aurait pu se rebeller, mais elle était terrorisée par les conséquences potentielles d'un tel acte.

Et puis, un jour, elle trouva une raison d'agir sur-le-champ. Un matin, elle se réveilla dans sa tanière et, en ouvrait les yeux, elle remarqua que sur un des pieds du lit rose sous lequel elle se réfugiait, quelque chose avait été gravé avec un objet pointu.

Un petit cœur. Qui l'avait dessiné ?

Même si elle avait refusé de l'admettre jusque-là, elle avait maintenant la preuve que, avant elle, il y avait eu quelqu'un d'autre dans cette pièce. Probablement une petite fille, étant donné le choix du mobilier et des jouets.

L'autre aussi se réfugiait-elle sous le lit, comme elle ? Aurora essaya d'imaginer ce qu'était devenue l'hôte précédente de la mansarde.

Elle s'est enfuie, se dit-elle, considérant pour la première fois que l'autre fillette aussi était prisonnière.

C'est à partir de ce moment qu'Aurora mûrit la décision d'essayer de s'échapper à son tour.

Elle décida que l'évasion aurait lieu de nuit, après la visite du geôlier, car elle supposait qu'il serait couché. Puis elle prépara une sorte de baluchon avec sa taie d'oreiller, où elle glissa deux ou trois pulls, pour se couvrir si besoin. Elle voyait parfois de la neige tomber par la lucarne et il n'y avait pas de blouson dans la malle verte. Ni de chaussures, ce qui était un problème. Elle pourrait porter plusieurs paires de chaussettes superposées, avec l'espoir que cela suffise à garder ses pieds au chaud.

À la tombée de la nuit, elle se glissa sous son lit avec une fourchette volée sur le plateau, et elle grava un message à côté du petit cœur. Si elle réussissait, le ravisseur chercherait sans doute une autre fillette à qui brosser les cheveux. Et peut-être celle-ci aurait-elle besoin d'aide pour se sauver.

Voilà pourquoi, sous le lit, Aurora grava un mot sans équivoque.

Ce soir-là, après la séance habituelle de coiffure, l'inconnu sans visage partit comme toujours sans dire un mot. Durant la journée, Aurora avait évité de boire et de manger, soupçonnant que la nourriture et la boisson contenaient un somnifère. Elle avait caché le contenu du plateau dans la malle verte, où elle avait aussi versé le contenu du verre de lait.

Après avoir enfilé plusieurs couches de vêtements et ses immanquables ailes de papillon, elle s'assit devant la porte rouge, sa taie d'oreiller garnie posée à côté d'elle. Prête à partir.

Elle attendit un bon moment, espérant que son ravisseur ne souffre pas d'insomnie. Puis elle décida qu'elle pouvait y aller.

Elle posa la main sur la poignée en laiton, la fit tourner lentement et la tira vers elle. Les gonds grincèrent pendant que la porte s'ouvrait vers l'intérieur de la mansarde.

Devant Aurora, il y avait cette fois encore un mur d'obscurité.

La seule lumière, très faible, était celle de la lune qui pénétrait par la lucarne derrière elle. La gorge sèche, elle avala sa salive. Elle avait hâte de sortir et de mettre de la neige fraîche dans sa bouche. Elle avait eu soif toute la journée, et encore plus le soir à cause du stress. Elle avança dans l'obscurité, tendant le bras pour percevoir d'éventuels obstacles. Le plancher crissait sous ses pieds, alors elle ralentit le plus possible.

Toujours dans le noir, elle toucha une boule de bois qui se trouvait au sommet d'une sorte de piédestal. Soudain elle sentit le sol se dérober sous son pied gauche. Elle retint un cri. Avant de tomber dans le gouffre, elle réussit à s'agripper à quelque chose de solide.

Elle comprit alors qu'elle s'était accrochée à une rampe et que, sous elle, il y avait un escalier.

Elle le descendit calmement. Le silence était aussi impénétrable que les ténèbres qui l'entouraient.

Au pied de l'escalier, elle vit deux grandes fenêtres éclairées par la lune malgré les rideaux en dentelle. Aurora remarqua qu'elle se trouvait dans une sorte de salon. Les meubles avaient l'air très vieux. Il y avait un buffet, un canapé, un fauteuil élimé et un téléviseur placé à côté d'une cheminée, où la braise s'éteignait lentement.

À quelques pas, la fillette aperçut la porte qui donnait sur l'extérieur de la maison. Elle alla voir si elle était ouverte.

Elle l'était.

Elle la poussa, sortit et se retrouva devant un paysage alpin. Autour d'elle, uniquement des montagnes et des bois. La lune se reflétait sur la neige blanche qui entourait le chalet.

Aurora descendit les marches du perron et ses pieds s'enfoncèrent dans la couche gelée. Elle prit son courage à deux mains et avança, avec peine, en essayant de comprendre dans quelle direction aller. Le problème était qu'elle ne voyait ni route, ni sentier.

Elle avança tout droit.

À une centaine de mètres de la maison, elle se sentait déjà fatiguée et elle avait froid. La lueur de la lune s'estompait peu à peu et elle ne voyait plus rien.

Devant elle, il y avait une étendue noire. Comment était-ce possible ? Elle fit encore quelques pas et sentit une rafale d'air glacial remonter. Elle comprit que, au-delà de la neige, il y avait le vide.

Elle se trouvait au bord d'un ravin.

Elle recula, terrorisée. Jusque-là, elle ne s'était pas demandé pourquoi il avait été si facile de sortir de sa prison. La porte de la mansarde restait ouverte parce que de toute façon, il lui était impossible de s'enfuir.

Elle regarda à nouveau la maison. L'inconnu sans visage se tenait sur le seuil, immobile, et la fixait sous son masque noir, comme s'il savait déjà qu'elle allait revenir en arrière.

La brosse dans sa main brillait à la lueur de la lune.

Il n'y eut pas de punition, ni d'autre tentative de fugue. L'ancienne vie et les anciennes habitudes reprirent comme si de rien n'était.

Même la douleur du brossage s'était atténuée. Ou alors elle n'y prêtait plus attention. Dans tous les cas, pendant les séances devant le miroir, l'enfant réussissait même à se perdre dans ses pensées, à imaginer un ailleurs.

Sa chevelure blonde commençait à subir les effets de ce traitement du soir. Le lendemain matin, Aurora trouvait des cheveux partout. Elle en ramassait sur la moquette vert prairie et les cachait sous le matelas. Dans le noir, l'inconnu sans visage ne s'apercevait probablement de rien. Et il ne devait absolument rien savoir.

En effet, Aurora était convaincue d'avoir été choisie pour ses boucles blondes, elle ne voulait pas qu'il perde son intérêt pour elle. Sa peur n'était plus de rester là pour toujours mais qu'il se débarrasse d'elle pour prendre une autre fillette, avec de meilleurs cheveux à coiffer.

Pour le reste, les journées se ressemblaient. De même que la nourriture du plateau était toujours la même. N'ayant aucune idée du nombre de semaines qui s'étaient écoulées depuis son arrivée, Aurora avait appris à diviser le temps sur la base de ce qu'elle mangeait. Et elle avait inventé de nouveaux noms aux jours qui se succédaient.

Il y avait le œufdi, le soupdi, le saucissdi, le bouillondi, le haricodi, le poulédi et, comme la glace aux fruits des bois ne venait qu'une seule fois, elle identifia le desserdi comme le dimanche.

Une nuit, le vent se mit à souffler.

Le lendemain matin, il ne s'était pas arrêté, il avait même augmenté pour se transformer en véritable tempête, qui dura des jours. Les rafales fouettaient le chalet, cognaient la vitre de la lucarne, se glissaient en courants d'air entre les poutres, produisaient un bruit de flûte désaccordée ou de longue plainte.

Aurora passait beaucoup de temps les mains sur ses oreilles, la nuit elle dormait la tête sous son oreiller.

Le bruit l'empêchait même de penser.

Parfois le vent tombait, lui donnant l'illusion que la tempête était passée. Mais ensuite il reprenait de plus belle. On aurait dit que le toit allait s'envoler d'un moment à l'autre.

L'inconnu sans visage ne paraissait pas s'en préoccuper. Ses gestes étaient toujours empreints d'un calme impénétrable. Comme si rien ne pouvait le troubler.

Toutefois, un après-midi, alors qu'elle était assise par terre, en train de manger sa soupe, elle fut attaquée par une pluie de débris. Elle fut poussée en arrière, mais l'impact avec le sol fut atténué par les ailes qu'elle portait sur son dos. Une branche, se détachant d'un arbre, avait défoncé la lucarne.

Elle eut l'impression qu'après plusieurs tentatives, le vent avait enfin réussi à pénétrer la mansarde. Et à présent, il se promenait dans la petite chambre tel un esprit curieux, déplaçant des objets, en faisant tomber d'autres, soulevant les coins de l'édredon et se glissant dans ses cheveux.

Aurora ferma les yeux et se laissa décoiffer. Elle aurait dû avoir peur, car seul son geôlier avait le droit de manier sa chevelure, mais c'était un peu comme une libération.

Une pensée la sortit de cette agréable sensation, au moment où elle sentit ses ailes de papillon bouger toutes seules.

Elle caressa l'idée folle de pouvoir s'envoler de la mansarde. Elle regarda la lucarne cassée et se dit que, si elle le voulait, c'était faisable.

Tout excitée, elle se dépêcha, parce que l'inconnu sans visage pouvait entrer d'un moment à l'autre pour voir ce qu'il s'était passé.

Elle regarda autour d'elle et trouva ce dont elle avait besoin : la ficelle enroulée autour de la toupie en bois était parfaite pour ce qu'elle avait en tête. Elle la déroula du jouet et l'emporta près du lit. Elle souleva le matelas et prit une poignée des cheveux qu'elle avait conservés. Elle les rassembla pour créer une mèche, qu'elle attacha à une extrémité du fil. Puis elle retira ses ailes et noua l'autre bout de la ficelle à la structure en fil de fer. Elle vérifia bien les nœuds.

Puis elle retourna vers le trou béant qui avait pris la place de la lucarne.

L'air entrait et ressortait. Alors Aurora se mit sur la pointe des pieds et leva ses bras qui soutenaient les ailes en tulle bleu.

Le vent essayait de les lui arracher. Elle les lui laissa, mais sans les lâcher complètement. En même temps, elle fit glisser la ficelle entre ses mains en la tenant comme celle d'un cerf-volant. Mais elle la tenait toujours.

Comme elle l'avait imaginé, ses ailes volaient en direction de l'extérieur.

Son cœur battait fort. Quand elle se sentit prête, Aurora ouvrit les doigts et libéra la ficelle et la mèche de cheveux.

Les ailes de fée papillon furent aspirées par le courant. Une fois hors de l'ouverture, elles planèrent dans les airs, vers le haut, emportant la preuve qu'elle était là et qu'elle voulait rentrer chez elle.

Aurora les regarda danser et se mit à pleurer de joie et de nostalgie. En effet, ces ailes bleues étaient tout ce qu'il lui restait de sa vie d'avant.

— Je vous en supplie, allez voir ma maman et amenez-la jusqu'à moi.

2

Comme les naufragés sur une île déserte qui glissent un message dans une bouteille, avec l'espoir d'être sauvés…

Aurora aimait ces histoires d'aventures. C'était peut-être pour cela qu'elle avait cru que cela pourrait lui arriver. Mais rien ne se passa. Sa supplication au vent ne fut entendue par personne.

Les journées s'allongèrent, le froid devint moins piquant. Aurora pressentit que le printemps était arrivé. La nature était probablement en train de renaître, hors de la mansarde.

En même temps, pour la fillette, quelque chose s'était irrémédiablement éteint.

Étrangement, la peur avait disparu. Elle ne pensait pas que cela pourrait arriver. De même que la tristesse, évaporée avec les larmes. Mais la colère, l'envie de se rebeller, la force de volonté et l'espoir avaient également disparu.

Elle était envahie par une sorte d'apathie.

Elle se sentait immobile comme un sac de sable. Quand quelque chose l'atteignait, elle changeait de forme : elle avait appris à s'adapter.

La souffrance rebondissait sur elle.

Ainsi, elle passait de plus en plus de temps assise sur la moquette vert prairie, fixant le mur. Son esprit vaguait sans but, sautant d'une pensée inutile à une autre. Elle était tellement absorbée qu'elle ne voyait pas le temps passer. Parfois, elle ne voyait même pas que le soleil s'était couché. Sans s'en apercevoir, elle se retrouvait dans le noir.

Une après-midi, alors qu'elle était recroquevillée sur le sol, elle se réveilla de son état d'aliénation. Comme si le sable qui s'était accumulé à l'intérieur d'elle avait atteint sa limite. Il n'y avait plus de place pour un seul grain.

Le sac se rompit, laissant tout son contenu couler à flots.

Alors elle se leva et, d'un pas assuré, alla vers la porte rouge de la mansarde. Elle l'ouvrit et descendit l'escalier qui menait à l'étage du dessous, une main sur la rampe. Arrivée en bas, elle ignora le salon aux vieux meubles et se dirigea vers la sortie.

Sous le perron, elle découvrit que la neige autour du chalet était en train de fondre.

Elle descendit les trois marches qui la séparaient d'un pré boueux et avança sans se préoccuper de rien, comme si elle avait reçu un ordre que son corps exécutait.

Une fois au bord du ravin, à l'endroit exact où elle s'était arrêtée pendant sa première et unique tentative de fuite, elle regarda vers le bas.

Le précipice rocheux semblait ne pas avoir de fin. Il aurait été si beau de s'y abandonner comme à une étreinte.

Elle était convaincue qu'elle n'aurait ressenti aucune douleur. Mais elle fut distraite par un bruit dans son dos. Elle tourna à peine la tête et regarda du coin de l'œil. L'inconnu sans visage arrivait en courant pour essayer de la stopper. Mais il s'arrêta à quelques mètres d'elle, le souffle court.

— Non, lui dit-il.

Enfin il avait parlé. Mais son ton n'était pas autoritaire, il évoquait plutôt celui d'une prière. Et puis, sa voix… Sa voix avait quelque chose d'étrange. Ce n'était pas ainsi qu'Aurora l'avait imaginée.

On aurait dit celle d'un enfant.

C'était la chose la plus terrifiante de lui. Plus que les gants en caoutchouc noir. Plus encore que le masque qui lui cachait le visage.

— Je ne le ferai pas, déclara Aurora. Mais alors tu devras me montrer ton visage.

Elle pensait que l'inconnu ne relèverait jamais le défi. Mais, devant les yeux émerveillés de la fillette, il porta ses mains à son passe-montagne.

Et il le retira lentement.

Pendant l'opération, Aurora le fixa, incrédule et curieuse. Soudain, quelque chose s'était rallumé en elle. Toutefois, elle fut prise d'un terrible pressentiment. Jusque-là, elle ne s'était pas demandé pourquoi il cachait son aspect. Et il avait été trop simple de le convaincre de dévoiler son visage.

Et si son intention était de la préserver ?

La fillette imagina découvrir bientôt la figure d'un monstre, d'un être inhumain, d'une créature immonde. Elle se trompait. Quand il acheva de retirer son masque, ce qu'elle vit était bien pire.

Un sourire qui la terrorisa.

La vie d'après

1

— Généralement, « maman » et « papa » sont les premiers mots que l'on apprend à prononcer. Mais souvent ce sont aussi les premiers à mourir, avec nos parents, déclara la docteure Nowak à la petite assemblée. Les mots maman et papa ne sortent pas de notre vocabulaire mais, à partir du moment où les personnes à qui ils se réfèrent disparaissent, ils perdent leur sens originel. Nous pouvons encore dire « ma mère » ou « mon père », mais ce ne sera plus jamais la même chose. Pourtant, nous pouvons nous demander si le contraire vaut aussi… à savoir si on continue à employer les termes « maman » et « papa » même quand plus personne ne nous appelle ainsi.

— Moi, je serai toujours la maman de Camilla, objecta Veronica sur le ton du ressentiment. Ne serait-ce que parce que j'ai accouché d'elle. Trente-six heures de travail, ce n'est pas rien !

Les autres acquiescèrent pour lui faire plaisir. Veronica avait tendance au mélodrame et il fallait désamorcer son ardeur sans attendre.

Pendant les dernières séances, ils avaient beaucoup parlé du sens des mots et de leur utilisation. Un constat très commun était que, tandis que les mots « veuve » ou « orphelin » existent, il n'y a pas d'équivalent pour les parents qui ont perdu un enfant. Dans aucune langue.

La docteure Nowak avait essayé de justifier l'absence de terme spécifique en soutenant que c'était souvent la loi et le droit qui produisaient certaines définitions et, comme la mort de la progéniture n'avait pas de conséquence sur l'héritage, aucun législateur n'avait jamais pensé à combler ce vide. Il y avait aussi une autre raison, plus banale.

— Jusqu'à il y a un siècle, la mortalité infantile était plus que fréquente, affirma la psychologue. Chaque famille comptait un deuil de ce type et chaque parent devait affronter cette souffrance. Et puis, ils avaient à peine le temps de s'attacher à ces êtres qui partaient si vite, le souvenir s'estompait rapidement. C'était un phénomène tellement commun qu'il n'y avait pas besoin de lui donner un nom. De nos jours, heureusement, la mort d'un enfant est un fait exceptionnel.

La docteure Nowak essayait d'expliquer à ce petit groupe de « gagnants de la loterie de la mort » comment une chose apparemment contre-nature, un événement dévastateur, les avait en un sens rendus « uniques » par rapport à une bonne partie de la population. En outre, elle essayait de le faire avec la même impassibilité que si elle évoquait un sujet peu émotionnel.

— Je comprends que vous vouliez nous aider à nous libérer du poids de certains mots, mais ce n'est pas facile, fit remarquer Max en remontant ses lunettes sur son nez.

— Pourtant, c'est peut-être justement par cela que vous devriez commencer, insista la psychologue.

— Foutaises ! Pour ma part, certains mots ne me servent plus. Et ce qui ne me sert plus finit généralement à la poubelle ou dans les toilettes, déclara Ric en croisant les jambes pour prendre son pied nu dans ses mains.

— Si je pouvais ravoir mon enfant, il pourrait bien m'appeler par mon prénom, je m'en ficherais complètement, affirma Benedetta avec conviction.

Elle était la plus pragmatique du groupe.

Serena était restée en silence. D'habitude, c'était elle la plus loquace, mais cette discussion avait tout l'air de ne mener à rien, parce qu'en réalité ses compagnons n'avaient pas envie de renoncer à leurs prérogatives de parents, comme si elles étaient définitives. Et quoi qu'ils en disent, ils n'auraient jamais renoncé à l'idée d'avoir perdu certains privilèges.

— Je dois avouer que je n'ai pas de regrets, assura Ric en massant un cal sous son gros orteil.

Ces personnes avaient en commun bien plus qu'un simple deuil. Elles considéraient la mort d'un enfant de la même manière qu'un mal incurable qui, au lieu de nous tuer, nous contraint à vivre. Étant donné leur mode de pensée, il était difficile d'ébranler leur conviction qu'ils ne pourraient jamais guérir. Pour résister à la souffrance, en quelque sorte ils s'adaptaient à la maladie.

Par exemple, depuis que son fils de deux ans s'était noyé dans une piscine gonflable dans à peine cinq centimètres d'eau, Ric ne portait plus de chaussures. Se promener pieds nus n'était ni un acte de rébellion, ni une façon d'attirer l'attention sur lui ou sur ce qui lui était arrivé. Simplement, il lui semblait absurde de faire les mêmes choses qu'avant. Pour lui, rire ou manger, conduire sa voiture ou s'habiller signifiait agir comme si de rien n'était. La vie en soi était devenue intolérable. Mais comme il ne pouvait pas arrêter de tout faire, il avait opté pour cette unique bizarrerie.

Ainsi il se sentait en paix avec l'idée d'être encore vivant.

Grâce à cela, l'homme avait trouvé un équilibre qui lui permettait de se lever le matin, d'enfiler un costume cravate et de continuer à aller travailler dans le bureau où il était employé. Serena était certaine que les personnes qui l'entouraient, y compris celles qui connaissaient son histoire, étaient convaincues qu'il avait perdu la tête.

Mais pour Ric, la véritable folie était d'avoir survécu à son enfant.

Veronica ne se lassait jamais de répéter qu'il faut en moyenne trois minutes sans respirer pour causer des dommages cérébraux irréversibles, et que deux de plus conduisent à la mort. Ainsi, en cas d'étouffement, il n'y a pas le temps d'appeler une ambulance. En outre, elle soutenait qu'une grande partie du personnel sanitaire ne savait pas pratiquer de manœuvre de désobstruction des voies respiratoires.

Elle se présentait souvent aux fêtes d'anniversaires d'enfants qu'elle ne connaissait pas pour mettre les présents en garde sur le risque de gonfler des ballons avec la bouche et les prévenir que s'ils finissaient dans leur trachée, il n'y aurait aucun moyen de les en sortir.

Rien qu'en Italie, on comptait au moins cinq cas par an. Serena et les autres membres du groupe imaginaient les réactions d'effroi des invités et organisateurs de ces petites fêtes, le choc provoqué par l'irruption de cette folle qui leur faisait un sermon apocalyptique, gâchant irrémédiablement ce moment de joie.

Mais Veronica parlait en connaissance de cause, étant donné qu'elle avait perdu sa Camilla à cause d'un stupide ballon de baudruche rouge. Comme Ric, elle était rescapée d'un mariage anéanti. Ils avaient tous deux été quittés par leurs conjoints respectifs parce qu'ils étaient incapables de se résigner à la perte.

Autrefois, Benedetta et Max étaient mariés. La cause de leur séparation n'avait pas été la mort de leur fils unique, Edoardo, mais le vide qui avait suivi. Un vide qu'ils ne pouvaient fuir. Même avec toute la volonté du monde. Un vide qu'on ne peut pas éviter ensemble, mais seul, oui.

Pour cette raison, Max et Benedetta s'aimaient toujours beaucoup et se voyaient régulièrement.

Comme les autres membres du groupe, ils avaient perdu leur enfant à cause d'un événement qui aurait pu être évité. Edoardo se promenait sur le trottoir entre ses deux parents, qui lui tenaient la main, quand il avait été fauché par une maudite trottinette électrique de location. Il n'y aurait dû y avoir qu'une seule personne sur l'engin, mais ils étaient deux, et en plus il s'agissait de mineurs. Les contrôles étaient peu fréquents en ville et, comme en montant à deux on pollue moins, la vie d'Edoardo avait été le prix à payer pour une mode écologiste.

Chaque individu développe sa propre façon de réagir à une tragédie. Max avait pris l'habitude de se poster aux abords des écoles élémentaires, à l'entrée ou à la sortie des classes. Ou bien dans les aires de jeux des parcs. La vue des enfants le consolait, mais il avait plusieurs fois risqué d'être lynché parce qu'on lui avait prêté de mauvaises intentions.

Benedetta était devenue experte en kickboxing. Tous les samedis soir, elle se maquillait, mettait une belle robe et sortait pour chercher la bagarre. Elle arrivait souvent aux réunions avec des bleus sur le visage. Mais personne n'avait le courage de lui demander ce qu'il lui était arrivé.

Serena s'était retrouvée dans le groupe de soutien par hasard. Elle était la dernière arrivée.

Quand elle était rentrée de Vion, ses chefs l'avaient licenciée pour négligence. Bien vite, ses économies étaient parties en fumée à cause d'investissements à haut risque faits pendant sa période *teddy-bear*.

Pour compenser ses pertes, elle avait dû vendre son appartement.

Il lui avait fallu près d'un an pour se désintoxiquer. Une fois débarrassée de l'alcool et des médicaments, elle avait dû affronter la terrible dépression qui s'était cachée derrière ses addictions.

Elle avait compris qu'elle ne résisterait pas longtemps et que l'étape suivante était l'hôpital psychiatrique ou la clochardisation. Alors elle avait décidé de se faire aider. Elle s'était rendue dans un centre médical avec l'intention de trouver un soutien psychologique. Parmi tous les dépliants présentés à l'entrée, elle avait choisi un groupe au nom emblématique.

« Le groupe des Glitch. »

Dans le jargon du jeu vidéo, un *glitch* est une anomalie du software qui permet aux joueurs d'obtenir un gain inattendu. Le *glitch* est souvent caché dans le système et, quand on le trouve, on peut facilement franchir des niveaux et obtenir plus de points.

Serena savait que le *glitch* dépendait d'une erreur de programmation ou d'un bug, et elle se sentait effectivement comme une machine défectueuse. Par ailleurs, le dépliant semblait promettre de transformer un défaut en une sorte d'avantage.

Les Glitch se réunissaient dans le quartier des Navigli, dans un ancien atelier de bonneterie.

Serena en avait franchi le seuil pour la première fois un jeudi soir sous une pluie battante, après en avoir fait le tour pendant des semaines sans trouver le courage d'entrer.

Depuis, elle n'avait jamais manqué une rencontre.

La docteure Nowak avait la soixantaine, portait des jupes colorées et fumait la pipe. Longtemps auparavant elle avait été le docteur Nowak et, peut-être en vertu de ce changement radical, elle avait compris qu'on peut apprendre aux autres à exploiter leur unicité pour révolutionner leur propre existence.

Le groupe des Glitch accueillait des êtres humains de toutes sortes : des névrosés, des paranoïaques, des nihilistes, des exhibitionnistes, des mégalomanes, des maniaques du contrôle. Chaque membre avait ses manies ou ses obsessions. En outre, la composition du groupe avait évolué au fil des ans. Certains membres allaient et venaient. D'autres fréquentaient les réunions avec assiduité et disparaissaient du jour au lendemain. Certains comprenaient à la première rencontre que cela ne leur convenait pas.

La règle était que ceux qui ne revenaient pas devaient être immédiatement oubliés. Il n'y avait pas de place pour la compassion.

Le noyau du groupe était composé de Ric, Veronica, Max, Benedetta et Serena. Ensemble, ils constituaient une sorte de famille.

Et même si la docteure Nowak leur déconseillait de se voir en dehors des réunions, ils se retrouvaient tout de même. Ils avaient compris qu'aller au cinéma, manger une pizza ou simplement bavarder sont des activités plus faciles à partager avec des personnes qui ont le même genre d'expérience que soi. Sans compter que la plupart des gens les considéraient comme des pestiférés.

« Où que j'aille, j'apporte ma tristesse », aimait répéter Ric, qui décrivait ainsi une vérité amère. Ils avaient tous développé une sorte d'ironie macabre qui aurait scandalisé n'importe qui. Mais grâce à la docteure Nowak et à ces quatre parias de la société, Serena avait réussi à sortir indemne de nombreux moments terriblement douloureux. Elle n'avait pas encore trouvé la paix mais elle avait confiance, un jour elle serait en mesure de contrôler son angoisse.

Presque cinq années avaient passé depuis le décès d'Aurora.

2

À Milan, les gratte-ciel modernes semblaient veiller sur les bâtiments anciens, comme s'ils voulaient protéger le précieux passé qui continuait d'exister à leurs pieds.

Ainsi, deux mondes parallèles se côtoyaient.

Dans celui du dessus, il y avait les affaires, la vitesse et la vue panoramique. En dessous, la vie ralentie où tout semblait plus petit et évoquait le rythme d'autrefois. Le primeur, le fleuriste, le boulanger, les petites boutiques de quartier. Les caisses d'oranges, l'odeur des fleurs et du pain frais, les voix familières et les bonjours des passants.

Pour passer de l'un à l'autre, il suffisait de prendre l'ascenseur.

Avant, Serena ne connaissait que la ville dans les nuages et répugnait à descendre voir celle d'au-dessous. Désormais c'était l'inverse, elle avait abandonné le monde fait de miroirs.

Elle habitait un petit appartement au troisième étage d'un bâtiment lombard à coursives du quartier Isola. La caractéristique de ce type de construction est qu'on entre par la cour et qu'on accède aux logements par des escaliers et paliers extérieurs. C'était comme vivre au sein d'une petite communauté où tout le monde se connaissait.

Serena avait appris à cultiver de nouvelles relations humaines avec ses voisins, bien plus authentiques que dans sa vie d'avant.

Toutefois, hormis la docteure Nowak et le groupe des Glitch, personne ne connaissait son histoire. Aurora était présente dans ses souvenirs, mais c'était comme si elle y restait enfermée. Elle ne l'en faisait sortir que quand c'était nécessaire, par exemple pendant la thérapie de groupe.

Serena ne voulait plus avoir de compagnon, même occasionnellement. Gas lui suffisait. Le chat avait beaucoup vieilli et elle devait l'assister pour chaque chose. En plus, il était devenu aveugle. Ils continuaient de s'éviter, mais il arrivait à l'animal de venir se lover à ses pieds. Serena évitait de s'interroger sur le nombre d'années qui lui restaient à vivre. Parfois, elle désirait qu'ils connaissent la même fin, s'endormir pour ne plus se réveiller.

Cependant, devant tout de même avancer d'une façon ou d'une autre, elle avait dû chercher un travail.

Sa rencontre avec Adone Sterli et son monde fait de vieux livres à relier avait été décisif pour elle. En effet, elle avait trouvé un emploi dans une maison d'édition de la via Gherardini, à quelques pas du parc Sempione et de l'Arc de la paix. Elle s'y rendait tous les matins à vélo. Sa mission consistait à lire et évaluer des manuscrits. En réalité, Serena ne décidait rien. Elle se contentait de signaler à la direction éditoriale les romans qui lui semblaient les plus intéressants. Très souvent ses suggestions étaient ignorées, mais elle se gonflait d'orgueil quand un livre qu'elle avait aimé était publié.

Ses collègues aussi ignoraient son passé. Non seulement ils ignoraient l'histoire d'Aurora, mais ils n'auraient jamais pu imaginer que la femme aux cheveux toujours relevés en queue-de-cheval, qui portait des pulls et des ballerines et, l'hiver, un grand manteau de laine, avait été le « requin blond », une courtière sans pitié qui ne quittait presque jamais ses talons hauts. Parfois Serena avait l'impression de faire partie d'un programme de protection de témoins. La seule chose qui n'avait pas changé était son nom.

Pour le reste, elle avait fait table rase de son passé.

Pour préserver son douloureux secret elle menait une vie simple, faite d'habitudes bien ancrées et d'horaires réguliers. Elle se couchait tôt et avait appris à profiter des petites choses de la vie. Par exemple, elle aimait lire ses manuscrits au parc, toujours assise sur le même banc, quelle que soit la saison. Quand il pleuvait, elle emportait un parapluie.

Les histoires l'aidaient à s'évader. Son appartement était également plein de livres. Elle ne pouvait plus s'en passer.

Pourtant, la légèreté cédait parfois la place à la pesanteur. Son insouciance était troublée par des nuages impénétrables. Certains matins, elle n'arrivait pas à se lever. Quand elle avait été embauchée, elle avait déclaré souffrir de migraines lancinantes. La docteure Nowak lui avait même fait un certificat médical attestant de ce handicap.

C'était un mensonge partiel, parce que la véritable cause de son mal-être n'avait pas de nom.

Serena était convaincue qu'hormis ces incursions sporadiques de la souffrance, son existence allait continuer avec la même banalité jusqu'à sa mort. Elle ne pouvait pas imaginer qu'un virage soit possible. Elle ne le souhaitait pas non plus. Elle n'avait aucun désir. Sa vie lui convenait. Elle avait troqué son ambition contre la tranquillité, le luxe contre la commodité. Et elle avait accepté sa solitude, parce qu'en échange elle avait reçu le privilège de ne plus devoir se soucier qu'une autre affection lui soit arrachée de façon cruelle.

Malgré tout, bien que ne s'y attendant pas et ne cherchant rien de nouveau, elle ne pouvait pas empêcher la vie de la surprendre.

Serena évaluait généralement un texte selon trois critères. Le premier était le plaisir de lecture : quand l'écriture était fluide, elle assignait un point. Le deuxième concernait l'autrice ou l'auteur, qui selon elle devait « disparaître » du récit. Or elle voyait souvent passer d'ennuyeux romans autobiographiques ou autofictifs. Comme disait son chef, « à moins que tu ne sois Hemingway, on se fiche de ta vie ». En même temps, Serena détestait les auteurs ayant une prétention intellectuelle, qui voulaient donner des leçons de vie au lecteur ou catéchiser le monde. Son troisième critère d'évaluation était le plus important de tous. Serena détestait les fins fermées : comme après un bon repas, elle voulait rester sur sa faim.

La faim faisait toute la différence.

Un jour arriva sur son bureau le manuscrit d'un roman sans titre, sans même un nom d'auteur. Elle pensa à demander des explications à son chef mais n'en fit rien : dans le fond, elle devait seulement donner son avis sur un texte.

Elle se mit à la lecture, en cherchant comme toujours à être objective.

Le roman entremêlait plusieurs histoires. Les personnages avaient une caractéristique commune : à un moment de leur vie, ils avaient fait quelque chose, une action ou un choix, qui avait bouleversé leur existence. Toutefois, au moment décisif ils n'avaient aucune idée de ce qu'ils allaient déclencher. Par exemple, il y avait une femme qui, parce qu'elle avait rendu un jeu de clé perdu, avait hérité d'une petite fortune vingt ans plus tard. Ou encore un collectionneur d'art qui, ayant gagné une sculpture à une vente aux enchères, n'imaginait pas que quand il serait vieux l'œuvre allait lui tomber sur la tête et lui faire perdre la mémoire. Ou un policier qui avait empêché l'homicide d'une femme enceinte par la personne qui serait un jour son assassin. Ou un enseignant qui avait promu un étudiant peu brillant, ignorant qu'il deviendrait un jour le chirurgien qui allait l'opérer.

L'idée était captivante et Serena se plongea dans la lecture au point d'en perdre la notion du temps. Elle lisait en mangeant, dans le tram et, fait très rare, elle l'emporta même chez elle le soir et veilla toute la nuit pour le terminer. Quand elle le referma, elle réfléchit longuement aux histoires qu'elle avait lues, c'était comme si les personnages étaient là avec elle.

Le secret des bons livres est qu'ils ne s'achèvent pas à la dernière page. Ils résonnent dans nos têtes comme une musique envoûtante.

Serena se demanda encore une fois qui était l'autrice ou l'auteur du roman qui l'avait tant captivée.

C'est un homme, songea-t-elle.

Généralement, elle visait juste.

Le jour même, elle rédigea sa note de lecture et, en conclusion, conseilla vivement la publication.

— Comment ferez-vous pour contacter l'auteur, si vous ne savez pas qui c'est ? demanda-t-elle au directeur éditorial au moment de lui rendre son rapport.

— Qui te dit que c'est un homme ? répondit son chef.

— J'en suis certaine.

— Et qui te dit que nous ne le connaissons pas ?

Le directeur éditorial ouvrit un tiroir de son bureau et lui tendit une lettre.

— Elle est arrivée avec le manuscrit, expliqua-t-il avec un sourire sournois. Tu veux jeter un coup d'œil ?

Serena était partagée. Admettre sa curiosité était un peu comme révéler une faiblesse. Son orgueil la poussait à refuser la proposition. Mais elle finit par prendre la lettre posée sur la table et elle quitta la pièce sans ajouter un mot, suivie par le petit rire de son chef.

C'était une belle lettre.

Elle expliquait que les différentes histoires du roman étaient basées sur la « locution de l'effet papillon », formulée dans les années soixante par le mathématicien et météorologue Edward Lorenz :

« Le battement d'ailes d'un papillon au Brésil peut-il provoquer une tornade au Texas ? » Le manuscrit s'inspirait de la théorie du chaos et, en particulier, de la thèse selon laquelle « de petites variations des conditions initiales provoquent de grandes variations sur le long terme ».

À la fin de sa missive, l'auteur révélait qu'il débutait dans l'écriture. En effet, il était professeur de physique théorique à l'Université de Milan.

Et il signait FABIO LAMBERTI.

Serena se félicita d'avoir deviné que c'était un homme. Toutefois, il y avait une autre nouveauté : depuis qu'elle travaillait pour la maison d'édition, elle n'avait jamais souhaité savoir qui étaient ou à quoi ressemblaient les auteurs des manuscrits qu'on lui soumettait. Au contraire, elle évitait souvent de se renseigner sur leur compte, par peur d'être déçue. Elle avait appris que le don de la créativité n'est pas offert seulement à des belles personnes.

Toutefois, dans le cas du professeur Fabio Lamberti, quelque chose la poussait à aller voir. Peut-être à cause du roman qu'elle venait de lire. Comme si elle n'était pas rassasiée de l'histoire et en voulait encore. Ou alors, les personnages lui manquaient tellement qu'elle sentait le besoin de rencontrer leur créateur.

Après y avoir réfléchi pendant toute une journée, elle décida d'aller assister à une leçon de l'enseignant.

Serena ne supposa pas une seule seconde que cette rencontre pourrait avoir des conséquences imprévisibles sur son avenir. Elle ne saisit pas non plus le paradoxe de ce qui était sur le point de se produire.

Bientôt, elle serait elle-même victime de l'effet papillon.

3

— Alors, cela s'est passé comment ?

— Rien de particulier... je me suis assise dans l'amphi avec les étudiants, j'ai choisi un endroit à l'écart pour qu'on ne remarque pas que j'étais la plus vieille. Puis Lamberti est arrivé et il a fait son cours sur la dynamique des systèmes, je n'ai pas compris grand-chose. Son exposé a duré environ une heure, puis il a dit au revoir à tout le monde en donnant rendez-vous aux séminaires de la semaine prochaine.

— C'est tout ? demanda encore Benedetta, visiblement déçue.

— Pourquoi, tu voulais qu'il se mette à chanter ? se moqua Ric. Vous, les femmes, vous vous attendez toujours à un coup de théâtre, comme si vous viviez en permanence dans une sorte de feuilleton télévisé !

— Tu es tellement terre à terre, lui reprocha Veronica. Parfois on aime être surprises par un homme, pas seulement étonnées.

— Je suis d'accord avec Bene, intervint Max. Moi aussi j'espérais que l'histoire aurait une suite, et je ne pense pas que ceci fasse atteinte à ma virilité.

Serena avait eu la mauvaise idée de parler du manuscrit au groupe des Glitch. La règle était que, généralement, pendant les réunions, ils ne partageaient pas uniquement leur mauvaise humeur et leurs malheurs. Ils racontaient tout ce qu'il leur arrivait. Il était souvent utile de recueillir le point de vue des autres. Mais maintenant, le sujet Fabio Lamberti monopolisait la conversation.

— Peut-être que Serena était simplement curieuse de voir l'auteur du roman qui l'a marquée, intervint la docteure Nowak. Il est sans aucun doute positif de fréquenter des gens au-delà de ce cercle. Mais nous ne pouvons pas lui reprocher de ne pas être encore prête à faire un pas de plus. Il faut laisser le temps au temps.

— En réalité, ça ne s'est pas arrêté là, affirma-t-elle.

À peine eut-elle prononcé ces mots qu'elle le regretta. Tous les regards se tournèrent vers elle, y compris celui de la psychologue.

Elle fut contrainte de raconter la suite.

— Quand j'étais en train de partir, à la fin du cours, je suis tombée sur lui dans le couloir. Il m'a demandé ce que je faisais dans la salle, puisque je n'étais pas une étudiante.

— Et toi, qu'est-ce que tu lui as répondu ? la pressa Veronica.

— Je lui ai expliqué que j'étais venue jeter un coup d'œil… C'était le truc le plus idiot à dire, mais j'étais gênée. Et puis, je me suis souvenue de l'essai de physique que m'avait fait lire Adone.

— Ton ami relieur ? Celui qui collectionne les marque-pages oubliés dans les livres ? demanda Max, toujours aussi pointilleux.

— Oui, lui, répondit Benedetta, agacée de l'interruption.

— Je lui ai expliqué que j'avais découvert la matière en lisant un essai sur le multivers qui allait finir au pilon, poursuivit Serena en repensant à la pile de textes irrécupérables dans le laboratoire d'Adone.

Elle était heureuse d'avoir sauvé ce livre, parce que des années plus tard il lui avait fourni une excuse pour faire bonne impression à Lamberti.

— En gros, j'ai dit au professeur que, grâce à cette lecture, j'avais eu envie de suivre quelques cours de physique. Et que j'étais venue jeter un coup d'œil.

— Donc tu ne lui as pas avoué que tu avais lu son roman, constata Max.

Serena secoua la tête.

— Secret professionnel !

De toute façon, elle n'aurait pas eu le courage de dire à Lamberti la vraie raison de sa présence à son cours.

— Et qu'a répondu le professeur ? insista Benedetta.

— Que les études sur le multivers sont fascinantes mais pas assez étayées par des modèles mathématiques.

La vérité était qu'elle avait été un peu déçue par cette affirmation. Elle aimait l'idée qu'Aurora soit encore vivante dans un autre espace-temps. Dans le passé, elle avait partagé cette théorie avec le groupe des Glitch, en espérant qu'elle puisse leur apporter un peu de consolation. Mais elle n'était plus si convaincue de vivre dans le mauvais univers et elle n'enviait plus la Serena qui se trouvait dans celui où Aurora avait maintenant presque onze ans. Elle était certaine que son clone aussi était triste, sans en comprendre la raison, parce que les parents peuvent sentir la souffrance de leurs enfants y compris dans une autre dimension.

— Et c'est tout ? demanda Ric, qui semblait lui aussi agacé par l'issue de la rencontre avec le professeur. Il ne t'a même pas demandé ton numéro ? insista-t-il en levant un sourcil pour marquer sa désapprobation.

— Eh bien, non.

C'était mieux ainsi. Au-delà des attentes du groupe, elle n'était pas prête à créer d'autres liens. Et elle ne le serait probablement jamais. Ou du moins, elle était incapable d'entrer en relation avec des personnes qui n'avaient pas vécu la même expérience qu'elle. Dans le fond, ce qui unissait les cinq Glitch n'était pas l'amitié, mais la mort.

— Tu ne nous as pas dit à quoi il ressemble… fit remarquer Max avec une pointe de malice.

Il était étrange que cette question vienne de lui, si attentif à ne pas franchir certaines limites.

Serena ne pouvait pas avouer que Lamberti, en plus d'être extrêmement séduisant, avait aussi dix ans de moins qu'elle.

— C'est un type assez ordinaire.

Elle essayait d'être crédible, consciente qu'ils se contenteraient de cette affirmation sommaire.

Et elle était convaincue de ne jamais le revoir.

Il refit son apparition le lendemain, dans les escaliers de la maison d'édition. Elle fut la plus surprise des deux.

— Mais que faites-vous ici ? lui demanda-t-elle.

— Je suis venu jeter un coup d'œil, répondit-il en reprenant à son compte la réponse de Serena à l'université, avant de lui sourire. Et puis je voulais vous remercier pour votre avis enthousiaste sur mon manuscrit.

Serena rougit, ce qui ne lui arrivait jamais. Sa note de lecture aurait dû rester confidentielle. Pourquoi la lui avait-on fait lire ?

— Apparemment, c'est à vous que je dois ma future publication. Est-ce que je peux vous inviter à déjeuner ?

Elle se sentit soudain mal à l'aise et déplacée. Des gouttes de sueur froide perlèrent sur son front. Et le regard inquiet de Fabio Lamberti lui indiqua qu'elle avait blêmi.

— Vous vous sentez bien ?

Serena eut soudain la nausée. Elle tourna les talons et courut aux toilettes, le plantant sur les marches.

Une crise de panique en bonne et due forme.

Le même jour, le professeur Lamberti lui fit parvenir un message d'excuses. Serena aurait voulu qu'il sache que ce qui s'était passé ne dépendait pas de lui. Mais elle ne lui répondit pas.

À la place, elle se mit en arrêt maladie et s'enferma chez elle.

Comment un bref échange avait-il pu la mettre dans cet état ? Elle n'était pas prête au moindre changement. Et cet homme, avec sa simple invitation à déjeuner, lui annonçait une sorte de révolution. Serena en visualisait toutes les conséquences. C'était trop pour elle.

Après une semaine de courses livrées à domicile et de *junk food*, on frappa à sa porte, mais ce n'était pas un livreur. Quand elle ouvrit, à moitié endormie bien qu'il soit 20 heures, elle se retrouva face à Ric vêtu d'un costume bleu, d'une chemise blanche, de boutons de manchettes dorés et d'une cravate régimentaire.

— Tu as manqué les trois dernières rencontres. Depuis que je te connais, tu n'as jamais été absente. Rater une réunion, cela peut arriver. Deux, cela devient inquiétant. À la troisième, c'est l'alerte rouge, dit-il en imitant le bruit des sirènes, alternant celle des pompiers, celle d'une ambulance et celle de la police.

Sa grosse voix résonnait sur la coursive et dans la cour de l'immeuble.

Ne sachant comment l'arrêter, Serena se boucha les oreilles. Bientôt, les voisins allaient sortir pour voir ce qu'il se passait.

— Je suis sur le point de te claquer la porte au nez, Ric.

— D'accord, j'arrête.

Son ami avait enfreint la règle du groupe, selon laquelle on ne devait pas s'occuper d'un membre qui décidait de disparaître. Serena était étonnée et flattée, mais elle ne voulait pas le montrer.

— Pourquoi est-ce toi qui es venu ? demanda-t-elle, imaginant qu'il avait été envoyé par les Glitch.

— En fait personne ne voulait s'y coller, alors on a tiré au sort, admit l'autre. Va mettre quelque chose d'élégant, je t'emmène boire un apéritif dans un endroit tendance avec dress code.

Ce ne fut pas le ton péremptoire de Ric qui la convainquit, mais la vue de ses pieds nus sous son costume bleu.

Riccardo, appelé « Ric », adorait bouleverser les gens. Sa mission était de catéchiser ceux qui n'imaginaient pas du tout ce que signifiait l'irruption soudaine de la souffrance dans une existence ordinaire. Ses pieds nus constituaient un avertissement : il ne fallait pas se plaindre, il fallait profiter de la normalité, de l'ennui et de la grisaille quotidienne, tant qu'on le pouvait.

— Tu t'es enfuie, et alors ? lança-t-il en sirotant un Shirley Temple. Franchement, ce n'est pas une tragédie.

Ils étaient assis à une petite table de l'Armani Bamboo, entourés par des clients tous plus élégants les uns que les autres, très beaux et imbus d'eux-mêmes. Ric et Serena étaient les seuls à boire des cocktails sans alcool.

— Je ne voulais pas le fuir, lui : je voulais disparaître, précisa-t-elle avec emphase.

Sa réaction dans les escaliers de la maison d'édition avait été un peu adolescente, mais elle s'en moquait.

— Ce n'est pas une divinité, reprit Ric. Ton professeur est un être humain comme toi et moi : il chie, il pisse, il rote et il pète !

— Arrête de dire « ton professeur » ! Et puis, il ne pète pas.

Ils éclatèrent de rire.

— Et puis, je ne veux plus que cela m'arrive, je préfère m'en tenir à mon chat et à ma routine, poursuivit Serena.

— Tu sais, pendant des années je me suis torturé pour ce qui était arrivé à Filippo. Je continuais d'analyser l'événement en me demandant où était l'erreur. Il s'est noyé dans cinq centimètres d'eau, tu te rends compte ? Cinq centimètres. Et il avait deux ans. Donc il était capable de se redresser tout seul. Alors comment cela a-t-il été possible ?

Serena ne pouvait pas répondre. Personne ne pouvait.

— Pourtant, c'est arrivé. Rien n'arrive par hasard. Chaque événement est le fruit d'une chaîne d'événements qui l'ont précédé. On peut croire que les grands choix de la vie sont déterminants, mais les petites choses le sont encore plus. Donc les causes de la noyade de mon fils remontent à un avant où il n'existait même pas. Si, avant sa naissance, un jour j'avais décidé de tourner à droite plutôt qu'à gauche, si un mardi quelconque j'avais porté des chaussettes d'une autre couleur, si au restaurant j'avais commandé un steak plutôt qu'un hamburger ou si à un moment je n'avais pas éternué… peut-être que ce ne serait pas arrivé.

Serena soupira.

— Quel rapport avec moi ?

— Je l'ai compris quand tu as parlé du roman de ton professeur.

— L'effet papillon, dit-elle, comprenant enfin.

— Je ne sais pas si cela suffit à expliquer la mort de mon fils, mais c'est déjà quelque chose, ajouta Ric. Et dernièrement, j'arrive à m'endormir plus facilement le soir.

— Qu'est-ce que je dois faire, à ton avis ? demanda Serena, anxieuse de trouver une solution.

— Mon souci n'a jamais été de ne pas pouvoir revenir en arrière pour changer ne serait-ce qu'une seule de ces choses insignifiantes. Ma plus grande peine, je la ressens quand je regarde ceux qui sont différents de nous, dit Ric en indiquant les gens dans la salle. Les gens pensent au risque de mourir, mais ils ignorent à quel point il est dangereux de vivre.

Serena comprit le message. Les personnes comme Ric et elle savaient trop bien quel hasard se cache dans tous les recoins de la vie. Ils avaient donc un avantage par rapport aux autres. Ils pouvaient se permettre de ne plus avoir peur de rien.

Voilà pourquoi, pour elle, il existait désormais un espoir.

4

— J'accepte l'invitation à déjeuner.

Trois semaines avaient passé et, à la façon dont Lamberti la regarda, Serena crut qu'entre-temps il l'avait oubliée. Elle désira ardemment s'enfoncer dans les viscères de la terre.

Ils se trouvaient dans le couloir du département de physique, au milieu d'un va-et-vient d'étudiants. Serena sentait le regard des autres sur elle. La réaction amusée de ces étrangers la mettait mal à l'aise.

Lamberti regarda l'heure.

— Ça tombe bien, j'ai faim !

Serena poussa un soupir de soulagement, mais lui dit qu'elle avait peu de temps.

— Ma pause déjeuner n'est pas longue, j'ai mis vingt-cinq minutes pour venir ici à vélo et il me faudra le même temps pour rentrer à la maison d'édition.

Fabio Lamberti ne se démonta pas.

— Je connais un endroit qui fait des sandwichs corrects : on peut s'en sortir en un quart d'heure.

Ainsi, leur première sortie ensemble dura un quart d'heure et les sandwiches étaient corrects. Ils en mangèrent un chacun. Jambon omelette pour Lamberti. Thon, céleri et tomate pour elle. Et ils prirent deux jus frais de pomme, carotte et gingembre.

Quand elle repartit, Serena se rendit compte qu'elle en savait déjà suffisamment sur cet homme. Des détails, mais fondamentaux. Il adorait les chiens. Il avait une moto mais il aimait aussi faire du vélo. Il fréquentait les mêmes amis depuis le collège, ils se retrouvaient tous les jeudis soir pour jouer au foot. Près de chez lui il y avait un bowling qui servait à manger, même si le choix se réduisait à de la friture de poisson ou du saucisson. Il jouait de la batterie dans un groupe de rock progressif et il aimait Jethro Tull, la bière brune et les fêtes de village. Petit, il était une terreur. Il portait des lunettes de lecture. Il collectionnait les bandes dessinées. Il avait choisi d'étudier la physique dès son plus jeune âge, après avoir vu le film *Retour vers le futur*.

Elle l'écouta sans dire un mot. Il occupa tout le temps de parole. Serena, elle, était bloquée par son passé. Pas seulement par Aurora, mais par ce qu'elle était elle-même dans sa vie précédente. À savoir, l'opposée exacte du professeur Lamberti. Elle craignait d'être jugée pour son ambition démesurée, son cynisme, le luxe, l'argent. En plus, elle ne pouvait pas lui raconter son présent. Du moins, pas tout. Elle avait honte de sa souffrance, de sa dépression, de la fuite du monde qui avait caractérisé sa vie les dernières années.

Toutefois, Serena trouva incroyablement désirable l'existence de cet homme. Elle eut envie d'en faire partie, au moins pour en parler avec la même joie que lui.

Contrairement à ce qu'elle avait imaginé, pendant les quinze minutes qu'ils passèrent ensemble la différence d'âge ne se fit pas sentir. Et puis, il était célibataire.

À la fin, Lamberti lui proposa de se revoir. Toutefois, se rappelant que quand il l'avait invitée à déjeuner elle avait failli s'évanouir dans l'escalier de la maison d'édition, il s'empressa de la rassurer : ce serait simple.

— Un goûter, une part de pizza, un kebab. Maximum vingt minutes.

En lui arrachant un sourire, il avait réussi à gagner sa confiance. Elle se sentait à l'aise à l'idée de le revoir bientôt.

Les rencontres se succédèrent. En réalité, ils partagèrent plus que des casse-croûte. Au bout d'un mois, le dîner avec le professeur était devenu le rendez-vous fixe du mardi. Selon lui, le mardi était le jour le plus triste de la semaine, donc parfait pour se voir.

— Pourquoi le jour le plus triste ? demanda Serena.

— C'est difficile à admettre, mais le lundi on a encore l'énergie du week-end. Le mardi, c'est terminé et en plus le week-end suivant est encore loin.

En plus de leurs dîners hebdomadaires, ils se parlaient chaque jour au téléphone. Bientôt, en plus du coup de fil du soir, après le travail, s'ajouta celui du matin, puis celui de la fin de soirée.

Ils se racontaient ce qui s'était passé dans leurs vies pendant les heures durant lesquelles ils ne s'étaient pas parlé. Lamberti insérait toujours dans ses récits quelques anecdotes amusantes ou quelques histoires du passé, faisant souvent référence à des amis ou des proches. Serena, elle, parlait surtout des livres ou de ce qu'elle avait fait récemment, seule. Elle n'évoquait jamais personne. Elle ne pouvait certes pas lui parler du groupe des Glitch, sinon elle aurait aussi dû lui expliquer pourquoi elle participait aux réunions de la docteure Nowak.

Parfois, Lamberti essayait de lui faire parler de quelque chose qui remontait à plus de trente jours. Il était curieux, mais ne la forçait jamais. C'était comme si la vie de Serena avait commencé quand ils s'étaient rencontrés. D'ailleurs, c'était un peu vrai.

— À mon avis, le professeur imagine que tu es une criminelle repentie qui essaie de cacher son passé, supposa Veronica un jour.

— Comme une Nikita, ajouta Benedetta. Quelqu'un se souvient de ce film ? Un chef-d'œuvre !

— C'est vrai, commenta Max. Enfin, tu n'es pas une criminelle, bien sûr.

— D'après vous, qu'est-ce que je devrais faire ? demanda Serena avec anxiété. Je ne pense pas pouvoir tenir encore longtemps. Tôt ou tard il va avoir des soupçons, et je ne veux pas qu'il imagine des choses qui n'existent pas.

Elle craignait que Lamberti ne rencontre quelqu'un qui connaissait la Serena d'avant et lui raconte tout sur elle. Le monde était vraiment petit.

— Tu as peur de le perdre en taisant la vérité, mais aussi qu'il prenne la fuite si tu la lui racontes, synthétisa Ric.

— Le fait est que nous sommes notre passé, c'est inévitable, intervint la docteure Nowak. Mais pour avoir un avenir, il faut surtout investir dans le présent. On peut en discuter pendant des heures, mais la seule question que j'ai envie de te poser, c'est si avec ce professeur Lamberti vous avez au moins échangé quelques baisers…

Tout le monde mourait d'envie de le savoir mais personne n'avait osé le demander. Nowak avait été directe, et elle cuisinait Serena sans même cacher son amusement.

Jusque-là, il n'y avait eu aucun contact physique entre Lamberti et elle. En un sens, la psychologue l'invitait à se laisser aller.

— Si vous ne baisez pas, ça ne va pas durer, conclut Ric.

Serena n'avait aucune envie de « baiser ». En fait, peut-être que si, mais ce n'était pas le sujet. Alors elle décida d'en parler au professeur avant que ce ne soit lui qui évoque « l'éléphant dans la pièce ».

— Je sais que tu voudrais me poser beaucoup de questions, dit-elle d'un trait. Mon passé est comme un paquebot qui aurait coulé au beau milieu de l'océan. Il est plein de fantômes et je ne sais pas si j'ai envie de plonger jusque-là avec toi.

— Tu sais, je ne suis pas pressé, la rassura Lamberti.

Était-il sincère, mentait-il ? Le fait qu'il ait retardé le moment des révélations fit comprendre à Serena que pour lui aussi leur relation était importante. Peut-être y avait-il un avenir à l'horizon.

— Je ne suis pas une criminelle. Et je crois que le moment est venu de nous embrasser.

Ce premier baiser eut beaucoup de conséquences, comme prévu par l'effet papillon.

Pendant les deux mois qui suivirent, Lamberti lui présenta une quantité inimaginable d'amis. Y compris ceux qu'il fréquentait depuis l'enfance. Puis vint le tour de la famille. Le professeur était le quatrième d'une fratrie de six et ses parents, encore assez jeunes, adoptèrent littéralement Serena.

Elle ne s'était jamais sentie autant au centre de l'attention. Tout le monde faisait preuve d'une gentillesse inouïe envers elle. Pourtant, ils évitaient soigneusement de l'interroger sur son passé ou sur sa famille. Elle comprit donc que Lamberti leur avait demandé de réfréner leur curiosité.

L'histoire du navire naufragé fonctionnait aussi pour eux.

À un moment, Serena se demanda si le professeur et elle étaient techniquement « en couple ». Elle n'avait jamais été la compagne de qui que ce soit, et elle n'avait jamais ressenti le besoin d'être considérée comme telle. Mais d'une certaine façon, ce statut exclusif la gratifiait. Elle savait qu'elle était enviée par les étudiantes du professeur, elle avait bien vu leurs regards. Lamberti, lui, n'avait d'yeux que pour elle. Sa sollicitude était telle que, si un jour Serena disait aimer les tulipes, le lendemain matin elle en trouvait un bouquet devant sa porte.

Elle aurait peut-être dû lui présenter le groupe des Glitch : cela aurait constitué une belle preuve pour tous les deux. Mais elle n'était pas encore prête.

Un soir, après qu'ils aient vu un film au cinéma, Lamberti lui raconta qu'il avait hérité d'une ferme de ses grands-parents maternels qu'il avait envie de rénover afin de s'y installer. La maison se trouvait en ville, dans un ancien quartier ouvrier, l'Ortica.

— Un petit bout de campagne qui a survécu au béton, conclut-il.

Étant donné son enthousiasme, Serena comprit qu'il voulait lui proposer de venir y vivre avec lui. Cela aurait été formidable, surtout pour Gas. Le chat avait déjà manifesté sa jalousie envers Lamberti en le griffant à plusieurs reprises.

Comme toujours, la docteure Nowak essaya de l'aider à prendre une décision.

— Qu'est-ce qui te fait peur ?

— Cela fait quelque temps que je n'ai plus eu de crise.

— Alors cela signifie que cette relation te fait du bien.

— Si c'était vrai, je révélerais à Lamberti que trois soirs par semaine je vois un groupe de tarés, au lieu d'inventer d'improbables cours de poterie, de yoga et de cuisine créative.

— Tu as peur que si tu vas vivre avec lui il s'aperçoive que tu ne sais ni cuisiner, ni méditer, ni fabriquer des bibelots ?

— Épargne-moi ton sarcasme. Et si je ne suis pas bien avec lui ? Ou pire, s'il n'est pas bien avec moi ?

— Dans ce cas, tu retourneras dans ton appartement et tu reprendras ta vie d'avant. Tu as connu la souffrance irréversible, l'idée d'avoir mal pour autre chose que la mort de ta fille ne devrait pas t'inquiéter.

C'était vrai, et ceci était son superpouvoir. Une sorte de bouclier protecteur.

Pourtant, Serena hésitait.

Ainsi, comme toujours, le destin décida pour elle.

5

Tout commença après un dîner mexicain. Serena vomit toute la nuit, le lendemain matin elle était dans un état lamentable. Son malaise perdura les jours suivants. Lamberti supposa qu'elle avait la grippe, mais elle n'en était pas convaincue.

Après tout, Aurora avait révélé sa présence dans le ventre de sa mère d'une façon similaire, après être restée bien tranquille pendant quatre mois. Dans le doute, et non sans crainte, Serena courut acheter un test de grossesse.

Cette fois encore un petit être, dont elle ignorait encore tout, l'avait dupée.

Sachant ce que signifiait perdre un enfant, elle aurait dû être terrorisée à l'idée que cela puisse se reproduire. Elle était consciente qu'avec l'arrivée imminente de quelque chose de plus précieux qu'elle-même, elle perdait son superpouvoir. Pourtant, étrangement elle se sentait dans une sorte d'état de plénitude.

Voilà pourquoi je n'ai plus de crises dépressives, pensa-t-elle.

Quand elle annonça la nouvelle au professeur, les yeux de l'homme se remplirent de larmes. Serena n'avait jamais vu un homme pleurer. Ou plutôt, elle n'avait jamais vu un homme pleurer de joie. Elle était certaine que le père d'Aurora n'aurait pas eu la même réaction, si à l'époque elle avait pu lui dire qu'ils attendaient une fille. De toute façon, comme elle ignorait de qui il s'agissait, le problème ne se posait pas.

Une partie d'elle-même aurait voulu que Lamberti lui demande d'avorter. Mais il sembla endosser immédiatement le rôle que Serena lui proposait inconsciemment.

Ils décidèrent d'aller vivre ensemble dans la fameuse maison de l'Ortica. Deux étages, un joli jardin à l'arrière et même une petite serre. Serena n'avait aucune idée de comment cultiver un potager. Elle prit quelques livres pratiques à la maison d'édition et se mit au travail.

Quelques mois plus tard, en septembre, les légumes avaient poussé, tout comme son ventre.

Il restait quelques semaines avant le terme et Serena allait moins souvent aux rencontres avec les Glitch. Bientôt, elle prendrait son congé maternité.

Entre-temps, le livre du professeur était sorti et obtenait un certain succès, y compris critique. Serena en était fière car son avis positif avait contribué à le faire publier.

Tout allait pour le mieux, même si elle avait parfois du mal à y croire.

Jusqu'à ce qu'un jour ordinaire, elle ressentît un vertige et un dépaysement inhabituels. Peut-être était-ce lié au rêve qu'elle avait fait la nuit précédente ?

Elle avait eu l'impression que quelqu'un lui brossait les cheveux dans le noir. Ce qu'elle avait éprouvé était doux et inquiétant. Elle s'était sentie à la fois protégée et menacée. Cette sensation avait duré une partie de la matinée, puis elle s'était estompée en même temps que le souvenir du rêve.

En rentrant du travail cette après-midi-là, avec un poulet rôti et des pommes de terre de chez Giannasi, Serena trouva le professeur assis au salon.

À ses pieds, il y avait une petite caisse en bois marquetée. Lamberti n'avait pas regardé ce qu'elle contenait.

— Un livreur d'une société de courtage en Bourse est venu et il a laissé cette boîte pour toi. Il a dit qu'elle était dans leur bureau depuis un an, mais qu'ils venaient juste de trouver ton adresse.

Serena comprit que l'expression « société de courtage » avait sonné étrangement aux oreilles de Lamberti.

— Au début, j'ai pensé que le livreur s'était trompé, poursuivit-il.

Puis il avait compris de lui-même qu'un petit fragment du passé, que Serena pensait cacher dans une épave, s'était détaché, avait réémergé et était arrivé jusqu'à eux.

Son ancienne vie était revenue frapper à la porte sous les traits d'un livreur.

— Il a dit autre chose ?

— Il a seulement précisé que l'expéditeur est un certain Adone Sterli.

Serena regarda la boîte, imaginant les innombrables marque-pages qu'elle contenait. Elle aurait aimé se faire raconter encore une fois par son ami relieur les histoires de ces étranges reliques trouvées dans les livres perdus. Mais Serena ne pouvait pas se perdre dans les souvenirs car pour elle, le moment était venu de fournir une explication à l'homme qu'elle aimait. Ensuite, elle pourrait se concentrer sur le reste.

Par exemple, le fait que si cette caisse était arrivée jusqu'à elle, cela signifiait qu'Adone Sterli était sans doute mort.

6

— C'est Bianca, sa sœur, qui l'a trouvé... Sterli était mort depuis quelques jours.

Les paroles de Gasser ne la surprirent pas, la boîte expliquait déjà tout. Mais elle se demanda pourquoi Adone avait brisé leur pacte implicite du silence. Pourquoi la charger aussi de la peine de sa mort ?

Étrangement, dans le récit du chef de la police de Vion, Serena remarqua surtout que c'était la première fois qu'elle entendait le nom de Bianca Sterli. Elle avait bien conscience qu'il était superficiel de s'arrêter sur un pareil détail, mais le pyromane ne lui avait jamais dit comment s'appelait sa sœur, qui lui apportait à manger tous les jours.

Gasser confirmait ses pires craintes. Serena se demanda pourquoi, en entendant cette histoire qu'elle aurait préféré ignorer, son esprit se concentrait sur des détails insignifiants. Peut-être pour échapper à la douleur. Comment s'appelait la nièce d'Adone ? Quel âge avait-elle ? Et quelqu'un lui avait-il enfin révélé l'existence de son oncle ?

— Il a eu un bel enterrement, ajouta l'homme à l'autre bout du fil.

La voix de Gasser n'avait pas changé, Serena se posa la question de son aspect. Plus de six ans avaient passé.

— Comment est-ce arrivé ? demanda-t-elle, bien qu'elle ne fût pas certaine de vraiment vouloir le savoir.

— Le médecin légiste a écrit « causes naturelles », dit l'autre, comme pour préciser qu'ils n'avaient pas souhaité approfondir.

C'était presque une forme de respect pour un homme qui n'avait jamais fui ses responsabilités, et qui avait purgé l'entièreté de sa peine pour les crimes commis.

Si Adone avait envoyé à Serena sa boîte de marque-pages, cela pouvait signifier deux choses : soit le relieur avait eu vent de ce qui allait se passer, soit il avait trouvé un moyen de le provoquer.

Gasser lui apporta la confirmation qu'elle cherchait.

— Le chien était à côté de lui, également mort.

Elle imagina le diable noir, qui était en fait un animal très doux, dont elle n'avait jamais su le nom.

— Adone serrait un livre entre ses mains, poursuivit le chef de la police. Au début, j'ai cru qu'il s'agissait d'une Bible, mais il parlait de plantes.

Serena connaissait ce livre. Elle se rappelait le traité de botanique et repensa à la fois où son ami lui avait montré la lettre secrète qui se révélait grâce à la chaleur, écrite sur une des pages. Le stratagème de l'encre au sel de cobalt utilisé par deux amants pour cacher leur correspondance amoureuse. Elle ferma les yeux. Elle n'était pas certaine de vouloir en entendre plus.

— Dans tous les cas, dernièrement, Adone n'avait plus toute sa tête. Je suis allé le voir deux ou trois fois, il parlait seul et il m'a ignoré, ajouta Gasser pour essayer de la consoler.

— Merci.

— Et vous, comment allez-vous ?

— J'attends un enfant. C'est un garçon.

Cette révélation était la synthèse parfaite de son état d'âme. Pour les personnes comme elle, avoir un autre enfant signifiait aller de l'avant, mais aussi revenir en arrière. Dans ce choix coexistaient du courage et de nouvelles peurs.

— Je suis vraiment heureux de cette nouvelle, commenta Gasser avec sincérité. J'espère vous revoir un jour.

Pas moi, pensa Serena.

Puis ils prirent congé.

Après avoir raccroché, elle réfléchit au fait que pendant toutes ces années, elle n'avait pensé à Adone que brièvement, en évitant de s'attarder sur les moments qu'ils avaient passés ensemble chez lui. Comme s'il faisait lui aussi partie de l'horreur qu'elle essayait de laisser derrière elle. C'était injuste, elle le savait, car son vieil ami n'avait rien à voir avec ce qui était arrivé à Aurora.

Au contraire, il l'avait aidée à comprendre le piège dans lequel elle était tombée. Toutefois, le souvenir de leur nuit d'amour ne suffisait pas à effacer le reste.

C'était la dernière fois qu'ils se voyaient. Elle se rappela s'être rhabillée à la hâte en essayant de ne pas faire de bruit, avec l'espoir de partir avant qu'il ne se réveille. Mais Adone l'avait fixée sans dire un mot, toujours au lit. Et tous les discours du monde s'étaient condensés dans ce regard muet.

Que se serait-il passé si l'un des deux avait pris la parole ? Serena ne s'était jamais posé la question, mais le moment était venu de le faire. Adone avait compris qu'elle avait besoin de partir et d'effacer tout ce qui s'était passé à Vion, même lui.

Il avait respecté sa volonté et ne l'avait donc jamais contactée.

L'envoi de la boîte en bois était sa seule transgression. Une façon de ne pas être totalement oublié. Ou juste de revendiquer un petit rôle dans sa vie. Ou alors, c'était une confession posthume, une manière de lui faire savoir ce qu'il n'avait jamais pu lui dire. Qu'il l'aimait.

Grâce à cette dernière considération, Serena comprit que le temps du silence était révolu.

Dans la pièce à côté, le professeur Lamberti attendait de connaître une vérité qu'il avait attendue trop longtemps. Serena lui avait demandé de patienter encore un peu, le temps qu'elle passe un appel téléphonique, mais elle ne pouvait plus différer. Et elle allait utiliser cette déclaration d'amour d'Adone Sterli pour tout lui raconter. Oui, c'était une bonne chose.

— Je suis prête, déclara-t-elle en entrant dans la cuisine.

Il était assis à la table, les bras croisés.

— Moi aussi, répondit-il avec un sourire.

Serena s'assit en face de lui. Chacun était à la place qu'il avait choisie la première fois qu'ils étaient entrés dans cette maison. Personne ne la leur avait assignée, ils ne s'étaient pas consultés avant. Mais depuis, ils n'en avaient pas changé. Serena songea que c'est ce genre d'événements qui fait de deux personnes une famille : quand chacun sait quelle est sa place à table, ou dans le lit, ou sur le canapé. Après la première fois, cela ne change plus. Et quand l'autre, pour une raison quelconque, s'absente pour quelques jours ou pour toujours, cela reste tout de même sa place.

L'enfant qu'elle portait choisirait lui aussi sa place dans cette maison. Mais c'était encore trop tôt.

Ainsi, avant de commencer à parler, Serena observa une chaise vide et, mentalement, l'écarta pour qu'Aurora puisse s'y asseoir. Elle savait qu'à la fin du récit, sa fille se relèverait et partirait sans un bruit. Serena ne pouvait rien y faire, c'était la vie. Mais pour le moment, Aurora était revenue.

— Ce que tu vas entendre va probablement te bouleverser. Tu ne t'y attends pas, tu ne l'imagines pas. Une partie de moi craint que tu ne comprennes pas pourquoi je n'ai pas voulu en parler avant. Peut-être qu'ensuite tu me regarderas autrement, tu te sentiras bizarre. Mais quelque chose me dit que, à la fin, nous comprendrons tous les deux qu'il y a un sens, même si nous avons du mal à le saisir… C'est comme l'effet papillon : si ce que je vais te raconter n'était pas arrivé, nous ne serions pas ici et nous n'attendrions pas cet enfant ensemble.

Il lui prit la main. Serena s'y agrippa, parce qu'à la fin du récit cette prise l'aiderait à revenir du passé.

Elle pouvait choisir par où commencer. Elle opta pour une nuit de feu et de glace.

7

— Quand tu découvriras la vérité, il sera trop tard pour échapper à cette histoire, commença Serena.

Son récit se poursuivit jusque tard dans la soirée. Lamberti l'écouta en silence, sans jamais lâcher sa main. Parfois, l'expression du professeur changeait, exprimait l'effroi.

Partir du moment où Aurora avait été déclarée disparue après l'incendie du chalet avait été utile pour mieux présenter l'avant et l'après. Le plus difficile à avouer n'était pas cette enfant non désirée, conçue lors de vacances à Bali avec un amant d'une nuit, mais celle qui concernait la Serena d'avant. Insensible et agressive, gâtée, égoïste et égocentrique. Elle était convaincue que cette femme faisait peur à Lamberti et qu'il se demandait si elle était vraiment partie pour toujours ou s'il se retrouverait nez à nez avec elle un jour.

Elle lui parla du *teddy-bear* et dressa la liste de ses addictions. Elle lui confia à quel point tout ceci l'avait rendue fragile et manipulable, au point qu'elle avait été victime du chantage d'une bande sans scrupule. Elle eut honte d'admettre qu'elle avait risqué de se faire tuer, comme une idiote.

Quand vint le moment d'évoquer Adone Sterli, Serena fut saisie de regrets. Elle avait été cruelle avec lui, elle ne le comprenait que maintenant. Bien que cet homme l'ait sauvée, elle s'était débarrassée de tous les souvenirs.

Lamberti fut frappé par le personnage du relieur. Par son choix de vie solitaire, par la tendresse qu'il réservait aux livres, par les engins explosifs à l'odeur de biscuits. Un homme impossible à cerner, ni bon, ni mauvais.

Enfin, Serena parla de la docteure Nowak et surtout du groupe des Glitch, dont les membres étaient capables de la comprendre parce qu'ils avaient vécu des drames semblables au sien. D'une certaine façon, elle laissa entendre à Lamberti que ce qui la reliait à ces cinq personnes inadaptées la rendait irrémédiablement différente de lui. Malgré leur amour, il existait une distance impossible à combler.

— Il y a des endroits où tu ne peux pas entrer, prévint-elle. Des portes fermées que tu ne pourras jamais ouvrir.

À la fin de son récit, ils étaient restés un moment sans parler. Puis il lui avait demandé de lui parler d'Aurora, au moins une fois. Il voulait savoir qui elle était et à quoi avait ressemblé sa vie avant la nuit de l'incendie. Il avait promis à Serena qu'ensuite il ne lui poserait plus de questions, qu'il respecterait sa volonté de garder les souvenirs de sa fille pour elle.

Elle avait commencé par une phrase qu'elle n'avait pas prononcée depuis longtemps :

— Je suis un lombric. Aurora me ressemblait comme deux gouttes d'eau, hormis sa chevelure blonde bouclée.

En évoquant l'esprit de sa fille dans cette cuisine, Serena avait réussi à ne pas en dresser un portrait triste, et même à en sourire.

— Je n'ai jamais pleuré sa mort, avait-elle admis. Mais un jour par an, je serai différente. Tu ne comprendras pas pourquoi, tu auras envie de m'interroger. Ne le fais pas. Sache simplement que ce jour était celui de son anniversaire.

Après avoir accompli cet acte cathartique et libératoire, Serena se sentit un peu plus réconciliée avec son passé. Cela ne s'appelait pas encore guérison, mais au moins elle pouvait enfin exhiber sa cicatrice.

Le professeur était allé se coucher tandis qu'elle avait attendu l'aube. L'enfant qu'elle portait en elle était agité, lui aussi. Alors Serena s'installa avec un plaid sur le canapé, devant la cheminée éteinte. Puis elle prit la boîte de marque-pages que lui avait envoyée Adone et elle la posa sur ses genoux.

Elle l'ouvrit dans le silence de la maison où elle vivait depuis quelques mois, et ce fut comme inviter un vieil ami dans sa nouvelle vie.

Au fil des ans, le relieur avait ajouté à sa collection d'autres trésors retrouvés dans des livres oubliés par des lecteurs distraits et inconnus. De ces reliques, on pouvait déduire certains aspects de leur vie et même découvrir quelques secrets. Le ticket de caisse jauni d'un chapelier de Venise. La carte de visite d'un avocat spécialisé dans les divorces. Un hippocampe séché par le soleil. Un billet de loterie perdant, sur lequel avait été tracé un petit dessin obscène. Une image pieuse à l'effigie de saint Michel Archange. La carte du pendu sortie d'un jeu de tarot.

Les petits rien qui incarnent l'histoire d'une vie.

Combien de fois Adone avait-il essayé de reconstituer l'existence de ceux qui avaient perdu ou oublié leur livre, à travers ces objets ? Des êtres humains qu'il ne connaîtrait jamais, mais qui avaient malgré eux établi un contact avec lui. Ces marque-pages étaient des messages venus d'autres mondes. Serena se dit que dans le fond, nous sommes tous des extraterrestres les uns pour les autres tant que nous ne nous rencontrons pas. Elle avait hâte de raconter tout ceci à son enfant. À ce moment-là, elle décida que la collection d'Adone serait son premier cadeau.

Un jour, d'ici quelques années, ils imagineraient ensemble la vie de personnes inconnues.

Alors qu'elle formulait cette pensée, Serena piocha une photo dans la boîte.

Le papier brillant s'était décoloré et présentait des signes d'usure. Sur l'image, prise à l'intérieur d'une petite église, une fillette blonde d'environ trois ans, vêtue d'une robe blanche et de chaussures vernies noires, priait les mains jointes devant un autel surmonté d'un crucifix en bois.

Malgré ses cheveux raides, cette enfant était Aurora.

8

— C'est elle, et en même temps ce n'est pas elle… Je ne sais pas comment t'expliquer.

Après avoir découvert la photo, elle avait réveillé Lamberti. Elle aurait aimé être claire, mais elle se trouvait dans un tel état d'agitation qu'elle n'arrivait pas à mettre de l'ordre dans ses pensées. Il avait essayé de la calmer.

— D'accord, explique-moi à nouveau, s'il te plaît, l'invita-t-il en se redressant pour s'asseoir sur le lit.

Serena tenait la photo entre ses mains tremblantes, le regard rivé sur la fillette en robe blanche qui priait dans l'église.

— Déjà, je n'ai jamais pris cette photo. C'est quelqu'un d'autre qui l'a fait.

— Mais Aurora est morte à six ans et cette petite fille a environ trois ans, fit remarquer le professeur, se rappelant que dans le passé Serena avait cru que sa fille avait survécu à l'incendie.

— Je sais que c'est une vieille photo. Je le vois bien.

— D'accord, donc pour le moment, oublions la question de savoir qui l'a prise. Et oublions aussi la ressemblance entre les deux petites pour nous concentrer sur les différences. Qu'est-ce que cette enfant et Aurora ont de différent ?

— Les cheveux, répondit-elle spontanément. Leurs cheveux sont différents : elles sont blondes, mais Serena avait une crinière bouclée indomptable.

— Tu vois ? Nous avons déjà deux différences importantes. Tu n'as jamais pris cette photo et les cheveux de cette fillette sont raides. Quoi d'autre ?

Serena fixa à nouveau l'image.

— Je ne sais pas... peut-être, maintenant que je la regarde mieux, que son nez est légèrement différent. Son visage est plus rond et, dans la symétrie du visage, les yeux ne sont pas placés tout à fait pareil par rapport aux pommettes. Mais ce sont des détails. Comme quand on regarde des jumelles. Au départ elles ont l'air identiques, puis on se rend compte qu'elles ne le sont pas. Et quand on détourne le regard un instant et qu'on les observe à nouveau, elles redeviennent semblables.

Lamberti avait saisi le sens, mais ne pouvait pas exprimer de jugement.

— Je ne peux pas t'aider parce que je ne sais pas à quoi ressemblait Aurora.

En effet, il n'y avait qu'un moyen pour lever l'incertitude. Le moment était venu de récupérer une photo d'Aurora sur le Cloud où Serena avait enterré toutes les images d'elle. Elle alla chercher son téléphone.

Quand elle revint dans la chambre, le professeur était en train de s'habiller.

Serena s'assit sur le fauteuil à côté du lit et, après avoir ouvert le site Internet sur le navigateur de son portable, elle entra le nom d'utilisateur et le mot de passe pour accéder à la mémoire artificielle où elle avait déversé tous ses souvenirs. Son cœur battait fort, ses muscles étaient en tension.

Cela faisait presque sept ans que Serena ne voyait le visage de sa fille que dans ses pensées.

La première image qui apparut eut l'effet d'une gifle. Aurora souriante, les yeux brillants, la tête légèrement penchée vers la droite. Sa fille prenait souvent cette pose sans s'en apercevoir. Il existait des dizaines de photos semblables à celle-ci.

Serena tendit le téléphone à Lamberti.

Le professeur s'approcha et scruta le visage de la fillette sur l'écran. Il inspira un grand coup.

— Donne-moi un instant. J'ai besoin de m'habituer à l'idée qu'il s'agit de ta fille.

C'était compréhensible. Après quelques instants, il reprit :

— En effet, la ressemblance est assez marquée.

— Attends, je peux te donner une preuve supplémentaire, intervint Serena en cherchant quelque chose dans le Cloud. Voici Aurora à trois ans, dit-elle ensuite en lui montrant un cliché où sa fille avait l'âge de la fillette jumelle sur la photo que possédait Adone.

Cette fois, Lamberti resta bouche bée.

— C'est la même enfant, sans l'ombre d'un doute.

— C'est comme si Aurora avait vécu deux vies parallèles. Comme dans la théorie du multivers, ajouta-t-elle en brandissant le cliché trouvé dans la boîte d'Adone. Dans une vie elle était avec moi à Milan, dans l'autre elle portait une robe blanche et priait dans cette église. Dans l'une elle avait les cheveux bouclés, dans l'autre ils étaient raides.

— Tu es en train de dire que cette photo vient d'une autre dimension ? lui demanda Lamberti, qui craignait sérieusement qu'elle ne soit devenue folle.

Serena leva les yeux vers lui.

— Je suis en train de dire qu'il est absurde que cette photo vienne justement de Vion, l'endroit où Aurora est morte.

9

La provenance de la photo était une preuve irréfutable. S'agripper à la coïncidence que tout était lié une fois encore à Vion lui permettait de se convaincre que la ressemblance entre Aurora et la petite fille de l'image ne pouvait pas être un hasard.

Une nouvelle obsession était en train de naître chez Serena. Et elle ne pouvait rien y faire.

— J'ai écouté des dizaines de témoignages de patients qui étaient certains d'avoir rencontré dans la rue leurs enfants morts depuis longtemps, lui expliqua la docteure Nowak au téléphone. C'est comme une sorte de mirage : tu vois un enfant de loin et tu penses que c'est le tien. Puis tu t'approches et tu découvres que ce n'est pas lui.

— Mais cette fois, il y *a* une photo, insista Serena pour essayer d'exclure que ce soit son esprit qui lui joue un tour.

— En réalité, ton cas n'est pas si différent de ceux que je viens de te citer. Tu sais qu'il est impossible que la fille de la photo soit la tienne, parce que tu dis toi-même qu'il existe des différences importantes, pourtant tu t'obstines à vouloir croire que c'est un signe.

Serena ne savait pas quoi répondre. Elle se tut.

— Et puis, en ce qui te concerne, il y a un précédent : tu étais convaincue qu'Aurora était encore en vie. Et cela s'est mal terminé.

La docteure Nowak avait raison. Serena aurait mieux fait de détruire la photo d'Adone et de laisser tomber. Ne serait-ce que parce qu'elle était enceinte. En effet, ces dernières heures, l'agitation lui avait causé des contractions.

— C'est absurde, je suis en train de replonger, déclara-t-elle dans un éclair de lucidité.

À l'autre bout du fil, il y eut un silence.

— Quand pars-tu ? demanda ensuite la psychologue, certaine qu'elle avait pris sa décision.

Serena baissa les yeux sur le sac à dos posé à ses pieds.

— Maintenant.

Elle avait enfilé une veste, elle était prête à sortir. Elle avait appelé Nowak à la porte par scrupule, avec l'espoir que la thérapeute la ferait changer d'avis. Mais elle n'avait pas réussi.

— J'ai laissé un mot au prof, avoua-t-elle, parce qu'elle n'avait pas eu le courage de le lui dire en face. Trois jours, j'ai juste besoin de *trois jours*. Je ne demande pas la lune, non ?

Mais la docteure Nowak avait bien compris qu'il y avait autre chose.

— Pourquoi tu ne veux pas qu'il vienne avec toi ?

— Parce que je crains de l'entraîner dans le gouffre dont j'ai désespérément essayé de sortir. Et parce que j'ai besoin de lui ici. Sinon, je pourrais n'avoir jamais aucune raison de revenir.

La route sans retour

1

Son troisième voyage à Vion eut lieu dans la vieille voiture de Lamberti.

À cause de son gros ventre, Serena était contrainte de reculer le siège, aussi elle conduisait les bras tendus vers l'avant. Malgré cela, le trajet passa relativement vite. Elle ne fit que deux courtes haltes pour se dégourdir les jambes, s'hydrater et uriner.

Elle fit son entrée dans la vallée en début d'après-midi. Le paysage était exactement tel qu'elle se le rappelait. Un décor de conte de fées. Elle l'avait toujours vu d'hiver. La fois précédente, elle était partie au tout début du printemps. Cette fois c'était septembre, l'été cédait peu à peu la place à l'automne. Les arbres avaient commencé à perdre leurs feuilles et les couleurs de la nature viraient vers le jaune et le orange.

Serena passa devant la station-service où, six ans plus tôt, elle avait fait le dernier plein de son 4x4, avec la conviction qu'elle ne reviendrait jamais dans cette ville. Elle se souvenait encore de la prière muette avec laquelle elle avait conjuré l'âme d'Aurora, où qu'elle soit, de la libérer de son rôle de mère.

Tu es aussi forte que moi. Mais maintenant, tu dois me laisser partir.

C'était comme si cette fois encore sa fille la rappelait à elle. Mais désormais, Serena n'était plus seule. Le petit être qu'elle portait dans son ventre lui rappelait à chaque instant qu'elle ne pouvait pas se mettre en danger.

Elle regarda l'heure : Lamberti allait bientôt rentrer à la maison. Comment allait-il réagir en lisant son mot ? Serena s'attendait à un appel de sa part, d'un moment à l'autre. Elle aurait voulu le rassurer et lui dire qu'elle avait un plan. Mais elle s'était contentée de glisser dans une poche de son sac à dos la photo de la fillette de trois ans identique à Aurora, et elle n'avait aucune idée de ce qu'elle allait en faire.

Elle arriva en ville. Vion n'avait pas beaucoup changé. Serena se sentit claustrophobe en parcourant de nouveau les rues qui lui étaient devenues familières à cause de la mort de sa fille.

Sans y réfléchir, elle se retrouva à l'endroit où se dressait le chalet avant qu'il soit détruit. Les barrières de sécurité avec le trompe-l'œil représentant des scènes de montagne avaient été retirées. À la place du bâtiment, il y avait une place avec une fontaine au centre et des parterres de fleurs. Il était réconfortant de voir les enfants y courir en riant.

Serena passa ensuite devant le poste de police. Elle regarda l'entrée en se demandant si Gasser était dans son bureau. Elle préférait ne pas le croiser, ne pas lui signaler qu'elle était de retour.

La nuit allait bientôt tomber alors, après une halte dans une épicerie, elle se dirigea vers la résidence située un peu à l'extérieur du centre-ville.

Quand elle avait réservé, elle avait demandé le même mini-appartement que celui qu'elle avait occupé six ans plus tôt.

Elle monta lentement les marches jusqu'au premier étage, en se tenant à la rampe. Elle avait oublié qu'il n'y avait pas d'ascenseur. Quand elle se retrouva devant la porte, son téléphone émit un son, annonçant l'arrivée d'un SMS.

Il était de Lamberti.

Elle le lut, le cœur en émoi.

Il désapprouvait sa décision d'entreprendre seule ce voyage. Il le lui reprochait en soulignant que, dans son état, elle aurait dû faire plus attention. Toutefois, il ne semblait pas fâché. Inquiet, plutôt. Ceci troubla Serena, qui n'était pas habituée au fait que quelqu'un se soucie d'elle. Après leur divorce, ses parents s'étaient refait une vie très rapidement et Serena avait toujours pensé qu'elle était une sorte d'accident de parcours dans leur existence. Son père et sa mère se renvoyaient la responsabilité de son bien-être, et donc aucun des deux ne s'en occupait vraiment. Quant à Aurora, elle n'avait pas eu le temps de grandir ni de comprendre qu'elle et Serena étaient seules au monde, et donc qu'elles dépendaient l'une de l'autre.

Après avoir lu le message de Lamberti, Serena rangea son téléphone dans son sac à dos, qu'elle posa devant la porte de l'appartement à côté du sac de courses. Puis elle ouvrit la porte, entra et regarda autour d'elle.

Les murs du salon étaient toujours recouverts de lambris mais la moquette marron avait été remplacée par un parquet clair. On avait également changé le tissu du canapé deux places, il n'était plus à carreaux mais rouge. Le téléviseur avait disparu. Serena avait oublié la porte-fenêtre coulissante et le balcon qui donnait sur le parking. La petite table en métal et la chaise en plastique n'étaient plus là non plus.

Le coin cuisine sur la droite avait été modernisé, les plaques électriques remplacées par des plaques à induction. Le mini-réfrigérateur était également neuf, il ne ronflait plus. La chambre à coucher et la salle de bains avaient de toute évidence subi un relooking total. Désormais, les tons ocre prévalaient.

Serena regretta un peu le côté sordide du lieu, elle ne reconnaissait pas sa tanière d'autrefois. L'appartement était devenu impersonnel. Même l'odeur de cigarette, qui se mêlait à celle de désodorisant au pin, avait disparu. Mais il restait le cendrier en céramique portant la marque d'un apéritif célèbre.

Comme toujours, durant son séjour, aucun service de ménage n'était prévu et les draps et serviettes n'étaient changés qu'une fois par semaine. De toute façon, elle ne comptait en utiliser qu'un seul jeu.

Trois jours, se répéta-t-elle. *Trois jours et je rentre à la maison, ceci est le pacte.*

Elle n'avait pas beaucoup de temps, aussi elle dîna rapidement de ce qu'elle avait acheté à l'épicerie. Juste après, elle irait au premier endroit qu'elle voulait visiter.

Elle aurait voulu ne pas avoir peur de l'obscurité.

2

Dans le noir, il lui fallut plus de temps que prévu pour arriver au chalet d'Adone.

La maison était comme dans son souvenir, isolée au milieu d'une vaste clairière, entourée par les montagnes. Le ciel était limpide et étoilé, la lumière de la lune conférait au lieu un aspect à la fois doux et sinistre.

Serena descendit de la voiture. Elle portait un blouson pour se protéger de la fraîcheur du soir. Elle remonta la fermeture Éclair et partit, son sac sur le dos.

L'habitation semblait inoccupée, mais elle avait eu la même impression quand son ami y vivait.

Pas de fumée dans la cheminée, se rappela-t-elle.

La première fois qu'elle était venue, elle était entrée sans autorisation, elle s'était évanouie en se cognant la tête et s'était réveillée dans le lit d'Adone, situé dans le laboratoire à l'arrière du chalet, dérangée par l'odeur de ce qui était en fait de la colle végétale, entourée de macabres instruments de torture qui étaient en fait de simples outils servant pour la reliure.

En y repensant, Serena secoua la tête, encore honteuse d'avoir été aussi stupide.

La porte principale était fermée, on ne pouvait pas entrer. Elle fit le tour du bâtiment en inspectant les fenêtres, jusqu'à en trouver une qui paraissait simplement poussée.

Elle appuya sur les battants mais ils étaient bloqués, et il lui fallut un moment pour avoir raison des gonds rouillés.

La fenêtre finit par s'ouvrir en grand. Serena escalada tant bien que mal, encombrée par son ventre, et s'introduisit dans la maison.

Elle avait apporté une lampe torche, qu'elle alluma pour éclairer les pièces ensevelies sous la poussière et la mélancolie. Être là n'avait rien d'agréable, mais elle essaya de ne pas y penser.

Elle se dirigea vers l'ancien laboratoire.

Elle évita de poser son regard sur le lit où elle avait fait l'amour avec Adone et où il avait été retrouvé sans vie. En revanche, elle jeta un coup d'œil au plan de travail. Tout était en ordre, comme en attente. Il y avait ses gants en caoutchouc noirs mais la radio grâce à laquelle son ami écoutait de la musique classique était tristement éteinte.

Pour ne pas céder à la nostalgie, elle se focalisa sur le labyrinthe de livres.

Ils avaient été emportés. Elle en fut infiniment déçue.

Elle était convaincue que celui qui contenait la photo qui s'était retrouvée dans la caisse en bois était toujours là. En réalité, la probabilité était assez faible, mais elle n'avait rien d'autre à quoi se raccrocher.

Elle espérait, en trouvant le livre, découvrir quelque chose de plus sur l'image de la mystérieuse fillette. Peut-être un nom noté entre les pages. Une dédicace. Ou même juste le tampon du magasin où il avait été acheté. Un signe pour reculer un peu la frontière de l'ombre.

Elle aurait dû imaginer que, après la mort d'Adone, le chalet serait vidé.

Il ne restait que la pile de livres irrécupérables. Jetés dans un coin du laboratoire, ils étaient en train de moisir. Serena regarda ces livres, abandonnés parce que trop abîmés pour valoir encore quelque chose. Il n'y avait plus personne pour les réparer : elle se sentit très triste.

Elle s'apprêtait à renoncer à sa recherche, mais elle changea d'avis : c'était de ces livres au rebut qu'était sorti l'essai sur le multivers grâce auquel Adone lui avait offert une nouvelle perspective sur son propre destin et sur celui d'Aurora.

Peut-être cette pile en vrac avait-elle quelque chose à lui offrir ?

Sans grandes attentes, elle se dirigea vers le coin où ils étaient entassés, posa son sac à dos par terre, se mit à quatre pattes et entreprit de fouiller. Elle prenait les volumes, puis elle les éclairait rapidement de sa torche en espérant qu'un détail attire son attention. Mais il n'y avait rien d'intéressant et, malheureusement, c'était sa seule piste.

Après une vingtaine de minutes, elle s'accorda une pause. Elle sortit sa gourde de son sac. Autrefois, elle aurait été remplie de *teddy-bear*, ce jour-là elle ne contenait que de l'eau. Elle s'assit, étendit ses jambes pour laisser de l'espace à son ventre et but une longue gorgée.

Elle se demanda où étaient passés les autres livres du laboratoire.

Sans doute la sœur d'Adone les avait-elle emportés, se dit-elle en repensant à la fois où elle avait aperçu la femme devant le chalet, en train de charger une caisse dans une fourgonnette sur le côté de laquelle figurait l'inscription « Livres », décolorée par le temps.

Elle décida d'aller lui parler. Cette femme pouvait peut-être l'aider.

En attendant, elle se remit à contrôler les livres qui se trouvaient devant elle, pour achever ce qu'elle avait commencé. Elle arriva presque à la fin de la pile. Quand elle fut certaine qu'elle ne découvrirait rien d'intéressant, elle saisit un livre qui, en apparence, ne présentait aucun défaut justifiant le rebut.

Il était juste vieux.

Le Village magique de Noiv, lut-elle sur la couverture. Sous le titre était dessinée une forêt. Par endroits, cachés derrière des arbres, des rochers ou des buissons, pointaient des bonnets de gnomes. Serena remarqua que *Noiv* était Vion à l'envers. Elle ouvrit le livre et, sur la première page, découvrit un nom écrit au crayon.

STERLI ADONE.

L'écriture était celle d'un enfant et elle eut la confirmation que ce volume n'était pas comme les autres : il venait du passé de son ami. Si c'était un objet aussi personnel, alors pourquoi avait-il fini parmi les livres irrécupérables ? Sur la même page elle lut une autre inscription, qui à première vue lui évoqua une formule chimique.

$CoCl_2.2H_2O.6H_2O$

Cette fois, l'écriture était plus adulte et tracée au stylo rouge. Cette inscription pouvait ne rien signifier mais, dans ce contexte, elle détonnait.

On aurait dit un rébus.

Serena ne pouvait pas être certaine que son ami en était l'auteur. Toutefois, quelque chose lui faisait penser que ce recueil de contes avait été laissé là exprès.

Bien décidée à résoudre l'énigme, elle feuilleta le livre. Il racontait les aventures des gnomes d'un mystérieux village, situé dans un endroit secret des Alpes. Le coin d'une page était corné. Elle alla jusqu'à la page correspondante et découvrit l'histoire de deux frères, Hasli et Malassér. En lisant rapidement le texte, elle comprit que le premier gnome était bon et généreux, le deuxième méchant. Hasli préparait des douceurs qu'il offrait à tout le monde. Malassér faisait des blagues cruelles, ce qui lui avait valu d'être banni du village. En plus, il entrait dans les maisons des humains pour les mettre sens dessus dessous, et souvent il déclenchait des incendies.

Serena pensa au petit Adone et à la tentation du feu qui, selon ses dires, avait commencé dès l'enfance. Après avoir parcouru l'histoire, elle revint à la première page, celle de la formule chimique. Elle repensa à la caisse de marque-pages que son ami lui avait envoyée avant d'en finir. Elle eut l'impression que ceci était étroitement lié à sa découverte du livre de contes.

Comme des miettes qu'elle devait suivre.

Dans tous les cas, dernièrement Adone n'avait plus toute sa tête. Je suis allé le voir deux ou trois fois, il parlait seul et il m'a ignoré. Serena se sentit coupable. Elle avait contribué, au moins en partie, au désespoir qui avait conduit Adone à s'ôter la vie. Il l'avait laissée approcher et elle l'avait trompé. Elle lui avait fait sentir un peu de chaleur humaine, sans penser aux conséquences du détachement. Même s'ils savaient tous les deux que, tôt ou tard, elle quitterait Vion. Adone ne lui avait jamais rien fait peser mais, une fois revenu à sa solitude, quelque chose s'était irrémédiablement brisé en lui.

— Je suis désolée, dit Serena comme s'il pouvait encore l'entendre.

Sans la photo de cette enfant si semblable à Aurora, elle aurait déjà abandonné la piste que le relieur semblait avoir laissée pour elle.

Avant de refermer le livre de contes pour le remettre là où elle l'avait trouvé, elle s'arrêta encore un instant sur la formule chimique.

Elle eut un déclic.

Serena sortit son téléphone de son sac à dos car avant de partir, elle voulait savoir de quel composé il s'agissait. Autrefois les téléphones ne captaient pas dans le chalet, mais les années avaient passé et maintenant, sur son modèle plus récent, apparaissait une barre de réseau. Serena ouvrit le navigateur et recopia les lettres, chiffres et symboles dans la barre d'un moteur de recherche. Elle attendit.

Le résultat la laissa sans voix. C'était un type de chlorure, vulgairement connu sous le nom de sel de cobalt.

Adone était mort en serrant dans ses mains le livre de botanique dont les pages cachaient un message d'amour secret, écrit avec une encre bleu ciel qui n'apparaissait qu'avec la chaleur.

Serena observa à nouveau la première page de l'histoire de Hasli et Malassér. Puis elle approcha le livre de sa bouche et souffla de l'air chaud dessus. Rien ne se produisit, mais elle ne renonça pas : elle répéta l'opération. Encore et encore.

Enfin, elle vit apparaître quelque chose sur le papier. Des lettres bleu ciel, peut-être l'ombre d'un mot qui, à cause de la température de la pièce, disparut immédiatement. Mais elle insista, avec l'espoir que son souffle chaud ferait réapparaître l'inscription.

Ainsi fut-il.

Il y avait des phrases cachées dans ces pages. Il lui fallut quelques minutes pour faire émerger les fragments du texte, parce qu'ils disparaissaient trop vite, elle devait se dépêcher de les lire. À la fin, elle parvint à composer un message énigmatique.

Trouve la première chouette.
Observe la neige autour du feu.
Achète des fleurs.

3

Elle avait emporté le livre de contes et avait passé une partie de la nuit à réfléchir aux indices que lui avait laissés Adone. Si on pouvait les considérer comme tels, plutôt que comme les élucubrations d'un homme coupé du monde qui s'apprêtait à se suicider. En plus, Serena n'était même pas certaine que ces indications soient pour elle.

Trouve la première chouette. Observe la neige autour du feu. Achète des fleurs.

Pourquoi Adone avait-il choisi d'écrire ces phrases avec du sel de cobalt, plutôt qu'à l'encre classique ? À qui voulait-il les cacher ? Il n'y avait peut-être pas de raison. Cela aurait pu être le fruit d'un délire de persécution. Serena ignorait l'état psychique dans lequel se trouvait son ami quand il les avait rédigées.

Quoi qu'il en soit, la moins fumeuse était sans aucun doute celle qui concernait l'achat de fleurs.

Au réveil, Serena considéra qu'il ne lui restait plus qu'à suivre le conseil. Et si elle ne trouvait rien, elle pourrait toujours porter des fleurs sur la tombe d'Adone.

Elle s'habilla, mangea des biscuits avec du lait, puis elle descendit en voiture en ville.

Elle chercha sur Internet les fleuristes de Vion. Il n'y en avait qu'un, situé dans le centre historique. Il s'agissait d'une petite boutique colorée. À défaut de vitrine, on y accédait directement par une porte donnant sur la rue, où les pots occupaient une bonne partie du trottoir.

Serena entra et se retrouva dans un dédale de plantes. L'espace était tellement réduit qu'il était difficile d'y évoluer avec un sac à dos. Elle ne vit pas trace d'un ou une fleuriste.

— Bonjour, lança-t-elle tout de même.

— Bonjour, lui répondit une voix féminine sortie des ténèbres de la petite serre. J'arrive !

Serena lorgna dans la direction d'où venait la réponse. Entre les végétaux, elle aperçut une ombre. La propriétaire était en train de confectionner un bouquet dans l'arrière-boutique.

Serena regarda autour d'elle, profitant de cette attente pour chercher des idées pour le jardin de la nouvelle maison à Ortica.

— Que puis-je faire pour vous ? reprit la fleuriste. Vous avez une exigence particulière ? Si c'est pour un cadeau, ce matin j'ai reçu des bouvardies, des arums et des roses. Et j'ai aussi de magnifiques zinnias.

Serena s'immobilisa. Cette voix lui semblait étrangement familière. Elle lorgna à nouveau entre les plantes en essayant de distinguer la femme. Cheveux châtains, yeux clairs, peau rosée. La quarantaine, poitrine généreuse. Elle ne se souvenait pas l'avoir déjà vue.

— Si vous voulez, je peux vous faire un bouquet avec des hortensias et des camélias. Elles sont toutes fraîches.

C'est alors que Serena entendit clairement une phrase dans sa tête.

Aurora va bien.

Ce fut comme être éjectée en arrière dans le temps, jusqu'à une nuit maudite. Dans son esprit, un téléphone se mit à sonner.

— *Aurora va bien.*

— *Mais ?*

— *Mais cette nuit il y a eu un incendie au chalet.*

Ces phrases étaient gravées dans sa mémoire, intactes. Et Serena n'aurait jamais imaginé qu'elle se souviendrait de la voix qui les avait prononcées. Mais c'était ainsi, comme une tache de marqueur indélébile.

Peu après, la femme vint jusqu'à elle. Bien sûr, Berta ne la reconnut pas. Elle sourit.

— Alors, vous avez vu quelque chose qui vous plaît ?

— Je suis la maman d'Aurora, dit Serena, convaincue que cette présentation suffisait.

La femme changea d'expression.

— Je vous attendais.

Achète des fleurs.

Le conseil d'Adone avait un sens, désormais.

4

Elles s'installèrent dans l'arrière-boutique, où se trouvaient deux fauteuils et une table basse en rotin. Berta lui offrit une citronnade fraîche. Elle saisit une carafe pour la servir, silencieuse et extrêmement calme. Serena se demanda si elle voulait gagner du temps, imaginant qu'il n'était pas simple pour la libraire de se retrouver devant elle.

La monitrice regardait son ventre, comme si elle cherchait un moyen de concilier cette grossesse avec l'idée de la fillette brûlée vive. De toute évidence, la fleuriste se posait une question : si Serena s'apprêtait à mettre au monde une nouvelle vie, pourquoi était-elle revenue dans le passé ?

— J'ai quitté la famille chez qui je travaillais, commença Berta en faisant allusion à son emploi précédent de gouvernante. Si nous ne nous sommes pas rencontrées il y a six ans, c'est parce que j'étais à Genève.

— J'ai essayé de vous appeler plusieurs fois sur votre portable. Vous n'avez pas répondu à mes appels ni à mes messages.

— J'ai reconnu votre numéro et je n'ai pas répondu par lâcheté car je pensais que vous vouliez m'insulter ou vous défouler sur moi. Je ne pouvais pas imaginer que vous étiez à Vion pour chercher des réponses sur la mort de votre fille. Je l'ai compris au moment où Luise et Flora ont voulu m'impliquer dans leur arnaque.

Serena décida de la croire.

— Pourquoi avez-vous dit tout à l'heure que vous m'attendiez ?

— Parce que je suis convaincue que dans la vie, tout revient. Nous ne nous sommes parlé qu'une fois au téléphone, toutes les deux, nous ne nous sommes jamais vues, rappela la femme qui avait confondu le prénom de sa fille avec celui de sa camarade Aurélie. Mais il y a quelques années, un homme est entré dans ma boutique et m'a posé des questions.

— Adone Sterli ?

— Oui. Il est arrivé à l'improviste. Je savais qui il était, à Vion tout le monde le connaissait. Mais nous savions aussi qu'il restait toujours enfermé dans son chalet. Personne ne l'avait vu depuis des années.

Serena se demanda ce qui avait poussé son vieil ami à abandonner son refuge pour descendre au village. Il devait y avoir une raison importante.

— Que vous a demandé Adone ?

— Il voulait que je lui raconte la dernière nuit au chalet. Mais je lui ai simplement répété ce que j'avais dit à la police, aux avocats, aux juges et à tous ceux qui m'ont interrogée après l'incendie.

Il y avait de l'impatience dans sa voix. Sans doute avait-il été difficile pour elle d'aller de l'avant après le drame.

— Et Sterli s'est contenté de cette version, ou bien il vous a demandé des précisions ?

— Quand j'ai achevé mon récit, il est parti sans un mot.

Serena posa son verre de citronnade pour sortir de son sac le livre de contes. Elle le posa sur la table en rotin et Berta le prit dans ses mains.

— Vous le reconnaissez ? demanda Serena à la monitrice.

— Tous les enfants qui ont grandi entre ces montagnes en possèdent un exemplaire. Esil, Balamel, Inoch et les autres gnomes sont les compagnons de notre enfance.

— Tout comme Hasli et Malassér de ce que je comprends.

— C'était l'histoire qui me faisait le plus peur et qui m'intriguait le plus.

En effet, il y avait dans ce conte des retournements de situation inquiétants qui lui donnaient des airs de récit d'horreur. Les enfants étaient effrayés mais aussi attirés par ce genre de récit.

— Le livre n'a pas d'auteur, fit remarquer Serena. J'ai pensé qu'il s'agissait d'un recueil de légendes populaires.

— Les noms, dit Berta. Ortofin, Mallik, Sinluk… Vous ne trouvez pas qu'ils sont bizarres ? Au départ ce n'étaient pas des gnomes, mais des démons de la montagne.

Cette affirmation frappa Serena.

— Dans le passé, les légendes avaient une fonction éducative : elles enseignaient aux enfants comment éviter le danger. Avec le temps, les histoires ont été édulcorées pour ne pas faire trop peur aux petits lecteurs.

— Je pensais que Hasli était gentil ?

— Il y a une version de cette histoire où l'on révèle qu'en réalité Hasli et Malassér sont le même gnome. D'abord il attire les enfants avec des douceurs, puis il les enlève.

— « Trouve la première chouette. Observe la neige autour du feu. Achète des fleurs. » Ces phrases vous évoquent quelque chose ?

Mais la femme secoua la tête.

Serena jugea que le moment était venu de sortir de son sac la photo trouvée dans la boîte de marque-page et de la montrer à Berta.

Quand elle l'observa, celle-ci changea immédiatement d'humeur.

— C'est Aurora. Pourquoi me la montrez-vous ? Vous croyez que j'ai oublié votre fille ?

Et puis, elle observa plus attentivement l'image.

— Non, ce n'est pas Aurora, affirma-t-elle en se calmant. Il y a quelque chose de différent… Je ne sais pas… Peut-être les cheveux raides… Mais pas seulement…

Serena avait attendu qu'elle y arrive par elle-même.

— Berta, à votre avis, cette photo a été prise à Vion ?

— Le crucifix de bois au-dessus de l'autel me semble être celui de l'église de la Roche noire, mais je n'en suis pas certaine.

Serena mémorisa le nom, elle vérifierait. Elle rangea le livre et la photo dans son sac.

— Je vous remercie pour votre temps et pour la citronnade, dit-elle en se préparant à partir.

Elle n'avait pas bien compris pourquoi Adone l'avait envoyée chez la fleuriste, qui ne possédait visiblement pas d'informations intéressantes.

Mais Berta la retint.

— Je voulais que vous sachiez que cette nuit-là, j'ai tout fait pour mettre les filles en sécurité.

Elle voulait l'absolution. Serena le comprit à son ton éploré.

— Le fait que je n'aie pas réussi à sauver votre fille m'a valu des calomnies et de la défiance… C'est pour cela que j'ai préféré quitter Vion.

— C'était un accident. Personne ne pouvait prévoir ni empêcher ce qui allait se passer. J'ai tout fait pour ne pas y croire. Mais quand on m'a montré une dent d'Aurora, je me suis rendu compte que cette preuve me libérait, moi, mais qu'elle libérait aussi l'âme de ma fille. De cette façon elle pouvait reposer en paix. L'incendie du dernier étage du chalet a été déclenché par un court-circuit. Et moi, j'ai accepté la version la plus probable, sinon je ne saurais toujours pas comment aller de l'avant, conclut-elle en caressant son ventre proéminent.

Berta baissa les yeux et se perdit dans ses souvenirs.

— Je n'avais jamais vu autant de neige de ma vie, dit-elle avec un filet de voix. Cette nuit-là, tout était si bizarre… La maison brûlait et il y avait une absurde odeur de biscuits.

— De biscuits ? demanda Serena, la voix légèrement tremblante.

L'autre acquiesça.

L'odeur des bombes d'Adone.

— Vous avez raconté ce détail à quelqu'un ?

Berta réfléchit.

— À Sterli, le jour où il est venu ici.

Serena comprit pourquoi le relieur l'avait envoyée chez la fleuriste. Mais elle aurait eu besoin de lui pour résoudre le nouveau mystère : si la fumée de l'incendie sentait les biscuits, alors ce n'était pas un accident. Peut-être que quelqu'un avait vraiment imité les méthodes incendiaires du pyromane. Ne pouvant plus lui parler, il lui restait la personne qui, avec elle, avait été la plus proche de l'homme le plus détesté de Vion.

— Vous pourriez m'indiquer où je pourrais trouver Bianca Sterli ? demanda-t-elle à la fleuriste en essayant de cacher son anxiété.

Adone et sa sœur ne s'adressaient plus la parole depuis des années. Cette dernière accepterait-elle de parler à Serena ?

— Bianca Sterli fréquente l'église pentecôtiste, affirma Berta. Essayez de demander là-bas.

Soudain, Serena se rappela où elle pouvait la trouver.

— Nous sommes bien samedi aujourd'hui ?

5

La première fois qu'elle avait vu Bianca Sterli, ce n'était pas devant le chalet, quand elle chargeait des caisses de livres dans une fourgonnette. À cette occasion, Serena avait fait le lien entre son visage et ce qui s'était passé un samedi après-midi d'hiver, quand la communauté des pentecôtistes était réunie pour une cérémonie en plein air, dans la prairie enneigée devant le bâtiment de la congrégation. Gasser et sa famille en faisaient également partie.

Ce samedi-là, Serena était hors d'elle. Elle s'était rendue sur place pour se plaindre auprès du chef de la police qu'un intrus s'était introduit dans son appartement de la résidence. À l'époque, elle était convaincue que sa fille avait été kidnappée par quelqu'un qui avait mis le feu au chalet pour effacer les traces de l'enlèvement.

Six ans plus tard, après avoir entendu les paroles de Berta, l'option de l'incendie criminel redevenait terriblement d'actualité dans la tête de Serena. Mais cette fois, elle ne ferait pas de scène. Elle se contenterait de repérer la sœur d'Adone et de lui demander une entrevue, qui pouvait avoir lieu ailleurs et à un autre moment.

Elle conduisit jusqu'à l'église et se gara. Les fidèles arrivaient au compte-gouttes, la cérémonie hebdomadaire n'avait pas encore commencé. En attendant, les membres de la communauté se tenaient sur le parvis. Certains bavardaient, d'autres se saluaient. Non loin, un petit groupe de fidèles préparait des rafraîchissements. Ils avaient tous l'air affairé et cordiaux.

À ce moment-là, Serena eut l'impression de revivre la même scène que six ans auparavant, quand Gasser, qui était venu avec sa femme et ses filles, avait cessé de chanter un hymne au Seigneur pour quitter l'assemblée et venir à sa rencontre pour lui parler. À cette occasion, le commandant et tous les autres portaient des tuniques blanches. Ils avaient interrompu la fonction à cause de Serena.

Gasser avait fait preuve de patience envers elle. N'importe qui d'autre l'aurait éconduite. Il avait paru sincèrement inquiet pour elle et lui avait demandé si elle prenait des drogues ou si elle avait bu. Vexée, Serena avait tourné les talons. Alors les présents s'étaient remis à prier. Seule une femme avait continué de regarder dans sa direction : la sœur d'Adone.

Serena avait un souvenir flou de la femme, cela faisait trop longtemps. Cheveux blonds, courts. Pas très grande. Lunettes. Peau laiteuse. Elle avait surtout été frappée par la rigidité de son visage et par son expression sévère.

Elle décida de ne pas s'approcher des membres de la congrégation, mais de les observer à distance, en espérant repérer Bianca Sterli avant l'arrivée de Gasser : elle ne voulait pas avoir à justifier sa présence à Vion.

Elle avança, en restant à la lisière de la clairière qui jouxtait l'édifice religieux. Heureusement, personne ne prêtait attention à elle, personne ne lui demanda qui elle était et ce qu'elle faisait là.

L'ambiance était bonne. Les gens riaient, sereins et insouciants. Des hommes et femmes de tout âge, jeunes et vieux. Les enfants couraient, les adolescents étaient regroupés près d'un muret. On sentait clairement le sentiment d'appartenance.

Pendant un instant, Serena regretta de n'avoir jamais rien expérimenté de tel. Les Glitch lui manquaient. Avec eux, elle avait probablement éprouvé quelque chose de semblable à ce qu'elle avait devant les yeux. Mais un élément fondamental ferait toujours défaut aux Glitch : la joie.

Serena vit alors arriver la fourgonnette qui portait toujours l'inscription « Livres » sur le côté. Elle se concentra, certaine de voir bientôt la sœur d'Adone descendre du véhicule.

La voiture se gara. La porte côté passager s'ouvrit la première. Une jeune fille blonde, âgée de douze ou treize ans, descendit. De là où elle se trouvait, Serena ne la voyait que de dos. L'adolescente rejoignit un groupe d'amies de son âge. Il s'agissait de la fameuse nièce d'Adone, celle qui, par la volonté de son oncle, ne savait rien de lui. Serena se demanda, en la regardant, si c'était toujours le cas. Après la mort de son frère, Bianca avait-elle respecté sa promesse de ne jamais parler de lui à sa fille ?

Bianca Sterli descendit à son tour. Elle n'avait pas beaucoup changé. Ses cheveux étaient devenus un peu plus gris et elle était toujours aussi maigre.

Tandis que la sœur d'Adone refermait sa voiture, l'attention de Serena fut à nouveau attirée par la jeune fille, qui embrassait ses camarades en souriant. Au moment où elle se retourna, Serena vit son visage.

Elle n'eut aucun doute : cette jeune adolescente était Aurora.

6

Sans réfléchir, elle courut vers elle. Plus elle approchait, plus elle était certaine de ce qu'elle voyait. Aurora avait grandi, elle avait sept ans de plus, mais c'était bien elle. Elle n'avait plus ses boucles, mais ceci n'entamait en rien la certitude de Serena. Son instinct maternel lui indiquait qu'elle ne se trompait pas.

— Aurora ! l'appela-t-elle.

Quelques personnes se tournèrent pour regarder la scène. Mais pas la jeune fille, qui bavardait toujours avec ses amies.

— Aurora ! répéta Serena, la voix étranglée.

Joie et désespoir ne formaient qu'un unique sentiment. Ce qu'elle ressentait était inexplicable.

Elle avançait toujours vers sa fille, en chancelant, ses mains soutenant son gros ventre. Elle risqua de trébucher, mais rien au monde ne l'aurait arrêtée. Tant de temps avait passé qu'elle ne voulait plus en perdre. Ce qui se passait était un miracle. Serena ne se demandait même pas pourquoi cela arrivait. Elle n'essayait plus d'être rationnelle. Elle voulait juste serrer son enfant dans ses bras.

— Aurora ! Appela-t-elle à nouveau, le visage strié de larmes.

Cette fois, l'adolescente se tourna vers elle, de même que ses amies et les autres membres de la communauté.

Serena perçut quelque chose dans son regard. De l'émerveillement ? De la stupeur ? Non, c'était de la confusion. Comme si la jeune fille se demandait si c'était bien à elle qu'elle s'adressait.

Serena ouvrit les bras et la serra contre elle. La jeune fille resta immobile, comme paralysée. Mais au bout de quelques instants, elle se libéra de l'étreinte et repoussa Serena. Mais c'est elle qui finit par terre.

Croyant l'avoir fait tomber, Serena lui tendit la main pour l'aider à se relever, mais elle s'arrêta net en voyant l'expression de terreur sur son visage.

Puis la jeune fille se mit à hurler.

La neige et la chouette

1

— Pourquoi ne m'avez-vous pas informé de votre arrivée ? Pourquoi dois-je apprendre ainsi que vous êtes revenue à Vion ?

Le ton de Gasser était tranquille mais ferme. Il faisait à Serena l'impression d'un professeur sévère qui réprimande une élève à qui il tient beaucoup.

Le chef de la police avait changé. Il avait grossi et il s'était rasé la moustache. Ses filles aussi étaient différentes : de fillettes posant pour la photo trônant sur son bureau, elles étaient devenues jeunes femmes. Son épouse, elle, n'avait pas changé d'un pouce, à l'exception de sa nouvelle coiffure.

— Vous avez failli être lynchée, vous savez ? Ajouta le commandant, la sortant de ses pensées. Tout le monde a cru que vous vouliez agresser la petite !

Serena était assise dans ce bureau depuis vingt minutes, incapable de mettre de l'ordre dans le chaos qui habitait sa tête. Tout s'était passé trop vite. Quand Aurora s'était mise à hurler, elle avait regretté de l'avoir approchée ainsi. Elle aurait dû prendre en compte qu'en la revoyant, sa fille allait vivre un véritable choc. Pour cette raison, elle avait essayé de la calmer et de lui faire comprendre que tout allait bien.

Elle n'avait même pas été effleurée par l'idée qu'après tant d'années, il était absurde que sa fille se trouve à cet endroit. Elle ne s'était pas demandé comment elle avait survécu à l'incendie du chalet, malgré les preuves évidentes de sa mort. Et elle n'avait pas imaginé que, pendant tout ce temps, quelqu'un aurait pu se rendre compte que cette enfant était Aurora.

Mais Gasser était en train de la ramener à la réalité.

— Vous vouliez faire quoi, aujourd'hui ? Dans votre état, qui plus est, ajouta-t-il en montrant son ventre.

Serena n'avait pas prononcé un mot. Elle sortit de son sac la photo de la fillette dans l'église de la Roche noire et afficha sur son téléphone une photo d'Aurora à trois ans. Puis elle les posa sur la table, de façon que Gasser puisse constater par lui-même.

— Elles se ressemblent beaucoup, certes. Et alors ? De toute évidence, ce n'est pas la même personne.

— Mais l'adolescente que j'ai vue aujourd'hui n'est pas cette enfant, dit Serena en montrant la photo.

— Faire peur à tout le monde ne vous a pas suffi ? Maintenant, s'il vous plaît, racontez-moi comment a commencé cette nouvelle folie.

Gasser était intransigeant. Il avait ses raisons, étant donné le passé de Serena. Mais cette fois il y avait quelque chose de différent, elle le sentait.

— Adone m'a envoyé cette photo. Je ne sais pas pourquoi. Mais le fait qu'il soit son oncle devrait nous faire réfléchir, vous ne pensez pas ?

— Donc, d'après vous, Sterli était au courant de tout ? Et depuis quand ?

— Je n'en ai aucune idée. Je sais seulement qu'Adone et sa nièce ne se connaissaient pas et ne s'étaient jamais vus. Il n'avait jamais vu Aurora non plus, parce que je ne lui ai jamais montré de photo… Adone m'a laissé trois indices dans un vieux livre de contes. Grâce au premier j'ai retrouvé Berta, la monitrice du chalet. Quant aux deux autres, je ne comprends pas encore ce qu'ils signifient.

— Quels sont ces indices ?

— Trouve la première chouette. Observe la neige autour du feu.

Gasser eut un léger tremblement. Il tenta de dissimuler sa surprise, mais Serena la remarqua.

— Qu'y a-t-il ? Ces phrases vous disent quelque chose ?

— Non, rien. À mon avis ce sont des élucubrations.

— La nuit de l'incendie, cela sentait le biscuit dans le chalet, reprit-elle avec conviction. Berta me l'a confirmé.

— Et alors ?

— Adone utilisait du tétrachlorure de carbone dans ses engins explosifs, et quand il brûle, ce composé a justement cette odeur. Quelqu'un a imité sa technique… Et qui était la personne la plus proche du pyromane ?

— Donc, si je comprends bien, tout mène à la sœur d'Adone. Cette femme se serait introduite dans le chalet pour enlever votre fille, elle aurait mis le feu pour effacer les traces et faire croire à tout le monde qu'Aurora était morte… Vous vous rendez compte que c'est plus ou moins la même histoire que celle qu'on a voulu vous faire croire il y a six ans ?

— Ce n'est pas parce qu'elle a été inventée par une bande de malfrats qu'elle n'est pas crédible. Qu'est-ce qui nous assure que ça ne s'est pas réellement passé ainsi ? Peut-être que vous m'écouteriez aujourd'hui, s'il n'y avait pas eu cet épisode avec les voyous.

— Et Bianca Sterli aurait fait tout ceci pour garder Aurora avec elle et l'élever comme si elle était sa fille ?

— Je sais que ça paraît fou, mais si j'avais la possibilité de parler à cette jeune fille…

— Cette jeune fille n'a aucune idée de qui vous êtes, l'interrompit Gasser en tapant des mains sur la table, agacé. Dans la communauté, nous la connaissons tous depuis sa naissance.

— Qui est le père ? demanda Serena, qui ne se résignait pas. Pourquoi vous ne lui demandez pas s'il se souvient d'avoir eu une fille avec Bianca Sterli ?

— Le père était un brave homme, c'était mon ami et il est mort il y a longtemps, quand l'enfant était toute petite, répondit-il avec irritation.

Mais Serena n'acceptait aucune excuse.

— Vous connaissiez le visage d'Aurora. Comment est-il possible qu'en voyant cette gamine tous les samedis à l'église vous n'ayez pas remarqué la ressemblance ?

— Je ne fais plus partie de la congrégation. Plus maintenant. Et si vous voulez savoir, ma remise en cause de ma foi a commencé juste après l'incendie du chalet.

Serena fut abasourdie par cette révélation.

— Après la mort de votre fille, j'ai pensé à mes propres enfants et au fait qu'il ne peut pas exister de Dieu qui permette ce genre de choses.

— Si Dieu est omnipotent et fait mourir les enfants, alors il n'est pas aussi bon qu'on le dit… confirma Serena, qui connaissait bien ce dilemme.

Gasser acquiesça.

— Laissez tomber cette histoire, Serena. Vous vous trompez.

Mais elle ne pouvait pas abandonner.

— Je demanderai à un juge de faire faire un test ADN à cette fille.

— Sur la base de quel crime ? Vous ne pouvez pas prouver qu'il y a eu enlèvement. Le tribunal vous répondra qu'on ne peut pas imposer de test génétique quand il n'y a pas eu de délit !

Serena était découragée. Elle était pieds et poings liés et personne n'avait l'air de la croire ni de vouloir l'aider. En plus, la seule personne qui aurait pu la soutenir n'était plus en vie.

— Adone savait quelque chose, reprit-elle.

— Adone était poursuivi par des fantômes. Il y a six ans, vous avez risqué votre vie. Mais cette fois, il ne s'agit pas seulement de la vôtre, dit-il en posant les yeux sur son ventre proéminent.

Serena se calma. Elle n'avait plus la force d'argumenter.

— Comment s'appelle-t-elle ? demanda-t-elle seulement.

Le commandant comprit qu'elle parlait de la fille de Bianca Sterli.

— Léa.

2

— Je vais venir.

— Non, ce n'est pas la peine.

— Pourquoi ? Tu as besoin de moi.

Serena n'avait pas le courage de demander à Lamberti s'il la croyait. S'il avait répondu oui, elle aurait de toute façon soupçonné qu'il le faisait par amour, plus que par réelle conviction. Plus les heures passaient, plus elle réalisait elle-même à quel point cette histoire était insensée.

— Tu as réussi à dormir ? reprit le prof à l'autre bout du fil.

— Oui, mentit-elle.

En réalité elle avait passé la nuit à se retourner dans son lit sans trouver de position confortable pour son ventre.

— Tu accouches dans une semaine. Tu devrais peut-être rentrer. Nous trouverons le moyen de gérer tout ça de Milan.

« Tout ça » était vital, mais Serena ne pouvait pas prétendre à ce qu'il le comprenne.

— Pour le moment ma présence ici est nécessaire. J'aurai le temps de rentrer, ne t'en fais pas.

Elle était bien consciente que demander à quelqu'un de ne pas s'inquiéter avait souvent l'effet opposé, mais elle ne voulait pas être freinée, ni entravée dans sa mission.

— Est-ce que tu fais les exercices de respiration que t'a conseillés la gynécologue ?

— Je viens de les faire ! mentit-elle à nouveau.

— Et n'oublie pas de prendre tes compléments alimentaires, hein ?

Elle détestait ces vitamines, mais elle les prenait avec régularité.

— Sois tranquille, je ne les oublierai pas !

Le professeur était attentionné et, pour lui prouver son soutien, il avait lu plusieurs livres sur la grossesse. Il la bombardait de conseils, ou alors il anticipait ce que son corps allait vivre et ce qu'elle allait ressentir à tel ou tel moment, mais Serena avait déjà tout expérimenté quand elle était enceinte d'Aurora.

Elle acceptait sa sollicitude comme n'importe quelle mère qui attend son premier enfant.

Toutefois, elle avait du mal à revivre les mêmes sensations. Trop de souvenirs. Elle repensait à ce qu'elle avait traversé quand elle était seule avec un bébé dans son ventre et quand, par sa volonté, personne ne s'en occupait. Comme elle n'avait parlé de son état à personne, à l'époque, personne ne lui demandait comment elle allait.

Aujourd'hui, elle n'aurait su que faire sans Lamberti.

— J'accepte le fait qu'Aurora ne soit rien qu'à toi. Mais l'enfant qui va naître est aussi le mien, lui rappela-t-il.

Elle ne l'avait jamais senti aussi tendu, et cette nouveauté lui faisait un peu peur. Elle se rendit compte que, pour la première fois, elle avait peur de le perdre.

— Je ne suis pas devenue folle. Et je ne ferais jamais courir le moindre danger à notre bébé. Mais je te demande de me faire confiance.

— Je vais essayer, répondit seulement le professeur.

Quand ils raccrochèrent, Serena s'interrogea sur cette dernière phrase. Était-ce un ultimatum ou une promesse ? Elle se concentra à nouveau sur la route.

Elle traversait une forêt. C'était une belle journée, mais le soleil était caché par les hauts arbres. De temps à autre, un rayon de lumière parvenait à percer la végétation. Serena le traversait avant de retourner à la pénombre.

Un panneau sur le côté de la chaussée indiquait que le col et le refuge se trouvaient à deux kilomètres. L'église de la Roche noire se trouvait juste derrière.

Elle atteignit le sommet un peu avant midi. L'été, le refuge accueillait les randonneurs qui s'aventuraient sur les sentiers qui montaient jusqu'aux deux sommets jumeaux, où ils avaient la joie de découvrir deux lacs côte à côte.

Ce jour-là, à l'extérieur de la construction en bois, quelques clients se restauraient en rentrant de balade : ils buvaient une bière en mangeant du fromage et de la viande séchée.

Serena envia leur insouciance. Aucun d'entre eux ne pouvait imaginer son état d'âme. Puis elle se concentra sur la carte affichée sur un des murs du refuge et elle chercha l'église où avait été prise la photo de Léa. Il était clair depuis le début que cette fillette n'était pas Aurora, malgré leur incroyable ressemblance. Serena n'avait donc aucun mal à l'appeler Léa.

La carte indiquait que l'endroit se trouvait à une centaine de mètres. On y accédait par un sentier qui traversait un bois.

Son sac sur l'épaule, elle partit.

L'air était frais. Une bonne odeur de musc montait de la terre. En fond, on entendait un ruisseau, caché par la végétation. Le chant des oiseaux se perdait dans l'écho de cette petite forêt.

Elle avait parcouru une cinquantaine de mètres quand elle aperçut l'église au toit pentu. Elle avait été construite à côté d'une grosse masse rocheuse noire. Une fois sur place, Serena s'aperçut qu'au-dessus de la porte était gravée la date 1853, sans aucun doute celle de la construction du bâtiment. Une plaque invitait les visiteurs à la dignité et au silence.

La porte en bois n'était que poussée. Serena entra.

La lumière filtrait par une unique fenêtre, derrière l'autel. Les vitraux étaient une mosaïque colorée qui décomposait les rayons du soleil, lesquels se réfractaient à l'intérieur. C'était comme se trouver devant un grand kaléidoscope. Serena reconnut le crucifix en bois qui pendait du plafond, le même que celui devant lequel la fillette de la photo se tenait.

L'église était plus petite qu'elle ne l'avait imaginé et il n'y avait rien pour s'asseoir. Elle fit le tour pour mieux l'observer, ses pas faisaient grincer le plancher.

L'autel était dépouillé et, à part un vieux candélabre en fer dans un coin, il n'y avait aucune décoration religieuse.

La petite église semblait abandonnée.

Serena ignorait pourquoi elle était venue. Il n'y avait rien à découvrir, mais elle avait besoin de voir ce lieu de ses propres yeux. Elle regretta de n'être soutenue par aucune sorte de foi. Il aurait été plaisant de réciter une prière.

Elle aurait aimé savoir dans quelles circonstances la photo de Léa avait été prise, notamment pourquoi la fillette portait une robe blanche et des chaussures vernies noires plutôt qu'une tenue de montagne. Il s'agissait sans doute d'une occasion spéciale.

À ce moment-là, elle marcha sur quelque chose. Par terre, elle vit une fleur fanée. Une rose. Malgré son ventre, elle se pencha pour la ramasser et elle l'observa. L'église n'était peut-être pas abandonnée, après tout. De toute évidence, quelqu'un était venu il n'y a pas si longtemps. Elle se demanda la signification de cette rose. Elle allait la remettre là où elle l'avait trouvée, mais finalement elle décida de la garder, comme une sorte de talisman.

Alors qu'elle la rangeait avec soin dans son sac à dos, son téléphone portable sonna. Elle se sentit coupable de ce bruit irrespectueux. Elle s'apprêta à éteindre l'appareil, mais se ravisa en voyant le nom de la personne qui appelait. C'était Gasser.

— Que se passe-t-il ? répondit-elle.

— Ce matin, Bianca Sterli est venue porter plainte contre vous.

— Quoi ?

— D'abord, écoutez-moi, je vous en prie. Je me suis longuement entretenu avec cette femme, je lui ai raconté votre histoire. Quand elle a compris que vous étiez la mère de la fillette morte dans l'incendie il y a sept ans, elle a changé d'avis pour la plainte.

— Bien, dit Serena qui retrouvait son calme, même si elle n'était pas certaine que ce soit une bonne chose : elle refusait la compassion de cette femme.

— Mais ce n'est pas tout, ajouta le policier. Bianca a parlé à Léa : la mère et la fille demandent à vous rencontrer.

3

La rose amulette avait fonctionné. Cette fleur séchée, ou peut-être était-ce la prière que Serena conservait inconsciemment dans son cœur, avait eu un effet inattendu.

Au téléphone, Gasser et elle convinrent que la rencontre aurait lieu le jour même.

Serena était tellement agitée qu'elle n'arrivait pas à rester tranquille. L'enfant dans son ventre sentait cette électricité nouvelle. Après sa visite à l'église de la Roche noire, elle était rentrée à la résidence, elle avait pris une douche et s'était préparée pour faire la meilleure impression possible. Elle avait choisi un chemisier rouge à fleurs et elle s'était attaché les cheveux, puis elle s'était regardée dans le miroir en se demandant si elle était présentable et, surtout, crédible.

Suis-je toujours un lombric ? s'interrogeait-elle.

En effet, elle n'était plus certaine qu'Aurora lui ressemblât autant qu'avant. Après tout, la petite avait grandi.

Puis elle était partie pour le rendez-vous.

Une fois en ville, Serena gara la voiture de Lamberti devant le commissariat. Elle était en avance, mais peu importe. En avançant vers l'entrée, elle s'aperçut que son chemisier était mouillé sous les aisselles et que, malgré la douche, elle sentait mauvais.

— J'allais vous appeler, déclara Gasser en venant l'accueillir. Bianca et Léa sont déjà arrivées.

Elle ne s'y attendait pas. Son cœur se mit à galoper, son ventre pesait plus que d'habitude. Serena retenait sa respiration. Elle s'imposa de rester calme, essaya de convaincre que tout allait bien se passer. Mais elle avait du mal à y croire.

Le chef de la police la conduisit dans une pièce aux parois vitrées. Du couloir, Serena aperçut la sœur d'Adone et la jeune fille blonde, assises l'une à côté de l'autre. Elle remarqua un détail qui lui fit mal.

Elles se tenaient la main.

Un homme et une femme âgés étaient debout, un peu à l'écart. Gasser ouvrit la porte et s'écarta pour laisser entrer Serena.

— Je vous en prie, asseyez-vous, fit-il en indiquant la chaise vide.

Bianca Sterli se tourna vers elle et la suivit du regard pendant qu'elle allait s'installer. La jeune fille, elle, avait les yeux rivés au sol. Elle paraissait très tendue.

— Voici le pasteur Mercier et madame Rochat, de la communauté pentecôtiste, expliqua le commandant en présentant les deux inconnus. Si cela ne vous dérange pas, ils assisteront à la rencontre.

Serena les salua d'un signe de tête avec un sourire crispé. Ils lui rendirent son salut avec gentillesse, sans dire un mot.

— Bien, poursuivit Gasser. Si nous sommes tous réunis ici aujourd'hui, cela signifie qu'il existe une volonté commune d'éclaircir la situation . Voulez-vous prendre la parole en première ? demanda-t-il en regardant Serena.

Elle avait longuement réfléchi à la façon d'aborder cette entrevue. Elle n'était généralement pas très bonne pour gérer ce genre de situation. Elle préférait attaquer, c'était dans sa nature. Jusque-là, elle s'était abstenue de regarder la jeune fille, peut-être par peur d'avoir commis une énorme bévue. Mais avant de parler, elle la fixa.

Son cœur et son esprit confirmèrent sans hésiter qu'il s'agissait d'Aurora, bien qu'elle soit désormais une adolescente disgracieuse et boutonneuse. Malgré ses cheveux inexplicablement raides et sa robe jaune que jamais au grand jamais l'Aurora qu'elle connaissait n'aurait choisie, quand elles faisaient des achats ensemble dans les magasins les plus huppés de Milan.

À ce moment-là, Serena comprit que sa fille n'avait aucune idée de qui elle était.

— Tout d'abord, je voudrais m'excuser pour hier, affirma-t-elle la bouche pâteuse. J'ai agi sous le coup d'une impulsion et je suis désolée si j'ai fait peur à certaines personnes.

Ces justifications s'adressaient surtout à la jeune fille, parce que Serena avait du mal à contenir sa haine envers Bianca Sterli. Mais si elle le laissait transparaître, Aurora ne lui ferait pas confiance. Or Serena avait le besoin absolu qu'elle la croie. Elle n'aurait sans doute pas d'autre occasion de l'approcher de si près.

— Ma fille était une enfant merveilleuse. Nous vivions dans un bel appartement à Milan et nous étions bien ensemble, elle, moi et Gas, notre chat, dit-elle en scrutant la réaction de la jeune fille, qui restait impassible. Aurora et moi avions nos habitudes. Par exemple, le vendredi, nous aimions aller nager dans un bel hôtel, où nous restions ensuite pour boire le thé. Et nous avons fait de nombreux voyages. Nous sommes allées voir les aurores boréales en Islande, nous avons nagé avec les dauphins à Kaikoura et, pour son sixième anniversaire, nous sommes allées à Tokyo où nous avons dormi dans un *ryokan* que nous avons adoré.

Serena fut submergée par les souvenirs qu'elle croyait avoir enfouis au plus profond d'elle-même pour toujours. Il lui était difficile de parler d'Aurora au passé en l'ayant sous les yeux, mais évoquer ces moments ensemble était nécessaire. À travers ces récits, elle essayait de raviver chez la jeune fille la mémoire de leur vie à deux.

— Je ne me suis jamais résignée à la mort de ma fille.

Plus qu'un constat, cette affirmation était un moyen de faire comprendre aux personnes présentes dans la pièce qu'elle ne renoncerait pas non plus maintenant.

— Je sais qu'Aurora est quelque part, vivante, poursuivit-elle.

— Nous croyons au paradis, intervint le pasteur Meier, bien que ce ne soit pas ce qu'elle voulait dire.

La jeune fille n'avait pas bougé. Serena n'était même pas certaine qu'elle l'ait écoutée. Elle ne savait pas ce qui s'était passé pendant ces sept années, elle n'arrivait même pas à imaginer ce qu'on avait pu lui faire. À ce moment-là, elle s'aperçut qu'Aurora et la femme qui se faisait passer pour sa mère ne se tenaient pas simplement la main. C'était la jeune fille qui cherchait du réconfort dans le contact avec cette imposteure.

Juste après, Bianca Sterli prit la parole :

— Léa et moi avons demandé à vous rencontrer parce que nous comprenons votre drame. Léa a perdu son papa quand elle était toute petite, donc nous savons ce que signifie vivre avec un vide dans la maison. En plus, madame, vous êtes enceinte et nous avons pensé qu'il fallait faire quelque chose pour alléger votre peine, de sorte que l'enfant que vous portez puisse venir au monde dans la paix et l'harmonie de sa nouvelle famille.

— Amen ! s'exclama madame Rochat.

Ma famille, c'est aussi Aurora, aurait voulu lui répondre Serena. *Et tu te trompes si tu penses que je vais renoncer à elle.*

Tout lui semblait irréel. S'il y avait vraiment un Dieu et s'il observait ce qui se passait dans cette pièce, qu'attendait-il pour manifester sa présence ? Quoi qu'il en soit, Serena devait garder son calme. Bianca Sterli lâcha alors la main d'Aurora pour se pencher et prendre quelque chose dans le sac posé à ses pieds. Il s'agissait d'un livre à la couverture en tissu brodé.

— Ceci est notre album de famille, indiqua la femme en le lui tendant. Vous y trouverez les réponses à toutes vos interrogations, j'en suis certaine.

Serena saisit l'objet à contrecœur et se mit à le feuilleter. Le bébé qui apparaissait sur les premières pages ne ressemblait pas du tout à Aurora à quelques mois. Pendant les deux premières années de vie, les fillettes étaient différentes. Mais à partir de la troisième, la ressemblance était impressionnante. De toute évidence, il s'agissait de la fillette qui figurait sur la photo prise dans la petite église de la Roche noire. Il n'y avait aucun doute.

Léa posait souvent seule, entourée des montagnes. Parfois, elle était avec ses parents. Son père avait vraiment l'air d'un brave homme, comme l'avait défini Gasser. Sourire jovial, yeux gentils. Léa avait pris beaucoup de lui. Cet inconnu aurait également été crédible comme père d'Aurora. Serena se demanda quel destin absurde avait permis que deux fillettes, qui venaient de mondes différents et étaient issues de personnes n'ayant aucune relation entre elles, se ressemblent à ce point.

Car une chose était certaine : Léa et Aurora étaient de parfaits sosies.

En continuant de feuilleter l'album, Serena tomba sur une photo qui la força à s'arrêter. Bianca Sterli y tenait dans ses bras sa fille prête à partir pour l'école maternelle. Léa avait quatre ans, elle portait un tablier bleu et portait un petit panier rouge. Dans les yeux de sa mère, on lisait un amour véritable.

En regardant ces souvenirs d'une vie différente, la certitude de Serena vacilla quelques instants. Paniquée, elle referma l'album et regarda l'adolescente assise devant elle.

Elle découvrit avec surprise que, pendant qu'elle-même regardait ces photos, Aurora avait trouvé la force de lever les yeux. Et qu'elle la dévisageait.

— Quel est son nom ? demanda la jeune fille.

En entendant cette voix après tant de temps, bien que plus mûre et articulée, Serena se sentit perdue. Au début, elle ne comprit pas le sens de la question. Puis elle supposa que Léa se référait à son gros ventre.

— Nous n'avons pas encore choisi de prénom, avoua-t-elle.

— Vous savez si c'est un garçon ou une fille ?

— C'est un petit garçon.

La jeune fille prit acte de cette information, mais ne demanda rien d'autre. Un silence interminable suivit, brisé par une nouvelle intervention du pasteur :

— Alors, madame, êtes-vous convaincue ?

Serena réfléchit un moment avant d'affirmer :

— Non.

La réponse surprit tout le monde, surtout Gasser qui, plus encore que les autres, espérait une issue pacifiée.

— Je ne peux obliger personne à effectuer un test ADN, poursuivit Serena en fixant Bianca Sterli. Mais je demande tout de même que cette dernière preuve me soit accordée. Je sais qu'elle est difficile à accepter et que cette requête sonne comme une accusation, mais je vous invite à vous mettre à ma place et à essayer d'imaginer comment on peut survivre à un tel doute. Je vous le demande de mère à mère, ajouta-t-elle en se penchant vers la femme.

Il était important que cette demande soit formulée en présence d'Aurora. Serena avait confiance dans le fait que, si elle n'aboutissait pas, sa fille trouverait seule le courage de chercher la vérité quand elle aurait grandi. Bien sûr, cela aurait signifié la quitter maintenant, lui dire à nouveau adieu. Mais elle n'avait pas d'autre choix.

Elle attendit une réponse qui n'arriva pas. Alors elle se leva et se dirigea vers la sortie.

— Merci pour cette entrevue, déclara-t-elle à l'assemblée.

Son dernier regard fut pour la jeune fille qui gardait les yeux rivés au sol.

4

Elle était assise sous un arbre, devant le chalet, les bras autour de ses jambes repliées. Un border collie dormait dans l'herbe à côté d'elle.

La jeune fille regardait en direction de la forêt de sapins rouges. De temps à autre une rafale de vent en secouait les cimes et la décoiffait, mais elle remettait les mèches avec sa main. C'était un geste automatique, depuis toute petite elle détestait avoir les cheveux en désordre.

L'été touchait à sa fin, et ce vent frais annonçait l'automne.

— Tu as envie de manger quelque chose ?

Elle ne l'avait pas entendue arriver.

— Non merci, répondit Léa à sa mère.

La femme hésita un instant, puis s'assit près d'elle, en tailleur.

— Tu veux qu'on en parle ?

Après un moment de réflexion, Léa acquiesça.

— Je sais que c'est bizarre mais je reste convaincue que cette entrevue était une bonne idée.

— Tu penses que cette dame croit vraiment à ce qu'elle raconte ?

— Elle a subi un traumatisme inouï. Je pense que nous devions essayer de faire preuve de compassion.

— Elle a une façon de me regarder… Comme si elle attendait quelque chose de moi, comme si elle imaginait que j'allais la reconnaître.

Bianca sourit.

— Je sais, c'est absurde.

— Au début elle m'a fait peur, mais ensuite elle m'a plutôt fait de la peine.

— C'est normal, lui dit la femme en lui prenant la main. Et je suis fière d'avoir une fille qui a le souci des autres. Cela signifie que je t'ai bien élevée. D'une façon générale, il est important que tu arrives à t'identifier à ce que ressentent les gens.

La jeune fille la regarda.

— Toi, à sa place, tu ferais quoi ?

— Je me comporterais exactement comme elle. Si j'avais un doute, je ne renoncerais pas. Et si j'avais une conviction, je me battrai contre la terre entière pour avoir une confirmation.

— Alors elle ne nous laissera jamais tranquilles ?

— C'est une possibilité. Si nous faisions ce test, cette femme aurait enfin la sérénité qu'elle mérite.

— Cela se prélève comment, l'ADN ?

La mère caressa la chevelure blonde de sa fille.

— Il suffit d'un de tes magnifiques cheveux.

Léa fut sur le point de poser une autre question, mais elle se tut. Toutefois, Bianca comprit ce qu'elle allait dire.

— Tu penses que l'ADN pourrait révéler que tu n'es pas ma fille, n'est-ce pas ?

— Non, je ne pense pas cela, mentit la jeune fille.

— Il est normal que tu sois confuse, affirma la mère. Moi aussi je le serais, à ta place. Quand les adultes affirment certaines choses, les plus jeunes ont des doutes. Mais je vais te révéler un secret : les adultes aussi se trompent.

Elle détourna le regard en réfléchissant à cette dernière affirmation.

— Je ne me souviens pas de papa.

— Tu étais trop petite pour t'en souvenir.

— J'aimerais tant qu'il soit avec nous.

— Je sais, ma chérie… Je sais.

— Tu m'as raconté beaucoup de choses de quand j'étais petite et j'ai beaucoup de souvenirs, mais pourquoi aucun de lui ?

— Je ne sais pas comment fonctionne la mémoire, admit la femme.

Au fil des ans, elles avaient souvent feuilleté ensemble le grand album de famille que la mère avait montré à l'inconnue pendant l'entrevue. En se regardant sur ses photos, surtout celles des premières pages, Léa avait toujours ressenti un malaise qu'elle était incapable de décrire.

Un coup de tonnerre brisa le silence. La mère et la fille regardèrent en direction du grondement, le chien leva lui aussi le museau. De gros nuages noirs arrivaient des montagnes. Le ciel était divisé en deux. D'un côté il était encore bleu, même si cela n'allait pas durer.

— On rentre ? proposa la femme en se levant.

— Si tu veux bien, je vais rester encore un peu ici.

— D'accord, mais rentre avant qu'il se mette à pleuvoir.

Elle s'éloigna. Léa étendit ses jambes. La position recroquevillée lui avait endormi un mollet. Elle caressa la tête de son chien en songeant qu'elle aurait voulu dire autre chose à sa mère. Quelque chose qui était là depuis longtemps, mais qu'elle n'avait jamais eu le courage de lui confier.

Certains jours, depuis qu'elle était petite, elle ressentait une tristesse à l'intérieur d'elle. Elle ne savait pas l'expliquer.

Et puis, quand elle ne se sentait pas bien, la nuit elle faisait des cauchemars. Toujours les deux mêmes. Dans le premier, une petite voix lui parlait de derrière la porte d'un toilette hors d'usage. Dans le deuxième, un homme sans visage la coiffait avec une brosse.

Un éclair apparut non loin et il se mit soudain à pleuvoir. La jeune fille se leva.

— Allons-y, dit-elle au border collie.

L'animal craignait l'orage, mais il était resté avec elle pour ne pas la laisser seule. Maintenant, il la précédait vers le chalet. Il pleuvait si fort que la prairie devant la maison était déjà couverte de flaques.

Une fois à l'intérieur, Léa retira ses chaussures pleines de boue. Le chien monta directement l'escalier.

— Hé ! l'appela-t-elle.

Elle devait lui nettoyer les pattes, sinon il allait tout salir et sa mère la gronderait.

En chaussettes, la jeune fille lui courut après, un chiffon à la main. Elle savait où il était allé se cacher. Elle monta en courant.

— Qu'est-ce que je t'ai répété mille fois ? lança une voix dans son dos.

Entendant le reproche de sa mère, elle s'arrêta net.

— « Les escaliers, c'est dangereux », répéta la jeune fille.

Elle aurait voulu lui répondre qu'elle avait presque treize ans, que donc elle était assez grande pour faire attention et qu'il n'y avait pas besoin de le lui répéter à chaque fois. Mais elle se tut. Les mères de ses amies se comportaient de la même façon. Une interdisait à sa fille de se baigner dans la piscine, l'autre ne voulait pas que la sienne rentre seule de l'école. Finalement, parmi toutes ces peurs irrationnelles, celle qu'elle tombe dans les escaliers était la moins problématique à gérer, aussi Léa ne protestait jamais quand Bianca la grondait pour cette raison.

Elle s'était résignée au fait que, dans l'imaginaire maternel, elle ne serait jamais assez grande pour ces maudits escaliers. Alors elle monta plus lentement, bien décidée à faire payer cette réprimande à son chien indiscipliné.

Quand il avait peur, l'animal se réfugiait au dernier étage, dans la chambre de Léa. Il allait généralement se tapir sous son lit rose.

En effet, il y était. Elle l'entendait gémir.

— Sors. Tu vas voir un peu !

Mais le chien ne voulait pas obéir. Alors elle se pencha pour le faire quitter sa tanière.

Il s'était recroquevillé au fond, près du mur, et n'avait aucune intention de bouger. La jeune fille essaya de se glisser mais l'espace était trop étroit pour elle. Elle tendit la main pour attraper le chien par son collier.

C'est alors qu'elle remarqua un petit cœur gravé sur un des pieds du lit.

Elle se demanda comment c'était possible et qui en était l'auteur. En tout cas, elle n'aurait jamais pu le remarquer. Puis elle vit autre chose. Un mot. Mais de là où elle se trouvait, elle n'arrivait pas à le lire.

Alors elle prit appui sur ses talons pour s'enfoncer le plus possible sous le lit. Enfin, elle put distinguer les lettres. Ce qu'elle lut la laissa sans voix.

FUIS

5

Vers 9 heures du matin, Serena venait de terminer les exercices de respiration conseillés par la gynécologue et se regardait dans le miroir de la salle de bains, un verre d'eau à la main, son complément alimentaire dégoûtant dans l'autre. Elle cherchait le courage de l'avaler. Elle avait promis à Lamberti d'être assidue et elle ne voulait pas le décevoir.

Elle allait enfin ingurgiter le comprimé quand son téléphone, posé sur le lit, sonna. Elle s'arrêta dans sa tâche pour aller répondre.

— Il n'y aura pas de test ADN, lui dit Gasser sur un ton désolé.

Serena n'avait pas grand espoir, mais elle accusa tout de même le coup.

— J'étais certaine que cette femme refuserait. J'ai demandé pour la provoquer et prouver à la police que cette histoire cache quelque chose. Est-ce que maintenant vous êtes disposé à accorder un peu de crédit à ma théorie ? Si Bianca Sterli n'avait rien à cacher, elle aurait accepté sans faire d'histoire.

— C'est sa fille qui s'y est opposée, précisa Gasser.

Serena resta sans voix.

— La mère était prête à le faire, renchérit le chef de la police. Je suis allé les voir ce matin pour savoir si elles avaient pris une décision. J'ai entendu moi-même Bianca

Sterli insister auprès de Léa pour qu'elle accepte le test, mais la jeune fille a été inflexible.

Serena ne s'y attendait pas. Comment était-ce possible ? Elle n'avait plus rien à proposer, ni aucune idée de l'étape suivante.

Elle avait perdu, il fallait qu'elle l'accepte. Elle était anéantie.

Elle posa une main sur son ventre, sentit le bébé bouger.

— Je devrais peut-être rentrer chez moi, dit-elle avec un filet de voix.

Elle avait envie de hurler et elle était convaincue que, une fois dans sa voiture, elle le ferait.

— Toutefois, il y a quelque chose qui me turlupine… la surprit le chef de la police.

— Quoi donc ?

— Rejoignez-moi au commissariat, je préfère vous en parler de vive voix.

6

Les touristes étaient nombreux dans les rues de Vion en cette fin d'été. D'ici quelques jours, la petite ville se viderait à nouveau pour entrer dans la phase de léthargie que Serena connaissait bien, et qui durerait jusqu'à la saison de ski.

Elle fit de son mieux pour gagner au plus vite le bureau de Gasser au volant de la voiture de Lamberti, tout en se demandant ce qui chiffonnait le chef de la police.

Il l'accueillit et referma immédiatement la porte de son bureau. Son comportement était suspect, comme s'il voulait garder le secret sur ce qu'il allait lui dire.

Serena s'installa dans le petit fauteuil habituel, devant le bureau. Quand elle s'y était assise, dans la majorité des cas cela avait été pour subir les remontrances de Gasser et supporter les explications par lesquelles il démontait ses théories une à une. Elle se demanda pourquoi cela serait différent ce jour-là.

— « Trouve la première chouette. Observe la neige autour du feu », commença l'homme en croisant les bras.

Quand elle lui avait évoqué les énigmes notées dans le livre de contes, l'avant-veille, elle avait remarqué un changement d'expression sur le visage de Gasser. Comme si un déclic s'opérait dans sa tête.

Mais ensuite, il avait dissimulé sa surprise.

— Je me suis demandé si les phrases écrites par Adone Sterli avaient un sens, dit-il.

— Et elles en ont un ?

— Apparemment, oui. La chouette est l'animal du bois qui entend le feu la première. L'une d'elles se met généralement à hululer, puis les autres la suivent. Leur cri devient une sorte d'alarme qui passe d'arbre en arbre.

Serena ne comprenait pas le rapport avec elle.

Gasser alla chercher quelque chose dans un tiroir et revint avec ce qui ressemblait à un appareil électrique, bien qu'elle ignorât à quoi il servait.

— Dans le jargon, on appelle également « chouette » le premier appel que reçoivent les pompiers quand il y a un incendie.

Le chef de la police appuya sur un bouton de l'appareil, qui était en fait un enregistreur.

« Un-un-huit : quelle est l'urgence ? » demanda une opératrice.

« Je vois des flammes sur le grand chalet au centre de Vion », dit une voix disgracieuse, dont on ne comprenait pas si elle appartenait à un homme ou à une femme.

« Le centre d'accueil ? » demanda l'employée pour avoir confirmation.

« Oui, là où il y a les petites filles », répondit nerveusement la voix.

« Vous êtes sur place ? »

« Il est devant mes yeux. Dépêchez-vous ! »

« Pouvez-vous me donner votre nom s'il vous plaît ? »

« Je m'appelle Hasli. »

La communication prit fin. Gasser arrêta la lecture.

— Hasli, comme le gnome ? demanda Serena, abasourdie, en laissant échapper un petit rire incrédule.

— L'opératrice a pensé qu'il s'agissait d'un nom de famille et, en effet, c'est ce qu'elle a noté dans son rapport.

— On peut remonter au numéro ?

— Il a appelé d'un téléphone public non loin du chalet, puis on n'a plus eu de nouvelles.

— À votre avis, c'était un homme ou une femme ? demanda Serena qui essayait de donner un sens à ce qu'elle venait d'entendre.

— Je penche pour une femme, mais je n'en suis pas certain répondit Gasser en retournant s'asseoir. Après avoir écouté l'enregistrement, il restait quelque chose que je n'arrivais pas à comprendre : si cette personne avait joué un rôle dans les événements de la nuit, pourquoi aurait-elle appelé les secours ?

Serena subodora que le commandant avait trouvé une réponse.

— J'ai vérifié l'heure de l'appel, affirma-t-il en prenant un relevé sur son bureau et en le lui tendant. Il a été passé huit minutes avant le déclenchement de l'alarme incendie du chalet... comment ce témoin a-t-il pu voir les flammes avant même qu'elles soient détectées par les capteurs ?

— La personne qui a mis le feu voulait être certaine que personne ne serait blessé, dit Serena d'un trait.

Comme Adone et ses engins explosifs qui, avant de se déclencher, produisaient une abondante fumée pour faire fuir les gens et les animaux qui se trouvaient dans les parages.

— Cette personne a respecté la parabole du bon samaritain, affirma Gasser avec une pointe d'ironie.

— Parce qu'il ne s'agit pas d'un assassin.

— Il reste la question de la « neige autour du feu », dit le commandant en sortant un dossier d'une pile. Ces photos ont été prises par mes hommes pendant les opérations de secours.

Serena ouvrit la pochette et observa les clichés du chalet en flammes, un peu avant qu'il s'écroule. Ils lui firent un certain effet. Tout autour du bûcher, il y avait des camions de pompiers, des voitures de police et des ambulances, où l'on pratiquait les gestes de premiers secours sur les fillettes rescapées.

— Combien de véhicules civils voyez-vous sur cette photo ? demanda le chef de la police.

Serena en repéra quelques-unes garées aux alentours, mais toutes couvertes d'une épaisse couche de neige.

Hormis une Ford bleu ciel.

— Cette nuit-là, il neigeait abondamment, rappela-t-elle. Pourquoi cette voiture n'est-elle pas recouverte comme les autres ?

— Parce qu'elle est arrivée sur les lieux *juste avant* les secours. Et je parie qu'elle y est restée jusqu'à ce que nous soyons tous repartis.

Serena prit dans ses mains la photo où l'on voyait le mieux la voiture. Il n'y avait personne à l'intérieur, mais elle concentra son attention sur le coffre.

— Vous pensez que ma fille était là-dedans ? Et qu'elle y a peut-être passé du temps, droguée ou évanouie…

— Qui sait ? La plaque est illisible, donc on ne peut pas remonter au propriétaire du véhicule.

Serena posa la photo sur le bureau.

— Mais comment Adone savait-il tout ceci ?

— Il n'était pas si compliqué d'y arriver, croyez-moi, le justifia Gasser. Il suffisait de partir de la théorie selon laquelle l'incendie avait été déclenché pour cacher l'enlèvement d'une fillette…

— Ma théorie, renchérit Serena, incrédule.

L'homme en face d'elle acquiesça. Il était en train de s'excuser de sa négligence.

— Que va-t-il se passer, maintenant ?

— Nous avons de bonnes raisons pour rouvrir une enquête.

— C'est tout ?

— Il ne s'agit pas de preuves, je ne peux pas les apporter à un juge. Et puis, il va falloir en trouver un qui soit disposé à mettre en cause des sentences prononcées dans le passé. Sans compter que ce sera un coup dur pour l'image de Vion.

Serena n'arrivait pas à croire que le chef était vraiment en train de penser à la mauvaise publicité de la ville.

— Qu'allez-vous faire avec Bianca Sterli ? Si Adone a caché des indices, c'était parce qu'il soupçonnait sa sœur et qu'il ne voulait pas qu'elle les trouve avant moi et qu'elle les détruise.

— Si Adone avait une raison suffisante pour croire à la culpabilité de Bianca, pourquoi ne l'a-t-il pas dit ? Pourquoi n'a-t-il pas parlé clairement ? rétorqua Gasser. Pourquoi inventer ce subterfuge ?

— Par honte, répondit Serena.

Un silence suivit.

— Alors, qu'allez-vous faire avec cette femme ?

Gasser se gratta le front. Il ignorait comment se comporter.

— Vous savez combien il m'a coûté de me retenir, pendant l'entrevue d'hier ? s'énerva Serena.

— Vous auriez voulu sauter à la gorge de cette femme ?

— Non. Vous imaginez à quel point il a été difficile de ne pas pouvoir serrer dans mes bras ma fille que je croyais morte depuis sept ans ? le corrigea Serena avec véhémence.

Gasser se tut.

— Essayez de vous mettre à ma place. Elle était devant moi : ma petite Aurora était à peine à un mètre de moi... et je ne pouvais rien faire.

— Je ne crois pas qu'il s'agisse de votre fille. Et je suis désolé si je vous ai fait croire le contraire.

Serena ne sut que répondre. Désormais, elle n'en avait plus la force.

— Donc vous n'allez rien faire ?

Le policier répondit par une autre question :

— Si cette enfant est vraiment Aurora, alors qu'est devenue Léa ?

7

— Elle la cache au grand jour, au vu et au su de tout le monde, commenta la docteure Nowak au téléphone, en parlant de ce que Bianca Sterli faisait à Aurora. Dans le fond, il n'y a pas meilleure cachette que la ressemblance et l'existence d'une autre petite fille, ajouta-t-elle en se référant à Léa.

— Oui, mais qu'est devenue cette enfant ?

Serena était exaspérée par cette énigme qui lui semblait insoluble. Mais au moins, la psychologue la croyait.

Elle avait décidé de l'appeler en rentrant à la résidence. Dehors il pleuvait des cordes, un des derniers orages d'été. L'odeur d'humidité qui montait des bois pénétrait le petit appartement. C'était comme si Serena percevait l'électricité dans l'air : elle ne parvenait pas à rester en place et elle passait d'une pièce à l'autre, le téléphone contre l'oreille.

— Tu penses que Léa a réellement existé ? demanda la docteure.

— Apparemment, beaucoup de gens la connaissent depuis qu'elle est née.

— Donc la réponse pourrait être une substitution de personnes…

Serena y avait déjà réfléchi.

— À un moment, il a dû arriver quelque chose à Léa, affirma-t-elle. Et sa mère l'a remplacée par Aurora, profitant de leur incroyable ressemblance.

La docteure Nowak se tut.

— Je sais, c'est absurde, mais c'est la seule explication à laquelle je pense.

— Il va être difficile de convaincre quiconque sans test ADN. Tout est contre toi, y compris l'adolescente.

— Comment est-il possible que ma fille ait tout oublié de son passé avec moi ? demanda-t-elle car c'était ce qui l'angoissait le plus. Elle n'avait même pas l'air d'avoir le moindre doute.

— Depuis que tu as découvert tout ceci, as-tu essayé d'imaginer ce qu'Aurora a vécu après son enlèvement ?

Frappée par cette question, Serena s'assit sur le lit. Non, elle n'avait pas essayé. Les derniers jours, elle avait évité d'y penser.

— Elle a dû vivre une sorte de cauchemar de solitude et d'abandon, dit-elle avec le sentiment de culpabilité de n'avoir pas été là.

— Aurora a grandi en captivité. Avec le temps, l'horreur se métabolise. Pour survivre, un processus d'adaptation se déclenche. Pour ne pas devenir fous, on crée une sorte de normalité. Et pour éliminer la souffrance, on oublie le passé.

Serena prit une grande inspiration, puis expira profondément. Elle avait une autre question à poser, dont elle craignait la réponse.

— Donc, selon vous, ces souvenirs sont-ils encore enfouis en elle, ou les a-t-elle effacés pour toujours ?

— La mémoire est un mécanisme étrange. Nous pensons nous souvenir du passé, mais le plus souvent il n'en est pas ainsi : si nous avions une machine à remonter le temps, nous nous rendrions compte que ce que nous appelons souvenirs ne correspondent qu'en partie à ce qui s'est réellement passé. L'esprit ne conserve pas tout, mais uniquement ce qui lui sert. Et il adapte constamment le passé au présent, il conforme la mémoire selon ses propres nécessités. Le reste n'est qu'une illusion.

— Une illusion ?

— Par exemple, notre cerveau sait parfaitement que si on essaie de toucher une flamme, on va se brûler. Mais personne ne peut dire quand il a expérimenté pour la première fois la sensation de brûlure. L'information essentielle, épurée du reste, c'est que si on s'approche trop du feu, on ressent de la douleur.

— Donc je n'ai aucune chance.

— Pense seulement que, d'un point de vue biologique, un être humain met sept ans en moyenne pour renouveler toutes les cellules de son organisme. Malgré un aspect identique, nous nous trouvons donc de fait devant un individu différent. Nous mutons en permanence, Serena. Même toi, tu n'es pas la même personne qu'il y a sept ans, quand tu as perdu ta fille.

— Vous êtes en train de me dire que je devrais me résigner ? Laisser tomber ?

— Tu pourrais voler un cheveu, ou n'importe quel matériel organique portant une trace de cette enfant, pour le faire analyser, et je sais que tu y as pensé. Mais ensuite, que se passerait-il ? Que se passerait-il si tu découvrais que tu as raison ? Tu crois que cela te rendrait Aurora ?

Serena vit sur le lit, près d'elle, la photo que lui avait envoyée Adone. La fillette dans l'église de la Roche noire.

— Léa est morte, affirma-t-elle, sûre d'elle.

— Et l'adolescente que tu as rencontrée à Vion est sa réincarnation psychologique, confirma la docteure Nowak.

— En réalité, quelque chose a changé dans son aspect. J'ai toujours répété que je suis un lombric. Aurora se ressemble toujours, mais elle ne me ressemble plus à moi.

— Pour cette raison, même si tu découvrais qu'elle est réellement ta fille, la reprendre signifierait lui faire vivre une nouvelle horreur.

— Comme un enlèvement, conclut Serena avec amertume.

— Tu devrais te demander si Bianca Sterli aime sa fille.

Serena ne sut que répondre.

— Passez le bonjour aux Glitch. Et s'il vous plaît, ne leur racontez pas ce qui se passe ici.

Elle avait honte parce que, d'une façon ou d'une autre, son Aurora était revenue de l'au-delà. Alors qu'eux, ils devaient continuer de vivre avec la mort de leurs enfants.

— Je ne dirai rien, promit la docteure Nowak avant de raccrocher.

8

Serena aurait eu bien besoin d'un long sommeil sans rêves. Mais depuis ses conversations avec Gasser et la docteure Nowak, elle était submergée par ses pensées. En plus, elle ne pouvait pas se coucher parce que son bébé détestait qu'elle soit sur le dos et, dès qu'elle essayait de s'allonger, il donnait des petits coups de pied dans ses organes internes, si précis qu'elle avait l'impression qu'il le faisait exprès pour la forcer à se relever.

Maintenant, Serena faisait les cent pas entre la chambre et le salon du petit appartement de la résidence, les mains sur les hanches, pieds nus, regrettant l'horrible moquette marron que le parquet avait remplacée.

Vers 5 heures du matin, elle s'écroula sur le canapé.

Quand elle se réveilla, l'aube pointait. Son sommeil avait été bref et agité. Elle avait mal au cou et il lui fallut quelques instants pour se rappeler où elle était. Quand elle comprit, elle remarqua que son cœur battait très fort, sans raison.

Elle se concentra sur le rêve qu'elle venait de faire. Il ressemblait beaucoup à celui de la nuit qui avait précédé l'arrivée de la boîte de marque-pages d'Adone.

Une présence était venue lui rendre visite. Elle n'était pas humaine, mais plutôt faite d'ombre. Et elle n'avait pas de visage.

Elle serrait une brosse à cheveux dans sa main.

Instinctivement, Serena se toucha la tête. Le fait d'être décoiffée la rassura. C'était ridicule, elle le savait, mais elle ne pouvait rien y faire. Vion exerçait un étrange ascendant sur elle. Elle se rappela qu'elle avait toujours eu l'impression que ce lieu était sous l'effet d'un enchantement ou d'une malédiction.

Soucieuse d'oublier cette espèce de cauchemar, elle se leva du canapé pour aller uriner.

Elle entra à la salle de bains, alluma la lumière et s'assit sur la cuvette. Pendant qu'elle vidait sa vessie avec soulagement, elle regarda distraitement en direction du lavabo.

Sur la tablette sous le miroir, il y avait un sachet en papier blanc.

Elle était certaine de ne pas l'y avoir posé elle-même. Quand elle eut fini d'uriner, elle alla voir ce qu'il contenait. Elle l'ouvrit et une bonne odeur lui flatta les narines. Il contenait des pièces en chocolat. Elle y plongea la main pour en prendre une et vit dessus l'effigie d'un gnome. VALEUR NOMINALE : 1 FARFADET, lut-elle sur l'emballage doré.

Serena n'avait aucune idée de la façon dont ces douceurs étaient arrivées dans sa salle de bains, mais elle eut un mauvais pressentiment. Bien sûr, elle repensa au livre de contes. Ainsi qu'à la voix stridente du mystérieux interlocuteur de la nuit de l'incendie, sept ans plus tôt.

Je m'appelle Hasli.

Et, enfin, aux paroles de Berta.

Il y a une version de cette histoire où l'on révèle qu'en réalité Hasli et Malassér sont le même gnome. D'abord il attire les enfants avec des douceurs, puis il les enlève.

Serena laissa tomber dans le lavabo le sachet de pièces en chocolat et, les mains sur son ventre, elle recula, terrorisée.

Ce n'était pas une impression. Ce cadeau contenait clairement une menace pour l'enfant qu'elle portait dans son ventre.

Après avoir retrouvé les pièces en chocolat, elle ne voulut pas rester une minute de plus à Vion. Pour la première fois, la peur prit le dessus. Peut-être n'avait-elle eu rien à perdre dans le passé, aujourd'hui elle devait penser au bien-être du petit être qui se formait en elle.

Poussée par une agitation irréfrénable, Serena fourra ses affaires dans son sac à dos. On la forçait à choisir. Aurora ou le nouvel enfant. À contrecœur, elle avait pris une décision.

Elle considéra que la police ne lui apporterait aucune aide. Gasser admettait la possibilité d'un enlèvement, mais ne donnait aucun crédit à la théorie de Serena de substitution de personnes.

Toutefois, c'était une phrase de la docteure Nowak qui avait déterminé son changement subit de programme.

Tu devrais te demander si Bianca Sterli aime sa fille.

Même si elle avait du mal à qualifier d'« amour » ce qui liait cet escroc à sa fille, Serena était convaincue qu'Aurora ne courait aucun danger. En revanche, elle était certaine que les pièces en chocolat étaient un cadeau de sa rivale, et qu'elles prouvaient la détermination de cette femme. Bianca se battrait comme une lionne pour protéger ce qu'elle aimait. D'ailleurs, elle était déjà en train de le faire.

Cela lui coûtait de l'admettre, mais la sournoise se comportait exactement comme une mère.

Pourtant, Serena n'allait pas renoncer. Une fois de retour à Ortica, elle allait échafauder un plan pour poursuivre sa bataille. Elle allait s'adresser à un avocat et peut-être impliquer les médias.

Elle allait faire tellement de bruit que, à la fin, quelqu'un allait forcément l'écouter.

Forte de cette nouvelle conviction, Serena prit la photo que lui avait envoyée Adone pour la mettre dans son sac. Elle s'arrêta un instant pour l'observer. Elle se dit que tout était reparti de cette enfant de trois ans en robe blanche et chaussures vernies. Elle eut la sensation de devoir également continuer de se battre pour Léa, parce qu'elle aussi méritait que les choses soient tirées au clair. On lui avait usurpé sa place dans le monde. Sa mère l'avait remplacée par une enfant inconnue. Le fait que Bianca ait donné à sa prisonnière le prénom de sa fille et qu'elle lui ait offert la vie de Léa ne changeait rien. Voire cela aggravait le jugement sur son comportement. Parce que, dans le fond, elle l'avait fait uniquement pour elle-même.

À part sa nature cynique et égoïste, que voulait cacher Bianca Sterli à tout le monde ?

Serena décida de le découvrir. En glissant la photo dans une poche latérale de son sac, elle retrouva la rose fanée qu'elle avait ramassée sur le sol de l'église de la Roche noire.

Elle avait attribué à cette fleur séchée le mérite de sa rencontre avec Aurora, comme si c'était une sorte d'amulette. Mais maintenant, en la regardant dans sa main, elle décida qu'elle n'en voulait plus. Elle fut tentée de serrer le poing pour la réduire en poudre, mais n'en fit rien.

Cette fleur appartenait à quelqu'un d'autre, elle se l'était appropriée sans autorisation. Exactement comme Bianca Sterli avec Aurora. Et Serena ne voulait avoir rien en commun avec cette femme. Alors, aussi absurde cela soit-il, en quittant Vion elle remettrait la rose fanée là où elle l'avait trouvée.

9

Le ciel était couvert et une pluie fine tombait sur la vallée. Pour cette raison, il fallut à Serena plus de temps que prévu pour rejoindre le refuge. Arrivée au col, elle remarqua qu'aucun touriste ne se reposait après une promenade. L'endroit était désert.

Elle mit sa capuche et, sac sur l'épaule, prit le sentier qui traversait le petit bois jusqu'à l'église en bois.

Bien vite, elle aperçut le gros rocher noir à côté duquel avait été construit l'édifice religieux en 1853. Cette fois encore, la porte était simplement poussée.

Elle entra dans le petit espace trempé par la pluie.

La fenêtre aux verres colorés semblait éteinte. Le soleil, caché par les nuages, ne produisait pas son effet kaléidoscopique. Sans cette magie, l'endroit était devenu triste.

Pourtant, il y avait un bruit qui brisait le silence. De l'eau. Et pas uniquement la petite pluie fine qui tombait sur le toit. Quelque part, on entendait couler un torrent impétueux, probablement gonflé par les précipitations des dernières heures.

À l'entrée de l'église, Serena tapa ses pieds par terre pour ne pas laisser de traces de boue. Quand ses semelles lui parurent suffisamment propres, elle sortit la rose séchée de son sac et se dirigea vers l'endroit exact où elle l'avait ramassée.

Quand elle s'y trouva, elle découvrit une nouvelle fleur sur les planches de bois. Cette fois, c'était un dahlia blanc.

À la différence de la rose, elle était très fraîche. Quelqu'un avait dû la laisser très peu de temps auparavant.

Serena avait effectué le voyage uniquement pour rapporter une fleur séchée. Elle se sentit stupide. Combien de choses inutiles avait-elle faites depuis qu'elle était à Vion ? Combien de temps et de ressources avait-elle gâchés ?

La rose fanée entre ses mains était l'emblème de son existence tout entière.

Dans le passé, quand elle aurait pu investir une partie d'elle-même pour être une bonne mère, elle avait construit une relation avec sa fille basée sur des frivolités. Les voyages, le shopping, les séjours dans les grands hôtels. Et si maintenant Aurora ne se rappelait rien de sa vie d'avant, c'était sa faute. Elle ne lui avait peut-être donné aucune raison valable de se souvenir de sa véritable mère. C'était la récompense de son insensibilité.

La personne qui venait déposer des fleurs sur le sol d'une église abandonnée était sans aucun doute meilleure qu'elle, qui n'avait jamais eu l'idée de faire la même chose pour l'âme de sa fille. Et l'absence de tombe n'était pas une justification valable.

En colère contre elle-même, Serena se dirigea vers la sortie. Elle fit trois pas, puis s'arrêta net. Elle repensa à cette dernière considération, puis elle se tourna pour regarder à nouveau le dahlia sur le sol.

Prise d'une angoisse soudaine, elle fit glisser son sac à dos de son épaule pour ouvrir la poche latérale et en sortir la photo de la petite fille. Cette image dans les mains, elle avança vers la fleur et fit une découverte déconcertante.

Le dahlia et la rose avaient été laissés exactement à l'endroit où la fillette en robe blanche et chaussures vernies avait pris la pose devant l'objectif.

Serena eut très chaud, et au même moment un frisson remonta le long de son dos.

Elle avait besoin d'un ustensile.

Elle envisagea de sortir à la recherche d'un caillou pointu ou d'une branche, mais elle repéra un candélabre rouillé abandonné dans un coin de l'église. Elle alla le chercher et revint là où elle se trouvait. Elle regarda la fleur sur le sol en bois, puis elle leva son arme et se mit à frapper les planches. Les premiers éclats sautèrent, des fragments lui atteignirent le visage. Mais elle s'en moquait. Chaque fois que le métal s'abattait par terre, il produisait un bruit sourd, accompagné d'un gémissement de Serena à cause de la fatigue.

Quelques coups suffirent pour ouvrir une fente. Alors elle s'arrêta un moment parce que, sous le parquet, il y avait un vide. Serena suait et haletait, néanmoins elle s'agenouilla pour regarder. De l'obscurité de la grotte montait une odeur piquante d'humidité, ainsi que le grondement d'un petit torrent souterrain.

Elle sortit son portable de son sac et alluma la lampe de poche, puis elle se posta au-dessus du petit trou pour scruter le vide. Son gros ventre l'empêchait de se pencher. Elle tendit le bras le plus qu'elle pouvait. Elle n'aperçut que de la roche couverte de mousse.

C'est alors que les planches cédèrent sous son poids et qu'elle tomba dans l'antre noir.

Pendant la chute, elle protégea instinctivement son ventre avec ses mains. Après un bref vol, elle atterrit les fesses sur une surface dure, puis elle glissa sur une sorte d'arête. Elle n'arrivait pas à s'arrêter avec ses pieds. À la fin de la descente, elle se retrouva dans un puits d'eau glacée qui lui arrivait jusqu'aux genoux.

Pour le moment, l'adrénaline et le froid l'empêchaient de ressentir la douleur. Serena se leva et se tâta le ventre, pour comprendre s'il avait pris des coups. Elle se calma quand elle sentit le bébé bouger. Apparemment, il allait bien. Peut-être qu'il avait même trouvé amusant d'être ainsi ballotté.

Serena vérifia qu'elle n'avait rien de cassé. Elle avait mal à la cheville gauche et aux coudes, mais elle ne semblait pas avoir de fractures. Elle trouva enfin la force de lever la tête vers l'ouverture par laquelle elle était tombée. Elle avait glissé sur au moins trois mètres, heureusement que sa chute avait été amortie.

Elle allait avoir besoin d'aide.

Elle regarda autour d'elle, à la recherche de son téléphone portable, qui était tombé avec elle. Elle l'aperçut à deux ou trois mètres de distance, entre deux rochers. Elle rampa pour le récupérer, inquiète de son état. Il s'alluma, mais semblait tout de même abîmé. Toutefois, l'écran tactile fonctionnait encore et, malgré les fêlures du verre, elle parvenait à distinguer les chiffres du clavier.

Serena appela les urgences. Elle craignait qu'il n'y ait pas de réseau. En attendant avec angoisse que le bruit de la liberté résonne dans le silence, elle constata que ses yeux s'étaient habitués à l'obscurité. Pour la première fois, elle vit le petit ruisseau qui coulait tout près de là où elle était tombée. Si elle y avait atterri, elle aurait été emportée dans les viscères de la montagne par le courant. Son regard se posa ensuite de l'autre côté du cours d'eau. Elle sursauta.

Sur la rive opposée, il y avait quelqu'un.

10

— Un-un-deux : quelle est l'urgence ? Mais Serena se tut.

— Allô ? vous m'entendez ?

Elle était terrifiée par sa découverte.

— Oui, je vous entends, répondit-elle enfin.

Puis, en essayant de ne pas perdre le contrôle, elle déclina son identité et dit qu'elle se trouvait dans une grotte sous l'église de la Roche noire, à quelques centaines de mètres du refuge du col. Elle n'expliqua pas en détail comment elle y avait atterri, affirmant simplement que le sol avait cédé sous ses pieds. Quand l'opérateur lui demanda si elle était blessée et si elle pouvait bouger, elle lui assura qu'elle allait bien, puis elle ajouta qu'elle était enceinte de presque neuf mois. Il lui recommanda de garder son calme et lui garantit que les secours allaient bientôt démarrer. Quand elle raccrocha, Serena était très agitée. Les mains tremblantes, elle activa la lampe torche de son smartphone, mais n'eut pas le courage d'éclairer l'autre rive pour voir qui se trouvait de l'autre côté du torrent.

Elle distinguait clairement la silhouette d'une personne assise par terre. Qui qu'elle soit, elle était immobile.

Finalement, Serena trouva la force de lever son téléphone. La première chose qu'elle vit fut les chaussures. Sous une couche de poussière, le vernis noir brillait faiblement.

Puis le rayon lumineux remonta jusqu'au bas d'une petite robe couverte de boue et lacérée, qui avait été blanche et propre autrefois. Les pieds et les jambes de la personne qui la portait étaient espacés, les bras abandonnés le long des hanches, comme ceux d'une poupée cassée. La peau qui recouvrait les membres était grise et présentait des taches vertes et marrons, typiques de la putréfaction.

Serena posa une main sur sa bouche pour s'empêcher de crier. Puis elle se mit à sangloter et ses yeux se remplirent de larmes. Quand la torche éclaira enfin le buste et la tête du cadavre de l'autre côté du torrent, Serena eut la confirmation qu'il s'agissait d'une petite fille. Elle la reconnut à ses longs cheveux qui retombaient sur ses épaules. Avant, ils avaient été blonds.

Maintenant, ils étaient sales et crêpés.

Une barrette indiquait que quelqu'un l'avait coiffée.

La tête penchait sur la gauche, dans une position qui n'avait rien de naturel. La mâchoire était décrochée et les orbites vides. Les os du visage creusé étaient recouverts de mousse.

Ses mains étaient croisées sur ses genoux, entre ses doigts elle serrait toujours ce qui restait d'un petit bouquet de fleurs désormais séchées.

Ce détail indiquait que quelqu'un l'avait installée avec soin. Un dernier acte de pitié de la part de quelqu'un qui l'avait aimée.

Hasli

1

Ils arrivent au cœur de la nuit.

Leurs sirènes la réveillent. Un bruit strident et des éclairs de lumière bleue qui, à travers la lucarne, se dessinent sur le plafond juste au-dessus de son lit.

Elle entend les voitures qui s'arrêtent, les portières qui claquent et des hommes qui parlent entre eux. Elle ne comprend pas ce qu'ils se disent : ils ont l'air très en colère. Dehors, son border collie aboie sur eux.

Puis quelqu'un frappe fort à la porte du chalet.

À ce moment-là, elle sort de son lit pour aller se réfugier auprès de sa mère. Pieds nus, elle court dans le couloir qui la sépare de sa chambre, mais il n'y a personne à l'intérieur.

Confuse et terrorisée, elle revient sur ses pas, mais s'arrête en haut de l'escalier. En bas, sa mère ouvre la porte à ces inconnus.

Elle les affronte sans montrer aucune peur.

Devant les hommes en uniforme, sa mère lève immédiatement les bras, se rend. Ils lui sautent tout de même dessus, la jettent par terre pour la menotter.

La jeune fille hurle. Pour les arrêter, elle descend les marches en bois deux à deux.

Par terre, sa mère se tourne vers elle et la fusille du regard :

— On ne court pas dans les escaliers ! crie-t-elle, comme toujours.

La jeune fille s'arrête au milieu, se met à pleurer. De là où elle est, elle voit ces hommes emmener la seule personne au monde à qui elle tient.

Puis une policière monte s'assurer qu'elle va bien.

Non, je ne vais pas bien, a-t-elle envie de dire.

Mais pour le moment elle est trop bouleversée pour parler. Elle ne comprend pas ce qu'il se passe et, surtout, elle ne se rend pas compte que c'est en train de lui arriver à elle.

2

On lui avait dit qu'elle ne pouvait pas encore la voir. Que c'était trop tôt, pas opportun.

On lui avait garanti qu'on fournissait à la petite tout le soutien psychologique nécessaire et que, bientôt, quelqu'un lui raconterait la vérité.

Serena était soulagée de n'avoir pas à le faire elle-même, elle craignait qu'elle ne la croie pas.

Elle se rendit compte que personne ne se référait encore à la jeune fille comme à *sa* fille. Les policiers l'appelaient « l'otage ». Personne ne l'avait encore appelée Aurora, ce prénom qui semblait presque maudit.

En attendant, après sa chute dans la grotte, Serena avait été hospitalisée par précaution. À l'hôpital de Vion, on lui avait fait un monitoring. Il n'était pas exclu que, à cause du stress des dernières heures, il faille la faire accoucher plus tôt que prévu.

Lamberti était arrivé de Milan, faisant fi de leur accord. Toutefois, Serena était heureuse de l'avoir auprès d'elle. Il avait pris le contrôle de la situation avec un sang-froid insoupçonnable. Dans le passé, elle n'avait jamais éprouvé la sensation libératoire de s'en remettre à quelqu'un, elle avait toujours tout décidé seule. Elle découvrait la légèreté.

La docteure Nowak la soutenait également, en maintenant le contact téléphonique avec elle. Pourtant elle avait désobéi à Serena en racontant tout aux Glitch. C'était inévitable, car l'histoire avait fini dans tous les médias. Les journalistes affluaient à Vion pour couvrir la nouvelle.

Quand Serena avait demandé à la psychologue comment ses camarades du groupe avaient accueilli cette révélation, elle était restée évasive. Elle ne lui avait raconté que les réactions de Ric et Veronica : le premier avait envie de venir la voir « même pieds nus » et la seconde avait éclaté en sanglots sous le coup de l'émotion puis avait décidé, pour l'occasion, de ne pas ruiner une fête d'anniversaire avec ses récits sur la létalité des ballons de baudruche. Max, de son côté, s'était contenté d'exprimer sa stupeur. Et Benedetta était restée muette. Serena imaginait sa colère. Son Aurora était comme revenue du royaume des morts, ce qui n'arrive pas souvent dans le monde des parents qui perdent un enfant. Pour cette raison, Benedetta était en train d'exclure Serena du groupe, son silence lui communiquait qu'elle n'avait plus le droit d'être une Glitch.

Les heures qui avaient suivi l'arrestation de Bianca Sterli et le sauvetage de Serena avaient été frénétiques. Vers 18 heures le lendemain, le chef de la police s'était présenté à l'hôpital.

— Comment vous sentez-vous ? lui demanda-t-il après avoir énergiquement serré la main du professeur Lamberti.

— Plutôt bien, admit Serena. Je voudrais dormir mais je n'y arrive pas encore.

— Je suis désolé de n'avoir pas pu passer plus tôt, s'excusa-t-il en s'approchant du lit où elle était étendue. Mais mes troupes ne sont pas nombreuses et mes hommes sont en train de faire des heures supplémentaires pour gérer la situation.

Serena imaginait qu'avec le bruit que faisait l'affaire, ce ne devait pas être simple pour Gasser. En plus, la police locale était dans l'œil du cyclone puisque, pendant sept ans, personne n'avait remarqué qu'une séquestration de personne se déroulait au grand jour, avec l'otage bien en évidence, malgré toutes les preuves.

— J'aurais dû vous écouter, admit le commandant, sa casquette d'uniforme dans les mains.

— Je me suis retrouvée dans cette grotte par pur hasard.

— L'obstination d'une mère vaut mille fois celle d'un policier.

Il était bon de se sentir une bonne mère, Serena n'avait pas l'habitude. Elle s'était toujours laissé écraser par la conviction qu'Aurora n'aurait pas eu le même destin si elle avait été la fille de quelqu'un d'autre, parce qu'elle-même n'était pas à la hauteur.

— Monsieur Gasser a quelque chose à te dire, intervint Lamberti, comme pour la préparer.

De toute évidence le chef de la police lui avait déjà expliqué de quoi il s'agissait, peut-être par téléphone.

— Que se passe-t-il ? demanda-t-elle, alarmée.

Que signifiaient ces subterfuges ?

— Bianca Sterli refuse de nous parler.

— N'est-ce pas son droit, de se taire ? objecta Serena. Et puis, je ne pense pas que nous ayons besoin de connaître sa version des faits : tout est assez évident, non ?

— Tout à fait. Mais elle nous a fait une proposition.

— Quel genre de proposition ?

— Elle signera une confession complète, mais uniquement à la condition de vous parler à vous.

Serena ne savait que répondre.

— Personne ne vous y oblige, mais je crois que c'est important.

— Important pour quoi ? À quoi vous sert une confession, si tout est déjà clair ? Je ne comprends pas.

— Le médecin légiste va bientôt effectuer une autopsie complète sur les restes de la petite fille de la grotte. Toutefois, après un examen sommaire, il a reconnu qu'il n'allait pas être facile de remonter aux causes de la mort. Trop de temps a passé et le cadavre a été exposé à l'action d'éléments naturels qui pourraient avoir compromis la possibilité de reconstruire les faits.

— Donc la seule façon de savoir comment Léa est morte est que sa mère nous le dise, constata Serena avec amertume.

— J'ai parlé aux médecins, intervint Lamberti. Selon eux, tu es en état de supporter un entretien avec cette femme. Si tu te le sens, bien sûr. Et le chef de la police m'a assuré que tu n'auras même pas à quitter l'hôpital, ajouta-t-il en cherchant du regard la confirmation du policier.

— Au sous-sol il y a un local où nous pourrions organiser l'entrevue. Vous ne seriez pas seules : nous serions là pour surveiller et dresser un procès-verbal. Et nous interromprions immédiatement l'entretien si Bianca Sterli ne respectait pas le contrat, ou même si elle essayait de vous provoquer.

— Pourquoi tant de hâte ? demanda Serena, qui subodorait un piège.

— Parce que la proposition de cette femme est valable jusqu'à votre accouchement. Ensuite, elle ne dira plus un mot.

— C'est absurde ! Et pour quelle raison ?

— Nous ignorons si elle bluffe ou si elle a un but précis, mais elle nous a semblé déterminée.

— Tout ceci est uniquement pour Léa, intervint le professeur.

— Sans la possibilité concrète de faire la lumière sur sa mort, nous aurions renoncé, expliqua Gasser. Nous avons le devoir de répondre à la question principale qui concerne la petite fille. Elle mérite de reposer enfin en paix.

Pendant un instant, Serena revit devant ses yeux l'image du cadavre soigneusement installé dans la grotte. Vêtue de sa plus belle robe, le bouquet de fleurs dans les mains. Coiffée avec une barrette dans les cheveux.

— Vous pensez que c'est sa mère qui l'a tuée, n'est-ce pas ?

Gasser se tut. Son silence était une réponse éloquente.

3

Vers minuit, alors que l'hôpital était plongé dans le calme et dans le silence, on vint la chercher dans sa chambre. Son escorte était constituée de deux policiers envoyés par Gasser et d'une infirmière poussant un fauteuil roulant.

Lamberti ne pouvait pas les accompagner, il attendrait Serena dans la chambre.

— Si tu sens que tu n'y arrives pas, arrête tout, lui dit-il en l'aidant à enfiler un gilet par-dessus sa blouse.

— Ça va aller, le rassura-t-elle en lui prenant la main.

Ils s'embrassèrent.

Son escorte l'accompagna jusqu'à un ascenseur de service, dans lequel ils descendirent au sous-sol. Ils empruntèrent un couloir aveugle avec des tuyaux sur le plafond, puis arrivèrent à un entrepôt où était stocké du matériel sanitaire, mais qui avait été aménagé pour l'occasion avec une grande table en acier surplombée par une lampe qui créait un cône de lumière dans l'obscurité.

Gasser sortit de l'ombre pour accueillir Serena avec un grand sourire, mais on voyait qu'il cherchait juste à dissiper la tension.

— Vous êtes prête ?

— Je suis prête.

Leurs voix résonnaient dans la grande pièce.

Dans la salle, il y avait d'autres personnes. Le chef de la police les lui présenta. Serena était trop concentrée sur ce qui allait bientôt se passer pour se rappeler leurs noms. Elle comprit qu'il s'agissait d'enquêteurs venus de loin, d'un représentant du Parquet et d'un avocat commis d'office à Bianca Sterli. Il y avait d'autres agents, dont la fonction était de garantir que tout se passe en sécurité et selon la procédure.

Une fois les présentations effectuées, Gasser renvoya l'infirmière et poussa lui-même le fauteuil roulant jusqu'à une des extrémités de la table. Serena remarqua la chaise vite de l'autre côté.

En l'observant, elle se sentit mal à l'aise.

Pendant tout ce temps, elle avait essayé d'imaginer la raison pour laquelle Bianca Sterli avait posé comme condition d'avouer ses crimes à elle, et avant qu'elle accouche.

— Votre conversation sera filmée et enregistrée, la prévint le commandant en indiquant une caméra. Quoi qu'il se passe, quoi que vous dise cette femme, mon conseil est de ne pas la laisser vous provoquer. Il est probable que Bianca ait de la rancœur envers vous, qu'elle veuille prendre sa revanche parce que vous l'avez démasquée. Et dans tous les cas, nous pouvons interrompre votre entretien à n'importe quel moment.

Serena se contenta d'acquiescer.

Gasser regarda sa montre.

— Nous y sommes.

Quelques minutes plus tard, deux des agents reçurent un appel sur leur radio de service et se dirigèrent vers la porte coupe-feu située de l'autre côté du hangar. Ils l'ouvrirent et attendirent.

Bientôt, Serena vit apparaître un petit peloton de gardiens de prison qui entourait Bianca Sterli, vêtue d'un simple survêtement bleu. Ses cheveux étaient attachés et elle avait du mal à marcher, son dos était voûté et elle était menottée. Ses traits étaient tirés, les muscles de son cou et de ses épaules tendus.

Les agents la firent asseoir sur la chaise vide. À partir de ce moment, elle ne quitta plus Serena du regard.

— Comme vous le voyez, nous avons respecté le pacte, dit Gasser à la prisonnière. Maintenant, c'est à vous.

Il fit un pas en arrière. Tous les présents se retirèrent dans l'ombre, les laissant seules dans le cône de lumière.

À côté de l'objectif de la caméra, une petite lumière rouge s'alluma.

4

Serena soutint le regard de Bianca Sterli en essayant de ne laisser transparaître aucune émotion. Ni colère, ni rancœur. Elle voulait que cette femme se retrouve face à un mur de béton. Infranchissable. Elle n'obtiendrait rien d'elle, pas même son mépris.

De longues secondes s'écoulèrent dans le silence le plus total. Puis Bianca parla la première.

— Aucune mère ne devrait être séparée de ses enfants.

Serena se demanda si elle était sérieuse ou si elle voulait la provoquer. Elle ne répondit rien.

— Aucune mère ne devrait éprouver ce que je t'ai fait éprouver.

Bianca paraissait sincère, mais elle se méfiait. Elle doutait fortement que l'autre ait demandé à la voir pour s'excuser. Pourtant, elle alla dans son sens :

— Toi aussi tu as perdu une fille, affirma-t-elle comme si elle compatissait. Cela a dû être difficile.

La femme pinça les lèvres et, un instant, eut l'air perdu.

— Léa était une petite fille hors du commun. Solaire, curieuse, disponible pour tout le monde, toujours obéissante. En la regardant grandir pendant ses quelques années de vie, je savais déjà quelle adulte elle allait devenir.

— J'ai vu comme tu l'as installée dans la grotte sous l'église. Tu devais l'aimer beaucoup.

— C'était notre endroit préféré. Nous allions là-bas et nous descendions prier, puis nous remontions goûter à côté de la Roche noire. Nous n'étions que toutes les deux mais Léa voulait toujours porter sa robe de fête et ses chaussures vernies : elle faisait très attention à ne pas les salir quand nous marchions ensemble dans le bois. Elle me prenait la main…

La femme marqua une pause, souleva sa main droite et en fixa la paume comme si elle sentait encore sur sa peau la chaleur de la petite main de sa fille.

Serena connaissait bien cette sensation, qui était proche de ce que ressentent les personnes amputées quand elles affirment ressentir des chatouilles sur leur membre manquant. C'était la même chose pour un parent qui a perdu son enfant. On le sent encore sur soi physiquement. Ce sont des stigmates invisibles et inexplicables.

Bianca Sterli posa les bras sur la table, faisant tinter ses menottes.

— Je me souviens de l'aube où je suis arrivée au refuge avec son corps dans le coffre. Il n'y avait personne. Je l'ai portée jusqu'à l'église. Léa était si froide. J'avais encore le réflexe de la réchauffer. Mais j'avais beau la serrer contre moi, sa température ne remontait pas. J'ai soulevé les planches du parquet avec un marteau, je les ai retirées de façon à pouvoir les remettre exactement comme avant. Puis j'ai utilisé une corde pour descendre avec Léa, dit-elle avant de prendre une grande inspiration. Je l'ai installée près du torrent, en faisant attention à ne pas abîmer sa robe. Je lui ai donné ses fleurs des champs préférées. Je l'ai coiffée comme elle aimait, avec une barrette. Je suis restée là tant que j'ai pu. Une nuit, peut-être deux. Je ne voulais pas la quitter. Puis je l'ai embrassée, j'ai tourné les talons et je suis partie sans me retourner.

Serena fut surprise de constater à quel point ce récit l'avait émue. Mais elle ne devait pas se laisser berner : Bianca Sterli était une manipulatrice habile.

La femme regarda autour d'elle. Dans le rideau d'ombre qui l'entourait, elle distinguait à peine les autres spectateurs muets.

— Je sais ce que vous pensez tous, que c'est moi qui l'ai tuée… fit-elle avec colère, avant de fixer à nouveau Serena. C'était le 16 novembre, Léa venait d'avoir quatre ans. C'est arrivé un dimanche, vers 10 heures du matin. J'étais sortie du chalet pour aller à la buanderie qui se trouvait à l'arrière. Léa était encore au lit, quand c'était possible je la laissais dormir jusqu'à tard. J'ai ouvert la machine à laver et j'ai mis les vêtements propres encore mouillés dans un panier. C'était une belle journée d'automne, il faisait chaud. Alors je suis allée étendre le linge dehors. Je me souviens encore du silence. Une brise légère gonflait les draps, s'estompait et revenait. J'avais l'impression que le vent jouait avec moi. Il ne peut rien se passer, par une journée pareille, non ? demanda-t-elle en riant amèrement, cherchant l'approbation de Serena, avant de s'assombrir. À l'époque, nous avions un berger allemand. Il est arrivé en aboyant : il venait de la maison. J'ai compris tout de suite qu'il était arrivé quelque chose. Je ne sais pas comment, mais j'ai compris. Je suis partie en courant, j'étais déjà désespérée. Quand je suis entrée je l'ai vue par terre, ses bras et ses jambes étaient désarticulés, comme un pantin à qui on avait coupé les fils. Et sa tête… sa tête était penchée dans une position impossible. Et ses yeux me fixaient. Mais elle ne battait pas des paupières… C'est alors que j'ai compris : il n'y avait plus d'air dans ses poumons, son sang avait cessé de couler dans ses veines, il n'y avait plus de pensées en elle, ni de douleur, ni de joie. Tout avait pris fin en un instant… J'ai levé les yeux en me demandant sur quelle marche elle avait trébuché… On ne court pas dans les escaliers… combien de fois je le lui ai répété… Lave-toi les mains, mâche bien et ne parle pas la bouche pleine, ne grimpe pas, fais attention où tu mets les pieds : nous, les mères, nous faisons mille recommandations sans savoir réellement pourquoi… Dans notre cœur, nous répétons ces exhortations en pensant qu'ainsi certaines choses n'arriveront pas. C'est de la superstition, en quelque sorte. En réalité nous n'y croyons pas vraiment, nous sommes convaincues que cela ne nous concernera jamais, nous… mais nous nous trompons.

Serena comprit qu'elle disait la vérité. Une pareille histoire ne s'invente pas. Mais la plus grosse surprise était autre.

Bianca Sterli était une Glitch.

— Pourquoi n'as-tu pas déclaré ce qui s'est passé ? De quoi avais-tu peur ? C'était un accident.

— J'ai eu honte. J'aurais dû la surveiller, je ne l'avais pas protégée.

Serena savait de quoi elle parlait. Elle avait ressenti la même chose après l'incendie. Elle était à des centaines de kilomètres de distance, elle n'était pas à l'origine de ce maudit feu, mais elle n'avait pas empêché que cela arrive, ce qui équivalait à un échec. Il n'y avait pas d'explication ni de justification. C'était ainsi, un point c'est tout.

Puis, tout en essayant de ne pas se laisser distraire, Serena fit une considération. Léa était morte à quatre ans, Aurora en avait six quand Bianca l'avait enlevée pour la faire passer pour sa fille.

— Comment as-tu fait pour cacher la mort de Léa pendant si longtemps ?

— Je ne sais pas. Chaque fois qu'on me demandait où elle était, je répondais qu'elle était malade ou souffrante. Quand nous devions faire quelque chose avec les membres de l'église pentecôtiste, un pique-nique ou une célébration, je n'y allais pas. Quand je participais, je faisais semblant qu'elle était là, en train de jouer avec les autres enfants… peut-être qu'une partie de moi voulait que quelqu'un me démasque. Mais personne ne s'est jamais aperçu de rien.

Serena remarqua l'incrédulité de Bianca.

— J'ai découvert qu'il était assez simple de simuler son existence. Mais qu'allait-il se passer, avec le temps ? Cette fiction ne pouvait durer éternellement. Je me demandais ce qui arriverait, par exemple, quand j'allais devoir l'inscrire à l'école. La pression devenait insupportable, mais il était trop tard pour avouer ce que j'avais fait. Chaque jour et chaque nuit, j'espérais que quelqu'un vienne me libérer du poids de ce mensonge, qu'on m'arrête, qu'on m'emmène loin, qu'on m'enferme pour toujours.

— Et c'est là que tu as rencontré Aurora, pas vrai ? l'interrompit Serena.

La femme s'immobilisa.

— Ces jours-là, j'étais sur le point de m'effondrer. Je n'avais plus d'espoir, je ne croyais plus à rien… Puis je l'ai vue… Je m'en souviens encore. Elle descendait d'une belle voiture avec chauffeur. À part ses cheveux bouclés, elle ressemblait à Léa comme deux gouttes d'eau. En effet, mon instinct premier a été de courir vers elle pour l'embrasser. Je me suis retenue. Si je l'avais rencontrée des années plus tard, j'aurais cru à une réincarnation. Mais elle avait l'âge de ma fille. Et elle était parfaite… Juste après, j'ai pensé que cette espèce de miracle ne s'était pas produit par hasard, que Dieu avait peut être entendu mes prières ou qu'il avait eu pitié de moi. Et je me rendais compte, aussi, qu'une pareille occasion ne se représenterait pas. Je devais la saisir.

Serena était en colère, mais gardait le contrôle.

— Comment as-tu fait pour l'approcher ?

— Cela a été assez simple, dit Bianca avec un petit sourire. Je l'ai observée et j'ai tout de suite compris qu'elle ne trouvait pas sa place parmi les autres fillettes. Comme si quelqu'un l'avait forcée à participer à ce camp de neige.

Piquée au vif, Serena préféra ne pas répondre.

— Après le premier jour, elle n'avait pas une seule camarade. Je l'ai aidée à se faire apprécier, expliqua-t-elle comme si elle avait fait une bonne action. Mais je ne me suis jamais montrée.

— Tu lui as forcément parlé, d'une façon ou d'une autre.

— Hasli s'en est chargé, répondit Bianca Sterli. Il s'est occupé de tout.

— Qu'est-ce que cela signifie ?

— Tu ne peux pas comprendre certaines choses, répondit la femme presque avec mépris.

— Je ne peux pas croire qu'Aurora t'ait suivie sans te voir.

— La nuit de l'incendie, c'est elle qui a ouvert la porte du chalet, affirma Bianca. Elle a suivi Hasli volontairement, pendant que Malassér entrait mettre le feu : il a inventé une bombe qui fait beaucoup de fumée et dégage une bonne odeur de biscuit.

Serena repensa à la Ford bleue garée entre les véhicules de secours devant le chalet, la seule voiture qui n'était pas recouverte de neige par cette nuit de tempête. Elle revit le coffre fermé : Aurora était probablement à l'intérieur, sous narcotiques. Elle se demanda pourquoi Bianca insistait sur cette mise en scène. Elle essayait sans doute de passer pour folle devant les présents et la caméra, pour obtenir une remise de peine au tribunal.

— Avant que la maison se mette à brûler, Hasli a passé un coup de téléphone pour appeler à l'aide et permettre que les fillettes soient sauvées.

Pouvez-vous me donner votre nom s'il vous plaît ?

Je m'appelle Hasli.

— Hasli m'a apporté ta fille pour que je m'occupe d'elle. Et j'en ai pris bien soin, crois-moi. Les premiers temps, je n'avais pas le courage de lui montrer mon visage, alors je portais un masque noir.

— Cela ne te faisait pas de peine de la garder prisonnière ? demanda Serena, furieuse. Tu n'as jamais pensé que, dans le fond, c'était juste une enfant ?

La femme détourna le regard, de toute évidence elle ne pouvait plus soutenir celui de Serena.

— J'étais certaine qu'elle finirait par s'habituer et qu'elle accepterait sa nouvelle situation. Cela a été comme avec ses cheveux : plus je les brossais, plus ils devenaient raides. C'est une question d'éducation.

Serena était glacée par le récit, parce que tout s'était vraiment passé ainsi. Aurora avait effacé son passé pour laisser la place à une nouvelle réalité, totalement inventée. Elle avait même pris l'identité d'une autre.

— Tu n'as jamais eu l'idée de revenir en arrière ? demanda-t-elle, toujours incrédule.

Bianca Sterli se tourna à nouveau vers elle.

— Pourquoi l'aurais-je fait ? Avant, elle n'était pas heureuse. Sinon, elle ne t'aurait pas oubliée aussi facilement.

Serena avait envie de se lever de son fauteuil roulant et de se jeter sur la femme qui se trouvait devant elle. Elle serra les poings et se retint.

— Mais un jour, tu lui as montré ton vrai visage, poursuivit-elle, curieuse de connaître la réaction d'Aurora.

— Quand elle me l'a demandé, je lui ai immédiatement donné satisfaction… Si tu avais vu son expression, dit Bianca avec un grand sourire. Elle était heureuse de découvrir que sous le masque il n'y avait pas de monstre, juste une femme.

Mais Serena ne la croyait pas. Pour Aurora, cela avait dû être terrifiant.

— Elle ne t'aime pas. Tu lui as juste fait un lavage de cerveau, répondit-elle en se rappelant les propos de la docteure Nowak sur la captivité. Un an plus tard je suis revenue la chercher, parce qu'à l'intérieur de moi je savais qu'elle était encore vivante, affirma-t-elle en évoquant les jours où elle avait été piégée par la bande d'escrocs. Toi, tu as abandonné Léa dans une grotte pour ne pas avoir à faire les comptes avec toi-même.

L'accusation ne parut avoir aucun effet sur la femme. Bianca pencha la tête, comme si elle observait Serena d'un nouveau point de vue.

— Quand tu es revenue à Vion, je t'ai observée de loin. J'ai vu dans quel état tu étais et comme tu te battais pour retrouver ta fille. J'ai même ressenti de la compassion pour toi. Je voulais que tu te résignes, que tu trouves la paix.

— C'est pour cela que tu as fait en sorte que je retrouve une dent d'Aurora parmi les décombres du chalet, dit Serena.

— Je pense mériter un peu de reconnaissance pour la façon dont je l'ai élevée pendant tout ce temps, affirma l'autre comme si elle lui avait rendu service en s'en occupant à sa place.

Mais il n'y avait pas d'ironie dans les paroles de Bianca. Et elle n'était pas non plus folle. Deux personnalités cohabitaient en elle, de façon permanente. Comme son frère, qui était pyromane et relieur : à la fois gentil et destructeur.

— Adone m'a aidée, déclara Serena. Mais je ne pense pas qu'il a cru tout ce que je lui ai raconté il y a six ans.

Après, il a dû se passer quelque chose qui l'a fait changer d'avis. C'est pour cela qu'il m'a laissé ces indices avant de se tuer.

— Tout a commencé quand il m'a demandé cette satanée photo, répondit Bianca en se référant à l'image que Serena avait trouvée dans la boîte des marque-pages. Je n'ai pas voulu la lui refuser, mais j'aurais dû. C'était mon frère, je l'aimais… Au début j'ai pensé lui donner un cliché récent : n'ayant jamais vu sa nièce, il ignorait à quoi elle ressemblait. Mais ensuite, je me suis dit que c'était trop dangereux, parce qu'une photo récente pouvait finir entre de mauvaises mains. La ressemblance entre nos filles était stupéfiante, mais un œil attentif aurait pu reconnaître la tienne sur une image récente.

— Alors tu lui as donné une vieille photo de Léa, sur laquelle elle avait trois ans, plus ou moins… Mais cela n'a pas suffi, il a quand même tout compris.

— Je pense qu'il ne s'est pas contenté des photos, il est venu nous espionner. Soit il voulait voir sa nièce de près, soit il voulait vérifier à quel point elle avait grandi, depuis la photo. C'est comme ça qu'il s'est rendu compte que quelque chose n'allait pas.

Sa nièce lui rappelait Serena.

— J'ai admiré ton obstination, affirma Bianca.

— Mais tu as convaincu Aurora de ne pas effectuer le test ADN.

— Non, répondit l'autre en secouant la tête. C'est elle qui a décidé. Si elle l'avait voulu, je ne l'aurais pas empêchée de le faire. Son refus a été la plus belle preuve d'amour que ma fille pouvait me donner : cela prouve que j'ai été une bonne mère pour elle.

Serena était blessée, mais ne le laissa pas transparaître.

— Tu as demandé à me rencontrer avant que j'accouche… Pourquoi ?

— Parce que quand le bébé sera né, tout va changer.

— Qu'est-ce qui devrait changer ? Je ne comprends pas…

— Tu vas enfin pouvoir commencer une nouvelle vie avec ta nouvelle famille, et oublier le passé.

Qu'était en train de lui proposer cette femme ? Quoi que ce soit, Serena avait très peur.

— Désormais, Aurora est Léa, poursuivit Bianca. Personne ne pourra plus modifier cette réalité.

— Ce n'est pas vrai, objecta Serena.

— Tout à l'heure, tu m'as reproché de lui avoir fait un lavage de cerveau. Pourquoi veux-tu lui faire la même chose, maintenant ? Laisse-la vivre comme elle est.

Son ton éploré était celui d'une mère. Mais dans la bouche de cette femme, les mots affectueux avaient quelque chose de pervers.

— Tu n'as pas compris ? Elle n'est plus ta fille.

Serena commença à s'agiter.

— Ne dis pas cela, ordonna-t-elle d'une voix qui trahissait sa faiblesse.

— Crois-moi, l'enfant qui va naître est une récompense pour tout ce que tu as souffert. Tu devrais profiter de ce cadeau et lui consacrer toute ton attention. Tu es sûre que tu veux que ton fils grandisse à côté d'une étrangère ?

— Aurora est sa sœur. Et j'en ai assez de toi !

Elle attrapa les roues de son fauteuil et essaya de le désencastrer de la table pour partir. Mais la sécurité était enclenchée, aussi Serena parvint seulement à déplacer le siège latéralement. Elle chercha de l'aide du regard, mais personne ne sortit de l'ombre.

— Je t'en supplie, écoute-moi, aucune mère ne devrait être séparée de ses enfants. Aucune mère ne devrait éprouver ce que je t'ai fait éprouver.

Serena était en train de perdre le contrôle, mais elle ne voulait pas lui offrir ce spectacle.

— Laisse-la-moi, poursuivit Bianca.

Elle parvint enfin à débloquer son fauteuil. C'est alors que Gasser s'approcha.

— Tout va bien. C'est fini, je vous emmène loin d'ici.

Des larmes de colère lui striaient le visage, elle essaya de se cacher. Elle n'avait qu'une idée en tête : fuir. Mais pendant que le chef de la police la poussait vers la sortie, elle entendit la voix de Bianca Sterli dans son dos.

— Même si tu arrivais à lui faire retrouver la mémoire, qu'est-ce qui te fait croire que c'est toi qu'elle choisirait ?

5

Elle s'assoupit et, quand elle rouvrit les yeux, c'était déjà l'aube. Elle avait passé une grande partie de la nuit sans dormir, parce que le nouveau-né pleurait et demandait le sein. Au réveil, Serena était sur le dos, la tête tournée vers la fenêtre par laquelle on voyait les montagnes. La chambre d'hôpital était plongée dans le silence. Lamberti dormait profondément dans un fauteuil, le coude sur le bras, sa main soutenant sa tête. Il portait ce qu'elle appelait son uniforme de professeur, une chemise bleue aux manches roulées jusqu'aux coudes et une cravate desserrée.

Il ne l'avait pas laissée seule une seconde. Serena le regarda avec tendresse. Elle avait de la chance.

Elle parvint à se redresser pour s'installer plus confortablement sur les oreillers. Les points de la césarienne tiraient un peu. Bientôt, le bébé allait se réveiller en criant, il faudrait le changer et l'allaiter, recommencer tout « le cirque », comme elle l'appelait. Cette définition résumait parfaitement le chaos qui revenait toutes les deux heures, scandant les journées des nouveaux parents entre pleurs, coliques, tétées, rots et couches. Serena avait oublié à quel point c'était fatigant. Heureusement que le professeur était là pour l'aider. Elle se demanda comment elle avait fait la première fois, sans lui.

Elle sortit de ses pensées et se tourna vers le bébé, couché dans son petit berceau à côté du lit. Et elle sursauta.

Aurora, debout, regardait son frère dormir.

Serena se demanda ce qu'elle faisait dans la chambre, mais ne laissa pas transparaître sa surprise.

— Salut, dit-elle seulement.

La jeune fille ne donnait pas l'impression de percevoir sa présence. Elle regardait vers le bas, avec une expression indéchiffrable, concentrée sur le petit thorax du nouveau-né qui se levait et se baissait au rythme de sa respiration. Cet instinct automatique donnait l'idée que la vie est quelque chose de simple.

— Je ne t'attendais pas, reprit Serena pour capter son attention.

— On m'a amenée ici, on m'a dit que les docteurs devaient encore vérifier des choses, expliqua mécaniquement Aurora, comme si elle était en transe. Mais quand on est arrivés, je me suis éloignée et je suis venue te voir.

— Je ne pense pas que ce soit un problème, il suffit de prévenir les personnes qui t'ont accompagnée, affirma Serena en pensant notamment aux soutiens psychologiques de sa fille. Ils doivent s'inquiéter, non ?

— Je voudrais rester encore un peu. Je peux ?

— Bien sûr.

Sans parler, elles regardèrent ensemble l'enfant béat dans son berceau. La vision d'un bébé endormi a un pouvoir calmant. Mais Serena se demandait ce qui se passait dans la tête d'Aurora, à ce moment-là. Après son entretien avec Bianca Sterli, Serena n'avait plus exprimé le souhait de revoir sa fille. En réalité, elle n'avait pas non plus demandé de ses nouvelles. L'accouchement et la pagaille qui avaient suivi lui avaient servi d'excuse pour reporter. Personne ne s'était encore aperçu qu'en vérité, elle était terrorisée à l'idée de revoir Aurora.

Même si tu arrivais à lui faire retrouver la mémoire, qu'est-ce qui te dit que c'est toi qu'elle choisirait ?

En s'occupant du bébé, elle s'était longuement interrogée sur les paroles de Bianca. Certaines phrases contenaient un message que seule une mère pouvait décrypter. Aucune des personnes qui avaient assisté à la conversation n'étaient en mesure de déchiffrer le sens de certaines expressions. D'une certaine façon, la ravisseuse lui faisait comprendre qu'Aurora n'avait pas simplement changé. Avec ou sans souvenirs du passé, elle était littéralement une autre personne. Les sept dernières années avaient creusé un sillon. Le fait que Bianca ait demandé à parler à Serena avant qu'elle n'accouche était significatif.

Tu veux vraiment que ton fils grandisse à côté d'une étrangère ?

Serena faisait tout pour ne pas accorder de crédit à cet avertissement, mais malheureusement elle en comprenait bien le sens. Elle ne savait pas dans quelle condition psychique se trouvait Aurora, après tout ce temps passé en captivité. Elle ignorait donc s'il était une bonne idée de l'emmener vivre avec elle. Après avoir pesé les risques et les bénéfices, elle craignait que la jeune fille ne constitue un danger.

Laisse-la vivre comme elle est.

En effet, je ne sais rien d'elle, se dit-elle. *Et elle ne sait rien de moi.*

Aurora avait échappé à la surveillance de ceux qui l'avaient amenée à l'hôpital ce matin-là. C'était en soi inquiétant. De même que son attitude détachée, à ce moment-là. Serena se souvint que jamais sa petite fille n'avait été ainsi. L'enfant de six ans qu'elle avait connue avait une lueur fourbe dans les yeux, ainsi qu'une intelligence hors du commun. Le regard de la jeune fille qui se trouvait devant elle semblait vide, à l'inverse.

Laisse-la-moi.

La proposition de Bianca Sterli était absurde. Abstraction faite de la volonté de Serena, personne ne l'aurait jamais autorisée à garder l'enfant qu'elle avait enlevée. En plus, la femme allait probablement écoper d'une lourde peine de prison, elle ne pourrait donc pas s'occuper d'elle.

Alors pourquoi lui avoir tout de même fait cette proposition irréalisable ?

Serena y avait réfléchi et avait trouvé une réponse à la simplicité terrifiante. Dans la pratique, Bianca lui suggérait de laisser Aurora être la réplique de Léa, comme elle l'avait elle-même modelée. Et ceci, tout en lui racontant la vérité. La femme était convaincue que cette solution était la meilleure pour la jeune fille. Peut-être espérait-elle la retrouver en sortant de prison ? Aurora serait adulte, à ce stade, elle pourrait décider seule ce qui était bon pour elle.

En attendant, sa fille avait beau être à côté de son lit, Serena n'avait pas le courage de la caresser. Lamberti dormait toujours, de même que le nouveau-né dans son berceau. C'était comme si Aurora et elle étaient seules dans cette chambre d'hôpital.

— Vous l'avez appelé comment ?

— Adone.

— C'est moche, comme prénom !

— Tu as raison, répondit Serena avant d'éclater de rire. C'est un prénom horrible, ajouta-t-elle sans pouvoir contrôler son hilarité.

Aurora leva les yeux vers elle, ébahie, se demandant visiblement ce qui lui prenait.

Serena était consciente qu'elle avait l'air d'une folle, mais elle ne pouvait rien y faire. Elle essayait seulement de faire le moins de bruit possible pour ne pas réveiller Lamberti et le petit Adone. Au bout d'un moment, elle se calma et retrouva sa contenance. La vérité était qu'elle aurait voulu pleurer, mais que le rire lui avait permis de se délester des tensions accumulées pendant les derniers jours, et des mauvaises pensées qu'elle ne pouvait confier à personne.

— Excuse-moi, dit-elle.

En attendant, Aurora la fixait toujours sans comprendre.

Serena prit une grande inspiration.

— Dans deux ou trois jours, nous allons rentrer à Ortica, l'informa-t-elle. Tes thérapeutes disent que tu peux venir avec nous, même si la route est encore longue. Nous avons une nouvelle maison. Ce n'est pas l'appartement au dix-neuvième étage où nous habitions toutes les deux, mais là où nous sommes, nous avons un petit jardin. Tu aurais une chambre à toi, même si ce n'est pas ton ancienne chambre. Quand je pensais que tu étais morte j'ai donné tes affaires, je suis désolée. Même si de toute façon les vêtements ne t'iraient plus, et je ne pense pas que tu aurais encore envie de jouer à la Barbie.

En faisant allusion à sa vie d'avant, Serena se demandait si cela éveillait quelque chose dans la mémoire d'Aurora, ou si ses efforts étaient inutiles.

— Bref, il y a une vie qui t'attend. Ce n'est pas celle que tu avais ici, mais ce n'est pas non plus la vie que tu as eue jusqu'à tes six ans. La seule chose quasi identique, c'est moi. J'espère que cela suffit, mais j'ai besoin que tu choisisses vite… Sept ans sans toi, c'était beaucoup, et je n'ai plus envie de perdre de temps.

La jeune fille réfléchit.

Serena se sentait étrangement soulagée. Elle lui avait ouvert son cœur, et cela avait été plus facile que prévu. Maintenant, elle se sentait prête à accepter n'importe quelle réponse.

Aurora fit une moue avec sa lèvre, comme quand elle était petite. Elle avait hérité cette grimace de Serena. *Je suis encore un lombric*, pensa cette dernière.

Mais dans la mesure où les enfants devraient être une version meilleure de leurs parents, elle décida d'opter pour un autre insecte. *Une chenille. Oui, je suis une chenille*, se dit-elle. *Et Aurora est le papillon en lequel je me suis métamorphosée.*

— Qui est Gas ? demanda soudain la jeune fille.

Malassér

— Je dois retourner aux toilettes.
— Mais on vient d'y aller.
— J'en ai pour une minute.
— On va être en retard !
— Je vous ai dit une minute : j'ai envie de faire pipi.
— Comme d'habitude…
— Allez, dépêche-toi !
— Avancez, je vous rejoins.

Aurora attendit quelques instants que ses trois amies s'éloignent dans le couloir vers la sortie, puis revint sur ses pas.

C'était le dernier jour avant les vacances d'été, la sonnerie de 13 heures avait décrété la liberté pour tout le monde. Le bâtiment s'était vidé. Ses amies et elle s'étaient attardées dans les toilettes pour se maquiller et s'arranger un peu. Dans l'établissement, il était interdit de porter des vêtements trop peu couvrants, comme des débardeurs, des shorts ou des minijupes. Le maquillage aussi était contrôlé. Alors les filles attendaient généralement la fin des cours pour se réfugier aux toilettes et enfiler des vêtements qu'elles avaient glissés dans leur sac à dos le matin avec leur matériel scolaire, ainsi que pour se mettre du rimmel et du rouge à lèvres.

Aurora avait choisi un gloss rose et elle s'était fait un trait de crayon sur les yeux. Elle portait des Jordan roses, un pantalon cargo, une veste en jean et un t-shirt des Måneskin, acheté à leur dernier concert.

Depuis quelques jours, elle relevait ses cheveux raides en queue-de-cheval et ne retirait jamais sa casquette blanche. En classe, certains enseignants l'avaient reprise, mais ensuite ils avaient abandonné, parce qu'à la fin de l'année ils se montraient plus tolérants et ils étaient fatigués de se battre avec les élèves. À la maison, Serena ne supportait pas de la voir à table avec cette casquette, mais après quelques reproches elle s'était résignée, mettant cette lubie sur le compte d'un caprice adolescent.

Aurora n'accordait pas une grande importance à ce que pensait Serena. Elles se disputaient de plus en plus souvent, mais c'était le cas de beaucoup de ses amies avec leur mère. La sienne répétait toujours des phrases incompréhensibles et agaçantes, comme « la beauté est comme le sable entre les doigts, avec le temps elle s'en va ».

Aurora ne s'était jamais sentie belle. Ou plutôt, avant, elle ne se préoccupait pas de son apparence. Mais depuis quelque temps, ses centres d'intérêt avaient changé. Elle aimait les garçons et elle aimait que les garçons la regardent.

En un an, Milan était devenue sa ville, dans tous les sens du terme. Sa vie à Vion n'était plus qu'un lointain souvenir. La différence entre les deux était incroyable. Et aussi la rapidité du changement.

Aurora se demandait comment elle avait pu porter certains vêtements, qu'elle jugeait maintenant ridicules. À Vion, sa garde-robe était constituée de cinq ou six pièces. Jean bleu, chaussures de sport, chaussettes en éponge achetées par lots. Sweat-shirts de couleurs improbables, portés tout l'hiver, chaussures de randonnée.

Toutefois, sa révolution ne se limitait pas à l'habillement. Aurora ne priait plus, ne sentait plus l'exigence de s'adresser à une entité supérieure pour demander réconfort et protection. Elle ne le faisait même pas dans le secret de ses pensées. Elle avait refoulé presque tous les enseignements de son ancienne maman. Elle la définissait ainsi, même si elle ne la nommait jamais. Et elle n'avait jamais demandé de ses nouvelles. Elle avait effectué des recherches sur Internet, sur son portable et sur l'ordinateur de la maison. Dans les articles il y avait des expressions comme « procès en référé », qu'elle ne comprenait pas. Pendant quelque temps, des personnes de la police étaient venues chez elle pour lui parler. Elles lui avaient demandé comment se passait sa vie d'avant, à quoi ressemblaient ses journées quand elle habitait dans le chalet. Une fois, Serena lui avait dit qu'elles devraient peut-être aller ensemble au tribunal où un juge lui poserait encore des questions. Aurora était prête, mais ça n'était jamais arrivé et plus personne n'en avait parlé.

Sa nouvelle vie ne lui déplaisait pas. La maison était jolie, sa chambre bien mieux que celle sous les toits. Avant de déménager, on lui avait offert la possibilité d'emporter quelque chose du chalet avec elle. Toutefois, elle n'avait préparé qu'une petite valise. En réalité, elle aurait voulu emmener son chien. Mais le jardin de Milan était exigu pour un border collie habitué à gambader dans les montagnes. Le chat Gas était vieux et mal en point mais, d'après Fabio, il avait encore plusieurs vies devant lui. Fabio était gentil et il s'occupait beaucoup d'elle. Elle était la seule à l'appeler par son prénom. Serena l'appelait Lamberti, ou prof, ou professeur. Fabio adorait les chiens, lui aussi, et il lui avait appris beaucoup de choses. À faire du vélo et à jouer à la pétanque. Souvent, ils allaient tous ensemble à un terrain de boules où on servait à manger, uniquement des petits poissons frits ou des saucisses. Fabio l'accompagnait au collège à moto, il jouait de la batterie et lui avait fait découvrir des nouvelles musiques. Aurora aimait Jethro Tull, dont elle écoutait souvent les vinyles. Fabio lui avait transmis sa passion pour les bandes dessinées et, certains dimanches pluvieux, il préparait du pop-corn et mettait la cassette vidéo du film *Retour vers le futur*. Ils l'avaient vu au moins dix fois. Son petit frère n'était pas mal. Même s'il n'avait qu'un an et ne parlait pas encore. Il aimait bien s'endormir avec elle. Certains soirs, Aurora le prenait dans ses bras et il posait sa petite tête sur son épaule pour se laisser bercer.

Son frère était la copie exacte de son père. Fabio en était fier et répétait qu'il était un lombric.

Heureusement, en famille on ne l'appelait pas Adone mais uniquement « Ado ». Ils avaient adopté ce diminutif après que Serena l'avait trouvé dans un roman qui parlait de Florence.

Aurora n'arrivait pas encore à l'appeler maman. Peut-être parce que, dans son esprit, ce mot était associé à un autre visage. Mais elle ne disait pas non plus « Serena ». Elle trouvait des façons de s'adresser à elle sans l'appeler. Toutefois, cela devenait de plus en plus compliqué. Et quand elle laissait échapper son prénom, Serena serrait les lèvres comme pour contenir sa déception.

Cependant, Aurora ne pouvait rien y faire. Personne ne pouvait. Les choses étaient ainsi, un point c'est tout.

Après avoir erré un peu dans les couloirs déserts du collège, elle entra dans les toilettes qui, comme elle l'avait imaginé, étaient vides. Une vague odeur de cigarette flottait dans l'air. Elle n'avait jamais fumé, même si cela lui avait été proposé plusieurs fois.

Son sac sur l'épaule, elle se dirigea vers un des lavabos : le dernier d'une rangée de quatre, au-dessus duquel le miroir était intact et pas entièrement recouvert d'inscriptions ou de dessins obscènes.

Elle avait menti à ses amies. Elle n'avait pas envie d'uriner. Elle avait inventé cette excuse pour se retrouver seule. Elle n'avait besoin que de quelques minutes, ensuite elle les rejoindrait.

Une fois devant le miroir, elle retira la casquette blanche qu'elle ne quittait jamais. Elle libéra ses cheveux, agita la tête pour les coiffer et observa son reflet.

Au milieu de sa chevelure lisse, au-dessus de l'oreille gauche, pointait une boucle blonde.

Elle était apparue soudainement, quelques jours auparavant, au réveil. Sa première réaction avait été de la cacher sous la casquette. Aurora ne savait pas exactement pourquoi cette boucle la troublait autant, mais pour le moment son plus grand désir était que personne n'en sache rien.

Elle posa son sac sur le plan de travail pour sortir quelque chose d'une des poches. Elle avait attendu ce moment toute la matinée. Elle avait réfléchi à ce qu'il était juste de faire, puis elle s'était décidée.

Elle trouva les ciseaux qu'elle avait apportés et s'approcha du miroir, bien décidée à couper cette excroissance blonde. Elle craignait qu'il n'y en ait d'autres, mais l'urgence était de se débarrasser de celle-ci. Elle glissa la mèche entre les deux lames de l'objet et s'apprêta à l'éliminer définitivement, quand elle entendit le bruit d'une chasse d'eau.

Elle se retourna vers la file de toilettes derrière elle, imaginant qu'une de ses camarades s'y trouvait.

En effet, une porte était fermée. Comment avait-elle pu ne pas le remarquer en entrant ? Il y avait un panneau dessus : HORS SERVICE.

Aurora sursauta.

Elle aurait juré ne pas avoir vu cette inscription quand elle était arrivée. Mais elle ne pouvait pas avoir apparu dans les dernières minutes ! En attendant, le bruit de la chasse d'eau ne s'arrêtait pas. Comme si, entre-temps, elle s'était vraiment cassée.

Le cœur battant à tout rompre, les ciseaux à la main, Aurora s'approcha des toilettes fermées.

— Qui est-là ? demanda-t-elle d'une voix tremblante.

Sans savoir pourquoi, elle était convaincue qu'une petite voix gentille et disgracieuse lui répondrait. Mais il n'y eut aucune réponse.

Elle attendit encore quelques secondes, en essayant de percevoir une présence. Puis elle retourna au lavabo. Elle rangea les ciseaux qu'elle n'avait pas utilisés dans son sac, elle remit sa casquette blanche et se dirigera à grands pas vers la sortie, sans quitter des yeux la porte au panneau HORS SERVICE.

Dès qu'elle fut partie, la chasse d'eau se tut et le silence revint. Derrière la porte fermée des toilettes, par terre à côté de la cuvette, se trouvait une brosse à cheveux.

Mais cela, Aurora ne le saurait jamais.

Remerciements

Stefano Mauri, éditeur, ami, et avec lui, tous les éditeurs qui me publient dans le monde.

Fabrizio Cocco, Giuseppe Strazzeri, Raffaella Roncato, Elena Pavanetto, Giuseppe Somenzi, Graziella Cerutti, Alessia Ugolotti, Patrizia Spinato, Ernesto Fanfani, Diana Volonté, Giulia Tonelli, Giulia Fossati e la mia cara Cristina Foschini.

Barbara Barbieri et toute l'équipe de l'agence Andrew Nurnberg Associates.

Michael McCaughley et toute l'équipe de Calmann-Lévy.

Vito. Ottavio. Antonio. Achille.

Gianni Antonangeli.

Valentina Martelli.

La Setta delle Sette.

Antonio e Fiettina, mes parents.

Chiara, ma sœur.

Antonio et Vittorio, mes enfants, mes « éternités futures ».

Photocomposition Belle Page
Achevé d'imprimer en septembre 2024
sur Roto-Page par l'Imprimerie Floch à Mayenne
pour le compte des Éditions Calmann-Lévy
21, rue du Montparnasse 75006 Paris

PAPIER CERTIFIÉ

N° d'éditeur : 6883759/01
N° d'imprimeur : 105510
Dépôt légal : octobre 2024
Imprimé en France